Das Buch
Jahrhundertelang lebten die Fae in Annwnn, doch dann verschloss die Anderwelt ihre Pforten, und die Fae mussten fliehen. Ihre prächtigen Schlösser ließen sie zurück. Ebenso ihre magischen Artefakte. Und ihre Gefangenen, finstere Kreaturen, die seither eine Spur der Verwüstung in Annwnn hinterlassen. Nun ist das Tückischste dieser Geschöpfe aus der Anderwelt entkommen und streift ungehindert durch die Tri-Cities. Es kann jede nur erdenkliche Gestalt annehmen und die Gedanken seiner Opfer kontrollieren. Für Mercy Thompson ist klar, dass sie dieses Monster aufhalten muss – um jeden Preis ...

Die Autorin
Patricia Briggs, Jahrgang 1965, wuchs in Montana auf und interessiert sich seit ihrer Kindheit für Phantastisches. So studierte sie neben Geschichte auch Deutsch, denn ihre große Liebe gilt Burgen und Märchen. Neben erfolgreichen und preisgekrönten Fantasy-Romanen wie *Drachenzauber* und *Rabenzauber* widmet sie sich ihrer Mystery-Saga um Mercy Thompson. Nach mehreren Umzügen lebt die Bestsellerautorin mit ihrer Familie in Washington State.

PATRICIA BRIGGS

feuer-
kuss

Ein Mercy-Thompson-Roman

Deutsche Erstausgabe

WILHELM HEYNE VERLAG
MÜNCHEN

Titel der amerikanischen Originalausgabe:
SMOKE BITTEN
Deutsche Übersetzung von Antonia Zauner

Penguin Random House Verlagsgruppe FSC® N001967

2. Auflage
Deutsche Erstausgabe 02/2021
Redaktion: Anita Hirtreiter
Copyright © 2020 by Hurog, Inc.
Copyright © 2021 der deutschsprachigen Ausgabe und der
Übersetzung by Wilhelm Heyne Verlag, München,
in der Penguin Random House Verlagsgruppe GmbH,
Neumarkter Str. 28, 81673 München
Printed in Germany
Umschlaggestaltung: Animagic, Bielefeld
Karte: Michael Enzweiler
Satz: Buch-Werkstatt GmbH, Bad Aibling
Druck und Bindung: GGP Media GmbH, Pößneck

ISBN 978-3-453-42471-5
www.heyne.de

Für Clyde, der leidenschaftlich Spiele spielte,
sie aber nie zu ernst nahm.

Für Jean, der eine Seele von Mensch ist
und ein weiches Herz hat – und Sinn für Humor.

Für Ginny, die Katzen wie Schafe hüten
und sie dazu bringen kann, es zu mögen.

Für meine wunderbaren Geschwister, die mich gelehrt haben,
Geschichten zu lieben. Ich danke euch.

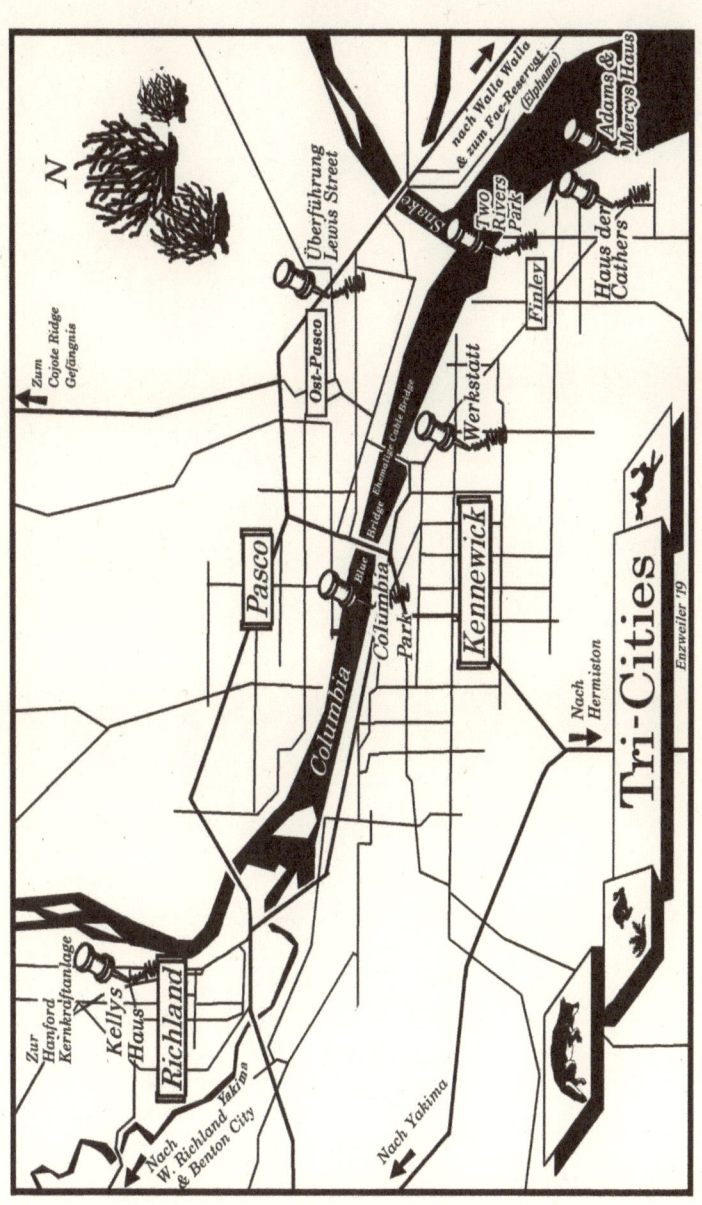

1

Alles in Ordnung, Mercy?«, fragte Tad, während er den Scheinwerfer des 2000er-VW-Jetta, an dem wir arbeiteten, vom Kabelbaum trennte.

Wir tauschten gerade einen Kühler aus. Dafür mussten wir die ganze Front abmontieren. Die Sache eilte in mehr als einer Beziehung. Die Besitzerin des Wagens war auf dem Weg von Portland nach Missoula, Montana, gewesen, als ihr der Kühler geplatzt war. Wir mussten dafür sorgen, dass sie so bald wie möglich wieder loskonnte, damit sie es pünktlich zu ihrem Vorstellungsgespräch morgen um acht schaffte.

Die Tatsache, dass ihre drei kleinen Kinder sich aktuell in unserem Büro aufhielten, machte das Ganze nur noch dringlicher. Die Kundin hatte mir erzählt, dass sie die Kinder mitgenommen hatte, weil Verwandte von ihr in Missoula wohnten und auf sie aufpassen konnten, während es in Portland bloß ihren alkoholsüchtigen Ex gab. Ich wünschte mir, sie hätte Angehörige hier vor Ort, die babysitten könnten. Ich mochte Kinder, aber wenn sie übermüdet und eingepfercht um meinen Schreibtisch herum waren, begeisterte mich das nicht unbedingt.

Um schneller voranzukommen, arbeitete Tad an der linken und ich an der rechten Seite.

Wie ich trug er einen ölverschmierten Blaumann. Der Sommer wollte sich noch nicht ganz verabschieden, deshalb waren die Overalls zusätzlich schweißgetränkt. Selbst seinem Haar sah man an, dass er in der Hitze schuftete. Es stand in seltsamen Winkeln ab, und hier und da zierte es das gleiche Öl, das auch auf unseren Overalls verschmiert war. Eine schwarze Schliere zog sich über seinen rechten Wangenknochen bis zu seinem Ohr wie eine schlecht aufgetragene Kriegsbemalung. Ich war mir ziemlich sicher, dass ich noch schlimmer aussah als er.

Seit mehr als zehn Jahren reparierte ich nun bereits Autos mit Tad, fast sein halbes Leben lang. Zwischendurch war er einmal weg gewesen, um an einer Eliteuni zu studieren, war jedoch ohne Abschluss und ohne den fröhlichen Optimismus zurückgekehrt, der ihn früher ausgezeichnet hatte. Geblieben war allerdings sein beinahe unheimliches Geschick, das er schon hatte, als ich das erste Mal die Werkstatt seines Vaters auf der Suche nach einem Ersatzteil für meinen VW Golf betreten und Tad, der damals noch zur Schule ging, dort vorgefunden hatte, wie er den Laden schmiss.

Es gab nur wenige Menschen auf dieser Welt, denen ich so vertraute wie Tad. Und trotzdem log ich.

»Alles gut«, sagte ich.

»Lügnerin«, knurrte Zee unter einem 68er-Käfer hervor.

Der kleine Wagen hüpfte ein wenig wie ein Hund, der auf sein Herrchen reagierte. Autos tun so was manchmal, wenn sich ein eisengeküsster Fae in der Nähe befindet. Zee murmelte ein paar beruhigende Worte auf Deutsch, die ich nicht richtig verstehen konnte.

Dann wandte er sich wieder an mich: »Du solltest niemals einen Fae anlügen, Mercy. Sag lieber: ›Ihr seid nicht meine Freunde. Aus diesem Grund will ich euch meine Geheimnisse nicht anvertrauen und verrate euch auch nicht, was mich bedrückt.‹«

Das Gegrummel seines Vaters brachte Tad zum Grinsen.

»Ihr seid nicht meine Freunde. Aus diesem Grund will ich euch meine Geheimnisse nicht anvertrauen und verrate euch auch nicht, was mich bedrückt«, wiederholte ich ungerührt.

»Und das, mein lieber Vater«, sagte Tad und legte mit übertriebener Geste den Scheinwerfer zur Seite und widmete sich einer der Schrauben, die die Front hielten, »ist eine weitere Lüge.«

»Ich liebe euch beide«, versicherte ich ihnen.

»Aber mich magst du lieber«, warf Tad ein.

»Meistens mag ich euch beide«, sagte ich zu ihm, bevor ich wieder ernst wurde. »Es gibt da etwas, aber es geht um das Privatleben einer anderen Person. Sobald sich daran etwas ändert, seid ihr die Ersten, mit denen ich darüber rede. Versprochen«

Ich würde niemals mit irgendjemandem über Probleme zwischen mir und meinem Gefährten sprechen – das wäre schlicht Verrat.

Tad beugte sich herüber, legte mir einen Arm um die Schulter und küsste mich auf den Scheitel, was eine rührende Geste gewesen wäre, hätte es draußen nicht über vierzig Grad gehabt. Obwohl es in der neuen Werkstatt kühler war als in der alten, waren wir alle in Schweiß und den diversen Flüssigkeiten gebadet, die Teil des Alltags eines Automechanikers waren.

»Igitt«, quiekte ich und stieß ihn von mir. »Du bist nass, und du stinkst. Keine Küsse. Keine Berührungen. Bäh.«

Er lachte und machte sich wieder an die Arbeit, und

ich folgte seinem Beispiel. Es fühlte sich gut an zu lachen. In letzter Zeit hatte ich nicht viel Grund zum Lachen gehabt.

»Und da ist er wieder«, sagte Tad und zeigte mit seiner Ratsche auf mich, »dieser traurige Gesichtsausdruck. Wenn du deine Meinung ändern solltest und doch mit jemandem reden willst, bin ich für dich da. Und falls nötig, kann ich jemanden um die Ecke bringen und die Leiche irgendwo verstecken, wo sie niemals jemand finden wird.«

»Dass ihr Kinder gleich immer aus allem ein Drama machen müsst«, murmelte der alte Fae unter dem Käfer.

»Hey«, sagte ich, »mach nur weiter so, dann sage ich dir nicht Bescheid, wenn das nächste Mal eine Horde Zombies vernichtet werden muss.«

Er gab ein dumpfes Knurren von sich, das entweder mir oder dem Käfer galt. Bei Zee wusste man nie.

»Niemand sonst wäre zu dem in der Lage gewesen, was ich getan habe«, sagte er schließlich. Es klang arrogant, aber Fae konnten nicht lügen, also war Zee überzeugt, dass es die Wahrheit war. Ich war es auch. »Du solltest froh sein, dass du mich als Freund hast, den du um Hilfe bitten kannst, wenn das Drama in deinem Leben dir mal wieder über den Kopf wächst, *Liebling*. Und wenn es eine Leiche gibt, dann kann ich sie so verschwinden lassen, dass nichts mehr übrig ist, was jemand finden könnte.«

Zee war ein sehr guter Freund und nicht nur hilfreich, wenn man eine Leiche verschwinden lassen musste – was er bereits getan hatte. Anders als Tad war Zee kein offizieller Mitarbeiter in der Werkstatt, die er mir verkauft hatte, nachdem er mir beigebracht hatte, wie man Autos reparierte und ein Geschäft führte. Das hieß nicht, dass er nicht bezahlt wurde, sondern lediglich, dass er kam und ging, wie es ihm passte. Oder einsprang, wenn ich ihn brauchte. Auf Zee war stets Verlass.

»Hey«, sagte Tad, »hör auf zu quatschen, und mach dich an die Arbeit, Mercy! Ich bin dir zwei Bolzen voraus – und eins der Kinder hat gerade den Mülleimer im Büro umgeworfen.«

Ich hatte es auch gehört, obwohl zwischen uns und dem Büro noch eine Tür war. Zuvor hatte ich auch schon registriert, wie die offensichtlich müde und überarbeitete Mutter versuchte, ihren Ältesten davon abzuhalten, das Lager umzusortieren. Tad mochte halb Fae sein, doch meine andere Gestalt war eine Kojotin – mein Gehör war besser als seines.

Womöglich versank mein Büro gerade im Chaos, aber es fühlte sich trotzdem gut an, den alten Wagen wieder in Ordnung zu bringen. Ich hatte allerdings keine Ahnung, wie ich meine Ehe wieder in Ordnung bringen sollte. Ich wusste nicht einmal, was genau schiefgegangen war.

»Fertig?«, fragte Tad.

Ich fing den Querträger auf, als er den letzten Bolzen herauszog. Wenigstens wusste ich, wie man einen undichten Kühler wieder in Ordnung brachte.

Nach der Arbeit hatte ich gleich noch vor Ort geduscht und frische Kleidung und saubere Schuhe angezogen. Dennoch betrat ich das Haus über die hintere Veranda durch die Küchentür, weil ich nicht riskieren wollte, dass der neue Teppich etwas von dem Dreck aus der Werkstatt abbekam.

Auf dem alten weißen Teppich hatte ich einen Zombiewerwolf ausgeweidet und im Zuge dessen endlich etwas gefunden, das Adams Reinigungsexperten nicht herausbekamen. Wir hatten den Teppich entsorgt und durch einen neuen ersetzt.

Adam hatte ihn ausgesucht. Mir war alles recht, Hauptsache nicht weiß. Er hatte sich für einen warmen Sandton entschieden, der freundlich wirkte und praktisch war. Der Teppich gefiel mir.

Einige Monate zuvor hatten wir die Fliesen in der Küche austauschen müssen. Langsam, aber sicher verwandelte sich das Haus, das ursprünglich seine Ex-Frau Christy eingerichtet hatte, in Adams und mein Zuhause. Wenn ich gewusst hätte, wie gut sich der neue Teppich anfühlen würde, dann hätte ich schon viel früher einen Zombiewerwolf zum Ausweiden aufgestöbert.

An der Tür schob ich mir die Schuhe von den Füßen, warf einen Blick in die Küche und erstarrte. Es war, als würde ich in die letzte Szene eines Theaterstücks platzen. Ich hatte keine Ahnung, was der Grund für die Spannungen im Raum war, aber ich wusste sofort, dass ich etwas Großes unterbrochen hatte.

Darryl zog meine Aufmerksamkeit als Erster auf sich, was bei dominanteren Wölfen häufiger der Fall war. Er hatte die Augen auf den Boden gerichtet, den Mund zu einem schmalen Strich zusammengepresst. In der Rangordnung unseres Rudels stand er an zweiter Stelle, und in ihm floss das Blut von Kriegern zweier Kontinente. Er musste sich anstrengen, um sympathischer auszusehen, gab sich allerdings gerade keine besondere Mühe damit. Obwohl er wusste, dass ich das Haus betreten hatte, sah er mich nicht an. Seine angespannte Körperhaltung sagte mir, dass er bereit für den Kampf war.

Auriele, seine Gefährtin, strahlte grimmigen Triumph aus – obwohl sie am Tisch auf der anderen Seite des Raums saß. Aber nicht, weil sie Angst vor ihm hatte. Darryl mochte von chinesischen und afrikanischen Kriegsfürsten abstammen (seine Schwester hatte die Geschichte ihrer Familie nachrecherchiert, hatte er mir einmal erzählt), doch Auriele sah aus wie eine Kriegsgöttin der Maya. Ich hatte die beiden einmal als unschlagbares Team gegen einen Vulkangott kämpfen sehen, und es war ein atemberaubender Anblick gewesen. Ich mochte und respektierte Auriele.

Der Grund dafür, dass Auriele sich einen Platz gesucht hatte, der so weit wie nur möglich von Darryl entfernt, aber noch immer in der Küche war, lag vermutlich darin, dass sie eine Meinungsverschiedenheit hatten. Interessanterweise würdigte auch sie mich, genau wie Darryl, keines Blickes. Dennoch konnte ich ihre Aufmerksamkeit auf mir spüren.

Die letzte Person in der Küche war Joel, das einzige Rudelmitglied außer mir, das kein Werwolf war. Er hatte sich in seiner Presa-Canario-Gestalt auf dem Boden ausgestreckt und nahm, wie er es meistens tat, den größten Teil der begehbaren Fläche ein. Das strahlende Sonnenlicht, das durch das Fenster hereinfiel, brachte das streifige Muster zum Vorschein, das sonst in seinem dunklen Fell kaum zu sehen war. Seine große Schnauze ruhte auf seinen ausgestreckten Pfoten. Er schaute mich an und dann wieder weg, ohne sich anderweitig zu bewegen.

Nein, nicht weg. Ich folgte seinem Blick und sah, dass die Tür zu Adams (selbst für Werwolfohren) schalldichtem Büro geschlossen war. Als ich die Aufmerksamkeit wieder auf die Personen im Raum richtete, fiel mein Blick auf die Tasche meiner Stieftochter, die verlassen auf der Küchenzeile lag.

»Was ist los?«, fragte ich an Auriele gerichtet.

Möglicherweise klang ich etwas schroff, aber der Anblick von Jesses Tasche, die geschlossene Tür zu Adams Büro, Darryls düstere Stimmung und Aurieles Gesichtsausdruck –

all das sagte mir, dass etwas geschehen war. Die Beteiligten und mein Wissen über das, was gerade in Jesses Leben passierte, ließen mich vermuten, dass es etwas mit meiner Erzfeindin, Adams Ex-Frau und Jesses Mutter Christy, zu tun hatte.

Mein ganz persönlicher Albtraum war endlich nach Eugene, Oregon, zurückgekehrt, und mein Optimismus hatte mich dazu verleitet zu glauben, dass sie von dort aus weniger Ärger machen konnte. Aber Christy hatte einen Anspruch auf den Schutz meines Ehemannes und einen noch viel größeren Anspruch auf die Zuneigung ihrer Tochter. Solange die beiden in meinem Leben waren, würde auch sie Teil meines Lebens sein.

Wenn Christy zu einem Schlag gegen mich ausholte, dann ging das selten über ein Ärgernis hinaus. Sie war gut darin, subtile Hiebe auszuteilen, doch ich war mit Leah, der Gefährtin des Marrok, aufgewachsen, die vielleicht weniger intelligent, aber dafür gefährlicher war.

Für Adam und Jesse würde ich einen weit höheren Preis als die Differenzen mit Christy zahlen. Was allerdings nicht bedeutete, dass ich ihre Gegenwart sonderlich schätzte. Ich wurde vielleicht mit ihr fertig, doch sie verletzte Adam und Jesse immer wieder.

Auriele hob das Kinn, aber Darryl war es, der das Wort ergriff. »Meine Frau hat einen Brief geöffnet, der an jemand anderen gerichtet war«, sagte er düster.

»Das ist deine Schuld«, fauchte sie – und zwar nicht an Darryl gerichtet. »*Deine* Schuld. Du hast Adam, *ihre* Position im Rudel, das Zuhause, das *sie* eingerichtet hat, und trotzdem gönnst du Christy nichts.«

Ich mochte Auriele, aber umgekehrt war das nicht der Fall, denn Christy hatte eine Art an sich, die in jedem um sie herum den übermächtigen Wunsch weckte, sie zu beschützen. Christy brachte schlicht Aurieles Instinkte zum Durchdrehen.

Dennoch verstand ich nicht, was die Tatsache, dass ich und nicht Christy Adams Frau war, damit zu tun hatte, dass sie anderer Leute Post öffnete. Ich entschied, nicht genug Informationen zu haben, um irgendetwas aus ihren Anschuldigungen zu ziehen.

Also hakte ich nach: »Hast du einen Brief von Christy oder an Christy geöffnet?«

»Weder noch«, sagte Darryl und starrte seine Gefährtin an. »Sie hat einen Brief an Jesse geöffnet.«

Auriele hatte den Blick auf den Tisch gerichtet, und jetzt fiel mir der Stapel Post vor ihr auf. Obenauf lag ein weißer Umschlag, auf dem das unverkennbare Logo der Washington State University, ein Puma, zu sehen war, und plötzlich ergab alles Sinn.

Ich kniff mich in den Nasenrücken. Es war eine Geste, die Bran, der Marrok, der über alle Werwolfrudel mit Ausnahme des unseren in Nordamerika herrschte, so oft wiederholte, dass jeder, der länger Zeit mit ihm verbrachte, sie irgendwann übernahm. Da ich in seinem Rudel aufgewachsen war, hatte ich sie mir zwangsläufig angewöhnt. Sie half nicht gegen den Frust, aber ich hatte das Gefühl, dass ich mich dann besser konzentrieren konnte. Vielleicht tat Bran das deshalb so oft.

»Oh verdammt«, sagte ich. »Jesse hat mir letzte Woche gesagt, dass sie ihre Mutter anrufen will. Lasst mich raten, sie hat sich bis gestern oder heute Morgen davor gedrückt. Und Christy hat sich bei euch gemeldet. Ihr seid hergekommen, habt den Brief der WSU auf dem Tisch gefunden und …«

»Im Briefkasten«, sagte Darryl.

Ich hob die Augenbrauen, woraufhin Aurieles Kinn noch ein Stück weiter nach oben ging und ihre Schultern sich verspannten. Wenigstens schämte sie sich in ihrem Wahn, in den Christy sie getrieben hatte, für diese Aktion doch ein wenig.

»Als wir hier ankamen, war der Briefträger gerade am Gehen«, sagte sie steif. »Ich dachte, wir nehmen die Post gleich mit rein.«

»Du hast also das Schreiben im Briefkasten gefunden«, berichtigte ich mich selbst. »Und weil Christy nach den Planänderungen ihrer Tochter so ein Drama gemacht hat, musstest du ihn natürlich öffnen, um dich zu überzeugen, dass hier üble Machenschaften am Werk sind.«

Jesse war an der University of Oregon in Eugene angenommen worden, wo ihre Mom wohnte. Sie war aber auch an der University of Washington in Seattle angenommen worden, wo Gabriel, ihr fester Freund, studierte.

Beides waren gute Hochschulen, und sie hatte ihre Mutter glauben lassen, dass sie sich noch nicht entschieden hatte, wohin sie gehen wollte. Adam und ich waren uns beide sicher gewesen, dass sie Gabriel folgen würde – in diesem Alter war der feste Freund wichtiger als die Eltern. Ich verstand, warum Jesse es ihrer Mutter nicht hatte sagen wollen – dafür musste man sich nur die aktuelle Situation mit Auriele vor Augen führen. Es vor sich herzuschieben hatte jedoch lediglich zur Folge gehabt, dass der große Knall eben etwas später gekommen war.

Die jüngsten Ereignisse wirkten sich allerdings auch auf Jesses Collegepläne aus. Unser Rudel hatte sich einige neue und sehr gefährliche Feinde gemacht.

Vor einer Woche hatte Jesse mir gesagt, dass sie hierblei-

ben und auf die Washington State University gehen wür-
de. Ich konnte ihre Gründe nachvollziehen. Jesse war ein
praktisch denkender Mensch, und in der Regel – wenn ihre
Mutter nicht im Spiel war – traf sie gute Entscheidungen.
Ich hatte Jesse bloß einen einzigen Rat gegeben: dass sie es
Adam und Christy so bald wie nur möglich erzählen sollte.

»Ha!«, sagte Auriele mit bitterem Triumph in der Stimme und zeigte auf mich. »Hab ich dir doch gesagt, dass es
ihre Idee war.«

Ich öffnete den Mund, um etwas zu erwidern, aber in
diesem Moment wurde die Tür zu Adams Büro aufgeris-
sen, und Jesse marschierte mit geballten Fäusten und ge-
röteten Wangen heraus. Sie blickte an mir vorbei zu Auriele, und das Gefühl des Verrats war deutlich in ihren Augen
zu lesen, ehe sie um die Ecke bog und in einem Tempo die
Treppen hinauflief, das man fast schon als Rennen bezeich-
nen konnte.

Ich wollte hinter ihr her und war gerade am Fuß der
Treppe angekommen, als Adam aus seinem Büro gestürmt
kam. Der zeitliche Abstand zwischen Jesses Flucht und
Adams Auftauchen sagte mir, dass er versucht hatte, sie gehen zu lassen, der Wolf in ihm ihn jedoch dazu getrieben
hatte, die Verfolgung aufzunehmen.

Ich drehte mich um, sodass ich zwischen ihm und der
Treppe stand.

»Geh zur Seite«, sagte Adam, und seine Augen leuchteten gelb. »Mit dir werde ich später über die Sache reden.«

Ich spürte die Macht seiner Dominanz, ließ zu, dass sie
wirkungslos über mich hinwegspülte. Ich bin eine Gestalt-
wandlerin, kein Werwolf. Adams Alphadominanz weckte in
mir nicht den Wunsch, mich gehorsam mit dem Bauch auf
den Boden zu kauern – sie brachte mich dazu, dass ich ihm

19

die Zunge rausstrecken und ihm einen Klaps auf die Nase verpassen wollte. Noch vor einem Monat hätte ich das vielleicht getan.

Heute hielt ich mich zurück und beließ es bei einem simplen »Nein«.

Adam atmete tief durch und bemühte sich, seinen Wolf unter Kontrolle zu halten, und die daraus resultierende Anspannung schien ihn noch einmal gute drei Zentimeter breiter und höher werden zu lassen. Unter anderen Umständen hätte ich ein kleines Kräftemessen mit meinem Ehemann vielleicht genossen. Ich scheue einen Kampf nicht, solange niemand zu Schaden kommt.

Aber Jesse war bereits unnötig verletzt worden. Das machte mich wütend, deshalb traute ich mir selbst nicht und verzichtete lieber darauf, ihn zu provozieren. Und der Grund dafür war nicht, dass ich Adam nicht vertraute. Zumindest sagte ich mir das.

»Was willst du?«, fragte ich ihn ruhig. »Du kannst sie vielleicht so unter Druck setzen, dass sie macht, was du willst – was auch immer das ist. Möchtest du wirklich so eine Beziehung zu deiner mittlerweile erwachsenen Tochter?«

»Du solltest in Betracht ziehen, dass ich wütender auf dich bin als auf Jesse«, sagte er mit schneidender Stimme.

Das überraschte mich für einen Augenblick – und dann wurde mir klar, dass er Aurieles Theorie glaubte, ich hätte Jesses Entscheidung beeinflusst, ohne vorher mit ihm darüber geredet zu haben. Das tat weh – er sollte mich besser kennen. Aber ich unterdrückte den Schmerz, um mich später mit ihm auseinanderzusetzen. Im Moment war nur Jesse wichtig.

»Zuerst beruhigst du dich so weit, dass deine Augen nicht

mehr golden sind, dann gehe ich aus dem Weg«, sagte ich zu ihm.

»Verdammte Scheiße«, knurrte er, drehte sich um und stampfte zurück in sein Büro. Er schloss die Tür so betont leise, dass er damit niemandem etwas vormachen konnte.

Adam fluchte niemals in meiner Gegenwart. Nicht, wenn er nicht dabei war, die Kontrolle zu verlieren. Ich blickte zu der Tür – nachdenklich, wie ich mir sagte. Ich war nicht wütend, es gab ohnehin schon zu viele wütende Leute im Haus. Ich war nicht verletzt, denn so etwas machte ich mit mir selbst aus und nicht vor meinen Feinden. Und Auriele sah offenbar den Feind in mir – auch das verletzte mich nicht, nicht im Geringsten. Zumindest nicht hier, wo sie mich sehen konnte.

»Vielleicht solltest du dir in Erinnerung rufen«, sagte Darryl leise zu seiner Frau, »dass Adam uns alle gewarnt hat, er würde jeden töten, der etwas gegen seine Frau, seine Gefährtin, sagt.«

Mir fuhr der Schreck in die Glieder – all der Schmerz, den ich vorgab, nicht zu fühlen, war plötzlich zweitrangig. Ja, das hatte er gesagt. Es war eine Aussage, mit der ich mich nicht ganz wohlfühlte, deshalb hatte ich sie seltsamerweise nicht mit der aktuellen Situation in Verbindung gebracht. Und er würde sein Wort nicht brechen, bloß weil er wütend auf mich war.

Auriele zu töten wäre nicht nur dumm, es würde ihn auch kaputtmachen. *Und deshalb, meine lieben Kinder, ist ein Ultimatum immer eine schlechte Idee*, hörte ich die Stimme des Marrok in meinem Kopf. Ich glaube, er hatte das zu einem seiner Söhne gesagt, aber es war mir immer im Gedächtnis geblieben.

Drängend fragte ich Ariele: »Hast du etwas gegen mich

gesagt? Oder einfach nur wiederholt, was Christy gesagt hat?«

Sie gab keine Antwort, doch Darryl tat es für sie. »Ich glaube«, meinte er, »dass er uns eher gehen lassen würde, als einen Kampf mit mir zu riskieren. Und ich werde ihn nicht kampflos meine Gefährtin töten lassen.«

Auriele runzelte die Stirn. »Was? Warum? Jemand musste ihm sagen, was unter seinem eigenen Dach vor sich geht.« Ihrem Tonfall entnahm ich, dass sie anscheinend nicht auf den Gedanken gekommen war, das könnte eventuell ein Problem sein.

Darryl sah mich an und wandte dann den Blick ab. Er war besorgt.

»Jesse«, begann ich, unterbrach mich allerdings, weil meine Stimme etwas bebte. Kontrolle gehörte zu den Dingen, die Werwölfe respektierten. Als ich weitersprach, war meine Stimme leiser. Das war ein Trick, den ich von Adam gelernt hatte. Die Leute hörten dann aufmerksamer zu. »Jesse hat mir erzählt, dass sie sich entschieden hat, sich an der Washington State University hier in den Tri-Cities zu bewerben. Die Ereignisse der letzten Monate haben ihr klargemacht, dass sie, sollte sie woanders hingehen, eine Schwäche wäre, die die Feinde ihres Vaters gegen ihn verwenden würden.«

Ich ließ das für einen Moment in der Luft hängen. Sah zu, wie sie es sich durch den Kopf gehen ließ.

»Es gibt in Eugene kein Werwolfrudel«, sagte ich und erzählte ihnen damit etwas, das sie bereits wussten. »Jede Menge Vampire, aber kein Werwolfrudel, das wir bitten könnten, auf sie aufzupassen. Schlimmer noch, die Vampire dort sind ein chaotischer Haufen.« Der Vampir Frost hatte die Vampire in Oregon vor einigen Jahren angegriffen und kaum organisierte Strukturen zurückgelassen. Bran hatte kurzzeitig die Werwölfe aus Portland nach Eugene beordert, um sie aus Frosts direkter Schusslinie zu bringen. Als Frost aus dem Verkehr gezogen war, hatte Bran dem Rudel erlaubt, nach Portland zurückzukehren, sodass Eugene in den Händen der Vampire blieb, die Frost verschont hatte. »Diese Vampire haben meines Wissens nach kein Zentralorgan oder etwas in der Art, mit dem wir über Schutz für Jesse verhandeln könnten.«

»Das bedeutet, dass Christy sich in Gefahr befindet«, sagte Auriele mit weit aufgerissenen Augen. »Warum hast du Christy dazu gebracht zu gehen, wo du doch wusstest, dass sie nicht in Sicherheit wäre?«

»Es ist unwahrscheinlich, dass Christy zur Zielscheibe wird«, erwiderte Darryl, bevor ich es konnte. Und das war gut, denn Auriele würde ihm viel eher glauben als mir. »Wir haben doch darüber gesprochen, Auriele. Die meisten sehen in Adams Ex-Frau keine gute Geisel. Es gab niemals eine Gefährtenverbindung zwischen ihnen.«

Auriele holte tief Luft, sagte allerdings nichts. Ich wusste, dass Christy während ihrer Ehe immer unglücklich darüber gewesen war, dass zwischen Adam und ihr keine Gefährtenverbindung bestand.

Nach einer kleinen Pause sprach Darryl weiter: »Die meisten Alphas würden keine Frau beschützen, mit der sie lediglich eine vorübergehende rechtliche Vereinbarung hatten. Wenn Christy seine Gefährtin gewesen wäre«, Darryl warf mir einen Blick zu, »dann stünden die Dinge anders. Aber wenn sie seine Gefährtin gewesen wäre, dann hätte er sie erst gar nicht gehen lassen. Sie ist sehr sicher. Niemand hätte etwas davon, sie anzugreifen oder als Geisel zu nehmen. Sie brauchen nicht zu wissen, dass Christy zu verletzen oder auch nur zu erschrecken, zur Folge hätte, dass Adam und das Rudel kommen und den herumstromernden Vampiren eine Lektion erteilen würden, die sie niemals vergessen werden.«

Aurieles Gesichtsausdruck machte deutlich, dass sie ihm nicht zustimmen wollte, was Christys Sicherheit anging. Aber anscheinend hatten sie darüber schon einmal gesprochen. Auriele wusste genauso gut wie alle anderen im Raum, dass Christy sicherer war, wenn sie sich nicht in der Nähe des Rudels aufhielt, als sie es wäre, würde sie hier wohnen – es sei denn, sie würde wirklich mit dem Rudel zusammenleben. Adams Feinde würden in seinem näheren Umfeld nach einer Schwäche suchen, nicht in Eugene.

Als sich Adams Tür öffnete und mein Gefährte heraustrat, ignorierte ich ihn, auch wenn seine Bewegungen nicht mehr zornig wirkten. Ich würde ein so gut wie unlösbares Problem nach dem anderen angehen.

»*Christy* ist in Eugene in Sicherheit«, sagte Darryl nachdrücklich, sodass auch Adam es hören konnte, obwohl er den Blick nicht von seiner Frau abwandte. »*Jesse* ist Adams einziges Kind, wie jeder weiß, und das wäre etwas ganz anderes.«

»Sie hat ihre Collegepläne bereits letztes Frühjahr gemacht und sich dann beworben«, sagte ich. »Aber das war letztes Jahr, als unser Rudel noch zu den Verbündeten des Marrok gehörte und wir – Adam, Jesse und ich – übereingekommen waren, dass es nicht zu gefährlich wäre.«

Der Marrok, Bran Cornick, war eine bedeutende, mächtige Persönlichkeit in der Welt. Es brauchte schon stärkere und leichtsinnigere Kreaturen als Eugenes Vampire, um sich mit ihm anzulegen – obwohl er sich vor allem im Hinterland Montanas aufhielt. Er hatte Leute, die er schicken konnte, um für Gerechtigkeit zu sorgen oder Rache zu nehmen. Nicht nur die Werwölfe hatten Angst vor seinem Sohn Charles – oder dem Mauren – oder einer ganzen Reihe anderer gefährlicher alter Werwölfe in Brans Rudel.

Letzten Sommer hatten Adam und ich überlegt, ob wir Jesse ein oder zwei Leute aus dem Rudel mitgeben und sie dabei rotieren lassen sollten. Aber nachdem ich uns zur Zielscheibe gemacht hatte, indem ich verkündet hatte, dass wir die Tri-Cities als unser Revier erachteten und alle, die dort lebten – ob Menschen oder nicht – schützen würden, musste unser Rudel mehr auf der Hut sein. Damals war es mir als das Richtige erschienen. Doch es hatte vieles für uns verändert. Jesses relativ freie Wahl einer Universität war eines davon.

Ein paar Leute aus dem Rudel mit Jesse gehen zu lassen, um sie zu schützen, könnte bedeuten, dass wir im Notfall zwei Kämpfer weniger hatten. Und da wir nicht mehr unter dem Schutz des Marrok standen, würden wir vielleicht mehr als zwei Werwölfe brauchen, um ihre Sicherheit zu gewährleisten. Doch es brachte nichts, darüber zu diskutieren, denn Jesse würde weder nach Seattle noch nach Eugene gehen.

»Wir haben die Rückendeckung des Marrok nicht mehr«, sagte ich. »Aber möglicherweise spielt das nicht einmal eine Rolle. Die Hardesty-Hexen haben gezeigt, dass sie bereit sind, es mit dem Marrok in seinem eigenen Territorium aufzunehmen – und es sei dahingestellt, wie gut oder schlecht das für sie ausgegangen ist. Der Punkt ist, dass wir, unser Rudel, ein Ziel für diese Hexen darstellen. Mit der Zeit gelingt es uns vielleicht, sie dazu zu bringen, uns und unsere Leute zu respektieren. Aber wie sicher, denkt ihr, wird Jesse nach unserer letzten Begegnung vor ihnen sein?«

Auriele wurde blass und biss sich auf die Lippe. »An die

Hexen hatte ich gar nicht gedacht.« Zum ersten Mal klang sie unsicher.

Christy hatte diese verblüffende Fähigkeit, den gesunden Menschenverstand der Leute um sie herum auszuschalten und sich in den Mittelpunkt zu rücken. Nicht, dass mich das nervte oder so.

»Jesse hat an sie gedacht«, sagte ich. »Und sie wollte ihren Vater nicht verletzen, indem sie wartete, bis er ihr sagen musste, dass sie ihrem Traum nicht folgen kann oder sich einen anderen suchen muss. Also hat sie die Sache selbst in die Hand genommen. Sie ist zu einem Beratungsgespräch bei der WSU gegangen, und obwohl die Bewerbungsfrist bereits abgelaufen war, ist es dem Berater gelungen, ihr eine Zusage zu verschaffen. Sie sagte mir, sie würde sich Sorgen machen, dass er wegen ihres Vaters seine Beziehungen hat spielen lassen.«

Die Tri-Cities behandelten Adam, als wäre er ihr persönlicher Superheld. Er reagierte auf diese Ehrungen in der Öffentlichkeit mit Würde, im Privaten mit Humor, Frustration und (hin und wieder) auch Zorn.

»Ich sagte ihr, sie solle die Vorteile, die ihr das Rudel verschafft, annehmen«, sagte ich. »Es hat sie weiß Gott schon genug gekostet.«

Sie hatte sich von ihrem festen Freund, Gabriel, getrennt.

Sie hatte zu mir gesagt, dass es eine Sache war, ihn zu bitten, ein Jahr auf sie zu warten, doch die Beziehung über die Distanz hinweg aufrechtzuerhalten war eine ganz andere. Unter Tränen erzählte sie mir, er hätte bereits eine Woche später eine neue Freundin gefunden. Er hatte gedacht, dass Jesse sie mögen würde.

Manchmal konnten sogar kluge Männer erstaunlich dumm sein.

Aber diese Geschichte musste Jesse den anderen selbst anvertrauen – und ich war mir nicht sicher, ob Auriele, die Jesses Babysitterin und so etwas wie eine Ersatztante gewesen war, noch immer das Privileg einer Vertrauensperson besaß. Nicht, nachdem sie den Brief geöffnet und sich gegen Jesse auf Christys Seite geschlagen hatte. Wäre ich etwas nachsichtiger, dann würde ich Auriele vermutlich zugestehen, dass die Dinge für sie anders lagen. Für sie stand Jesse auf Christys Seite, und ich war die böse Stiefmutter.

»Sie hat sich entschieden«, sagte Adam langsam. »Jesse hat ihre Pläne ...« Er sah erst Darryl, dann Auriele und schließlich Joel an, der seinen Blick mit etwas mehr Feuer erwiderte, als noch kurz zuvor in seinen Augen gestanden hatte. »Sie hat ihre Pläne wegen des Rudels geändert.«

Das war allerdings nicht sein erster Gedanke gewesen.

Machte er sich Vorwürfe? Oder mir?

Er hatte mich nicht angesehen. Ich hatte das Rudel in eine andere Rolle gezwungen und damit die Aufmerksamkeit einiger mächtiger übler Typen erregt. So gesehen war es tatsächlich meine Schuld, dass Jesse ihre Pläne ändern musste.

Sein Tonfall war betont neutral gewesen, und unsere Gefährtenverbindung war seit Wochen stillgelegt. Ich konnte nicht sagen, was er dachte. Und im Augenblick war ich mir auch nicht sicher, ob mich das überhaupt interessierte.

Mein erster Impuls war eine bissige Antwort, etwas, das verraten würde, wie verletzt ich war, dass er sich so leicht auf Christys Version der Geschichte eingelassen hatte. Aber ich wollte ihm in diesem Moment meine Gefühle nicht anvertrauen. Also biss ich mir auf die Zunge und versuchte etwas Unvoreingenommeres zu finden, während ich den Kopf drehte und ihn ansah. Mir fiel nichts ein.

Mitten in diese angespannte Stille voller unausgesprochener Worte hinein öffnete Aiden die Hintertür.

Aiden war … ein Teil der Familie, obwohl ich nicht wirklich sagen könnte, wann das passiert war.

Als er in mein Leben getreten war, war er schmutzig und ständig in der Defensive gewesen. Außerdem schuldeten wir ihm einen Gefallen, weil er geholfen hatte, Zee und Tad zu retten.

Wenn Zee nicht gerade in der Werkstatt mit Schraubenschlüsseln hantierte, war er ein alter und mächtiger Fae, dem selbst die Grauen Lords mit Vorsicht, wenn nicht sogar Furcht begegneten. Tad, sein halbmenschlicher Sohn, besaß selbst einiges an Macht. Und Aiden, den man locker für einen Drittklässler halten konnte, solange er den Mund hielt, hatte diese beiden gerettet.

Damals hatte er ausgesehen wie der Junge, der er gewesen war, als ein Fae-Lord ihn nach Annwn entführt hatte, einem magischen Reich, in dem die Fae regierten – oder zumindest glaubten sie das. Ich wusste nicht, ob Menschen in Annwn einfach nicht alterten, ob dieser längst verstorbene Fae-Lord Aiden mit einem Zauber belegt hatte oder ob Annwn selbst ihre menschlichen Besucher als Gesellschaft erhielt, nachdem sie die Fae ausgestoßen hatte, aber genau wie Peter Pan war Aiden niemals erwachsen geworden. In all den Jahrhunderten – er wusste nicht, wie viele es waren –, die er meistens allein in Annwn gelebt hatte, einem Land voller Monster, die von den Fae eingesperrt und von Annwn befreit worden waren, war er keinen Zentimeter gewachsen. Letzte Woche mussten wir los und ihm neue Kleidung kaufen. Er würde in einer Gruppe Drittklässler noch immer nicht auffallen, aber es sah so aus, als würde er eines Tages erwachsen werden. Etwas, das ihn ziemlich fröhlich stimmte.

Er war wahnsinnig gefährlich. Vermutlich, um ihm am Leben zu halten – und aus Gründen, die nur sie selbst kannte –, hatte Annwnn ihm die Gabe des Feuers gegeben. Aber auch wir waren gefährlich, also hatten wir ihn in unsere Familie aufgenommen und behandelten ihn meistens wie das Kind, das er zu sein schien. Er schien das tröstlich zu finden, vielleicht sogar zu genießen.

Als er jetzt das Haus betrat, hätte man ihn für ein beliebiges extrem verdrecktes Menschenkind halten können. Irgendwann schien er nass geworden zu sein und sich dann in dem Staub gewälzt zu haben, der im Spätsommer den Boden bedeckte. Mit einer seiner schmutzigen Hände umklammerte er ein ähnlich zerzaustes und verdrecktes Mädchen, das einige Zentimeter kleiner als er war.

Er hielt inne und zerrte die Kleine mit einer Verärgerung, die an Wut grenzte, halb in die Küche. Doch all das schien seine Bedeutung zu verlieren, als er sich im Raum umsah und die Emotionen mit einem Verstand las, der nicht annähernd der eines Kindes war.

»Tut mir leid«, sagte er. »Das ist ein schlechter Zeitpunkt.«

Aber das Kind, das er hinter sich hergeschleift hatte, hörte plötzlich auf, sich zu wehren, und trat einen weiteren Schritt in den Raum hinein.

»Nein«, sagte die Kleine zu ihm, »es ist ein wundervoller Zeitpunkt. Ich liebe Kämpfe. Blut und Tod und danach Tränen und Trauer.« Sie kratzte sich ihr verfilztes Haar und warf mir einen hinterhältigen Blick zu, ehe sie erfreut allen anderen ein Lächeln schenkte.

»Annwnn«, sagte Adam gefährlich ruhig, »was tust du in meinem Haus?«

Annwnn war ein uraltes magisches Land. Sie war mächtig genug, um die Fae zwischen ihren Zähnen zu zermalmen und dann wieder auszuspucken – sogar Fae, die die Macht hatten, die Flut der Meere zu rufen oder die Erde zu spalten, waren ihr gegenüber auf der Hut. Sie war launenhaft bis hin zur Bosheit und konnte sich als Mädchen in Aidens Alter manifestieren. Als Aiden noch ein Kind war und versucht hatte, in Annwns Reich am Leben zu bleiben, hatte sie sich als weitere Überlebende ausgegeben und sich seiner kleinen Gruppe von Freunden angeschlossen. Irgendwann hatte er herausgefunden, wer und was sie war, aber sie behandelte ihn weiterhin wie einen Freund. Mir war immer noch nicht ganz klar, wie Aiden über sie dachte – und möglicherweise wusste er es selbst nicht.

Einem wütenden Werwolf gegenüberzustehen brachte sie, verständlicherweise, nicht besonders aus der Ruhe.

»Ich hörte, hier sei *jeder* willkommen«, sagte sie hinterlistig. »Der unsterbliche Schmied und sein Sohn, der zwar eine Missgeburt ist, aber doch Macht hat. Der Kojote und der Mann, der von einer Tibicena besessen ist.« Sie lächelte, und Grübchen zeigten sich. »Der Vampir – ihr wisst schon, der, der verrückt ist?«

Sie meinte Wulfe.

In der Nacht, in der die Hexen gestorben waren, war Wulfe verletzt worden. Nicht körperlich, sondern geistig oder spirituell oder so etwas – und es war meine Schuld. Wir hatten Wulfe mit zu uns genommen, der bewusstlos war und unverständliches Zeug brabbelte, und Ogden, das Rudelmitglied, das ihn trug, hatte Wulfe ins Haus gebracht.

Später fanden wir heraus, dass er keine Ahnung gehabt hatte, dass er einen Vampir trug. Er kannte Wulfe nicht persönlich, und irgendetwas – vermutlich die Wucht meiner Magie –, hatte seinen Geruchssinn beeinträchtigt. Aber Ogden hätte gar nicht in der Lage sein sollen, ihn ins Haus zu bringen. Bevor ein Vampir ein Haus betreten durfte, musste jemand, der dort wohnte, ihn ausdrücklich einladen. Vermutlich könnte angesichts der Bedeutung, die unser Haus für das Rudel hatte, jeder der Wölfe einen Vampir hereinbitten, doch Ogden schwor, dass er zu niemandem einen Ton gesagt hatte.

Wulfe konnte also in unserem Haus ein- und ausgehen, wie es ihm passte. Vielleicht konnte er das ja schon immer.

»Auch das ist deine Schuld«, sagte Auriele und sah mich an.

Ich habe keine Ahnung, wie sie darauf kam, außer vielleicht, dass ich es war, die Wulfe ausgeknockt hatte, sodass er überhaupt erst ins Haus getragen werden musste. Da war etwas dran, musste ich zugeben, zumindest wenn man verzweifelt nach Gründen suchte, mir die Schuld daran zu geben, dass die Sonne im Osten aufging.

Ich sah zu Auriele, dann zu Darryl. Ich sah zu Aiden und Annwnn, einem uralten Wesen, das in unserer Welt relativ wenig Macht besaß. Wie gesagt, »relativ«, denn ich war mir sicher, dass sie sich nicht viel Mühe geben müsste, unser Haus mit allen, die sich darin befanden, dem Erdboden gleichzumachen. Ich blickte zu Adam, der mich nicht ansah – meinem Gefährten, der Auriele nicht widersprochen hatte.

Und jetzt reichte es mir.

Wortlos schob ich mich an Annwnn und Aiden vorbei und durch die offene Hintertür nach draußen, wobei ich mir auf dem Weg meine Schuhe schnappte. Niemand versuchte mich aufzuhalten, und das war gut so, denn ich wusste nicht, ob ich noch eine erwachsene Reaktion zustande gebracht hätte.

Unser Garten war so gestaltet, dass dort jederzeit Rudel-treffen stattfinden konnten. Es gab kleine Picknickbereiche und Bänke und seit Neuestem auch ein riesiges Klettergerüst mit einem Piratenschiff-Ausguck ganz oben, von dem sogar eine Totenkopf-Flagge flatterte.

Wir hatten das Rudel mitsamt ihren Familien für einige Tage hier einsperren müssen und dachten uns, es wäre gut, etwas zu haben, wo die Kinder spielen konnten. Was wir nicht geahnt hatten, war, dass das ganze Rudel darauf spielen würde, aber sie liebten es.

In die Balken hatten sich Werwolfklauen eingegraben, und die Flagge hatte einen Riss an der Ecke, nachdem sich ein paar der Wölfe darum gebalgt hatten.

Ich hielt kurz inne und sah mir die andere Sache an, die neu in unserem Garten war.

In einer Ecke des Grundstücks war ein Teil einer Mauer errichtet worden, etwa zwei Meter hoch und aus Flusssteinen, die überwiegend grau und unregelmäßig waren. Sie war ohne Mörtel gebaut, die Formen der Steine griffen ineinander wie bei einem Puzzle. Die Mauer erstreckte sich von der Ecke aus etwa sechs Meter in beide Richtungen.

Etwa einen Meter von der Ecke entfernt, in der Mauer, die auf der Linie stand, die früher die Grenze zwischen meinem und Adams Haus markiert hatte, gab es eine abgenutzte Eichentür – obwohl man auch einfach ohne viel Mühe um die Mauer herumgehen konnte.

Die Mauer und die Tür darin waren noch nicht da gewesen, als ich vor nicht einmal einer Stunde von der Arbeit gekommen war.

Und jetzt war mir klar, warum Aiden so aufgebracht gewesen war, als er in die Küche kam. Annwnn hatte die Mauer gebaut, damit sie eine Tür haben konnte.

Als Aiden Annwnn verließ, vermisste sie ihn. Nach einem kleinen Ausflug in Annwnns Reich waren wir einen Pakt eingegangen. Ein paarmal im Monat eskortierten wir Aiden in das Fae-Reservat in Walla Walla, wo es viele Türen ins Land unter dem Feenhügel gab.

Und nun war da eine Tür nach Annwnn in *unserem* Garten.

Zu einem anderen Zeitpunkt wäre ich zurück ins Haus gerannt. Aber allein der Gedanke an all die feindseligen Blicke … an Adams feindseligen Blick … war zu viel für mich. In meinem Magen rumorte es, und mir blutete das Herz. Sollten sich doch Adam, Darryl und Auriele mit Annwnn herumschlagen.

Ich sprang über den alten Stacheldrahtzaun, der dort weiterging, wo die Mauer endete, und bahnte mir einen Weg durch Wermutkraut und Süßgräser zu meinem alten Haus – oder zumindest zu dem Haus, das dort stand, wo früher mein Zuhause gewesen war.

Ein Feldhase sprang irgendwo hervor, und mein innerer Kojote merkte auf. Etwas stimmte nicht mit dem Hasen, sonst wäre mein Kojote nicht so interessiert, obwohl ich gar keinen Hunger hatte.

Ich sah ihm hinterher. Der Rhythmus seiner Bewegungen war etwas beeinträchtigt – er hinkte nicht direkt, aber er lief merkwürdig. Doch Feldhasen waren ziemlich schnell, sogar wenn sie krank waren, deshalb war er außer Sicht, bevor ich mir darüber klar werden konnte, was mit ihm nicht stimmte.

Ich blieb bei dem alten VW Golf stehen, den ich ursprünglich hier abgestellt hatte, um Adam zu ärgern, wenn er es mal wieder zu weit trieb, damals als wir lediglich Nachbarn gewesen waren. Adam gehörte zu der Sorte Mensch, die durchs Museum ging und die Bilder geraderückte. Der alte Wagen, den ich nur noch als Ersatzteillager nutzte und dem mehrere Teile fehlten, würde ihn, so hatte ich es mir ausgerechnet, in den Wahnsinn treiben.

Ich überlegte, noch etwas anderes mit ihm zu machen – aber der Golf war Teil der spielerischen Kabbeleien zwischen Adam und mir. Ich war nicht wütend auf Adam, wir stritten nicht – vielleicht wäre ich morgen wütend, wenn mein Herz nicht mehr so wehtat. Heute war ich einfach nur verwirrt und traurig.

Ich war mir ziemlich sicher, dass es etwas mit den Hexen zu tun hatte, dass Adam sich so von mir distanzierte.

In den ersten Wochen nachdem wir die Hexen getötet hatten, schien er noch in Ordnung zu sein. Er hatte Albträume, doch die hatte ich auch.

Wann er sich entschlossen hatte, unsere Gefährtenverbindung stillzulegen, wusste ich nicht, denn zu meiner Schande muss ich gestehen, dass ich es anfangs gar nicht gemerkt hatte.

Ich war an meinen Gefährten gebunden, an das Rudel und an einen Vampir. Und wenn ich zu sehr an irgendjemanden von ihnen dachte, konnte ich verstehen, warum Tiere, die in einer Bärenfalle gefangen waren, sich Gliedmaßen abnagten, um freizukommen. Das Band zu Adam war dasjenige, das mir am wenigsten ausmachte. Und als diese Verbindung blockiert wurde, musste ich feststellen, dass sie … mich komplettierte.

Trotzdem hatte ich mir kaum die Mühe gemacht herauszufinden, wie sie funktionierte, das hatte ich Adam überlassen. Normalerweise gab es da nur eine kleine Öffnung in unserer Verbindung, genug, um mich wissen zu lassen, dass es Adam gut ging und er sich vergewissern konnte, dass es bei mir genauso war. Manchmal ließ er sie weit offen – normalerweise, wenn wir uns liebten, und das war gleichermaßen wundervoll und überwältigend.

Wir lebten nicht im Kopf des jeweils anderen, aber für gewöhnlich wusste ich, ob er einen guten oder einen schlechten Tag hatte, auch wenn nur starke Emotionen zu mir durchdrangen. Ich wusste, wo er war und ob er Schmerzen hatte oder nicht. Und er wusste all diese Dinge auch über mich. Doch dass er die Öffnung so klein hielt, ließ uns auch etwas Privatsphäre. Auf diese Weise, das sagte er mir, würde ich nicht versuchen, mir den Fuß abzunagen, um freizukommen.

Irgendwann nach der Sache mit den Hexen hatte er sie komplett dichtgemacht, und mir war das bis vor einigen Tagen nicht aufgefallen. Als ich es schließlich bemerkte, blickte ich zurück, und mir wurde klar, dass es Wochen her war, seit ich das letzte Mal wirklich etwas über unsere Verbindung gespürt hatte. Und so, wie es jetzt war, sagte sie mir gar nichts, außer dass er noch am Leben war.

Er hatte viele Überstunden gemacht – genau wie ich, weil meine gerade erst wieder eröffnete Werkstatt mehr Arbeit mit sich brachte als normal. Mir war es nicht seltsam vorgekommen, dass wir so wenig Zeit miteinander verbrachten, bis ich innehielt und darüber nachdachte. Er hatte viel gearbeitet, aber weiterhin für Rudelangelegenheiten und die Probleme einzelner Werwölfe ein offenes Ohr. Zeit für uns als Paar, was uns früher immer wichtig war, nahmen wir uns hingegen nicht mehr.

Ich wusste nicht, wann genau es geschehen war oder warum, doch ich war mir sicher gewesen, dass es eine Nachwirkung der Sache mit den Hexen und Elizavetas Tod war. Aber seine Reaktion heute Abend, wie bereitwillig er geglaubt hatte, dass ich Jesse dazu gedrängt hätte, ihre Pläne zu ändern, ohne ihm etwas davon zu sagen, ließ in mir den Gedanken aufkommen, dass der Grund *ich* sein könnte.

Hatte er schließlich genug von dem Ärger, den ich verursachte? Oder von dem ich zumindest umgeben zu sein schien?

Seit Wochen hatten wir nicht miteinander geschlafen. Mein Gefährte war kein Mann, der sich nach einem Mal umdrehte und einschlief, es sei denn, einer von uns war zu erschöpft. Und mit ihm hatte ich auch nicht das Bedürfnis, es bei einem Mal bewenden zu lassen, deshalb hatten wir in diesem Punkt gut harmoniert.

Ich beugte mich hinunter, um den alten VW liebevoll zu tätscheln, und ging dann weiter. Ich wollte nicht mehr nachdenken, und Bewegung schien mir da das Richtige zu sein. Ein besonderes Ziel hatte ich nicht, ich wollte einfach nur weg.

Ich blieb bei der Scheune stehen, die ich während des Wiederaufbaus meiner Werkstatt als zweiten Geschäftssitz verwendet hatte, und spähte hinein. Sie wirkte seltsam leer, nachdem ich die meisten Gerätschaften zurück in die Werkstatt in der Stadt gebracht hatte. Jetzt befand sich nur noch mein alter Vanagon darin.

Ich hatte eine weiße Abdeckplane ausgebreitet und den alten Van darauf abgestellt, in dem Versuch, so das Leck in den Kühlmittelleitungen zu finden, die vom Kühler im vorderen Teil des Vans bis zum fünf Meter weit entfernten Motor verliefen. Es war ein letzter verzweifelter Versuch, das Leck zu finden, bevor ich die Leitungen gänzlich entfernte und sie durch neue ersetzte. Viel Hoffnung hatte ich nicht, aber auch keine große Lust, den ganzen Van auseinanderzunehmen.

Ich schloss die Tür, ohne die Plane zu überprüfen, und ging zu dem kleinen Fertighaus, das meinen alten Wohnwagen ersetzt hatte. Der Garten war in einem besseren Zustand, als er es gewesen war, als ich noch dort gewohnt hatte. Adam hatte ein automatisches Bewässerungssystem installiert und seinen Gärtner beauftragt, sich auch um mein Grundstück zu kümmern.

Die Eiche, das Geschenk eines Eichenmannes, war dem Feuer entronnen, das mein altes Zuhause zerstört hatte. Sie war gewachsen, seit ich sie das letzte Mal bewusst angesehen hatte, und zwar viel mehr, als sie für mein Empfinden sollte – aber ich war auch keine Gärtnerin oder Botanikerin. Ihr Stamm war so dick, dass ich ihn mit beiden Händen nicht mehr umspannen konnte.

Einem Impuls folgend legte ich meine tränenfeuchte Wange an die kühle Rinde und schloss die Augen. Ich spürte nichts, doch mein Kopf musste klarer sein, ehe ich die subtile Magie spüren konnte, die dem Baum innewohnte.

»Hey«, sagte ich zu ihm, »es tut mir leid, dass ich so lange nicht mehr bei dir war.«

Er gab keine Antwort, deshalb wandte ich mich nach einem kurzen Moment dem kleinen Fertighaus zu, in dem ich nie gewohnt hatte. Mein alter Wohnwagen war verbrannt, und ich war bei Adam eingezogen. Gabriel, Jesses Ex-Freund, der früher für mich gearbeitet hatte, hatte darin gelebt, bevor er aufs College ging. Ursprünglich hatte er geplant, den ganzen Sommer dort zu wohnen, aber vor einigen Wochen war er mit seinen ganzen Sachen ausgezogen. Er sagte mir, dass er keinen Sinn darin sehe, hier Platz zu beanspruchen, wenn er eigentlich in Seattle lebte.

Mir war klar gewesen, dass da noch mehr war, etwas, das seine Augen traurig blicken ließ, und ich war mir ziemlich sicher, dass es etwas mit Jesse zu tun hatte, weil sie nicht gekommen war, um ihm beim Umzug zu helfen. Aber ich dachte mir, dass sie mir schon von selbst davon erzählen würden, wenn sie dafür bereit waren. Daher hatte es mich auch nicht überrascht, als Jesse mir erzählte, dass Gabriel und sie sich getrennt hatten, weil sie nicht zu ihm nach Seattle kommen würde.

Gabriels Schlüssel hingen an unserem Schlüsselbrett in der Küche, doch ich würde nicht zurückgehen, um sie zu holen. Der künstliche Stein lag nach wie vor neben der Treppe – an einer Seite war er etwas angekokelt, und ich nahm noch immer leicht den Geruch von Feuer wahr.

Adam wäre fast ums Leben gekommen, als er versuchte, mich zu retten. Ich war nicht zu Hause gewesen, aber er hatte gedacht, ich wäre es. Selbst ein Werwolf kann verbrennen. Als ich dort neben der Holztreppe in die Hocke ging, erinnerte ich mich an die Verbrennungen überall auf seinem Körper.

Doch ich erinnerte mich zudem an den Ausdruck in seinen Augen, als er mir, wenn auch nicht so ausführlich, gesagt hatte, dass er mir zutraute, ihn in einer Sache zu hintergehen, von der ich wusste, dass sie ihm wichtig war. Dass ich seine Tochter zu einer Entscheidung drängen würde, die den Rest ihres Lebens betraf, ohne vorher mit ihm darüber zu sprechen.

Ich schloss die Hand um den Plastikstein und fand den funkelnden neuen Schlüssel. Gabriel hatte seinen Ersatzschlüssel an den gleichen Ort getan wie ich meinen. Adam, der eine Sicherheitsfirma besaß, hätte uns beiden einen Vortrag gehalten, hätte er davon gewusst.

Ich öffnete die Tür.

Vor seinem Aufbruch hatte Gabriel das Haus gereinigt –

und dann waren seine Mutter und seine Schwestern gekommen und hatten es gleich noch einmal geputzt. Zu mir sagte sie: »Gabriel ist ein guter Junge, aber es gibt keinen Mann, der ein Haus so gut putzen kann wie eine Frau.«

Und mit dieser sexistischen Aussage war sie zur Tat geschritten, um ihre Theorie zu beweisen. Das Haus roch nicht muffig wie die meisten Wohnräume, die lange leer standen, sondern sauber. Der Teppich sah aus wie neu, der Vinylboden in der Küche und in den Badezimmern war makellos.

Auf der Arbeitsfläche in der Küche lag ein weißer Umschlag, auf dem *Jesse* stand. Ich ließ ihn liegen. Heute hatte schon einmal jemand Jesses Post geöffnet, und ich würde das nicht wiederholen.

Das Haus war größer als mein ehemaliger Wohnwagen und auch besser gedämmt. Obwohl es ein heißer Tag gewesen und der Strom abgestellt war, war die Temperatur erträglich.

Durch ein leeres, sauberes Haus zu wandern würde mich nicht glücklicher machen. Mir kam der Gedanke, dass ich mich aus dem Kampf zurückgezogen hatte, lange bevor er zu Ende war – und das sah mir gar nicht ähnlich. Ich blickte durchs Schlafzimmerfenster hinüber zu meinem Zuhause. Meinem echten Zuhause.

Es war Zeit zurückzugehen und dafür zu kämpfen.

Ich trat aus dem Schlafzimmer – und eine Frau stand mit dem Rücken zu mir im Wohnzimmer. Ihr blondes Haar war lang und glatt. Sie trug einen dunkelblauen A-Linien-Rock und eine weiße Bluse.

»Entschuldigen Sie?«, sagte ich, während ich mich noch fragte, wie sie ins Haus gekommen war, ohne dass ich sie bemerkt hatte. Ich konnte sie jetzt riechen, ein leichter Duft, der mir bekannt vorkam.

Sie drehte sich um und sah mich an. Auch ihr Gesicht kam mir seltsam bekannt vor. Ihre Züge waren ausgeprägt – eher attraktiv als lieblich. Ein Gesicht wie gemacht für eine Charakterdarstellerin. Ein Gesicht, das man immer und überall wiedererkennen würde – nur dass mir nicht einfiel, wo ich sie schon einmal gesehen hatte. Ihre Augen waren blaugrau.

»Ich verstehe das nicht«, sagte sie. »Er liebt mich. Warum würde er so etwas tun?«

Und bei diesen Worten begann Blut aus Wunden zu fließen, die sich überall an ihrem Körper öffneten – an Schulter, Brust, Bauch, erst an einem Arm und dann am anderen –, und der Geruch von frischem Blut verteilte sich im ganzen Haus.

2

es war ihre Stimme, die ich schließlich wiedererkannte. Sie war meine alte Nachbarin Anna Cather. Erst vorgestern hatte ich sie an der Tankstelle gesehen. Ich hatte sie eben nur deshalb nicht sofort erkannt, weil die Anna, die ich kannte, über siebzig war. Die Frau, die mich anstarrte, während das Blut zu ihren Füßen in den grauen Teppich sickerte und ihn schwarz färbte, war dagegen in ihren Zwanzigern.

Kummer überkam mich, und obwohl ich es besser wusste – gerade ich musste es besser wissen –, eilte ich an ihre Seite und streckte die Hand nach ihr aus. Ihre Schulter unter meiner Berührung war so fest wie die einer lebenden Person, fest und kalt wie Eis. Viel kälter als eine tatsächliche Leiche gewesen wäre.

Sie war tot. Meine glückliche Nachbarin, die meine Kekse so sehr mochte und mir Blumensträuße aus ihrem Garten brachte.

Die Fähigkeit, Geister zu sehen, war die andere Sache neben der Verwandlung zum Kojoten, die mich besonders machte. Ich wusste, dass ich sie, indem ich ihr Aufmerksamkeit schenkte, realer machte, ihr mehr Macht gab. Nein, nicht ihr, ihm, dem Geist – selbst wenn ich nicht mehr überzeugt war, dass Geister wirklich nichts weiter waren als leere Hüllen der Menschen, die sie einst waren. Ein leeres Ding ohne Gedanken und Gefühle. Was genau sie waren, das wusste ich nicht recht, und ich bezweifelte, dass irgendwer sonst es wusste.

Dass ich sie bewusst wahrgenommen hatte, war schlecht, sie zu berühren war noch schlechter. Wenn ich nicht wollte, dass ihr Schatten die nächsten Jahre in diesem Haus spukte, dann musste ich jetzt gehen. Aber Anna war meine Freundin – gewesen.

Statt mich also abzuwenden, ließ ich meine Hand, wo sie war. »Anna, was ist passiert?«

Tränen liefen ihr über die Wangen, während Blut aus ihrem Mundwinkel zu tropfen begann. Sie hob die Hände, um ihre Lippen zu bedecken, und schlang dann ihre blutigen Arme um ihren Körper und krümmte sich leicht, als hätte sie Bauchschmerzen. Sie blickte mich erschrocken an.

»Warum?«, fragte sie mich und klang dabei fassungslos. »Warum hat er das getan? Er ist so ein sanftmütiger Mensch – du kennst ihn ja. Selbst Spinnen trägt er aus dem Haus statt sie zu töten.«

»Und Mäuse fängt er in einer Lebendfalle«, ergänzte ich fassungslos. »Anna, willst du mir damit sagen, dass Dennis dich getötet hat?«

Dennis, Annas Ehemann, liebte sie mit seiner ganzen sanftmütigen Seele. Sie führten keine perfekte Ehe. Ich wusste, dass sie einmal im Jahr allein in den Urlaub fuhr, und nachdem er in den Ruhestand gegangen war, folgte er ihr durchs Haus wie ein treuer Hund, der bloß auf den nächsten Befehl wartete. Daraufhin hatte sie begonnen, ehrenamtlich in Krankenhäusern, Tierheimen und anderen Einrichtungen zu arbeiten, nur um aus dem Haus zu kommen. Doch sie liebte ihn, und er liebte sie – und so arrangierten sie sich miteinander.

Sie krümmte sich und sah mich an. »Warum?«, wiederholte sie. »Warum hat er es getan? Er ist so ein sanftmütiger Mensch – du kennst ihn ja. Selbst Spinnen trägt er aus dem Haus statt sie zu töten.«

Sie sprach nicht zu mir, sie war auf einer Endlosschleife.

Manchmal verhielten sich Geister mir gegenüber, als wären sie noch immer die Person, deren Schatten sie waren. Aber bloß manchmal. Manchmal waren sie in einem bestimmten Moment gefangen oder in einer Reihe von Momenten. Dass Anna sich so genau wiederholt hatte, ließ vermuten, dass sie zu dieser Sorte gehörte. Sie konnte mir keine Antworten geben.

»Anna«, sagte ich, obwohl ich wusste, dass nichts, was ich von mir gab, etwas ändern würde, »es tut mir so leid.«

Es war möglich, dass die Wunden an ihrem Körper wirklichen Wunden entsprachen – in diesem Fall hatte sie jemand (trotz ihren Worten wollte ich noch immer nicht recht an Dennis glauben) mit einer Stichwaffe attackiert. Doch Geister waren nicht an die physische Realität gebunden. Die Wunden konnten auch dafür stehen, wie sie sich fühlte, als sie starb oder wie sie über ihren Tod dachte.

Eine Neun-Millimeter durchdrang die Geräuschkulisse der frühen Abendstunden, den leisen Verkehrslärm, die zwitschernden Vögel, die bellenden Hunde. Anna und ich drehten uns beide nach ihrem Haus um, auch wenn Wiederholer in der Regel nichts außerhalb ihrer eingeschränkten Realität wahrnahmen.

Obwohl Schüsse in dieser ländlichen Gegend nicht ungewöhnlich waren, ließ mich das Knallen der Pistole mit einer schwerwiegenden Gewissheit in der Brust zurück. Mir war übel. Annas Gesicht erhellte sich mit einem erleichterten Lächeln.

»Oh«, sagte sie. »Dennis?«

Das Blut auf dem Teppich verblasste, wie auch das auf ihrem Körper. Von einem Atemzug zum nächsten waren die dunklen Flecken verschwunden, als wären sie niemals da gewesen. Nur die Tränen auf ihren Wangen waren noch da, und der Duft nach frischem Blut hing nach wie vor in der Luft.

»Dennis?«, fragte sie noch einmal, aber dieses Mal klang es wie jemand, der hörte, wie eine Tür geöffnet wurde, und der sich relativ sicher war, wer eintreten würde.

Glück vertrieb die Anspannung aus ihrem Körper. Ich trat zurück, ließ meine Hand fallen. Sie trat einen Schritt vor, nicht auf mich zu, sondern auf etwas, das ich nicht sehen konnte. Sie hob beide Hände, und ihr ganzer Körper beugte sich nach vorn, um sich an jemanden zu lehnen. Dennis, wie ich vermutete.

»Mein Liebster«, sagte sie und blickte auf – Dennis war ein ganzes Stück größer gewesen als sie.

Und dann war ich wieder allein im Wohnzimmer.

Ich verschwendete keine Zeit, sondern rannte sofort zu den Cathers. Während ich im Haus gewesen war, was nicht lange gedauert hatte, war die Dämmerung zur Nacht geworden. Die Dunkelheit störte mich jedoch nicht – wie jeder Kojote konnte ich gut im Dunkeln sehen. Sie verschaffte mir eine Tarnung, sodass niemand sehen konnte, dass ich, wenn ich mit voller Geschwindigkeit rannte, schneller war, als ich es hätte sein sollen. Die Cathers waren neben Adam meine nächsten Nachbarn, aber bis zu ihrem Haus war es trotzdem fast ein halber Kilometer.

Niemanden sonst schien der Schuss alarmiert zu haben.

Doch niemand sonst hatte Annas Geist in seinem Wohnzimmer gesehen.

Als ich bei Annas und Dennis' Garten ankam, blieb ich stehen und sah mich um. Jemand hatte hier einen Schuss abgefeuert, und auch wenn ich eine Vermutung hatte, was geschehen war, konnte ich mir nicht ganz sicher sein. Es war möglich, dass sich hier noch ein Schütze herumtrieb.

Dennis' grauer Toyota Truck parkte neben Annas silbernem Jaguar im Carport. Alles war sauber und ordentlich, außer … ich blieb bei einem der großen Hochbeete stehen, die Dennis für Anna gebaut hatte. Auf einem der Holzbalken, die das Beet einrahmten, lag eine Schachtel mit einem neuen Sprinklerkopf. Ich sah, dass jemand ein Loch gegraben hatte – vermutlich um die Sprinkleranlage zu reparieren –, aber nicht weit gekommen war.

Beklommen stieg ich die Stufen zur Eingangstür hinauf. Das Haus der Cathers war ein Fertighaus, wie so viele andere in Finley – eine deutlich größere und eindrucksvollere Version desjenigen, das ich gerade verlassen hatte. Es war in geschmackvollem Grau und Weiß gestrichen und machte passend zu den Cathers einen sauberen und ordentlichen Eindruck. Das einzig Extravagante war die Veranda, die sich rund um das ganze Haus zog.

Ich fragte mich, ob ich auf die Polizei warten sollte – was bedeutete, dass ich sie zuerst anrufen musste –, anstatt einfach die Tür zu öffnen. Wenn ich jetzt einfach hineinging, zerstörte ich möglicherweise Beweismaterial. Aber wenn ich auf die Polizei wartete, dann würden sie zuerst hineingehen und die Geruchsmarker zerstören, die mir vielleicht sagen könnten, was passiert war.

Mir fiel auf, dass die Vordertür leicht offen stand.

So vorsichtig wie nur möglich stieß ich die Tür mit dem

Fuß auf, doch sie öffnete sich nur gute dreißig Zentimeter und wurde dann von einem in Jeans gekleideten Bein auf dem Fliesenboden gestoppt. Der Geruch des Todes hüllte mich ein – zuerst Dennis, dann, ein paar Sekunden später, roch ich auch Anna.

Als ich den Schuss gehört hatte, war ich mir fast sicher gewesen, dass Dennis tot war. Erst recht nach Annas letzten Worten. Mir war nicht bewusst gewesen, wie sehr ich gehofft hatte, mich zu irren, bis ich ihre Tür öffnete und die Leichen fand.

Mit der Gewissheit, dass Anna und Dennis beide tot waren, verschwand auch meine Sorge um Fingerabdrücke und unberührte Tatorte. Ich schob mich durch die schmale Öffnung zwischen Tür und Türrahmen, stieg über Dennis' Bein hinweg und betrat das Wohnzimmer der Cathers.

Dennis' Leiche war mitten in der Bewegung in sich zusammengesackt, als wäre er auf dem Weg zur Tür gewesen, als er sich erschoss. Und es bestand kein Zweifel daran, dass er das getan hatte. Der Finger seiner rechten Hand hing noch immer im Abzugsbügel. Er hatte die sichere Variante gewählt – sich die Pistole in den Mund geschoben und sich den hinteren Teil des Kopfes weggepustet.

Meine Augen und meine Nase sagten mir, dass kein Lebender in diesem Haus war – und auch keine anderen Toten als Anna und Dennis. Sie war nicht im Wohnzimmer, aber sie war nicht weit. Die Gefahr, worin auch immer sie bestanden hatte, war vorüber.

Ich ging neben Dennis in die Knie und bezwang den Drang, ihm die toten Augen zu schließen. Ich konnte es mir selbst gegenüber irgendwie rechtfertigen, dass ich wissen wollte, was passiert war. Aber den Tatort auch nur ein kleines bisschen zu verändern wäre falsch.

Dann untersuchte ich die Leiche, ohne sie zu berühren, jedoch mit all meinen anderen Sinnen.

Soweit ich wusste, war dies das erste Mal, dass Dennis eine Waffe in die Hand genommen hatte. Es war eine STI Trojan, eine 1911er im Kaliber 9mm. Annas Waffe. Über die Jahre waren sie und ich hin und wieder Zielschießen gegangen – und die Trojan war ihre Lieblingswaffe. Dennis mit seiner unerschütterlichen Abneigung gegen Waffen hatte sich stets geweigert, uns zu begleiten. Anna hatte mir erzählt, dass ihr Vater bei den Marines gewesen war und allen seinen Töchtern das Schießen beigebracht hatte. Sie war eine bessere Schützin als ich, und ich war nicht gerade schlecht.

Was war geschehen, dass Dennis an diesem Tag beschlossen hatte, eine lebenslange Überzeugung und einen festen Grundsatz über Bord zu werfen? Drogen oder Alkohol wären meine erste Vermutung gewesen. So seltsam es war, mir vorzustellen, dass Dennis Drogen genommen oder sich betrunken hatte (er mochte keinen Alkohol, soweit ich wusste), es war nicht so seltsam wie der Gedanke, Anna könnte eine Affäre gehabt oder etwas anderes getan haben, das Dennis zu dem Entschluss gebracht hatte, dass er keine andere Wahl hatte, als zur Waffe zu greifen.

Ich konnte keinen Alkohol an seinem Gesicht oder in seinen Kleidern riechen, aber wenn er ihn vor mehr als einer Stunde zu sich genommen oder an einem anderen Ort getrunken hatte, wäre ich nicht in der Lage, es aus der Entfernung zu riechen. Wenn er genug getrunken hatte, um wild um sich zu schießen, dann hätte ich es an seiner Haut riechen müssen, doch der Gestank war möglicherweise sehr schwach, und ich musste näher ran.

Die Wunde roch streng – nach Blut und Schießpulver. Wenn ich Drogen oder Alkohol oder irgendetwas anderes

Abnormales riechen wollte, dann musste ich ein Stück Haut finden, das so weit wie nur möglich von der Wunde entfernt war. Dennis trug ein langärmeliges Hemd, und sein linker Arm war ausgestreckt.

Als ich mein Gesicht dichter an seinen Arm brachte, fiel mir auf, dass er kürzlich von etwas gebissen worden war. Ich zögerte. Da waren zwei deutliche, frische Male, und auf der Haut um sie herum war etwas verschmiertes Blut zu sehen. Es sah aus, als ob er von einem winzigen Vampir gebissen worden wäre. Vielleicht stellten sich mir deshalb die Nackenhaare auf.

Es könnte eine Schlange gewesen sein, dachte ich, und erinnerte mich an die unvollendeten Reparaturarbeiten im Garten. Klapperschlangen verirrten sich meines Wissens nur selten in diese Gegend. Bullennattern konnten beißen, waren jedoch nicht giftig. Nicht, dass das alles eine Rolle spielte, es gab kein mir bekanntes Schlangengift, das jemanden zum Mörder machte. Ich war keine Expertin, vielleicht gab es Schlangen, deren Biss Halluzinationen auslöste, aber das traf auf keine der Schlangenarten zu, die es in dieser Gegend gab.

Es sah ohnehin nicht wirklich nach einem Schlangenbiss aus. Tatsächlich erinnerte es mich an einen Hasenbiss. Ich hatte schon eine ganze Menge Hasenbisse gehabt – in meiner Kojotengestalt mache ich Jagd auf Hasen. Doch Dennis war kein Gestaltwandler, und sie hielten keine Hasen.

Aus irgendeinem Grund erinnerte ich mich in diesem Moment wieder an den Feldhasen, der meinem Kojoten aufgefallen war, weil etwas mit ihm nicht stimmte. War er in diese Richtung gerannt? Möglicherweise.

Konnte er die Tollwut gehabt haben? Ich wusste, dass Hasen Tollwut übertragen konnten. Aber abgesehen von dem Trauma, das ich als Kind von *Mein Freund Jello* zurückbehalten hatte, hatte ich nicht viel Ahnung davon. Hunde bekamen Schaum vor dem Mund und bissen Leute – zumindest war das bei Jello so. Das schien mir nicht auszureichen, um jemanden dazu zu veranlassen, zuerst seine Frau und dann sich selbst zu erschießen.

Ich beschloss, dass sowohl Gift als auch Tollwut als Schuldige unwahrscheinlich waren, und forschte nach einer chemischen Ursache. Ich schloss die Augen, atmete tief ein und hielt vor allem Ausschau nach dem Geruch von Alkohol, Drogen oder einer Art Krankheit. Obwohl ich aufpasste, berührte meine Nase dabei Dennis' Haut.

Magie erfüllte meine Nase, brannte sich in meine Nebenhöhlen und ließ meine Augen tränen. Sofort schreckte ich zurück, als hätte ich mich verbrannt. Ich öffnete die Augen, als ich das Gleichgewicht verlor und fast auf Dennis' Leiche gefallen wäre – die noch immer das Glühen der Magie ausstrahlte, die in meiner Nase brannte wie Mentholöl.

Adam war der Meinung, dass es nicht wirklich meine Nase war, die mich Magie aufspüren ließ, sonst hätten er und die anderen Werwölfe ja auch dazu in der Lage sein müssen. Er glaubte, Magie würde sich für mich wie ein Geruch anfühlen, weil ich keine andere Möglichkeit der Wahrnehmung hatte, sie zu verarbeiten, wie so eine Art Synästhesie. Vielleicht hatte er recht, aber das änderte nichts an der Tatsache, dass es meine Nase war, die mir das Vorhandensein von Magie mitteilte.

Allerdings hätte ich normalerweise Magie, die so eine Wirkung auf mich hatte, bereits an der Eingangstür riechen müssen – vielleicht sogar schon auf der Straße. Sie ließ meine Finger kribbeln und meine Nase brennen – und für meine Augen war Dennis' ganzer Körper von einem Leuchten umgeben. Ich verstand nicht, warum mir die Magie nicht aufgefallen war, bis ich an seiner Haut gerochen hatte. Nein. Bis ich seine Haut *berührt* hatte. Viele Arten von Magie reagierten auf direkten Hautkontakt.

Angesichts der brandneuen Tür nach Annwnn in meinem Garten, keinen halben Kilometer entfernt, lag die Vermutung nahe, dass es sich um Fae-Magie handelte. Aber es roch nicht wie Fae-Magie.

Ich konnte Hexenmagie von Fae-Magie unterscheiden, Werwolfmagie von Vampirmagie. Das hier war nichts, was ich kannte. Einmal hatte ich eine Ausstellung mit südamerikanischen Artefakten besucht, und der ganze Raum hatte nach einer Art von Magie gerochen, der ich noch nie zuvor begegnet war – dunkel und komplex. Sie kam der Magie in Dennis' Leiche näher als Fae-Magie. Obwohl sie nicht genau gleich war. Sie erinnerte mich außerdem an die Magie, die ich bei einem anderen Magier gerochen hatte, der einen Pakt mit einem Dämon eingegangen war – und ein ganz klein wenig an Annwnn selbst. Nein, es war nicht Annwnns Magie, aber es fühlte sich ein wenig an wie das, was ich gespürt hatte, als ich selbst in Annwnn war – etwas Uraltes und Urtümliches.

Ich wusste nicht, was es war. Ich wusste nur, was es nicht war. Es war keine Hexenmagie. Es war keine Fae-Magie – auch wenn ich das nicht ebenso bestimmt ausschließen konnte. Manche der Fae waren sich untereinander weniger ähnlich als ich einem Milchkarton. In jedem Fall roch es nicht wie die Magie irgendeines Fae, dem ich bislang begegnet war. Abgesehen von der entfernten Ähnlichkeit zu etwas, das mit Annwnn zu tun hatte – und ich wusste nicht einmal, ob Annwnn wirklich Fae war –, hatte es nichts mit irgendeiner Art von Magie gemein, die mir bislang untergekommen war. Und ganz bestimmt gehörte sie nicht zu

Dennis, denn er hatte keinen Funken magischer Fähigkeiten besessen.

»Nein, Anna«, murmelte ich, obwohl ich mir ziemlich sicher war, dass sie nicht hier war. »Es war nicht Dennis, der dich getötet hat.« Angesichts der Tatsache, dass ich Dennis so gut kannte, war ich mir sicher, dass das Wesen, das so viel Magie in seinem Körper hinterlassen hatte, für ihren Tod verantwortlich war.

Ich kam wieder auf die Füße und entfernte mich von der Leiche, bis meine Hände aufhörten zu kribbeln, und dann sah ich mich nach Anna um. Ich fand sie in der Küche, wo sie auf dem weißen Fliesenboden zusammengebrochen war. Sie war vornübergefallen und lag in einer Blutlache. Am Rand der dunklen Lache lag ein französisches Küchenmesser mit weißem Griff.

Als ich ihre Leiche berührte, stellte ich fest, dass sie noch warm war, und ich spürte nichts von der Magie, die Dennis erfüllte. Nachdem ich mir sicher war, dass ich alles herausgefunden hatte, was ich allein in Erfahrung bringen konnte, holte ich mein Handy aus der Tasche und wählte den Notruf.

Ich saß auf dem Rasen neben dem Loch, das Dennis gegraben hatte, und sah der Polizei bei ihrer Arbeit zu. Etwa um die Zeit, als die Gerichtsmedizin Annas Leiche aus dem Haus transportierte, tauchte Adam auf.

Er stand neben mir und sah dem Geschehen eine Weile wortlos zu. Ich bezweifelte, dass es sich um eine Art Machtspiel handelte, vermutlich wusste er einfach nicht recht, was er sagen sollte.

Ich dachte über ihn nach, wie oft er sein Leben riskiert hatte, seit wir uns kannten. Das Bild, das ich zuvor beim Gedanken an mein in Flammen stehendes Haus vor Augen

gehabt hatte, die Erinnerung an seinen verbrannten Körper im Krankenhaus, wirkte noch immer nach. Er hatte
geglaubt, ich sei in dem Inferno, und nichts und niemand
konnte ihn aufhalten, sich hineinzustürzen, um mich zu
finden. Er war bei dem Versuch, mich zu retten, beinahe ums Leben gekommen – und Werwölfe starben nicht
so leicht.

Dieser Mann war der Mann, an den ich glauben musste. Ich musste darauf vertrauen, dass gerade etwas vor sich
ging, das ich – noch – nicht begriff. Dass es eine Erklärung
dafür gab, warum mein Gefährte mich aktuell aus seinem
Leben aussperrte. Etwas anderes als die Möglichkeit, dass
er mich vielleicht nicht mehr wollte.

Ich hatte Adam bei seinem Eintreffen lediglich einen
kurzen Blick zugeworfen. Ich hatte ihm nicht einmal erzählt, was passiert war. Es sagte eine Menge über den aktuellen Zustand unserer Beziehung aus, dass er mich nicht
danach gefragt hatte. Wie konnte es so weit kommen? Wie
konnte ich das zulassen? Eine Beziehung ist keine Einbahnstraße. Wir beide waren dafür verantwortlich, dass es so
schlecht um sie stand.

Ich sah ihn zwar nicht an, doch ich spürte ihn, die Anspannung, die Unsicherheit. Selbst wenn die Verbindung
zwischen uns stillgelegt war, so viel spürte ich noch. Es war
kein Mangel an Liebe, der unserer Beziehung so sehr zu-
setzte, entschied ich, das Bild seines verbrannten Körpers
noch frisch im Kopf.

Adam ließ die Menschen, die er liebte, nicht zurück. Und
er liebte mich. Ich würde darauf vertrauen, dass es nichts
gab, was wir nicht wieder in Ordnung bringen konnten.

Ich streckte den Arm aus und umfasste sein Fußgelenk.

»Hast du sie gefunden?«, fragte Adam, als ob meine Berührung die Worte aus seinem Mund gedrängt hätte. Sein Tonfall war barsch.

Ich blickte auf die andere Seite, wo Annas Geist im Garten arbeitete und Unkraut jätete, das nur sie sehen konnte.

»In gewisser Weise«, antwortete ich. »Anna kam zu mir.«

»Mord?«, fragte er. Er wusste Bescheid über mich und die Geister.

»Definitiv«, sagte ich.

Die Muskeln in seinem Bein spannten sich an. »Und du hast mich nicht angerufen?«

Verletztheit, erkannte ich, und ein Anflug von Zorn. Selbst schuld, dachte ich mitleidlos. Ich liebte diesen Mann, aber das bedeutete nicht, dass sein Verhalten keine Konsequenzen nach sich zog.

»Es bestand keine Gefahr mehr«, sagte ich zu ihm – und dann fragte ich mich, ob das wirklich stimmte. Da ich versuchte, Adam nicht ohne guten Grund anzulügen, auch nicht indem ich ihm etwas verschwieg, fügte ich hinzu: »Soweit ich das beurteilen konnte.«

Und als bei diesem Zusatz die Anspannung in seinem Bein noch zunahm, tat mir das nicht im Geringsten leid. Es war vielleicht kleinlich, doch ich war durch eine harte Schule gegangen und hatte früh gelernt, dass ich nicht zulassen durfte, dass ein Werwolf – vor allem ein dominanter – mich herumschubste.

Ich erzählte ihm, was ich wusste, beginnend bei Annas Auftauchen im Wohnzimmer meines alten Hauses bis hin zu dem Punkt, an dem ich die Polizei rief. Als ich am Ende angekommen war, hatte er sich etwas beruhigt. Er hatte die Cathers nicht gut gekannt. Er freundete sich nicht mit Nachbarn an, denn er hatte genug damit zu tun, sich um seine Firma und ein Werwolfrudel zu kümmern. Ich kannte die Nachbarn etwas die Straße hinunter auch nicht besonders gut, achtete allerdings darauf, ihnen etwas zukommen zu lassen – Blumen, Süßigkeiten, einen Obstkorb –, wenn es mal wieder Unruhe in unserem Haus gegeben hatte. Meine Freundschaft zu den Cathers ging weiter zurück als meine Beziehung zu Adam.

»Detective Willis war nicht begeistert, dass ich das Haus betreten habe, bevor sie hier waren«, sagte ich am Ende meiner Geschichte. »Aber ich glaube, er meinte es nicht ernst, als er sagte, er würde mich wegen Behinderung der Ermittlungen der Justiz zur Rechenschaft ziehen.«

Er gab einen dumpfen Laut von sich, der ein klein wenig belustigt klang. Er hatte sich weder zu der Magie in Dennis' Körper noch zu meiner möglicherweise unmittelbar bevorstehenden Verhaftung geäußert, doch die Belustigung war vielversprechend. Also beschloss ich, dass ich es riskieren konnte, das Thema zu wechseln.

»Wirst du Auriele töten?«, fragte ich. »Oder hast du einen Weg gefunden, wie sich das vermeiden lässt?«

»Darryl sollte ein eigenes Rudel haben«, sagte Adam. Das war kein Ja. Aber auch kein Nein.

Jetzt war ich an der Reihe, einen dumpfen Laut von mir zu geben. Er musste etwas lachen, es war allerdings eine gedämpfte Belustigung, nichts, was vor dem Hintergrund, dass neben uns gerade Leichen aus einem Haus getragen wurden, auffallen würde.

»Auriele war lediglich eine Waffe, die Christy gegen dich eingesetzt hat«, sagte Adam, der nach meiner Imitation seines typischen Lauts ein wenig gesprächiger geworden war. »Das erschienen mir ausreichend mildernde Umstände, um zu rechtfertigen, warum ich nicht mein Wort breche, wenn ich sie am Leben lasse. Ich habe Auriele erklärt, es wäre an der Zeit, dass sie lernt, Christys Worte mehr zu hinterfragen. Nächstes Mal ...« Er seufzte. »Ich kann sie schwerlich für etwas bestrafen, auf das ich auch hereingefallen bin. Natürlich würdest du Jesse nicht sagen, was sie zu tun hat. Natürlich würde sie erst mal bei dir vorfühlen, bevor sie mit Christy oder mir spricht. Und Jesse hätte sowohl mich als auch Christy von ihrem Entschluss informieren müssen.«

»Na, das will ich meinen«, brummte ich und übernahm damit einen typischen Satz meines Cowboy-Freundes Warren. »Also, warum bist du darauf reingefallen?«

Er antwortete nicht auf meine Frage. Stattdessen sagte er: »Auriele hat sich bei Jesse entschuldigt. Das muss sie ziemlich viel Überwindung gekostet haben. Vielleicht war das schon Strafe genug. Zumindest was das Öffnen von Jesses Post angeht. Sie ist nicht oft im Unrecht.«

»Ich habe mich auch bei Jesse entschuldigt«, sagte er. »Ich glaube, das lief besser.«

»Aber du hast ihre Post nicht geöffnet«, sagte ich zu ihm. »Und Jesse weiß, wie ihre Mutter sein kann.«

»Und deshalb hat sie meine Entschuldigung auch angenommen«, bestätigte Adam. »Das ist auch der Grund, warum sie zuerst mit dir statt mit mir oder ihrer Mutter gesprochen hat.«

»Jesse hätte das alles vermeiden können, hätte sie zuerst mit dir und dann erst mit ihrer Mutter gesprochen«, sagte ich zu ihm. »Aber mit Christy zu sprechen wäre einfacher gewesen. Sie wäre nur verletzt gewesen, weil Jesse nicht nach Eugene zieht. Du wärst verletzt gewesen, weil du und deine Position als Alpha eines Rudels der Grund seid, warum sie nicht frei wählen kann, auf welche Universität sie gehen will.«

Adam gab erneut einen dumpfen Laut von sich.

Der Van der Gerichtsmedizin fuhr mit den beiden Leichen vom Hof. Anna, die weiterhin mit dem Blumenbeet beschäftigt war, löste gerade etwas reales Unkraut aus der Erde. Nur starke Geister konnten die körperliche Welt um sich herum auf diese Weise beeinflussen. Vielleicht würde sie ja nun in ihrem eigenen Haus und nicht mehr in meinem spuken. Die Hoffnung starb zuletzt.

»Ich kann es mir nicht leisten, Darryl jetzt zu verlieren«, sagte Adam. »Ich habe mit ihm unter vier Augen darüber gesprochen. Ich habe mich entschuldigt, weil ich ihn, vor allem nach dem, was heute passiert ist, freigeben sollte, damit er sein eigenes Rudel gründen kann. Weißt du, was er zu mir sagte?«

»Er mag seinen Job hier«, sagte ich, da ich bereits vor einigen Wochen mit Darryl darüber gesprochen hatte. »Zumindest den Job, für den er bezahlt wird, könnte er auch aus der Ferne machen, falls er dort, wo sein neues Rudel sich niederlässt, nichts findet. Leider sind Thinktanks nicht in jeder Stadt verfügbar. Aber er will nicht aus der Ferne arbeiten, weil er den direkten Kontakt zu seinem Team und den Kunden mag.« Wie ich gewannen auch Werwölfe eine ganze Menge Informationen aus Gerüchen und unterschwelliger Gestik und Mimik. »Und …« Ich blickte zu Adam auf. Das Folgende hatte Darryl zwar nicht gesagt, doch ich kannte ihn. »Er mag den Trubel, den es in letzter Zeit um unser Rudel gegeben hat. Er ist ein Adrenalin-Junkie. Ein neues Rudel wäre vielleicht interessant, bis alles an seinem Platz ist, aber ich bezweifle, dass es irgendwo in den USA ein Werwolfrudel gibt, dem so aufregende Zeiten bevorstehen wie unserem – ausgenommen vielleicht das des Marrok.«

»Das ist mehr, als er gesagt hat, aber ich denke, du hast recht.« Er lächelte. Es war nicht unbedingt ein glückliches Lächeln, doch es war auch nicht wie das, mit dem er mich in letzter Zeit bedacht hatte, ein Lächeln, das keines war. Er streckte die Hand nach mir aus. »Ich fühle mich unwohl, wenn du so zu meinen Füßen sitzt.«

»Und die Cops fangen schon an, dich komisch anzusehen«, sagte ich und ergriff seine Hand.

Er lachte und zog mich hoch. Es war ein leises Lachen – und dieses Mal machte es den Anschein, als dämpfte er es in Anbetracht der Umstände bewusst.

»Danke«, sagte er, als ich neben ihm stand.

»Ich sehe bereits die Schlagzeilen vor mir«, sagte ich zu ihm. »*Alphawolf zwingt seine Frau, vor ihm zu knien.*«

Seine Mundwinkel hoben sich. »Vergiss nicht zu erwähnen, dass es eine ›Menschenfrau‹ ist. Es gibt immer noch Leute, die dich für meine Sexsklavin halten.«

»Davon träumst du«, kommentierte ich den Satz. »Und es würde wohl eher ›Menschen(?)frau‹ heißen.« Ich hob die Stimme am Ende von »Menschen«, sodass er das Fragezeichen hören konnte.

Langsam begannen die Zeitungen nämlich infrage zu stellen, ob ich wirklich ein Mensch war. Das war ein Problem, denn die Bevölkerung der Tri-Cities hatte das Rudel auch deshalb so schnell akzeptiert, weil sie mich als eine von ihnen betrachteten. Doch es war nur eine Frage der Zeit, bis jemand herausfand, dass ich – streng genommen – kein Mensch war. Aber ich hoffte, sie würden uns bis dahin mögen, weil wir die guten Monster waren, die sie vor den bösen beschützten.

»Aber zurück zum Thema«, sagte ich. »Darryl und Ariele bleiben.«

Ich bedauerte es, als das leichte Lächeln von seinem Gesicht glitt und sein Ausdruck wieder grimmiger Neutralität wich.

»Zumindest vertagen wir es erst einmal. Auriele ist klar, was sie beinahe ausgelöst hätte, obwohl ich mir ziemlich sicher bin, dass ihr lediglich leidtut, Jesse verletzt zu haben. Und sie ist immer noch überzeugt, dass das deine Schuld war«, lenkte er ein.

Ich schnaubte. »Überraschung.«

»Du hast nicht nach Aiden und Annwnn gefragt«, sagte er.

»Will ich es wissen?«, fragte ich.

Bevor er mir antworten konnte, kam Detective Willis auf uns zu. Willis war mittelgroß, ergraute bereits und wies die Haltung eines Mannes auf, der einige Kämpfe hinter sich hatte. Er war seinem Ruhestand näher als seinen Tagen als Berufsanfänger, aber nicht viel. Er gehörte zu den Männern, die ihre Körpergröße und ihren Zorn einsetzten, um Leute einzuschüchtern, die ihrer Meinung nach Einschüchterung brauchten, doch er konnte sich auch zurücknehmen und einfühlsam mit traumatisierten Opfern umgehen. Er war klug und entschlossen – und die meiste Zeit kamen wir gut miteinander aus.

»Wenn ich einen von Ihnen an einem Tatort antreffe«, sagte er, »kann ich mir in der Regel sicher sein, dass etwas im Busch ist.« Er blieb vor uns stehen und stemmte die Hände in die Hüften. Doch er war klug genug, Adam nicht in die Augen zu blicken. Stattdessen sah er mich an.

»Meine Leute sagen mir, dass es aussieht wie ein klassischer erweiterter Suizid«, sagte er.

»Nein«, antwortete ich, »Magie.«

Er verzog das Gesicht. »Verdammt noch mal. Ich wusste, dass es hier in letzter Zeit zu ruhig war.«

»Ich könnte daran glauben, wenn Anna ihren Mann erstochen und sich dann erschossen hätte«, sagte ich zu ihm. »Aber Dennis war die friedliebendste Person, die ich kenne.«

»Und deshalb glauben Sie, dass Magie im Spiel war?«, fragte Willis mit Hoffnung in der Stimme.

»Dennis' Leiche war voll davon«, erwiderte ich. »Ich habe so etwas noch nie gesehen. Er glühte förmlich vor Magie. Es würde mich nicht wundern, wenn jemand ihn vom Weltall aus leuchten sehen könnte.« Und plötzlich kam mir ein Gedanke. »Eventuell sollten Sie vorsichtig mit seiner Leiche sein.«

»Wegen der Hexen und Zombies?«, fragte Adam.

Ich schüttelte den Kopf. »Keine Hexen. Zumindest glaube ich das nicht. Aber da ist eine ganze Menge Magie in Dennis' Körper – wir sollten vermeiden, dass er noch jemanden verletzt.«

»Ich spreche mit der Rechtsmedizin«, sagte Willis. »Haben Sie irgendeine Vermutung, was es war?«

Ich schüttelte den Kopf.

»Natürlich nicht«, sagte er. »Und wenn Sie es wüssten, würden Sie es mir nicht sagen.«

»Ich weiß es wirklich nicht«, versicherte ich ihm. »Aber mit Letzterem könnten Sie recht haben. Ihre Leute sind nicht unbedingt vom Typ ›Wir halten uns raus und lassen die Werwölfe machen‹. Für manche Dinge ist eine Pistole genau das Richtige – und für andere braucht man einen Granatenwerfer.«

»Und Werwölfe sind die Granatenwerfer?« Er klang etwas belustigt. Aber er widersprach meiner Einschätzung seiner Leute nicht.

»Das kommt hin«, meinte Adam milde.

Willis blickte zurück zum Haus. »Erweiterter Suizid wäre sehr viel einfacher als unbekannte magische Ursache.«

»Es war kein erweiterter Suizid«, sagte ich zu Willis. »Lassen Sie die Kinder der beiden nicht glauben, dass es einer war.«

Er nickte, und der angespannte Zug um seinen Mund lockerte sich etwas. »Wir sagen einfach, die Ermittlungen seien noch nicht abgeschlossen. Sobald Sie sagen können, was passiert ist, lassen wir es die Familie wissen.« Er wandte sich zum Gehen, dann zögerte er. »Für mich sah es so aus, als wollte er dort zur Tür hinaus, als er sich tötete.«

»Das war auch mein Eindruck«, antwortete ich.

»Glauben Sie, er hat versucht, sich daran zu hindern, noch weitere Menschen zu töten?« In diesem Moment klang Willis nicht wie ein erfahrener Ermittler. Er klang wie jemand, der an das Gute im Menschen glauben wollte.

»Ich weiß es nicht«, sagte ich. »Aber er hat zur Pistole gegriffen, nachdem er Anna erstochen hatte – und wenn das, was ihn in diesem Moment in seiner Macht hatte, wollte, dass er sich selbst tötete, hätte es das auch mit dem Messer tun können. Dennis war der Typ Mensch, der sich das Leben nehmen würde, um zu verhindern, dass noch jemand verletzt wird.«

Willis nickte, als hätte das eine offene Frage beantwortet, dann ging er weiter zu seinem Wagen.

Adam und ich verließen den Garten der Cathers. Ich wandte mich Richtung Zuhause, doch Adam steuerte mein Fertighaus an. Ich warf ihm einen fragenden Blick zu, was ihm allerdings nicht aufzufallen schien.

»Ich habe gesehen, dass Annwnn unseren Garten umgestaltet hat«, sagte ich zu ihm.

Ein Knurren drang tief aus seiner Kehle. »Die Tür muss ein Jahr und einen Tag stehen bleiben. Dann kann sie sie entfernen, sofern wir das wollen.«

Ich konnte nicht anders, ich musste lachen – vermutlich war ich einfach überspannt. Doch irgendetwas daran, wie missmutig er Annwnns Worte wiederholte, war unglaublich komisch.

»Ach du Scheiße«, sagte ich, »wir haben einen Eingang nach Annwnn in unserem Garten.«

Er sah mich an, blieb aber nicht stehen. »Bist du dir sicher, dass es nicht Fae-Magie war, die Dennis dazu getrieben hat, seine Frau zu töten?«

Ich hörte auf zu lachen und blickte zu der Mauer zwischen Adams Haus ... unserem Haus und meinem alten Grundstück. Obwohl die Steinmauer nicht vollständig war, sah sie besser aus als der Stacheldraht, der früher dort gewesen war.

»Ich habe so eine Magie noch nie gespürt«, sagte ich zu Adam. »Sie fühlte sich nicht nach den Fae an.«

»Möglicherweise ist es echt Zufall«, sagte Adam. Doch es klang nicht, als ob er es wirklich glaubte.

»Es roch ein bisschen nach Annwnn – aber nicht wie Annwnn«, sagte ich zu ihm. »Es ist gut möglich, dass es etwas war, das durch ihre Tür kam. Es roch auch ein bisschen wie dieser Vampir, der gleichzeitig ein Magier war. Mehr wie er als wie Annwnn. Für mich roch es nicht nach Fae.«

»Er wurde gebissen«, sagte Anna, die neben uns herging.

»Von was wurde er gebissen?«, fragte ich sie. »War es der Hase?« Wenn ich so weitermachte, würde es in meinem Haus bald spuken. Vielleicht könnte ich das zum Feature machen und es auf Airbnb vermieten.

Adam fragte nicht, mit wem ich sprach – er war es mittlerweile gewöhnt. Stattdessen sagte er: »Wenn du nicht aufpasst, wird Anna dich verfolgen.«

»Die meisten von ihnen spuken an Orten und verfolgen keine Menschen«, sagte ich unsicher, weil ich zumindest von einem Fall wusste, in dem ein Mensch verfolgt wurde.

In diesem Fall hatte etwas Fae-Magie nachgeholfen, aber auch hier war Magie im Spiel.

Anna hatte mir keine Antwort gegeben. Sie scharrte mit den Schuhen im Dreck und blickte mit zusammengekniffenen Augen zum Himmel hinauf. »Sieht aus, als würde es bald regnen«, sagte sie.

Der Himmel war wolkenlos. Vielleicht sah er ja für Tote anders aus.

»*Rauch.*« Ich zuckte zusammen, als ich Dennis' Stimme in meinem Ohr hörte.

Ich wirbelte herum, doch er war nirgendwo zu sehen. Und Anna war auch nicht mehr da.

»Was ist los?«, fragte Adam.

Ich zuckte die Achseln, aber das Flüstern in meinem Ohr hatte mich unsicher gemacht, und ich sah mich weiter um.

»Ich denke, ich werde heute Nacht einen Feldhasen jagen gehen«, sagte ich zu ihm. Den Hasen zu finden würde mich beruhigen. Ich war mir immer noch ziemlich sicher, dass es ein normaler Hase war – doch ich wollte Gewissheit. Normalerweise sollte ich etwas spüren können, das in der Lage war, Dennis mit dieser Art von Magie zu erfüllen. Es sollte meine Aufmerksamkeit zumindest mehr auf sich ziehen als das milde Interesse, das mein Kojote gezeigt hatte. Allerdings hatte ich die Magie in Dennis' Leiche auch nicht gespürt, bis ich sie berührt hatte.

»Hast du deine Antwort bekommen?«, fragte Adam. »Darauf, wer Dennis gebissen hat? Ich nehme an, dass es Dennis war, der gebissen wurde.«

Ich nickte. »Ich war nicht darauf vorbereitet, dass er mir selbst antworten würde. Er sagte nur ›Rauch‹, und jetzt sind sie beide weg. Geister sind nicht sehr gut im Kommunizieren.«

»Wie kann jemand von Rauch gebissen werden?«, fragte Adam. »Und warum willst du deshalb Hasen jagen gehen?«

Ich erzählte ihm von dem Hasen, den ich gesehen hatte, und dass die Male an Dennis' Handgelenk mich an Hasenbisse erinnert hatten. Als ich fertig war, hatten wir die Veranda meines kleinen Hauses erreicht. Adam öffnete die Tür, die ich nicht abgeschlossen hatte, äußerte sich aber nicht dazu.

»Anna sagte zu mir: ›Er wurde gebissen.‹ Ich nehme an, dass sie über Dennis sprach – nicht zuletzt, weil ich den Biss selbst gesehen habe. Wobei es möglich ist, dass es nichts mit ihrem Tod zu tun hat, sondern dass es nur ein übrig gebliebener Gedanke ist. Dennis sagte: ›Rauch.‹ Und dann sind sie beide verschwunden. Ich weiß nicht, ob die beiden Dinge etwas miteinander zu tun haben.«

Adam schloss die Tür hinter uns, drang jedoch nicht weiter ins Haus vor. Er senkte für einen Moment den Kopf, ehe er mir in die Augen blickte.

»Es tut mir leid«, sagte er. »Ich weiß, ich habe dich heute verletzt. Ich war wütend und gereizt und habe es an dir ausgelassen. An dir und Jesse.«

»Okay«, sagte ich, »lass uns darüber reden. Was ist los mit dir? Warum hast du unsere Gefährtenverbindung geschlossen? Warum verbringen wir keine Zeit mehr miteinander? Warum machen wir …«, ich versuchte meine Stimme neutral klingen zu lassen, doch wenn ich »keine Liebe mehr« gesagt hätte, wäre mir das nicht gelungen, also sagte ich: »Warum haben wir keinen Sex mehr?«

Und meine Stimme schwankte trotzdem ein wenig.

Er nickte, als hätte er diese Fragen erwartet.

»Die kurze Antwort ist, dass ich es nicht weiß«, sagte er. »Aber etwas stimmt nicht.« Er klopfte auf seine Brust.

Ich runzelte die Stirn. »Hat es mit deinem Wolf zu tun?«

Er schüttelte den Kopf, doch dann sagte er: »Vielleicht? Es fühlt sich nicht so an, obwohl der Wolf ein Teil davon ist.«

Ich hob die Augenbrauen.

»Siehst du?«, sagte er. »Wenn ich es in Worte fasse, macht es keinen Sinn mehr.«

»Liegt es an mir?«

Er stieß ein kurzes, freudloses Lachen aus. »Ich schwöre dir, das hier ist keine ›Es liegt nicht an dir, es liegt an mir‹-Rede.« Seine Augen leuchteten golden auf. »Ich lasse dich nicht gehen.«

»Das ist nicht deine Entscheidung«, sagte ich. »Aber zufällig ist es so, dass du es schwer haben würdest, mich loszuwerden. Du gehörst mir, und bei solchen Dingen kann ich ziemlich stur sein.«

Sein ganzer Körper entspannte sich in einem seltsamen Beben. Er schloss die Augen. Zum ersten Mal seit Tagen rumorte es nicht mehr in meinem Bauch. Wir konnten gemeinsam eine Lösung finden.

Und dann sagte er mit einer Stimme, die nicht die seine war: *»Du würdest gehen, wenn du wüsstest, was in mir ist.«*

Sein Wolf, dachte ich nach einem kurzen Moment der Verwirrung. Es war einfach nur Adams Wolf. Wir hatten ein- oder zweimal miteinander gesprochen. Aber es hatte nicht ganz nach ihm geklungen.

»Nein«, sagte ich zu ihnen, Wolf und Mensch. »Niemals.«

»*Du solltest gehen.*« Dieses Mal war ich mir sicher, dass es der Wolf war, der sprach. »*Das wäre sicherer für dich.*« Und dann öffneten sich Adams gelbe Augen, doch er lachte nur kurz auf. »Ja, ich weiß, damit ist garantiert, dass du bleibst, bis es die ersten Toten gibt.«

»Wird es Tote geben?«, fragte ich.

»Mercy«, sagte er, »ich traue mir selbst nicht. Ich bin schon länger ein Werwolf, als du am Leben bist, und es ist Jahrzehnte her, seit ich das letzte Mal Probleme damit hatte. Aber jetzt wache ich auf und bin in meiner Wolfsgestalt – ohne mich an die Verwandlung zu erinnern.«

Vor zwei Wochen, dachte ich. Als ich aufwachte, war er ein Wolf gewesen. Ich hatte angenommen, dass er einfach eine unruhige Nacht hatte. Nach der Sache mit den Hexen neigten wir beide dazu. In besonders schlechten Nächten gingen wir nach draußen, um etwas zu laufen – auf zwei Beinen oder auf vieren. Ich dachte, er hätte mich nur nicht wecken wollen. Es war die Nacht, nach der wir plötzlich so seltsam distanziert waren, da war ich mir jetzt ziemlich sicher.

Er sah, dass ich mich erinnerte, und nickte. »Ja. Genau dann. Aber es fühlt sich nicht an, als würde der Wolf versuchen, die Oberhand zu gewinnen. Das ist etwas, von dem ich weiß, wie ich es kontrollieren kann.«

»*Wir können die Leute um uns herum nicht vor uns schützen*«, knurrte sein Wolf.

Ich konnte einfach keine Angst vor Adam haben – obwohl ich mich noch immer klar und deutlich an den Ausdruck in seinen Augen erinnerte, als ich ihm an der Treppe den Weg versperrt hatte. Er hatte mich nicht verletzt, und das würde er niemals tun. Doch ich war nicht diejenige, die davon überzeugt werden musste.

»Hat es etwas mit den Hexen zu tun?«, fragte ich vorsichtig.

»Ich glaube nicht«, sagte Adam. »Es fühlt sich nicht wie Magie an.«

»*Doch*«, widersprach ihm der Wolf und erschreckte Adam damit.

Es war seltsam, eine Dreier-Unterhaltung zu führen, wenn man nur zu zweit im Raum war. »Glaubst du deinem Wolf? Dass es etwas ist, das die Hexen verursacht haben?« Sie hatten ihn dazu gezwungen, ihnen zu gehorchen – es war eine Fähigkeit, die eine der Hardesty-Hexen hatte. Einer der Albträume, die Adam nach dieser Nacht plagten, drehte sich darum, dass er unter dem Einfluss der Hexe mich oder Jesse umbrachte.

Adam schüttelte den Kopf. »Ich glaube nicht, dass er etwas weiß, von dem ich keine Ahnung habe.«

»Okay«, sagte ich, obwohl ich mir nicht sicher war, ob ich dem zustimmte. »Nachdem wir das jetzt besprochen hätten, wie wäre es, wenn du unsere Gefährtenverbindung wieder öffnest?«

»Nein«, sagte Adam mit Nachdruck. »Ich will nicht, dass es auf dich überspringt.«

»*Nein*«, meinte auch der Wolf.

»Was soll auf mich überspringen?«, fragte ich.

Adam presste die Lippen zusammen.

»Adam?«, fragte ich.

»Nein«, sagte er.

Er wich an die Tür zurück, als ich versuchte, die Hand auf seine Schulter zu legen. Ich hob die Augenbrauen und ging auf ihn zu, bis er flach an die Wand gepresst stand, und drückte mich gegen ihn.

Er hätte mich wegstoßen können. Stattdessen spürte ich,

wie er versuchte, sich selbst zurückzunehmen, als wünschte er, sein Körper könnte mit der Wand verschmelzen, damit wir uns nicht länger berührten.

Er drehte den Kopf zur Seite, in seinen Augen las ich … Scham.

»Zum Teufel damit«, murmelte ich. Er war nur gute zehn Zentimeter größer als ich. Selbst wenn er versuchte, mir seine Lippen zu entziehen, war da noch eine Menge von ihm, das ich erreichen konnte. Ich küsste die Haut unter seinem Kiefer, die sich abgesehen von den leichten Bartstoppeln, die dort wuchsen, weich anfühlte. Dann ließ ich mein Gesicht an seinem Hals ruhen und atmete einfach nur.

Langsam passte sich sein Atem meinem an, und sein Körper entspannte sich, schmiegte sich an mich. Schließlich schloss er die Arme um mich.

»Es tut mir leid«, sagte er, die Lippen an meiner Schläfe. »Wahnsinnig leid.«

»Das muss es nicht«, sagte ich zu ihm. »Tu lieber etwas dagegen.«

Seine Brust hob sich unter einem stillen Lachen, obwohl mir der Ausdruck in seinen Augen wehtat. »Ich weiß nicht was.«

»Finde einen Weg«, sagte ich zu ihm. »Der erste Schritt wäre, mich an dich heranzulassen.« Sanft zupfte ich an dem Band zwischen uns, damit kein Zweifel daran bestand, was ich meinte.

»Nein«, sagte er bestimmt. »Es gibt Dinge …«

»Was für Dinge?«, fragte ich.

Er schüttelte den Kopf. »Einfach nur Dinge.« Seine Arme schlossen sich enger um mich, und dann standen wir da und umklammerten uns wie zwei Kinder im Dunkeln.

Aber er ließ mich nicht an sich heran.

3

Ich ging die Treppe hinauf, weil ich ins Badezimmer wollte, aber als ich an Jesses Zimmer vorbeikam, zögerte ich. Unter dem Türspalt drang Licht hervor. Ich klopfte.

»Wer ist da?«, fragte sie.

»Ich«, sagte ich, und dann fügte ich für den Fall, dass sie dachte, Adam sei bei mir, noch hinzu: »Nur ich.«

»Komm rein.«

Ich weiß nicht, was ich erwartet hatte, doch es war definitiv kein komplett aufgeräumtes Zimmer (lediglich der Teppich musste noch gesaugt und mit etwas Fleckenentferner bearbeitet werden). Es war dunkel draußen, aber ich hatte nicht gedacht, dass wir lange genug außer Haus waren, dass Jesse es schaffen konnte, ihr Zimmer komplett aufzuräumen. Sie brachte ihr Zimmer einmal im Monat auf Vordermann, und eigentlich war es noch eine gute Woche bis zu ihrem üblichen Putzmarathon. Und nicht nur das, sie hatte zudem Zeit gefunden, sich das Haar in einem Petrolton zu färben und ihr Make-up aufzufrischen. Ihr Lidstrich war perfekt gezogen, und ihr Mund hatte von dem Lipgloss einen tollen Glanz.

Im Schneidersitz saß sie auf ihrem säuberlich gemachten Bett und hatte bis eben etwas auf ihrem Handy gelesen.

Als ich eintrat, legte sie das Handy zur Seite und bedeutete mir, die Tür zu schließen. Das garantierte uns keine Privatsphäre, aber zumindest würde uns jetzt nicht jeder beliebige Werwolf im Haus freiwillig oder unfreiwillig belauschen.

Ihre Augen waren verquollen, doch ihre Mundwinkel hoben sich. »Ich dachte, ich versuche es mal mit Wut-Putzen. Du hattest recht, es hilft. Und du hattest auch recht, als du meintest, ich solle ihnen gleich sagen, dass ich auf eine andere Uni gehen will.«

»Fairerweise muss ich zugeben, nicht damit gerechnet zu haben, dass die Sache so durch die Decke geht – und ich bin mir nicht sicher, dass es besser gelaufen wäre, hättest du es ihnen gleich an dem Tag erzählt, als du die Entscheidung getroffen hast.«

»Es hätte Mom vielleicht daran gehindert, Auriele in die Sache reinzuziehen«, sagte Jesse.

Ich schnaubte belustigt. »Da unterschätzt du das Talent deiner Mutter, die Leute für sie den Hampelmann spielen zu lassen.«

»Ha«, sagte sie. »Ja, vielleicht.«

»Und deshalb bin ich auch nicht hier«, sagte ich und winkte ab. »Adam meinte, dass alle beteiligten Parteien sich für ihr dummes Verhalten entschuldigt haben, ohne Garantie, dass sie sich nicht wieder danebenbenehmen. Recht viel mehr kann man von den Leuten allerdings nicht erwarten.«

Sie lächelte. »Um ehrlich zu sein, Mom schafft es auch, dass ich den Hampelmann für sie spiele. Da kann ich es anderen schlecht verübeln. Aber wenn jemand den ersten Preis in dieser Disziplin verdient, dann ist es unangefochten Auriele.« Ein angespannter Zug zeigte sich um ihren Mund. »Weshalb bist du dann hier?«

»Gabriel hat einen Brief für dich dagelassen, als er aus meinem Haus ausgezogen ist.« Ich hielt ihr den Schlüssel zu meinem Haus hin und ließ ihn dann aufs Bett fallen. »Ich glaube, dein Vater hat ihn nicht gesehen. Ich habe ihn dort liegen lassen und ihn nicht geöffnet.«

Jesse wurde blass, und ihre Nase rötete sich. Vorsichtig wischte sie sich die Augen, um nicht ihren Eyeliner zu verschmieren. Ich hätte ihr sagen können, dass das vergebene Liebesmüh war. »Schlimmer kann dieser Tag nicht mehr werden«, murmelte sie.

»Fordere das Schicksal nicht heraus«, sagte ich zu ihr.

Sie lächelte abwesend und sah mir dann ins Gesicht. »Habt ihr euch gestritten, du und Dad?«

Ich blickte in den Spiegel auf ihrer Kommode. Jesse war nicht die Einzige, die verheult aussah.

Mist.

»Nicht so direkt«, meinte ich.

Ich widerstand dem Drang, ihr zu erzählen, dass Adam mit einem Problem kämpfte, bei dessen Beschreibung er frustrierend vage geblieben war. Ich würde sie genauso wenig in unsere Eheprobleme hineinziehen, wie ich sie mit Tad und Zee besprechen würde.

»Ich hoffe, du hast ihm den Kopf gewaschen«, sagte Jesse zu mir. »Er ist schon lange genug griesgrämig und gereizt.«

»Da kann ich dir nicht widersprechen«, murmelte ich und fragte mich, ob ich damit bereits meine Regel brach, sie nicht in meine Eheprobleme hineinzuziehen. Immerhin war es ihr Kommentar, nicht meiner.

»Und wieso hast du dann geweint?«, fragte Jesse. »Hat er etwas gesagt?«

Nein. Zumindest nicht so, wie sie dachte. Ihr Vater hielt mich auf Distanz, aber das würde ich ihr nicht erzählen.

Das war nur einer der Gründe, warum ich heute Abend vor Adam in Tränen ausgebrochen war.

»Anna und Dennis Cather sind tot.« Mir traten wieder Tränen in die Augen, und dieses Mal weinte ich um meine Freunde.

Nach meiner Hochzeit mit Adam hatten wir nicht mehr viel miteinander unternommen. Teilweise lag das am Ortswechsel. Zwar war Adams Haus nicht weiter von ihrem entfernt als mein altes, aber es grenzte an eine andere Straße, sodass ich nicht mehr jeden Tag auf dem Weg zur Arbeit vorbeifuhr und ihnen zuwinkte, wenn sie auf der Veranda frühstückten. Wie ich waren sie Frühaufsteher gewesen.

Ich hatte den Kontakt zu ihnen allerdings vor allem deshalb eingeschränkt, weil ich mir Sorgen um ihre Sicherheit machte. Jahrelang war ich von den richtig fiesen Bösewichten weitgehend unbemerkt geblieben, doch nach meiner Hochzeit mit Adam war unauffällig zu bleiben keine Option mehr. Die Gemeinschaft der übernatürlichen Wesen nahm mich plötzlich wahr – und ich zog sogar die Aufmerksamkeit der normalen Leute auf mich. Ich wollte den bösen Jungs nicht noch mehr Ziele geben, also beschränkte ich die Zeit, die ich mit Leuten verbrachte, die sich nicht selbst gegen die Art Feinde verteidigen konnten, die ich jetzt anzog – wie die Hardesty-Hexen, um nur das jüngste Beispiel zu nennen.

Ich weiß nicht, warum ich ihre Tode nicht früher aus dieser Perspektive betrachtet hatte. Ich hatte gedacht, Annwns Tür hätte etwas damit zu tun. Doch vielleicht waren die Cathers ja zur Zielscheibe geworden, weil sie in Verbindung zu mir standen?

Jesse sprang von ihrem Bett und umarmte mich. »Mercy. Oje. Anna und Dennis? Was ist passiert? Autounfall?«

Sie hatte sie nicht gut gekannt, aber sie wusste, wer sie waren.

Ich erwiderte die Umarmung und trat dann einen Schritt zurück. »Hör auf damit, oder ich werde zu einem heulenden Häufchen Elend, und ich muss mich jetzt zusammenreißen.«

Sie nickte mitfühlend. »Ich weiß, wie sich das anfühlt. Joel hat seine Frau hochgeschickt. Lucia umarmt gerne Leute, und das ist toll, aber das ist der Grund, warum meine Augen nun so aussehen. Ich habe es geschafft, sie dazu zu bringen, mir stattdessen beim Aufräumen und Putzen zu helfen, sonst würde ich jetzt immer noch heulen.« Und das erklärte das Mysterium, wie Jesses Zimmer so schnell ordentlich geworden war. »Was ist mit Anna und Dennis passiert?«

»Magie«, sagte ich zu ihr, und dann erzählte ich ihr alles, was ich wusste. Wenn hier etwas herumstreifte, das Dennis dazu bringen konnte, Anna zu töten, dann wollte ich, dass jeder, der mir wichtig war, darüber Bescheid wusste.

»Hexen?«, fragte sie.

Ich schüttelte den Kopf. »Eine andere Art von Magie, glaube ich. Zumindest fühlt es sich nicht wie die Hexenmagie an, die ich kenne. Und hier in der Gegend gibt es keine Hexen mehr.« Zumindest keine, von denen wir wussten. Wir hatten sie alle getötet. »Es roch auch nicht nach Fae-Magie.«

»Nun, damit hätte sich meine andere Vermutung auch erledigt«, sagte sie. »Da wir nun eine verdammte Tür nach Annwn im Garten haben, dachte ich, dass vielleicht noch etwas anderes als Aidens gefährliche beste Freundin durchmarschiert ist.«

»Wenn es um Annwn geht, würde ich nichts ausschließen«, entgegnete ich finster. »Aber es ist sehr viel schwerer, aus Annwnn heraus- als hineinzukommen.« Ich blickte auf den Schlüssel, den Jesse in ihrer Faust umklammerte – und stellte mir vor, wie sie an Annwnns Tür vorbeimusste, um in mein Haus zu gelangen. »Ich sage es nicht gern, aber ich glaube, dass es besser wäre, wenn du wartest, bis es Tag ist, bevor du rübergehst und den Brief holst.«

Sie schüttelte den Kopf. »Nein. Ich muss heute Nacht hier raus, also habe ich ein paar Freunde angerufen, und wir gehen ins Kino. Eine davon hat ein Auge auf Tad geworfen. Es ist zum Scheitern verurteilt, aber es ist nicht meine Aufgabe, ihr das zu sagen. Deshalb habe ich ihn auch eingeladen. Ich hoffe darauf, dass sie von ihrem Anschmachten aus der Ferne geheilt wird, wenn sie ihm direkt ausgesetzt ist. Auf jeden Fall hat Tad angeboten, uns in seinem neuen alten Van mitzunehmen.«

Tad war gerade erst damit fertig geworden, einen alten VW-Bus wiederherzurichten, na ja, zumindest so gut wie. Der mechanische Teil war erledigt und das Innere komplett überarbeitet, doch er hatte sich noch nicht für einen neuen Lack entschieden, daher wies er nach wie vor das Grau der Grundierung auf.

»Er kommt erst hier vorbei«, erklärte Jesse. »Er wird in etwa einer Viertelstunde da sein. Ich lasse ihn bei deinem Haus anhalten und hole den Brief raus.«

»Okay«, sagte ich. Wenn Tad sie nicht beschützen konnte, dann konnte es niemand. Außerdem war er ein guter Zuhörer. »Viel Spaß. Dein Dad und ich werden Hasen jagen gehen.«

Den Feldhasen zu finden war vor allem ein Vorwand, um überhaupt auf die Suche zu gehen. Etwas oder jemand hatte Dennis einer großen Menge Magie ausgesetzt, und Dennis hielt sich vor allem in seinem Haus auf, deshalb musste sich, was immer auch passiert war, in der Nähe abgespielt haben.

Jesse stieß ein kurzes Lachen aus. Sie wusste, dass wir nicht fürs Abendessen jagten. Aber sie sagte nur: »Viel Spaß beim Töten von niedlichen flauschigen Tieren.«

Ich zeigte ihr einen Daumen nach oben und machte mich auf den Weg hinaus.

»Hey, Mercy?«

Ich blieb in der Tür stehen und drehte mich noch einmal um.

»Pass gut auf dich auf.«

»Immer«, versicherte ich ihr – obwohl das nicht ganz der Wahrheit entsprach.

Ihr Lachen hatte einen scharfen Unterton.

»Ich bemühe mich stets, nicht zu sterben«, sagte ich etwas ehrlicher.

»Okay. Und, hey, Mercy? Danke, dass du den Brief nicht gelesen hast.« Da war ein bitterer Unterton in ihrer Stimme, der mir nicht gefiel.

»Hab keine zu hohe Meinung von mir. Deine Mutter spricht nicht freiwillig mit mir. Wenn sie es tun würde …« Ich zuckte die Achseln. »… dann würde sie mich vielleicht dazu bringen, deine Unterwäscheschublade zu durchwühlen, bevor ich weiß, wie mir geschieht.«

»Ha«, sagte Jesse und zeigte auf mich. »Ich glaube, du bist die einzige Person im Haus, die gänzlich immun gegen sie ist.«

»Das liegt daran, dass ich dich liebe und dass ich Adam liebe«, erwiderte ich ernst. »Das macht es mir unmöglich, Christy zu lieben.«

Das war vielleicht ehrlicher, als ich ihr gegenüber hätte sein sollen, aber ich hatte einen langen Tag hinter mir.

Ein trauriger Zug zeigte sich um ihren Mund. »Ja«, sagte sie, »das verstehe ich.«

In meinem Badezimmer legte ich mir einen kalten Waschlappen über die Augen, bis sie weniger geschwollen waren. Ich sah in den Spiegel und beschloss, dass das gut genug war, ehe ich mich auf den Weg nach unten machte.

Ich konnte Adam telefonieren hören. Ich war mir ziemlich sicher, dass es jemand von der Arbeit war. Nichts Wichtiges, sonst hätte er die Tür zum Büro geschlossen. Aber wenn er am Telefon war, dann hatte er noch nicht mit der Verwandlung zum Wolf begonnen. Das gab mir genug Zeit, mit Aiden über die Tür nach Annwnn zu sprechen.

Aidens Zimmer war im Keller, deshalb ging ich weiter die Treppe hinunter. Er wohnte im ehemaligen Schutzraum des Rudels, weil Adam und der von ihm beauftragte glückliche Bauunternehmer (der meinte, die regelmäßigen Reparaturen, der von einem ganzen Rudel Werwölfe verursachten Schäden am Haus, hätten seinen Kindern das College bezahlt und seien gerade dabei, das auch für seine Enkel zu tun) der Meinung waren, dass das der Raum war, der am einfachsten brandsicher zu machen war. Aiden neigte zu Albträumen, und wenn das passierte, entfachte er manchmal Feuer. In jedem Zimmer des Hauses gab es einen Feuerlöscher und im Keller zwei – einer an der Treppe und ein weiterer nahe bei der Wand zu Aidens Schlafzimmer.

Die Bauarbeiten für einen weiteren Schutzraum am anderen Ende des Kellers hatten bereits begonnen. Werwolf-Schutzräume schützten jeden, der nicht im Raum war, vor seinem Bewohner (einem sehr wahrscheinlich außer Kontrolle geratenen Werwolf) anstatt umgekehrt, wie es in Menschenhäusern der Fall war.

Das Grundgerüst eines Schutzraums war ein käfigartiges Konstrukt aus mit Silber beschichtetem Stahl. Dieser wurde dann mit Gipskartonplatten verkleidet und so in einen ziemlich normal aussehenden Raum verwandelt, denn Käfige neigten nicht dazu, irgendwen zu beruhigen. Unser neuer Schutzraum befand sich noch im Käfig-Stadium.

Aidens Tür verriet noch ihre ursprüngliche Bestimmung. Sie bestand aus massivem Metall, konnte aber nicht mehr von außen verriegelt werden. Ich klopfte zweimal.

Aiden öffnete die Tür. Die Haare standen ihm in mittelbraunen Kringeln ab, wie sie es immer taten, wenn er in Aufruhr war, weil er sich dann mit den Fingern hindurchfuhr und hin und wieder Strähnen packte und drehte. Irgendwann während ich außer Haus gewesen war, hatte er sich umgezogen und gewaschen.

Kaum hatte sich die Tür geöffnet, begann Aiden auch gleich, sich zu entschuldigen.

»Es tut mir so leid, Mercy. Ich hatte keine Ahnung von Annies Plänen.«

»Es ist nicht deine Schuld«, sagte ich zu ihm. »Wenn eine uralte magische Macht sich etwas in den Kopf gesetzt hat, dann gibt es nicht viel, was Leute wie du und ich dagegen tun können.«

Er sah nicht aus, als würde er sich jetzt weniger schuldig fühlen. »Wenn ihr mich nicht hättet bleiben lassen …«

»Wir mögen dich«, sagte ich zu ihm. »Wir akzeptieren dich mit allem, was du mit dir bringst.«

Das hatte ich ihm schon einmal gesagt. Ich glaube, er begann langsam, es mir zu glauben.

Er atmete tief durch und sah mich dann mit einem zweifelnden Stirnrunzeln an. »Auch mit uralten magischen Mächten?«

»Ja. Damit passt du ganz gut in diese Familie.« Ich schenkte ihm ein schiefes Lächeln. »Joel ist von einem Vulkangeist besessen. Ich habe Kojote, der auftaucht, wie es ihm gefällt und für Ärger sorgt. Selbst Adam schleppt mit Christy einen steten Quell der Freude mit sich herum.«

»Okay«, sagte er. »Ihr seid alle verflucht, und ich passe gut zu euch.«

Ich lachte. Aiden lernte schnell. Ein unbeteiligter Beobachter hätte niemals erraten, dass er wer weiß wie lange in einem magischen Reich gefangen gewesen und erst vor einigen Monaten entkommen war. Das war ein Verdienst, den Jesse ihren Nachhilfestunden unter Zuhilfenahme von Netflix zuschrieb.

»Ich komme, um dich wegen Annwns Tür zu fragen«, sagte ich.

Er nickte. »Ich habe bereits mit Adam kurz darüber gesprochen. Sie hat mir gesagt, dass sie sie dorthin getan hat, weil …« Er runzelte die Stirn, während er versuchte, sich an Annwns genaue Worte zu erinnern. Der genaue Wortlaut war wichtig für Fae, und soweit ich das mitbekommen hatte, hielt Annwn sich an deren Regeln. »Sie sagte: ›Ich brauche eine Tür in Mercys Garten. Du fehlst mir. Die Fae verhalten sich nicht nett, und ich will niemandem von ihnen etwas schulden.‹«

»Warum sollte sie den Fae etwas schulden?«, fragte ich.

Aiden zuckte die Achseln. »Ich weiß es nicht. Aber es war nichts Konkretes, vielleicht hat sie es auch einfach nur gesagt, um mich von der Tatsache abzulenken, dass sie eine Tür in deinen Garten gesetzt hat.«

»Kann irgendjemand sonst diese Tür benutzen?«, fragte ich.

Er nickte. »Annwn und ich. Als ich die Tür sah, habe

ich sie sofort dazu gebracht, sie mit einem entsprechenden Zauber zu belegen. Sie wacht ohnehin mit Argusaugen über ihre Tür, aber es gibt Monster in Annwnn, und manchmal kommen wir raus.«

»Ja, nun, auf dieser Seite von Annwnns Tür gibt es auch Monster«, sagte ich schnell. »Komm nur nicht auf den Gedanken, du seist etwas Besonderes.«

Ein Lächeln begann sich auf seinem Gesicht auszubreiten, und dann sah er mich plötzlich besorgt an. »Mercy, was ist passiert?«

»Meine Augen sind nicht mehr geschwollen«, erwiderte ich ein wenig verärgert. »Ich habe extra einen kalten Waschlappen draufgelegt.«

Er berührte kurz mein Gesicht, seine Hand war warm. »Dein Blick ist traurig, Mercy. Dagegen hilft kein Waschlappen.«

Ich erzählte ihm von meinen Nachbarn. Ich erwähnte auch den Feldhasen und den Geist. Das Gespräch mit Adam verschwieg ich.

»Ihr Tod bekümmert dich«, sagte Aiden, als ich fertig war. »Mein Beileid.« Mit einem Stirnrunzeln lehnte er sich gegen die Tür. »Es gibt verschiedene Wesen, die mit einem Biss und dem daraus resultierenden direkten Kontakt zu Blut Menschen dazu bringen können, sich ihrem Willen zu unterwerfen. Vampire zum Beispiel.«

»Marsilia würde das niemals erlauben.«

Aiden schüttelte den Kopf. »Nicht Marsilias Siedhe. Die Vampire in Annwnn sind ihr nicht unterstellt.«

Wie wir anderen hatte er bei der Frage nach dem Täter sofort an die Tür in unserem Garten gedacht.

»Es gibt Vampire in Annwnn?«

»Alles, was du mir über den Tod deiner Nachbarn erzählt hast, könnte von Fae verursacht sein. Abgesehen von einigen der weniger mächtigen Fae – und Kreaturen wie Goblins, deren Glamour anders funktioniert – könnten sie alle die Gestalt eines Feldhasen annehmen. Und obwohl Fae nicht so oft mit Blut arbeiten wie zum Beispiel Hexen, hat Blut doch starke magische Eigenschaften. Aber du sagtest, dass es für dich nicht wie Fae-Magie roch. Es gibt trotzdem noch weitere Möglichkeiten. Als die Fae aus Annwnn vertrieben wurden, blieben einige ihrer Diener und Gefangenen zurück. Annie hat nach der Verbannung der Fae, die sich bislang um sie gekümmert hatten, die Kerker geöffnet. Die meisten Gefangenen waren – zumindest irgendwann einmal – Fae, aber nicht alle. Es streifen einige seltsame Gestalten herum. Sogar seltsamer als ich.« Er schauderte.

Ich kam immer noch nicht über die Vampire hinweg. »Vampire? Wirklich? In Annwnn? Das ist wie Kojoten im alten Ägypten.«

»Es gab keine Kojoten in Ägypten, oder?«, fragte er.

»Nicht, wenn Kojote nicht …« Ich hob die Hand. »Tut mir leid. Lass uns noch mal über die Möglichkeit sprechen, dass etwas durch Annwnns Tür entkommen ist und meine Freunde getötet hat.« Bei seiner Erzählung von den Kreaturen, die von Annwnn befreit wurden, war mir ein Gedanke gekommen. »Wie viele Kreaturen könnten entkommen sein?«

»Wenn etwas entkommen ist, dann muss es passiert sein, bevor ich die Tür gefunden habe«, sagte er. »Ich könnte mir vorstellen, dass eine Kreatur entkommen ist – aber sie mag es nicht, ihre Gefangenen zu verlieren.«

»Als ich nach Hause kam, war die Tür noch nicht da«, sagte ich.

»Gut«, meinte er. »Das macht es noch unwahrscheinlicher, dass mehr als eine Kreatur entkommen ist.«

»Wüsste sie es, wenn etwas entkommen wäre?«, fragte ich. »Und noch wichtiger, würde sie wissen, was entkommen ist?« Und könnte uns dann hoffentlich weitere Informationen darüber geben, was es war und wie wir es töten konnten.

Er nickte. »Ich glaube schon. Aber sie weiß auch, dass ich deshalb wütend auf sie wäre, daher könnte es schwer werden, sie dazu zu bringen, uns zu sagen, ob etwas entkommen ist. Ich rufe sie und sehe, was sie mir sagen kann. Es könnte allerdings eine Weile dauern, bis sie antwortet.«

Und damit meinte er nicht, dass er sie anrufen würde.

»Okay, danke.« Ich wandte mich zum Gehen, doch dann zögerte ich. »Ich sollte dich besser wissen lassen, dass Adam und ich Feldhasen jagen gehen.«

Er runzelte die Stirn. »Ich glaube, ich sollte mitkommen«, meinte er. »Nur für den Fall. Warte, ich ziehe nur schnell meine Turnschuhe an.«

Als wir nach oben kamen, wartete Adam bereits in seiner Wolfsgestalt auf uns.

»Ich habe mit Aiden gesprochen. Er glaubt auch, es könnte sein, dass etwas aus Annwn entkommen ist«, sagte ich zu Adam. »Er hat sich entschieden, mitzukommen und uns zu helfen.«

Adam sah Aiden an, der den Blick gelassen erwiderte und sagte: »Du bist zweifellos tödlich. Mercy ist schnell. Aber ich habe sehr lange in Annwn gelebt und mir dort sowohl Freunde als auch Feinde gemacht. Einige davon … ich weiß, was sie in Annwn getan haben, aber ich habe keine Ahnung, was sie hier draußen anrichten könnten. Magie funktioniert anders in dieser Welt. Vielleicht treffen wir auf jemanden, den ich kenne, und können reden. Und wenn nicht – nun, die meisten Dinge fangen an zu brennen, wenn ich es will.«

Adam schnaubte in zögerlicher Zustimmung. Wir benutzten Aiden nicht gern als Waffe. Er stand unter unserem Schutz, nicht umgekehrt.

Doch er hatte recht – er wusste Dinge, die wir nicht wussten.

»Okay«, sagte ich. »Aber wenn ich sage: ›renn!‹, dann rennst du.«

Er bedachte mich mit einem Blick. Und vermutlich war es kein zustimmender Blick. Wer war es noch mal, der gesagt hat, dass ein Anführer niemals Befehle geben sollte, von denen er weiß, dass sie nicht befolgt werden? Ich beschloss, dass keine Antwort hier die beste Antwort war, die ich bekommen würde.

Ich ging in Adams Büro, um mich zu verwandeln. Schamgefühle hatte ich schon lange keine mehr, aber Aiden sah aus wie ein Kind. Wenn es nicht gerade um Leben und Tod ging, würde ich mich nicht vor seinen Augen ausziehen.

Als ich mich in meinen Kojoten verwandelt hatte, ließ Aiden Adam und mich aus der Küche und schloss die Tür hinter uns. Sie folgten mir durch den Garten. Die Nacht war hereingebrochen, und im Licht des zunehmenden Mondes wirkte die Steinmauer seltsam fehlplatziert und mysteriös. Wir kletterten alle durch den alten Stacheldrahtzaun, statt über die Mauer zu steigen.

Ich hatte gedacht, mich noch genau zu erinnern, wo ich den Feldhasen gesehen hatte. Aber obwohl ich eine Maus irgendwo in der Nähe riechen konnte und Adam ein paar ganz normale Hasen aufschreckte, als er den einzigen

Hasenfährten folgte, die wir fanden, waren nirgendwo Feldhasen zu finden.

Wir gingen zum Haus der Cathers und schnüffelten im Garten herum. Ich fand eine Hasenfährte, doch ein gutes Dutzend Leute war immer wieder darüber hinweggelaufen. Schließlich entdeckte ich einen Abschnitt der Spur, der von dem Grundstück führte, und wir drei machten uns auf den Weg durch Felder und Gärten, um herauszufinden, ob es die Spur eines Feldhasen war.

Hasen jeder Art rochen einfach nur wie Hasen. Ich konnte einen bestimmten Hasen von einem anderen unterscheiden, aber meine Nase machte keinen Unterschied zwischen einem Riesen- und einem Baumwollschwanzkaninchen.

Als die Spur uns durch ein Privatgrundstück führte, setzte Adam die Rudelmagie ein, um uns weniger leicht auffindbar zu machen. Ich erhob keinen Einwand; die Leute schossen auf Kojoten, wie die Schrotnarben auf meinem Hintern bezeugen konnten. Die Gefahr war geringer, weil es Nacht war, doch wir waren zu dritt, und ein hundert Kilo schwerer Werwolf und ein Junge waren nicht so leicht zu verbergen wie ein Kojote.

Hasen bewegten sich nicht in geraden Linien, und dieses spezielle Exemplar war wild herumgehopst. Unser Teil der Stadt war ein Flickenteppich aus großen Feldern und ehemaligen großen Feldern, die in unregelmäßig geformte Grundstücke aufgeteilt waren, auf denen Behausungen standen, die von 1960er Wohnwägen bis zu modernen Villen reichten. Dazu einige Industrieanlagen am Fluss.

Wir passierten oder durchquerten Heuwiesen, Marihuana-Farmen, Biobauernhöfe, Beerenfelder und ein paar kleine Weingärten, obwohl das beste Weinanbaugebiet auf der anderen Seite der Tri-Cities lag. Wir liefen auch durch einige private Gärten. Es gab Pferde, Kühe, Ziegen, Hühner, die uns alle nicht beachteten – schließlich waren wir in die Magie des Rudels gehüllt. Katzen konnten wir allerdings nicht täuschen und Füchse auch nicht. Aber sie sahen uns einfach nur vorbeiziehen, ohne Alarm zu schlagen.

Einmal sprangen wir in einen Hinterhof, der voller alter Autos stand. Die meisten davon waren verrostete Hüllen, durch deren Unterboden Besenkraut, Burzeldorn und Wilder Wein wucherten, doch nahe dem Haus stand eine Reihe Autos mit Abdeckplanen, und eines davon …

Ich senkte den Kopf und versuchte unter die Plane zu spähen, ohne die Aufmerksamkeit der anderen zu erregen. Adam schnappte leicht nach meiner Hüfte, und Aiden lachte. Im Haus ging ein Licht an, und wir beeilten uns, aus dem Garten zu kommen, bevor die Beleuchtung auf der hinteren Veranda aufflackerte.

Zum Glück gab es im Zaun ein Loch, das groß genug für Aiden war, und dazu noch genau die Öffnung, die auch der Hase genutzt hatte.

Einer Geruchsspur so lange zu folgen erforderte eine Menge Konzentration, auch ohne mysteriöse Abdeckplanen, unter denen sich, da war ich mir ziemlich sicher, ein alter Karmann-Ghia verbarg. Adam und ich wechselten uns ab, und jeder folgte der Spur für gute zehn Minuten.

Normalerweise waren Hasen territorialer als dieser hier. Ich war Hasenspuren schon im Kreis gefolgt, eine Fährte, die sich jedoch so weit über neues Territorium hinwegzog, war mir neu. Nicht ein einziges Mal überschnitt die Fährte sich, wie es der Fall gewesen wäre, wäre das hier der gewohnte Lebensraum des Hasen. Das ließ mich vermuten, dass wir auf der richtigen Spur waren.

Die Fährte führte uns schließlich über eine Straße und in den Two Rivers Park, einem Streifen Grün am Fluss entlang, dort wo der Snake River auf den Columbia traf. Two Rivers war gar nicht so weit von unserem Zuhause entfernt, doch wir hatten alles andere als den direkten Weg hierher genommen. Ein Teil des Parks bestand aus regelmäßig gepflegten Picknick- und Erholungsflächen, aber der Rest war verwildert und von Wegen durchzogen, die sich Wanderer und Reiter teilten. In diesen Teil führte uns die Spur des Hasen.

Aiden blieb bei einem großen Wüstensalbei-Strauch stehen. »Hey. Hier drüben«, sagte er. »Ich glaube, wir haben unseren Hasen gefunden. Zumindest Teile von ihm.«

Wir trabten zu ihm, waren aber noch nicht ganz da, als uns etwas anderes auffiel. Ich erstarrte, doch Adam knurrte, und das silbrige Fell um seinen Hals stellte sich auf, genau wie das auf seinem Rücken.

Ich verwandelte mich in einen Menschen. Es war ein Risiko, weil wir von der Straße aus noch gesehen werden konnten, aber es war dunkel. Menschen würden mehr Licht brauchen, um zu erkennen, dass ich nackt war. Und Wesen, die keine Menschen waren, würde es vermutlich nicht interessieren.

Aiden konnte im Dunkeln ziemlich gut sehen. Allerdings mussten wir kommunizieren können, und ich konnte mich schneller verwandeln als Adam. Wenn es die Umstände erforderten, konnte er auf die Rudelmagie zurückgreifen und die Verwandlung beschleunigen, aber dann würde er in dieser Gestalt feststecken und müsste nackt nach Hause gehen. Definitiv ein netter Anblick, doch leider auch illegal.

»Werwölfe«, sagte ich zu Aiden. »Fremde.« Bei diesen Worten sah ich Adam an. Ich kannte die drei Wölfe, die ich gerochen hatte, nicht, aber er war älter als ich und unter den Werwölfen herumgekommen. Er kannte mehr von ihnen als ich.

Adam sah mich einfach nur an.

»Mir sind sie fremd, aber Adam kennt sie.« Und er sah nicht glücklich aus.

»Eindringlinge«, sagte Aiden.

»Ja«, bestätigte ich.

»Ist das dein Hase?«, fragte Aiden und zeigte auf die Überreste des Baumwollschwanzkaninchens, das er gefunden hatte. Das war definitiv nicht der Hase. Doch wir waren uns auch nie sicher gewesen, ob wir überhaupt den Spuren des Hasen folgten.

In Menschengestalt ist mein Geruchssinn nicht so gut. Ich blickte zu Adam, der sich dem Hasen mit der Nase näherte und dann den Kopf schüttelte.

»Nein«, sagte ich zu Aiden, »das ist nicht unser Hase. Sie haben ihn als Herausforderung und als Test hier hinterlassen. Wir sind hier zu nahe am Hauptquartier des Rudels. Sie hätten nichts getötet, wollten sie nicht herausfinden, wie intensiv wir in unserem Territorium patrouillieren.« Ich blickte zu Adam, ob er meine Worte bestätigte.

Er knurrte, ein Laut, der tief in seiner Brust grollte. Er stieß mich mit der Schulter an, schob mich Richtung Zuhause.

»Und was ist mit dem Hasen?«, wollte ich wissen.

Er antwortete mit einem ungeduldigen Schnauben.

»Etwas hat Dennis dazu gebracht, seine Frau zu töten«, sagte ich. Verdammt, bei dem Gedanken kamen mir schon wieder die Tränen. »Der Hase ist ein Hinweis.«

»Woher willst du wissen, dass der Hase, hinter dem wir her waren, derjenige ist, den du gesehen hast?«, fragte

Aiden vernünftig. »Es könnte irgendein alter Hase sein. Riechst du Magie? Ich spüre keine.«

Ich schüttelte den Kopf. Er hatte recht.

»Selbst wenn es dieser Hase war, Mercy ... im Moment gibt es keinen Beweis, dass er etwas mit dem Mord an deinen Freunden zu tun hatte. Obwohl es in Teilen Annwnns massenweise Hasen gibt – und Kreaturen, die sie fressen –, weiß ich nichts von der Existenz von Killer-Kaninchen.«

Ich warf ihm einen Blick aus zusammengekniffenen Augen zu. »Soll das eine Anspielung auf Monty Python sein?«

Er grinste. »Ich mag Monty Python. Ich verstehe die Witze. Wenn dort draußen also eine Gefahr lauert, die nichts mit dem zu tun hat, was deine Freunde angegriffen hat, sollten wir lieber auf Adam hören und nach Hause gehen, um neu zu planen.«

»Drei Wölfe«, murrte ich, obwohl ich es besser wusste. »Das jagt mir keine Angst ein.«

Adam sah mich scharf an, und ich warf die Hände in die Luft.

»Okay, also gut. Ich weiß. Wo drei sind, könnten auch mehr sein. Wir könnten es mit einem ganzen Rudel zu tun haben. Und nein, ich will nicht allein mit dir und dem Hitzkopf auf ein feindliches Rudel treffen.« Ich blickte über den Fluss hinaus in die Richtung, in die unser Hase gerannt war. »Aber der Hase, dem wir gefolgt sind, verhält sich nicht wie ein normaler Hase, und ich will wissen, warum.«

Adam nieste.

»Nach Hause«, sagte ich seufzend zu Aiden.

Als ich mich wieder in einen Kojoten verwandelt hatte, führte ich die Gruppe auf dem Weg nach Hause an. Aiden lief in der Mitte, und Adam bildete die Nachhut. Wir wählten einen direkteren Weg nach Hause, doch da wir uns dabei auf der Straße hielten und nicht über Felder und Gärten abkürzten, war ich mir nicht sicher, ob wir schneller waren.

»Spürt ihr das?«, fragte Aiden tonlos. »Jemand beobachtet uns.«

Aiden hatte recht, ich spürte, wie sich die Haare in meinem Nacken unter dem Gefühl, dass uns jemand beobachtete, aufzustellen begannen. Ich blickte nach oben, konnte jedoch nichts außer den Sternen am Nachthimmel sehen.

Adam schnaubte zustimmend und trieb uns zu einem leichten Laufschritt an. Wir rannten nicht weg, aber die zunehmende Geschwindigkeit könnte die Person oder Personen – oder Hasen –, die uns folgten, dazu zwingen, sich zu enttarnen. Geschwindigkeit machte es schwerer, sich zu verbergen.

Wir bogen in die Straße ein, die zu unserem Haus führte, und wer oder was uns folgte, war weiterhin hinter uns. Adam wartete ab, bis wir zu einer Stelle kamen, wo ein kleiner Hain alter Bäume sich an die Straße schmiegte, und verschwand lautlos in den Schatten. Er musste noch ein wenig mehr der Rudelmagie zu Hilfe genommen haben, denn der Boden um die Bäume herum war mit trockenem Laub bedeckt, und nicht einmal Adam war gut genug, sich dort ohne jedes Geräusch zu bewegen.

Aiden und ich behielten unser Tempo bei, als wäre nichts geschehen – und ein Hase sprang aus dem Gebüsch und biss mich in den Nacken, wobei er die Zähne tief hineingrub.

Ich schnappte nach ihm und verfehlte ihn, jagte jedoch hinterher, als er ins Unterholz und dann in ein Alfalfa-Feld schoss. Wir bahnten uns beide einen Weg durch die buschigen Pflanzen und nutzten dabei die Furchen, in denen die Alfalfa weniger dicht wuchs. Ein Werwolf – ich hörte Adam hinter mir – wäre nicht in der Lage gewesen, so schnell voranzukommen.

Hasen hatten eine Anatomie, die Schnelligkeit unterstützte. Sie konnten so schnell wie ein normaler Kojote rennen. Ich war kein normaler Kojote – und fest entschlossen, dass mir dieser Hase nicht entkommen würde. Ich hatte das dumpfe Gefühl, dass etwas auf meinen Kopf drückte – wie ein beginnender Kopfschmerz –, aber im Rausch der Jagd ließ das Gefühl nach.

Ich sprang und schloss die Zähne um Fleisch und Fell. Ich hatte ihn zwischen den Zähnen, doch er fühlte sich nicht richtig an und schmeckte auch nicht nach Hase. Und dann war er verschwunden. Nicht weggerannt – verschwunden. Er wurde in meinem Mund von Fleisch zu Rauch, ein ätzend essigsaurer Rauch, der mir in den Lungen brannte und nach der Magie in Dennis' Körper schmeckte.

Japsend und würgend fiel ich zu Boden. Meine Augen brannten, und meine Kehle fühlte sich an, als hätte ich versucht, eine heiße Kohle zu schlucken. Unter der Macht meines Hustens rollte ich mich zu einer Kugel zusammen. Ich konnte nicht atmen, ich konnte nicht …

Kalte Arme hoben mich hoch, und jemand legte mich über seine Schulter und rannte. Ich hörte einen Wolf knurren – und der Vampir, der mich trug, knurrte ebenfalls und sprach Worte, auf die ich mich nicht fokussieren konnte. Ich hatte keine Ahnung, wo der Vampir hergekommen war, und ich war zu sehr damit beschäftigt, zu versuchen zu atmen, um mich darum zu kümmern.

Das Nächste, was ich registrierte, war, dass ich durch die Luft geschleudert wurde und kaltes Wasser über meinem Kopf zusammenschwappte. Es hätte alles schlimmer machen sollen – Wasser ist der Atmung auch nicht gerade zuträglich –, aber sobald es sich um mich schloss, verschwand das Brennen.

Mein Überlebensinstinkt übernahm die Führung, und ich versuchte zu schwimmen – und ein Wolf schob seinen Kopf unter mich und stieß mich aus dem Wasser.

Es musste nicht allzu tief gewesen sein, denn obwohl er mich nicht ganz aus dem Fluss bekam, hatte ich wieder festen Boden unter den Füßen, und nur ein paar Zentimeter Wasser umspülten meine Beine. Und ich konnte atmen.

Ich weiß nicht, wie lange ich dort stand – vermutlich weniger lang, als es sich anfühlte – und einfach nur die süße, kühle Luft ein- und ausatmete, während das Wasser um meine Pfoten wirbelte und aus meinem Fell tropfte. Adam kam aus dem Wasser neben mich und knurrte zähnefletschend in Richtung des Vampirs, der auf dem Trockenen stand.

»Sei nicht so dramatisch«, sagte der Vampir. »Ich habe ihr nur das Leben gerettet. Du solltest mir dankbar sein.« Er stieß einen traurigen Seufzer aus. »Ich fürchte, Marsilia hat recht, wenn sie sagt, dass gute Manieren in diesen modernen Zeiten aus der Mode gekommen sind.«

»Warum in den Fluss?«, fragte Aiden milde. Er stand am Ufer, aber er war nass, also war er mir ebenfalls hinterhergesprungen, ohne dass ich es bemerkt hatte.

»Jeder, der einmal Washington Irving gelesen hat, weiß, dass fließendes Wasser Magie wegwaschen kann«, sagte der Vampir. »Oder ging es in der Geschichte darum, dass das Böse fließendes Wasser nicht überqueren kann? Ich kann mich nicht mehr erinnern.«

»Hm«, sagte Aiden, der Wulfe misstrauisch im Auge behielt. »Wie praktisch, dass du zufällig in der Nähe warst.«

Wulfe war der furchterregendste Vampir, dem ich je

begegnet war – und ich hatte Bonarata gegenübergestanden, der Europa regierte. Doch Bonarata war bis zu einem gewissen Grad berechenbar – und Wulfe war es nicht. Ich hatte gewusst, dass Wulfe magiebegabt war, dass er ein Magier war, der unbelebte Dinge mit Magie manipulieren konnte. Ich hatte auch gewusst, dass er noch ein paar andere Arten von Magie beherrschte, allerdings immer gedacht, es hätte etwas damit zu tun, dass er ein Vampir war, ein sehr alter Vampir. Und vielleicht war das auch so, aber ich hatte erst vor Kurzem herausgefunden, dass er auch ein Hexer war.

Ich hatte Angst vor Hexen. Ich hatte Angst vor Vampiren. Ich hatte sehr, sehr große Angst vor Wulfe.

In der Nacht, als die Hexen starben, hatte ich meine Nähe zu den Toten genutzt, um einer Armee von Zombies die letzte Ruhe zu schenken. Ich hatte sie mit meiner Magie gebündelt und zu ihnen gesagt: »Geht. Findet Frieden.« Der Bann der Hexen war von ihnen abgefallen, und wie ein Mann waren sie zu Boden gefallen, sodass nur ihre Leichen zurückblieben. Wulfe hatte mich in diesem Moment berührt, und auch er war zu Boden gefallen.

Ich hatte mich gesorgt, dass ich ihn getötet … ihn zerstört hatte. Ich musste dringend ein Wort finden, das beschrieb, was passierte, wenn ein Vampir aufhörte zu existieren. »Tod-tod« vielleicht? Das Ende des toten Lebens? Aber Wulfe hatte sich erholt, und ich schwankte zwischen Erleichterung (er war dort gewesen, um mir zu helfen) und Sorge – ein lebendiger Wulfe war ein weitaus größeres Problem als die Schuldgefühle, die ich gehabt hätte, hätte ich unabsichtlich die Existenz eines Vampirs beendet.

Was auch immer ich dort getan hatte, es interessierte ihn außerordentlich. Seit der Nacht der Hexen hatte ich ihn des Öfteren in unserem Garten gerochen, wenn er keinen

Grund hatte, dort zu sein. Hier und da hatte ich ihn kurz gesehen, wenn er wollte, dass ich mitbekam, wie er sich in der Nähe herumtrieb.

Ich ging mit ihm um, wie ich es bevorzugt mit Geistern tat. Wenn ich ihm keine Beachtung schenkte, würde er vielleicht verschwinden.

»Nein, kein Zufall«, antwortete Wulfe mit einer Koketterie, die einer Südstaatenschönheit in einem alten Film besser zu Gesicht gestanden hätte. In alten Filmen war übertriebene Gestik und Mimik der Standard. »Kein reiner Zufall. Ich stalke Mercy. Natürlich war ich da, denn das ist es, was Stalker tun, das habe ich zumindest gelesen. Es ist mein neues Hobby.«

Ich starrte ihn an, und dann hustete ich Flusswasser, was sich deutlich besser anfühlte als der Rauch, aber immer noch kein Spaß war. Und anschließend starrte ich ihn weiter an – und begann zu zittern. Möglicherweise lag es am Wasser und der Nachtluft.

Mit seinen Worten hatte Wulfe meine Taktik, sein Lauern, sein Stalken, einfach nicht zu beachten, zunichtegemacht. Mein Freund Stefan, der ebenfalls ein Vampir war, hatte mich gewarnt, dass Wulfe mich interessant fand. Und das war, *bevor* ich getan hatte, was auch immer ich mit ihm getan hatte.

Wulfe lächelte mich an. Jeder, der ihn nicht kannte, der ihn nicht dabei gesehen hatte, wie er versklavte Opfer langsam tötete, könnte dieses Lächeln für freundlich halten. Aber ich wusste es besser. Sein Gesichtsausdruck ließ mich von innen heraus frösteln. Sein Blick war entschlossen. Er jagte, und ich war die Beute.

Wenn ich Angst hatte, dann äußerte sich das manchmal als Wut. Ich wünschte mir sehr, ich könnte mich zurück in einen Menschen verwandeln, damit ich ihm sagen konnte, was ich von seinem neuen Hobby hielt. Ich machte es allerdings nicht. Vor ihm wollte ich nicht nackt sein. Nicht aus Scham. Nackt zu sein bedeutete vor Jägern wie Wulfe, verletzlich zu sein.

Adam schob sich zwischen Wulfe und mich und nahm Blickkontakt mit dem Vampir auf. Das war nicht sehr ratsam, denn Vampirfähigkeiten funktionierten bei Werwölfen ziemlich gut. Aber ich konnte spüren, dass Adam die Rudelverbindungen zu Hilfe nahm, also musste er es absichtlich getan haben, um seine Macht zu zeigen. Ich hoffte, dass er recht und das Rudel genug Saft hatte, um die Magie des Vampirs zu neutralisieren.

Wulfe hob die Augenbrauen, und sein Lächeln wurde schärfer. Er starrte meinen Gefährten an. Es fühlte sich an, als würden Stunden vergehen, doch es musste weniger als zehn Sekunden später gewesen sein, als Wulfe den Blick senkte. Er lächelte noch immer.

»Ach du meine Güte«, sagte er. »Eine Herausforderung. Wie amüsant.« Er sah mich an. »Wirst du es überleben? Du musst mir erzählen, wie du es geschafft hast, einem Hasen in ein Feld nachzujagen und am Ende verzaubert und fast getötet zu werden.« Sein Lächeln wurde breiter. »Und dann habe ich dich gerettet. Du schuldest mir etwas.«

»Du wirst sie in Ruhe lassen«, sagte Aiden, und seine Stimme war nun nicht mehr sanft.

Ich sah zu ihm hinüber. Aiden war vielleicht tropfnass, aber er sah nicht aus, als wäre ihm kalt, obwohl sich ein kühler Hauch in die Nachtluft gemischt hatte, der den kommenden Herbst ankündigte. Noch während ich ihn ansah, begannen Dampfwolken von ihm aufzusteigen. Er stand viel, viel zu nah bei dem Vampir.

Wulfes Augenlider senkten sich, und er lächelte. »Zwing mich doch, Feuerberührter, zwing mich doch.«

Aiden stand zu nah bei dem Vampir und zu weit von Adam und mir entfernt, als dass wir verhindern konnten, was als Nächstes passierte. Aiden berührte den Arm des Vampirs, und Flammen hüllten Wulfe ein.

Der Vampir schrie, ein hoher, panischer Laut, sein Körper brannte so lichterloh, dass es schmerzte, ihn anzusehen. Er wedelte mit den Armen, als versuchte er, die Flammen auszuschlagen … oder zu fliegen. Er stolperte nach hinten, weg von Aiden. Funken lösten sich von seinem brennenden Körper und landeten zwischen trockenem Laub und Unkraut, die ebenfalls zu brennen begannen.

Immer noch schreiend wälzte Wulfe sich am Boden, doch es half nichts; die Flammen blieben davon unbeeindruckt. Sein Fleisch begann Blasen zu werfen und sich zu schwärzen, es roch, als würde jemand eine Grillparty feiern. Die Wärme des Feuers glitt über meine Haut.

Anders als Schüsse waren Schreie in dieser Gegend ungewöhnlich, aber keine Lichter gingen an, und keine Hunde bellten. Mir wurde klar, dass Adam noch immer die Rudelmagie aufrechterhielt, die verhinderte, dass man uns bemerkte.

Und Wulfe brannte weiter.

Adam stieg aus dem Wasser ans Ufer und stieß Aiden leicht mit der Schulter an, und der Junge streckte den Arm zur Seite aus (nicht nach unten, denn Adam war ein Werwolf und Aiden nicht besonders groß) und legte die Hand auf Adams Rücken, wobei er die Finger in sein Fell grub. Abgesehen davon schien der Junge vollkommen ruhig angesichts des schrecklichen Anblicks.

Ich trat etwas langsamer an Aidens andere Seite.

Wulfe erhob sich auf die Knie und streckte die Hand aus,

als wollte er Aiden berühren –, doch er hatte nicht die Kraft, die Distanz zwischen ihm und uns zu überbrücken. »Bitte«, sagte er. »Bitte. Ich will nicht sterben …«

Er log. Ich war viel besser darin geworden, Lüge von Wahrheit zu unterscheiden. Früher fiel mir das bei Vampiren schwer. Ich brauchte einen Geruch, der mir sagte, ob jemand log. Jetzt konnte ich es manchmal hören.

Ich trat einen Schritt vor, ohne auf Adams Knurren zu achten.

Wulfe ließ sich mit dem Gesicht voran auf die Erde fallen. Er hörte auf, sich zu regen, doch sein Körper brannte noch immer, Fleisch färbte sich schwarz; und es roch nach brennendem Fett.

Dann drehte er den Kopf und blickte zu mir auf. Mit vollkommen normaler Stimme sagte er: »Ich habe es übertrieben, oder?«

Die Flammen um ihn herum erstarben; und wir standen im Dunkeln, während Wulfe auf die Beine sprang.

Ich hatte noch nie etwas gesehen, das Aiden nicht verbrennen konnte. Ich hatte sein Feuer Metall schmelzen und Stein zermalmen sehen. Ein Vampir bestand nicht aus Metall oder Stein. Feuer war die Schwachstelle von Vampiren.

Es gab nicht viele Arten, wie man einen Vampir töten konnte. Feuer war die beste Methode, die ich kannte. Ich hatte wieder Probleme, Luft in meine Lungen zu saugen, doch dieses Mal war nicht Magie für die Atembeschwerden verantwortlich, sondern Angst. Vor diesem Moment hätte ich nicht gedacht, dass Wulfe noch furchterregender werden könnte. Ich hatte mich getäuscht.

Haut und verbranntes Muskelgewebe stellten sich vor unseren Augen wieder her, während Wulfe den Staub von den Resten seiner Kleidung klopfte, die sich weit besser gehalten hatte, als sie es bei all dem Feuer hätte tun sollen. Seine Hose war nahezu intakt, nur etwas geschwärzt und stinkend. Er sah Aiden an, und das Lächeln erstarb auf seinen Lippen. Aiden trat einen Schritt näher zu Adam.

»Kind«, sagte er, »du hattest deine Chance. Ich werde dir keine weitere geben.« Er sah mich an, schlang die Arme um sich und wiegte sich im Rhythmus meines Herzschlags vor und zurück, denn gruselige Dinge zu tun war genau Wulfes Ding. Mit einer Stimme, als würde er das Ende einer Geschichte erzählen, fuhr er fort: »Nun, meine Jungen und Mädchen, ich denke, für heute habe ich genug gestalkt. Das war sehr viel aufregender, als ich gedacht hatte. Hach.«

Er winkte uns zu, dann drehte er sich um und ging die Straße hinunter. Wir blickten ihm alle hinterher. Bestimmt war es kein Zufall, dass Wulfe genau zwischen den Bäumen mit den Schatten verschmolz, wo Adam zuvor verschwunden war, ehe der Hase mich gebissen hatte.

Hochalarmiert schob Adam uns alle auf die Straße und Richtung Zuhause. Wir schafften es in die Küche, ohne dass noch einmal etwas versuchte, uns zu töten.

Ich ging schnurstracks in Adams Büro. Ein paar Minuten später war ich wieder in menschlicher Gestalt und trug meine Klamotten. Aiden wartete am Tisch auf mich. Sein Haar war wie meines noch nass.

»Adam ist hinaufgegangen«, sagte Aiden. »Ich glaube, er verwandelt sich zurück und kommt dann wieder runter. Ich habe ihm schon gesagt, dass ich mit euch reden möchte.«

»Alles in Ordnung mit dir?«, fragte ich.

Er lachte und klang müde dabei. »Das bin ich nie, Mercy. An manchen Tagen bin ich mehr in Ordnung als an anderen. Das ist ein ›anderer‹ Tag. Wulfe hat etwas mit mir gemacht. Schau.«

Er hob die Hand, und nichts passierte. Ich war nicht sicher, was ich sehen sollte.

»Seit Annwnn mich verändert hat, Mercy, war ich nie in der Lage, nicht Feuer herbeizurufen.« Er wackelte mit seinen leeren Fingern und legte sie wieder auf den Tisch. Leise sagte er: »Ich bin mir nicht mal sicher, wie ich das finde. Ich kann mich nicht schützen. Aber vielleicht ist es auch ganz gut … normal zu sein.«

»Gewöhn dich nicht daran«, warnte ich ihn. »Wenn Wulfe etwas getan hätte, das von Dauer ist, dann hätte er ziemlich sicher damit angegeben.«

»Wolltest du darüber mit mir sprechen, Aiden?«, fragte Adam, der die Küche betrat, während er sein Hemd zuknöpfte. Seine Haut war von der Verwandlung gerötet, und er war barfuß.

Meine Güte, der Mann war sexy.

Aiden schüttelte den Kopf. »Ich weiß, was Mercys Freunde getötet hat«, sagte er. »Und es ist schlimm.«

Ganz geschäftsmäßig zog Adam sich einen Stuhl heran und setzte sich gegenüber Aiden. »Was kannst du uns darüber sagen?«

»Hast du ihre Wunden gesehen?«, fragte Aiden Adam. »Bevor Wulfe sie in den Fluss geworfen hat?«

Adam begann den Kopf zu schütteln, dann hielt er inne. »Ich dachte, es wäre eine optische Täuschung. Aber es sah aus, als würde Dampf von dem Biss aufsteigen.«

Aiden schüttelte den Kopf. »Nicht Dampf. Rauch.«

»Als ich noch mit meinen Freunden in Annwnn lebte« – ehe alle starben, meinte er –, »gab es Orte, von denen wir uns bewusst fernhielten. Manchmal, weil wir dort etwas gesehen hatten – oder weil jemand von uns gestorben war. Aber meistens war es Annie, die uns warnte. Das war, bevor wir wussten, was sie war – auch wenn wir uns manchmal wunderten, woher sie all ihr Wissen nahm. Einer der Orte, vor denen Annie uns gewarnt hatte, war eine Höhle, in der eine Bestie wohnte. Wenn sie jemanden biss, übernahm sie den Körper ihres Opfers. Sie spielte mit ihm, bis ihr langweilig wurde, dann tötete sie es. Aber wenn sie jemanden biss, dann wurde er von ihrer Magie erfüllt, die sich in Form von Rauch zeigte, der dann aus seinen Wunden quoll. Und wenn ihr Opfer einmal tot war, dann konnte sie seinen Körper übernehmen und Jagd auf seine Freunde machen.« Er zitterte noch etwas mehr, als ob ihm einfach nicht warm wurde. »Sie liebte es, uns diese Geschichten zu erzählen, wenn wir uns im Dunkeln zusammenkauerten. Sie nannte diese Kreatur die Rauchbestie.«

Er stieß das Wort hervor, schüttelte den Kopf und sah aus, als ob ihm übel wäre.

Ich kannte diesen Anblick. Als er aus Annwnn entkommen und in die Gewalt der Fae geraten war, hatten sie ihn mit einem Übersetzungszauber belegt. Selbst die am sorgsamsten gewirkten Übersetzungszauber, so sagte man mir, hatten eine traumatische Wirkung. Sie wühlten sich durch Erinnerungen und Gedanken, um nach einer Bedeutung für das Wort zu suchen, das übersetzt werden musste. Und der, mit dem sie Aiden belegt hatten, war eher schnell zusammengeschustert gewesen.

»Das ist nicht ganz das richtige Wort«, sagte er. »›Rauchdämon‹ trifft es vielleicht besser.« Er presste die Lippen zusammen. »Allerdings ist es kein Dämon, wie ihr ihn kennt. Es gibt nicht wirklich ein passendes Wort in eurer Sprache. Ich weiß nicht, ob es nur einen gibt oder ob mehr von seiner Art existieren. Ich habe nie jemanden darüber sprechen hören.« Er schüttelte den Kopf. »Wie dem auch sei, angeblich kann er die Gestalt jedes lebendigen Wesens annehmen.«

»Die Fae können das«, stellte Adam fest.

Aiden nickte. »Ja. Umso interessanter, dass seine Fähigkeit, die Gestalt zu wechseln, eines der Dinge war, vor der uns Annie gewarnt hat. Vielleicht war er kein Fae – aber davon hat sie nichts gesagt. Doch vor allem hat sie uns davor gewarnt, dass er unseren Körper übernimmt, wenn er uns beißt. Obwohl ich mich nicht erinnere warum, bin ich mir ziemlich sicher, dass sein Opfer in jedem Fall stirbt, sobald er seinen Körper übernommen hat.«

Etwas hat Dennis gebissen, dachte ich, und dann hat er Anna und sich selbst getötet. Ich erinnerte mich an das angespannte Gefühl in meinem Kopf, kurz bevor ich meine Zähne in den Hasen geschlagen hatte.

Ich habe eine beschränkte und ziemlich unberechenbare Resistenz gegen Magie. Womöglich war diese Magie eine von der Art, die mir nichts anhaben konnte. Ich schauderte erleichtert und war dankbar, dass ich nicht zur geistigen Sklavin der Rauchhasenbestie geworden war, die mich gebissen hatte.

»Was will sie?«, fragte ich.

Aiden schüttelte den Kopf. »Mehr weiß ich nicht darüber. Nur dass sie gefährlich genug war, dass Annie mich gewarnt hat, wegzubleiben. Ich werde sie fragen, was sie weiß – aber vielleicht solltet ihr auch Lughs Sohn fragen, ob er etwas weiß. Ich war in einem Teil Annwns gefangen, den seine Familie regiert hat.«

»Denkst du, sie hat ihn absichtlich freigelassen?«, fragte ich.

Aiden zuckte die Achseln. »Ich weiß es nicht.« Er sah mich an. »Ganz ausgeschlossen ist es nicht.«

4

*F*ünf Uhr morgens ist eine ziemlich beschissene Uhrzeit für ein Meeting, bei dem alle anwesend sein sollen«, sagte Honey, als sie durch die Tür kam.

»Mercy wollte es schon für drei Uhr ansetzen«, entgegnete Aiden, »aber Adam meinte, er will, dass alle halbwegs wach sind.«

Er hatte sich in eine Decke gewickelt auf einem der Sofas im Wohnzimmer zusammengekauert. Normalerweise war ihm nie kalt, doch der Effekt von was auch immer Wulfe ihm angetan hatte, dauerte an.

Ich blieb bei meiner Einschätzung, dass Wulfe damit angegeben hätte, hätte er etwas mit permanenter Wirkung getan. Ich glaubte nicht, dass er genug Macht hatte, um etwas zu zerstören, das Annwnn geschaffen hatte – heute war ich mir allerdings dessen weniger sicher, als ich es vor letzter Nacht gewesen wäre.

Die Wölfe hatten die Decke neugierig beäugt, aber niemand hatte Aiden danach gefragt. Bei seinen Worten jedoch warfen mir die Nachzügler, die sich noch im Wohnzimmer aufhielten und sich überwiegend an Kaffee aus der Küche klammerten, der zu heiß zum Trinken war, angewiderte Blicke zu.

Ich hatte das mit drei Uhr morgens nicht ganz ernst gemeint. Aber um zwei Uhr hatte Adam bereits telefoniert, das Internet durchforstet und war stundenlang auf und ab gelaufen, ohne dass es so aussah, als würde er in absehbarer Zeit ins Bett gehen. Aiden, der noch immer verstört wirkte angesichts der Kreatur, von der er glaubte, dass sie sich in dieser Gegend herumtrieb – und angesichts der Tatsache, dass seine Magie gänzlich lahmgelegt war –, leistete mir Gesellschaft. Währenddessen buk ich Kekse und sah zu, wie Adam herumlief, bis ich verkündete: »Genug!«, und selbst ins Bett ging.

Und jetzt im frühen Morgenlicht, das durch die Fenster schwach hereinfiel, beschuldigte mich das Rudel zwar nicht mit Worten, aber mit Blicken aus verschlafenen Augen, sie foltern zu wollen. Ich zuckte die Achseln. Sie brauchten nicht zu wissen, wie sehr das Auftauchen eines anderen Rudels in unserem Territorium Adam beunruhigt hatte. Und die Tatsache, dass er seinen Wolf nicht mehr richtig kontrollieren konnte (obwohl der Wolf dachte, dass es etwas anderes war, das nicht stimmte), senkte sein Stresslevel nicht gerade. Adam würde ihnen zeigen, was er ihnen zeigen wollte und was sie sehen mussten: ihren Alpha, stark und entschlossen.

Statt es ihnen zu erklären, sagte ich also: »Laut Adam konnte die Sache nicht länger warten. Es musste früher Morgen sein, damit wir das ganze Rudel versammeln konnten. Du kannst die Schuld auf Auriele schieben, die spätestens um sieben in der Highschool sein muss. Adam ist oben, ihr könnt schon in den Versammlungsraum. Er fängt an, sobald alle da sind.«

»Weißt du, worum es geht?«, fragte Ben. Er nahm einen Schluck Kaffee und brach im nächsten Moment in eine solche Fülle von Flüchen aus, dass einige der Wölfe ihre Handys aus der Tasche holten, um die Wörter nachzuschlagen. Ben war Brite, und ich kannte kaum jemanden, der so viele Kraftausdrücke benutzte wie er. Das musste nicht notwendigerweise zusammenhängen, aber beides führte dazu, dass ab und zu Übersetzungen benötigt wurden.

»Wir haben eine Versammlung anberaumt«, legte ich dar, als er sich wieder einigermaßen beruhigt hatte, »damit wir nicht alles jedes Mal wiederholen müssen, wenn jemand Neues hereinkommt.«

Nachdem ich meinen Satz beendet hatte, öffnete Sherwood Post die Tür, in der Hand einen Venti-Becher Kaffee von Starbucks.

»Starbucks hat auf?«, fragte Luke. »Ich hätte auch was vom Coffeeshop haben können?«

»Hey«, sagte ich, »nichts gegen meinen Kaffee.«

»Wie geht es Pirat?«, fragte Honey.

Pirat war ein einäugiges Kätzchen, das Sherwood gerettet hatte. An einem bestimmten Punkt waren wir uns sicher gewesen, dass das Kätzchen nicht überleben würde. Aber letzte Woche war er aus der fürsorglichen Pflege des Tierarztes entlassen worden.

Sherwood nickte Honey zu, was bedeutete, dass es Pirat gut ging. Dann sah er mich an und fragte: »Was gibt's?«

»Eine Versammlung«, sagte ich zu ihm. »Damit ich mich nicht ständig wiederholen muss.«

Ben prustete los.

In seinem roten Flanellhemd und der Khakihose sah Sherwood aus wie ein Holzfäller. Heute trug er das Holzbein, also würde er vermutlich nach der Versammlung gleich zur Arbeit gehen. Seine Beinprothese war deutlich teurer, und er wollte nicht riskieren, dass sie beschädigt wurde. Er hatte gerade eine neue bekommen, die aussah, als hätte ein moderner Künstler versucht, einen Fuß mit einer Sprungfeder zu paaren. Sie war nützlicher und stärker als seine anderen Prothesen, aber er war sie noch nicht gewohnt, deshalb trug er sie nur zu Hause oder im Fitnessstudio.

Nein, das wusste ich alles nicht von ihm selbst. Er redete nach wie vor nicht viel – doch das ganze verdammte Rudel klatschte über ihn wie ein Kaffeekränzchen. Sein Geschick mit Magie – wenn sein Wolf die Kontrolle übernahm – war einer der Gründe, warum mittlerweile Wetten angenommen wurden, wer unser Rudelmitglied mit Gedächtnisverlust wirklich war. Ich hatte die Einsätze auf einen Dollar pro Wette beschränkt, die Gewinner würden sich den Pot teilen. Aktuell stand er bei 187,29 Dollar.

Durch die ganze Sache hatte ich auch herausgefunden, dass sich regelrechte Mythen um alte Wölfe und ihre Taten rankten, derer ich mir bisher gar nicht bewusst gewesen war. Als jemand mit einem Abschluss in Geschichte war ich mehr als ein wenig angesäuert, dass niemand mir diese Geschichten erzählt hatte – aber ich lernte immer mehr davon kennen. Ich verwaltete das Wettbuch, und bevor jemand einen Namen hineinschreiben durfte, musste der entsprechende Wolf mir die Hintergrundgeschichte seines Tipps erzählen. Irgendwann würde ich vielleicht eine Sammlung mit all den Legenden erstellen. Ich würde sie nicht veröffentlichen können, da viele enthüllten, wie gefährlich Werwölfe waren – schließlich versuchten wir gerade, etwas harmloser für die Menschen zu erscheinen, unter denen wir lebten, damit sie nicht auf die Idee kamen, dass nur ein toter Werwolf ein guter Werwolf war. Trotzdem ... jemand sollte sie niederschreiben.

Die Tipps, was Sherwoods wahre Identität anging, beschränkten sich jedoch nicht nur auf Werwolf-Legenden. Fünf Personen hatten ihr Geld auf Robin Hood gesetzt.

Wenn es ältere Wölfe gewesen wären, hätte mich das in Aufregung versetzt, aber vier von ihnen waren die aktuelle Generation, und der fünfte hatte sich – so kam es mir vor – bloß einen Scherz erlaubt. Dennoch: Sherwood Post mit dem Sherwood Forest in Verbindung zu bringen, lag schon nahe. Und jeder wusste, dass Robin Hood im Sherwood Forest gelebt hatte. Genau wie Little John, Alan-a-Dale, Bruder Tuck und Will Scarlet. Auf Little John waren zwei Dollar gesetzt worden, auf Alan-a-Dale und Will Scarlet jeweils einer. Niemand hatte sich für Bruder Tuck entschieden – unser Sherwood sah einfach nicht nach einem Bruder aus.

Wie Kelly angemerkt hatte, als er sein Geld auf Robin Hood setzte, machte Bran selten etwas ohne Grund. Als ich ihm sagte, was Bran und Sherwood mir beide erzählt hatten, nämlich, dass er den Namen ausgesucht hatte, weil auf Brans Schreibtisch zu diesem Zeitpunkt ein Werk von Sherwood Anderson und ein Benimmbuch von Emily Post lagen, hatte Kelly aufgelacht.

»Ich bitte dich«, meinte er. »Jeder weiß doch, dass Bran Bücher in seinem Bücherschrank aufbewahrt und nicht auf seinem Tisch, es sei denn, er liest darin. Das wissen wir aus verschiedensten Quellen. Außerdem hat noch nie jemand Bran davor oder danach Sherwood Anderson lesen gesehen.«

Ich blinzelte irritiert. Anscheinend waren die Nachforschungen in Sachen Sherwood umfangreicher und ernsthafter, als mir bis dorthin bewusst gewesen war.

Kelly deutete meine Miene falsch und ruderte etwas zurück: »Elliot kennt mehrere Wölfe aus dem Rudel des Marrok, Luke ein paar weitere.«

»Möglich«, sagte ich, »ich erinnere mich nicht.«

In Bezug auf Brans Arbeitszimmer kam mir vor allem in den Sinn, den Blick gesenkt zu halten und so zu tun, als täte mir etwas schrecklich leid (oder als wäre ich verwirrt, wenn keine eindeutigen Beweise gegen mich vorlagen), wenn Bran mal wieder wegen etwas wütend auf mich war. Ich hatte nicht darauf geachtet, ob und welche Bücher auf seinem Schreibtisch lagen.

Bevor ich seinen Dollar jedoch annahm, sagte ich zu Kelly: »Du solltest wissen, dass Historiker sich nicht sicher sind, ob Robin Hood wirklich existiert hat. Oder wenn er existiert hat, ob er wirklich eine so wichtige Persönlichkeit war, wie die Geschichten uns glauben lassen.«

Kelly drückte mir den Dollar in die Hand und deutete auf die drei anderen Namen hinter »Robin Hood« in meinem Notizbuch. »Und vielleicht war er ja ein Werwolf«, sagte er.

Als jemand Sherwood direkt fragte, ob er Robin Hood sei, suchte er mich auf und wollte das Wettbuch sehen. Sherwood setzte dann ebenfalls einen Dollar auf Robin Hood – und einen weiteren auf William Shakespeare.

»Ich kann Pfeile schießen«, sagte er, »aber ich wäre lieber Dichter gewesen.«

Ich war mir immer noch nicht sicher, was ich darüber denken sollte. Sherwood hatte definitiv nie das Verlangen gezeigt, ein Geschick mit Wörtern zu entwickeln. Andererseits mussten Dichter keine Fülle an Wörtern verwenden, um etwas auszudrücken, obwohl Shakespeare genau das getan hatte.

An diesem Morgen nickte mir unser mysteriöser Sherwood zu. »Nach oben?«

»Ja«, sagte ich.

Er nickte noch einmal, dieses Mal in Richtung der Wölfe im Wohnzimmer, hob seinen Becher zum Gruß und ging dann nach oben. Nachdem sie noch ein wenig herumgetrödelt hatten, folgten ihm die anderen Wölfe. Aiden, in seine Decke gewickelt, kam hinterher. Adam hatte ihn gebeten, ebenfalls zu kommen.

Ein paar Minuten später tauchten Darryl und Auriele auf.

Auriele schob sich an mir vorbei und eilte die Treppe hinauf. Sie tat so, als würde sie mich nicht sehen, und ich war mir ziemlich sicher, dass es nicht Scham oder Bedauern war, das sie sich so verhalten ließ. Sie war noch immer sauer auf mich.

Darryl zuckte entschuldigend mit den Achseln – weil auch er wusste, dass sie noch immer sauer auf mich war – und folgte ihr.

Warren war der Letzte.

»Alle anderen sind schon da«, sagte ich zu ihm. »Aber du hast eine Viertelstunde, bis das Meeting losgeht.« Plötzlich fiel mir etwas ein. »Weißt du was? Ich glaube, ich habe noch nie eine Gruppe gesehen, die so pünktlich war.«

»Adam«, sagte Warren, nahm seine Kappe ab und klopfte damit gegen sein Bein, »schätzt Pünktlichkeit. Er hat uns das klargemacht, indem er alle vier Stunden eine Versammlung ansetzte, bis das ganze Rudel es schaffte, nicht mehr zu spät zu kommen. Das ging zwei Tage so und hätte Paul beinahe das Leben gekostet, als er zu spät zum vorletzten Treffen kam.«

Paul war wegen einer anderen Sache gestorben. Wir atmeten beide tief durch, ehe ich sagte: »Das kann ich mir gut vorstellen. Pünktlichkeit war nie wirklich sein Ding. Es ist deins. Normalerweise bist du nie der Letzte.«

Warren trug Jeans und Stiefel, wie er es tat, seit ich ihn kannte. Doch seine Jeans saßen so gut, dass es ein Designerstück sein musste, und er trug ein Polohemd, das sich über die Muskeln an seinen Schultern spannte. In letzter Zeit hatten seine Klamotten ein Upgrade erfahren. In den coolen Kleidungsstücken in schmeichelnden Farben sah Warren ziemlich attraktiv aus, wären da nicht das abgehärmte Gesicht und die Augenringe gewesen, die definitiv nicht auf eine einzige Versammlung am frühen Morgen zurückzuführen waren.

»Ich hätte früher hier sein können, aber ich arbeite gerade an einem Fall, und die Zeit ist knapp«, erklärte er. »Es ist ein ziemlich anstrengender Fall.«

»Ein Fall für Kyle?«, fragte ich.

»Ja«, sagte er, und ein leichtes Lächeln zeigte sich auf seinem Gesicht, als er sich auf den Weg zum Versammlungszimmer machte, »für Kyle.«

Kyle war sein fester Freund, obwohl das nicht ausreichend beschrieb, was sie einander bedeuteten. Sie waren den letzten Schritt – den menschlichen letzten Schritt – noch nicht gegangen und hatten geheiratet. Doch Adam hatte mir gesagt, dass sie Gefährten waren. Ich konnte die Rudelverbindungen nicht so gut lesen wie er, aber ich vertraute seinen Fähigkeiten diesbezüglich.

Kyle war durch und durch ein Mensch und außerdem Scheidungsanwalt – und es war mehr als nur wahrscheinlich, dass er der Grund für die Verbesserung von Warrens Garderobe war. Warren arbeitete als lizenzierter Ermittler für ihn, der sowohl als Schutz als auch zur Einschüchterung diente, wenn es gebraucht wurde.

Es hieß immer, es wäre nicht ratsam, dass Menschen, die ein Paar waren, auch zusammenarbeiteten, vor allem wenn einer für den anderen tätig war. Aber bei Warren und Kyle schien es gut zu funktionieren.

Ich fragte Warren nicht, womit Kyle ihn beauftragt hatte – Letzterer mochte es nicht, wenn jemand Details über seine Klienten ausplauderte. Wenn es etwas gab, das das Rudel für sie tun konnte, dann würde ich es früh genug erfahren. Und wenn nicht, dann würde ich es vielleicht irgendwann in den Abendnachrichten sehen.

Auf dem Weg zur Treppe hielt Warren kurz inne und sah mich lange an. Dann kam er herüber, nahm mich in die Arme und küsste mich auf den Scheitel. Er roch nach sich selbst und einem Hauch eines neuen Parfums oder Duschgels. Ich ließ mich in die unkomplizierte Umarmung fallen. Mir war nicht klar gewesen, wie sehr ich das gerade brauchte.

»Ich habe das mit Auriele gehört«, sagte Warren, als er sich schließlich von mir löste. »Die Frau wird sich noch umbringen bei dem Versuch, Christy vor Dingen zu beschützen, vor denen sie nicht beschützt werden muss.«

»Um ehrlich zu sein«, sagte ich zu ihm, »macht Wulfe mir mehr Sorgen.«

Ich erzählte ihm so knapp wie möglich von meinem neuen Stalker. Warren kannte Wulfe, deshalb konnte ich mir unnötige Erklärungen sparen.

»Ein Hobby, hm?«, sagte er, und trotz der lockeren Worte hatte seine Stimme einen scharfen Unterton.

»Das hat er gesagt«, bestätigte ich.

»Das ist die Art Hobby, die die Existenz eines Vampirs in dieser Welt ganz schnell beenden könnte – du sagtest, er war immun gegen Aidens Feuer?«

»Ja«, sagte ich. »Und er konnte Aiden daran hindern, seine Magie einzusetzen. Und er kann in unser Haus. Als Ogden ihn in der Nacht der Zombies herbrachte – ich wüsste nicht, dass er je hereingebeten worden wäre. Ich glaube, er ist einfach gekommen.«

Warren presste die Lippen zusammen, doch er sagte lediglich: »Das hat gerade noch gefehlt. Ich denke, du solltest mal mit Stefan über ihn reden.«

»Das habe ich vor«, stimmte ich ihm zu. »Ich habe ihn angerufen, aber ich nehme an, er wird vor heute Nacht nicht zurückrufen. Wir sollten hochgehen, damit Adam mit dem Meeting beginnen kann.«

Die Tür zum Versammlungsraum war geschlossen, und Jesse, die vor ihrer Schlafzimmertür wartete, fing uns ab, ehe wir hineinkonnten.

»Worum geht es bei dem Treffen?«

»Jesse weiß nicht Bescheid?«, fragte Warren.

»Jesse ist ein kluger Mensch«, sagte ich zu ihm. »Sie ist nach Hause gekommen und gleich ins Bett gegangen, deshalb weiß sie noch nichts davon, dass wir eine ziemlich fiese Kreatur aufgespürt haben, die so eine Art Monster unter dem Bett für Fae sein könnte. Und eine weitere fiese Kreatur, die beschlossen hat, es zu ihrem Hobby zu machen, mich zu stalken. Wenn sie heute Morgen früher aufgestanden wäre, dann hätte ich ihr alles erzählt. Aber jetzt müssen wir zu der Versammlung.«

Jesse hob interessiert die Augenbrauen.

»Mach dir keine Sorgen«, sagte ich zu ihr, obwohl ich gerade alles witzig hatte klingen lassen, *damit* sie sich keine Sorgen machte. »Der Stalker hat mich vor dem fiesen Fiesling gerettet.«

»Das klingt ziemlich schräg«, sagte Jesse grinsend.

»Nicht wahr?« Ich schüttelte den Kopf. »Aber das ist nicht der Grund, warum wir das ganze Rudel zusammengetrommelt haben. Oder zumindest nicht der einzige Grund. Es gibt da eine seltsame Gruppe Wölfe, die sich in unserem Territorium herumtreiben.«

Warren versteifte sich. »Eindringlinge?«

Ich zuckte die Achseln. »Sieht so aus. Adam hat mit mehreren alten Freunden telefoniert und eine Liste mit möglichen Verdächtigen zusammengestellt. Er hat vor, uns unsere Gäste zunächst digital vorzustellen, bevor wir persönlich auf sie treffen.«

»Aiden ist auch zu der Versammlung gegangen«, sagte Jesse.

Rudelversammlungen waren Mitgliedern des Rudels vorbehalten. Aiden war dort, damit er dem Rudel etwas über unseren Ausreißer aus Annwnn erzählen konnte.

»Nachdem das Rudel der Grund ist, warum du deine Lebenspläne ändern musstest«, sagte ich zu ihr, »denke ich, dass es dir zusteht, auch an unseren Meetings teilzunehmen. Komm rein, wenn du willst, dann muss ich dir hinterher wenigstens nicht alles noch einmal erzählen.«

»Super«, sagte sie.

Warren sah Jesse an und schüttelte ernst den Kopf. »Ich dachte, du wärst klüger. Ich für meinen Teil war immer dankbar für Versammlungen, die ich nicht besuchen musste. Aber wenn du mit uns kommen willst, dann glaube ich, dass ich mich vor dich stellen kann, damit niemand der anderen versucht, dich rauszuwerfen.«

»Abgesehen von Dad«, sagte sie leise.

Ich kniff die Augen zusammen und blickte in Richtung Tür. »Er hat immer noch ein schrecklich schlechtes Gewissen, nachdem er Christys« – ich sah Christys Tochter an und führte den Satz in Gedanken mit *Lüge aufgesessen ist* zu Ende – »Situation falsch eingeschätzt hat. Er wird nichts dagegen sagen.«

Sie sah an sich herunter. »Ich bin noch im Schlafanzug.«

»Zieh dich um«, sagte ich. »Wir warten.« Ich sah auf die Uhr. »Du hast drei Minuten.«

Sie sprang in ihr Zimmer und schloss die Tür.

»Warum?«, fragte Warren.

»Sie verdient, miteinbezogen zu werden«, erklärte ich. »Sie trifft Entscheidungen, die Einfluss auf den Rest ihres Lebens haben, und hat dabei das Rudel im Hinterkopf. Sehr wahrscheinlich wird jede der drei Krisen, mit denen wir gerade konfrontiert sind, sie auf die eine oder andere Weise betreffen.«

»Und es treibt Auriele in den Wahnsinn«, sagte Jesse, die jetzt in engen Jeans auftauchte und ein Shirt trug, auf dem eine unschuldig dreinblickende Katze abgebildet war, der ein Schwanz aus dem Maul hing und unter der *Haben Sie eine Maus gesehen?* stand. »Mercy ist so durchtrieben. Und vielleicht bin ich es auch.« Sie wirbelte herum. »Sehe ich aus, als wäre ich gerüstet für die Vergeltungsspiele?«

Ich war mir nun sicher, dass das T-Shirt Absicht war. Obwohl ich nicht vorhatte, irgendwelche Katz-und-Maus-Spiele zu spielen. Mir war durchaus klar, dass Auriele sich unwohl fühlen würde, wenn sie Jesse sah, aber das war nicht der Grund, warum ich sie eingeladen hatte.

Ich hielt es nicht aus, sie so ausgeschlossen zu sehen. Zumindest nicht an diesem Morgen.

Warren sah mich an.

»Ich habe keine Ahnung, wovon du redest«, sagte ich und öffnete die Tür, fünfzehn Sekunden vor der Zeit.

Vielleicht suchte ich kurz nach Aurieles Gesicht, ehe ich zur Seite trat, um Jesse in den Raum zu lassen. Vielleicht fand ich es ja gar nicht so schlecht zu sehen, wie Auriele sich ein wenig wand.

Vorne im Raum blickte Adam von seinen Notizen auf.

Er sah Jesse – und lächelte ihr zu. Sein Lächeln wurde breiter, als er mich sah. Wie Warren wirkte er müde und abgespannt. Ich war mir ziemlich sicher, dass er letzte Nacht keinen Schlaf bekommen hatte.

»Wenn ich richtig gezählt habe, sind wir jetzt alle da«, sagte ich zu ihm.

»George fehlt«, sagte Elliot, einer der dominanteren Wölfe im Raum. Er war ein großer Mann, riesig, wenn auch nicht so groß wie Warren. Wie einige der anderen Wölfe arbeitete er für Adams Sicherheitsfirma. Ich wusste, dass er mal beim Militär gewesen war, allerdings glaubte ich nicht, dass das in den letzten hundert Jahren gewesen war.

Elliot hatte einen Dollar darauf gesetzt, dass Sherwood Rasputin war, der verrückte Mönch aus Russland. Was lächerlich war, denn es existierten Fotos von Rasputin, und er sah nicht im Mindesten aus wie Sherwood. Was ich ihm damals auch gesagt hatte.

Elliot hatte nur gegrinst. »Es sind die Augen«, meinte er. »Seine Augen verraten ihn.«

Was bedeutete, dass er wie einige der anderen nur wettete, um Sherwood ein wenig aufzuziehen. Als Sherwood es gesehen hatte, hatte er bloß ein dumpfes Knurren von sich gegeben und etwas auf Russisch gesagt. Ich war mir nicht sicher, was es bedeutete, aber es klang genervt.

Anders als andere setzte ich nicht darauf, dass Sherwoods Russischkenntnisse irgendein Hinweis auf seine Identität waren. Adam sprach Russisch, und er war in Alabama geboren. Bran sprach, soweit ich wusste, jede Sprache auf dem Planeten – wenn auch manchmal nur alte Versionen. Ein Jahrhunderte andauerndes Leben gab einem Wolf genug Gelegenheit, jede Sprache fließend sprechen zu lernen, wenn er den Aufwand nicht scheute.

Sherwood sollte es besonders leichtfallen, neue Sprachen zu lernen. Er brauchte keinen großen Wortschatz, weil er ohnehin kaum redete.

»George hat nicht freibekommen«, sagte Adam. George war Police Officer beim Pasco PD – und das bedeutete, dass er an ziemlich vielen Versammlungen nicht teilnehmen musste. »Er kommt heute Abend, und ich erzähle ihm dann alles.«

Warren blickte in Richtung einer Gruppe Wölfe, und sie standen auf und machten die Plätze neben Aiden für uns frei. Letzterer rollte nur mit den Augen.

»Ich brauche keinen Personenschutz«, erklärte Aiden und zog die Decke enger um sich. »Ich glaube, niemand hier will mich umbringen.« Er sprach nicht besonders laut, aber jeder im Raum konnte ihn problemlos hören.

Jesse antwortete ihm ebenfalls mit einem Augenrollen. Sie konnte das besser. »Abgesehen von mir«, sagte sie zuckersüß. Sie setzte sich und fuhr mit geschwisterlicher Zuneigung fort: »Wir müssen neben dir sitzen, Doofkopf. Wie sollen wir sonst Zettelchen hin und her reichen? Und warum bist du in eine Decke eingewickelt?«

»Schhh«, machte Aiden, »das erzähle ich dir später.«

Adam lehnte sich gegen den Tisch zurück, die Knöchel überkreuzt und die Arme vor der Brust verschränkt. »Wenn wir dann so weit sind?«, sagte er mit gespielter Geduld.

»Sicher, Dad«, erwiderte Jesse, während Warren und ich uns setzten und der Rest des Rudels verstummte. »Fang an.«

Er grinste angesichts ihrer frechen Antwort, und ein Grübchen zeigte sich auf seiner Wange. Wenn er dem Protokoll folgen würde, hätte er sie jetzt zurechtweisen müssen, aber unser Rudel war im Moment sehr stabil, schon weil wir gemeinsam die gigantische Aufgabe meistern mussten, den Frieden in unserem Territorium zu wahren. Seit ich uns die Verantwortung für die Bürger der Tri-Cities aufgebürdet hatte und die Fae sogar noch einen Schritt weiter gegangen waren, indem sie einen Vertrag unterschrieben hatten, der die Tri-Cities zur neutralen Zone erklärte, wurden wir ständig auf Trab gehalten. Mal waren es kleinere Herausforderer, die uns auf die Probe stellten, mal größere, wie die Sache mit den Zombies kürzlich. Wir waren einfach zu beschäftigt, um uns zu streiten, und das bedeutete, dass unser Rudel eine eng verbundene Gemeinschaft war.

Ich warf einen Blick in Aurieles Richtung und berichtigte mich in Gedanken. Solange Christy nicht ihre Nase in unsere Angelegenheiten steckte, waren wir eine eng verbundene Gemeinschaft. Heute lag eine Anspannung in der Luft, die vor einigen Wochen noch nicht da gewesen war – oder zumindest hatte ich sie da noch nicht bemerkt.

Adam holte Luft und sah sich um. »Ich habe euch heute nicht aus einer Laune heraus gerufen«, sagte er. »Gestern sind einige Probleme aufgetreten.«

Kurz und knapp berichtete er, was gestern geschehen war. Angefangen bei der Umgestaltung unseres Gartens durch Annwnn, über Annas und Dennis' Tod bis hin zum letzten Akt, der Jagd nach dem Feldhasen, durch die uns klar geworden war, dass wir es mit einem unbekannten, aber magiebegabten Feind zu tun hatten, vermutlich etwas, das aus Annwnn entkommen war.

Mir fiel auf, dass er unseren vampirischen Stalker nicht erwähnte. Ich wusste nicht genau, warum. Ich hoffte, er wollte verhindern, dass Auriele erneut auf mich losging. Seit Christy wieder die Krallen in das Rudel geschlagen hatte, war Auriele sehr schnell dabei, mit dem Finger auf mich zu zeigen. Er musste mich nicht vor Auriele beschützen, ihretwegen machte ich mir keine Sorgen. Sie hatte mich traurig gemacht, ja, aber nicht besorgt.

Allerdings hatte er auch die Werwölfe nicht erwähnt, also arbeitete er vielleicht die Liste unserer neuen und wiederkehrenden Feinde einfach nur der Reihe nach ab.

»Aiden weiß ein wenig über das, womit wir es möglicherweise zu tun haben«, sagte Adam. »Nachdem unser Feind und die Tür am gleichen Tag aufgetaucht sind, vermuten wir stark, dass beides miteinander zu tun hat. Aiden?«

Aiden stand auf und erzählte noch einmal, was er Adam und mir letzte Nacht gesagt hatte.

Als Aiden fertig war, stand Darryl auf. Adam nickte.

»Was macht euch so sicher, dass Mercys Feldhase und euer … Rauchdämon ein und dieselbe Kreatur sind?«, wollte er wissen. »Ich zweifle euer Urteil nicht an, ich will es nur genauer wissen.«

»Aus ihren Wunden kam Rauch«, sagte Aiden. »Ich kenne keine andere Kreatur, die allein durch einen Biss rauchende Wunden verursachen kann. Zumindest nicht in Annwnn.«

Darryl setzte sich, und Honey stand auf.

»Seid ihr euch sicher, dass es etwas ist, das aus Annwnn entkommen ist?«, fragte Honey. »Es gibt eine Menge anderer Magiebegabter, die keine Werwölfe, Fae oder Vampire sind. Könnte einer davon von der Aufmerksamkeit, die uns geschenkt wird, angelockt worden sein? Vielleicht ist es auch nur Zufall, dass er zur gleichen Zeit wie die Tür aufgetaucht ist.«

Unten läutete die Türglocke.

Jesse sagte: »Da ich aus purer Neugier hier bin, werde ich hingehen.«

»Warte.« Adam hob die Hand.

Ich sprach aus, was er dachte: »Es ist fünf Uhr dreißig am Morgen, und jemand klingelt an der Tür?«

»Warren«, sagte Adam, »würdest du mit Mercy runtergehen und nachsehen, wer es ist?«

Nach traditionellen Standards stand Warren im Rudel an dritter Stelle, hinter Adam und Darryl. Als Adams Gefährtin teilte ich seinen Rang – weil Frauen keinen eigenen Rang haben konnten, zumindest nicht in dem traditionellen Modell.

Unser Rudel hatte begonnen, das etwas … zu lockern. Die Mitglieder des Rudels konnten die traditionelle Rangordnung immer noch herunterrattern, aber sie behandelten Honey, als stünde sie direkt unter Warren und nicht ganz unten, wie es bei einem weiblichen Werwolf ohne Gefährten normalerweise der Fall gewesen wäre.

Honey machte mich dafür verantwortlich – und damit hatte sie vermutlich recht. Manchmal sträubte sie sich dagegen, doch sie wuchs immer mehr in ihren Rang hinein. Auriele stand als Darryls Frau über allen anderen, außer Adam, mir und Darryl – genau in dieser Reihenfolge. Das Rudel hatte allerdings begonnen, sie zu behandeln, als stünde sie direkt hinter Honey. Und das fühlte sich an wie eine Beförderung, obwohl sie im Grunde jetzt einen niedrigeren Rang hatte.

Adam hatte zu mir gesagt, dass er an diesem Punkt einfach nur abwartete und hoffte, es würde gut weitergehen. Werwölfe waren unberechenbare Kreaturen. Es war schwer für den Menschen, den Wolf unter Kontrolle zu halten – und wenn es nicht funktionierte … Nun, es gab nur eines, was man mit einem Werwolf tun konnte, der außer Kontrolle geraten war. Und jetzt, da die Wölfe sich den Menschen offenbart hatten, durften wir uns keinen Fehltritt erlauben.

Alles, was dazu beitrug, die Bande des Rudels zu stärken, half auch allen, besser zurechtzukommen. Adam behauptete, indem wir auf die echte Rangordnung achteten, waren unsere Rudelmitglieder besser gerüstet und neigten weniger dazu, sich gegenseitig an die Gurgel zu gehen, weil ihr innerer Wolf nicht verwirrt war, wer nun eigentlich der dominantere war.

Deshalb gaben wir alle vor, nicht zu sehen, was wirklich passierte und bloß selten laut ausgesprochen wurde. Wir ignorierten es nicht, aber wir taten so, als hätte sich nichts geändert.

Charles, der Sohn des Marrok, der seinen Wolfsgeist als eigenständiges, vernunftbegabtes Wesen betrachtete, das sich den Körper mit ihm teilte, hatte mir einmal gesagt, dass Wölfe alles in allem sehr direkte Kreaturen waren und das meiste von dem, was die Werwolfkultur so problematisch machte, von ihrer menschlichen Seite stammte. Und ich begann zu verstehen, was er meinte.

Wir – Adam, Darryl, Warren und ich – taten außerdem so, als wäre Warren nicht dominanter als Darryl. Warren war schwul – und viele unserer Wölfe waren in Zeitaltern aufgewachsen, in denen so etwas nicht toleriert wurde. Die Überlebenschancen standen für schwule oder lesbische Werwölfe weitaus niedriger als für heterosexuelle – und nicht einmal die war besonders hoch. Warren war der einzige schwule Werwolf, den ich kannte. Wir hatten die bigotten Mitglieder unseres Rudels buchstäblich dazu zwingen müssen, Warren zu akzeptieren und ihn schließlich zu schätzen. Aber keiner von uns wusste, ob dieser Frieden halten würde, wenn Warren an zweite Stelle hinter Adam rückte – was bedeutete, dass er das Rudel anführen würde, sollte Adam etwas zustoßen.

Und das bedeutete, dass Adam gerade den gefährlichsten Werwolf neben ihm ausgewählt hatte, um mich nach unten zu begleiten. Vielleicht lag es nur daran, dass Warren neben mir saß, doch ich bezweifelte es.

Es läutete erneut, als Warren mir die Tür aufhielt und mir dann nach unten folgte, als stünde ich im Rang über ihm.

Ich ging noch kurz ins Schlafzimmer, um meine Waffe zu holen, und steckte die geladene Pistole hinten in meine Jeans. Warren sagte nichts dazu, tastete lediglich kurz an seinem unteren Rücken herum – er trug also auch eine.

Als wir unten ankamen, wurden Türen zugeschlagen, und ein Auto fuhr los.

»Honda V6«, sagte ich zu Warren.

Aus der J-Serie, wenn man es genau nahm. Aber das würde ihm nicht mehr sagen als mir. Es gab jede Menge Hondas mit einem V6 aus der J-Serie, und davon wieder verschiedene Versionen. Honda war kein Hersteller, mit dem ich mich beschäftigte, daher konnte ich eine Ausführung nicht von der anderen unterscheiden, wenn ich nicht gerade zwei verschiedene vor mir hatte.

»Vermutlich kein Mietwagen«, sagte Warren.

Okay, das war ein Hinweis. Mietwagen waren oft Autos ohne Extras, und ein V6 war eher ein Upgrade.

Wir sprachen beide sehr leise, während wir uns der Tür näherten. Warren behielt die Fenster im Auge, durch die jemand hereinschauen könnte. Im Haus war es jetzt dunkler als draußen, deshalb würde es jemandem, der hereinsah, schwerfallen, uns zu sehen, aber ausgeschlossen war es nicht.

»Adam sollte sich blickdichte Vorhänge zulegen und sie auch benutzen«, sagte Warren.

»Dann sehen wir auch nicht mehr raus«, antwortete ich, wobei ich weniger auf meine Worte als auf die Tür achtete.

»Ich weiß, dass er Kameras hat«, meinte Warren. »Er braucht keine Fenster.« Er beugte sich hinunter und spähte vorsichtig durch den Spion, ehe er den Kopf schüttelte.

»Vielleicht eine Pfadfinderin«, sagte ich. »Die sind ziemlich klein.«

»Na toll«, entgegnete Warren und streckte die Hand nach der Türklinke aus, »jetzt habe ich Lust auf Minzkekse, und die verkaufen sie in dieser Zeit des Jahres nicht.«

Leise öffnete er die Tür und trat sofort zur Seite, doch wir wurden nicht angegriffen. Stattdessen lag ein regloser Körper auf unserer Veranda. Ich brauchte einen atemlos langen Moment, bis mir klar wurde, dass der Körper noch atmete.

Warren senkte den Kopf, nahm Witterung auf und sprang dann über die Veranda und rannte so schnell er konnte die Straße hinunter – was selbst in seiner menschlichen Gestalt beeindruckend schnell war.

Ich war mir ziemlich sicher, dass wir zu spät waren, um die Leute, die weggefahren waren, noch zu erwischen, wenn sie nicht irgendwo angehalten hatten, um unsere Reaktion zu beobachten – was durchaus möglich war. Ich sah nach dem Mann auf unserer Veranda. Ich roch fremde Werwölfe, aber kein Blut. Abgesehen davon, dass er bewusstlos war, wirkte er unversehrt.

Das war gut. Denn ich mochte ihn.

»Mary Jo«, rief ich, »komm mal runter! Es ist Renny.«

Das Geschenk, das uns unsere Werwolf-Eindringlinge hinterlassen hatten, war Deputy Alexander Renton aus dem

Franklin County Sheriff's Office. Er trug seine Uniform, also hatten sie ihn wohl entführt, als er gerade auf Streife war.

Werwölfe in menschlicher Gestalt drängten die Treppe herunter. Darryl und Auriele taten es Warren gleich – sie nahmen Witterung auf und stürmten los. Mary Jo fiel neben Renny auf die Knie.

»Verdammt, Renny«, murmelte sie, als sie dem bewusstlosen Mann die Lider hochzog, um seine Augen zu überprüfen. »Ich habe dir gesagt, dass es keine gute Idee ist, wenn wir wieder was miteinander anfangen.«

Sie prüfte seinen Puls und sah dann zu Adam auf. »Ich glaube, ihm geht es gut. Sein Herzschlag ist normal, er hat eine gesunde Gesichtsfarbe. Sie haben ihm irgendein Beruhigungsmittel verpasst, glaube ich. Sein Department wird schon fieberhaft nach ihm suchen. Wir sollten sie anrufen.« Letzteres war eine Bitte um Erlaubnis.

»Tu das«, sagte Adam. Mit zusammengekniffenen Augen sah er sich um. Sein Blick blieb an einem kleinen Boot auf der anderen Seite des Flusses, vielleicht einen halben Kilometer entfernt, hängen. »Jemand in dem Boot beobachtet uns durch ein Fernglas«, sagte er fast beiläufig.

Das ganze Rudel sah ihn gleichzeitig an, um herauszufinden, in welche Richtung er schaute, und folgte dann seinem Blick zum Fluss hinaus. Die Rudelmagie stieg um uns herum auf, und wir, das Rudel, wussten, dass wir das Boot niemals erreichen würden, bevor sie die Flucht ergriffen, weil Adam das wusste. Außerdem schlossen wir aus, die Waffen zu benutzen, die manche von uns bei sich trugen, weil es zu weit war, um einen sauberen Schuss abgeben zu können. Überdies waren wir uns nicht sicher, ob Adam wollte, dass wir sie töteten.

Der Motor des Bootes wurde lauter, als es wendete und

seine Passagiere den Fluss hinauf und aus unserem Blickfeld trug. Die Jagdmagie des Rudels flaute ab.

»Wir könnten ihnen den Weg abschneiden«, schlug Ben vor, der mit einigen Arbeitskollegen manchmal Bootfahren ging. »Der kleine Motor ist zwar leise, aber flussaufwärts werden sie nur langsam vorankommen.«

Adam schüttelte den Kopf. »Ich will sie noch nicht.«

»Gehe ich richtig in der Annahme«, sagte Honey und strich sich ihr honigfarbenes Haar aus den Augen, »dass die Wölfe, die das getan haben, eine weitere der interessanten Entdeckungen der letzten Nacht sind?«

»Beim Johannes des heiligen Johannes«, fluchte Ben, »weil das Arschlochmonster allein nicht schon genug war. Natürlich brauchten wir dazu noch eine Invasion durch eine Meute räudiger Werwölfe.«

Luke lachte und sagte mit einem aufgesetzten britischen Akzent: »Das siehst du sehr richtig, Ben, mein Junge. Aber man müsste schon verdammt dämlich sein, wenn man versuchte, jetzt eine Invasion zu starten.«

»Das sehe ich auch so«, schloss sich Honey an. »Sie sollten noch ein paar Monate warten, bis die Zermürbung uns adäquat dezimiert hat.«

Auf ihre Worte folgte Schweigen, nur Mary Jos leise Stimme war zu hören, die mit dem Sheriff's Department telefonierte.

Sie hatte recht. Da wir nicht mit den anderen Rudeln in Amerika verbunden waren (aus diversen politischen und sicherlich auch nachvollziehbaren Gründen), hatten wir keinen Ersatz, wenn ein Wolf uns verließ. Seit dem Bruch mit dem Marrok hatten uns acht Wölfe verlassen. Einer war gestorben, und die sieben anderen waren aus den üblichen Gründen weggegangen – bessere Jobs, Familie, und die

Tatsache, dass unser Rudel derzeit ständig in Kriegsbereitschaft sein musste. Adam hätte sie zwingen können zu bleiben, aber er weigerte sich, das zu tun. Unser Rudel, dem einmal dreißig bis vierzig Leute angehört hatten, war auf sechsundzwanzig geschrumpft.

Unsere Wölfe hatten die Verfolgungsjagd aufgegeben und kamen im Laufschritt zurück zum Haus.

»Sie wollen mit dir sprechen«, sagte Mary Jo und reichte Adam ihr Handy. »Ich trage ihn rein.«

»Leg ihn in das freie Schlafzimmer«, sagte ich zu ihr, während Adam erklärte, volles Verständnis dafür zu haben, dass das Sheriff's Office nicht begeistert war, wenn ihre Leute entführt wurden. »Es sind saubere Laken drauf.«

Sie hob ihn im Gamstragegriff hoch. Er war deutlich größer und massiger als sie, deshalb sah das ein bisschen merkwürdig aus.

»Ich mach dir die Türen auf«, bot Ben an.

Adam brauchte zehn Minuten, bis er das weitere Vorgehen mit Renny's Sheriff ausgehandelt und verhindert hatte, dass sie auf der Suche nach dem Täter die ganze Stadt auseinandernahmen. Honeys Worte waren erschütternd genug gewesen, um den Rest des Rudels zum Verstummen zu bringen. Adam und ich hatten über unsere schwindende Mitgliederzahl gesprochen, aber es schien so, als wäre die Erkenntnis für die meisten neu. Oder vielleicht war es schwerer, die Realität zu ignorieren, wenn sie einmal laut ausgesprochen war.

Als Adam auflegte, traten Auriele, Darryl und Warren gerade auf die Veranda.

»Lasst uns nach oben gehen«, sagte Adam. »Ich habe einige Informationen über die Werwölfe, die Deputy Renton auf unserer Veranda abgelegt haben.«

Als alle – einschließlich Mary Jo und Ben, die Renny ins Bett gebracht hatten, wo er friedlich zu schlafen schien – wieder ihre Plätze eingenommen hatten, erzählte Adam von dem von Wölfen getöteten Kaninchen.

»Ich konnte zwei der Werwölfe von letzter Nacht identifizieren, und ich habe ein paar Leute angerufen«, sagte Adam. »Ich bin mir ziemlich sicher zu wissen, wer der Anführer dieses Rudels ist.«

Er ließ das einen Moment wirken, ehe er fortfuhr: »Und es gibt ein paar weitere Namen, die wahrscheinlich sind. Ich glaube nicht, dass es sich um eine große Gruppe handelt, vermutlich sind es nur sechs. Warren, würdest du bitte das Licht ausmachen?«

Warren griff über seine Schulter und drückte auf den Lichtschalter. Adam ließ die Jalousien herunter und stellte den Projektor an.

Ein leicht unscharfes Bild des oberen Drittels eines Mannes erschien auf der Leinwand. Er hatte ein schmales Gesicht, das an einen Adler erinnerte, mit einer langen Nase und großen dunklen Augen.

»Harolford«, sagte Elliot, sobald das Foto erschien. Er klang nicht glücklich. Der große Mann knurrte. »Dieser Bastard. Ziemlich fieser Gegner in einem Duell – hat mich Staub fressen lassen.« Elliot sah Adam an. »Das war, bevor ich hierherkam – und ich bin jetzt ein besserer Kämpfer. Aber ich habe keinerlei Bedürfnis, mich noch einmal mit ihm anzulegen. Er ist ein guter Stratege, denkt immer ein paar Schritte voraus. Ich mag ihn nicht. Ganz und gar nicht. Aber er ist nicht dumm.«

Adam sah sich im Raum um. »Ich bin ihm noch nie begegnet«, sagte er. »Weiß sonst noch jemand etwas über ihn?«

»Vielleicht«, meinte Auriele. »Ich kenne ihn nicht, aber wenn das Sven Harolford ist …«

»Das ist er«, sagte Adam.

»Es gab da zwei Frauen, beides Werwölfinnen, die mir geraten haben, niemals mit ihm alleine zu sein«, sagte sie. Dann lächelte sie, ein düsteres und hungriges Lächeln. »Was mich dazu bringt, genau das tun zu wollen.«

Kurz trat Stille ein.

»Ich erinnere mich nicht an ihn«, sagte Sherwood. »Aber mein Wolf ist ziemlich unglücklich über ihn. Für mich wäre es in Ordnung, ihn zu töten.«

Als niemand sonst etwas sagte, zeigte Adam ein weiteres Gesicht. Diesmal erkannte es niemand.

»Er nennt sich Lincoln Stuart, aber er ist alt, und das ist nicht sein richtiger Name.«

»Ist er derjenige, an zweiter Stelle nach …« Mary Jo schnippte ungeduldig mit den Fingern. »Ein Rudel in Nebraska, allerdings kann ich mich nicht an den Namen ihres Alphas erinnern.«

»Ich weiß, wen du meinst«, sagte Adam. »Und nein, du meinst Lincoln Thorson. Er steht immer noch an zweiter Stelle des Lincoln-Nebraska-Rudels – weshalb sich auch jeder an seinen Namen erinnert. Aber nein, es ist nicht dieser Lincoln.«

Er zeigte ein weiteres Bild, es war die Art Foto, die man während eines Urlaubs machte. Ein asiatischer Mann und eine Frau standen vor etwas, von dem ich mir ziemlich sicher war, dass es der Grand Canyon war. Die Aufnahme sah aus, als wäre sie vor dreißig Jahren entstanden. Der Mann lächelte die Frau an, die mit beiden Zeigefingern auf ihn zeigte, als wollte sie sagen: »Schaut mal, was ich gefangen habe!« Ein überglückliches Lächeln komplettierte die Pose.

»Chen Li Qiang.« Carlos war kein großer Mann und sah auch nicht so abgebrüht aus, wie er wirklich war. Er arbeitete für Adam und war darauf spezialisiert, Extremsituationen zu deeskalieren. »Verdammt, Adam«, sagte Carlos, und seine Stimme war voller Gefühl. »Verdammt. Li Qiang ist ein Freund von mir. Ich habe mit ihm in Korea gedient.«

»Sein Name ist chinesisch«, sagte Darryl. »Und er sieht auch aus, als wäre er Chinese.«

»Das ist er«, bestätigte Carlos. »Aber er lebt schon in den Staaten, seit er hierherkam, um an der Eisenbahn mitzubauen, und dabei einem Werwolf in die Arme lief. Er hat als Übersetzer für die Marines gearbeitet, weil sein Koreanisch beinahe ebenso gut ist wie sein Mandarin.« Carlos rieb die Hände aneinander und schüttelte den Kopf. »Er war mit der Frau auf dem Bild verheiratet. Vor etwa fünf Jahren ist sie gestorben – ich war bei der Beerdigung.«

»Ich erinnere mich«, sagte Adam.

»Seitdem hatten wir keinen Kontakt mehr«, gab Carlos zu. »Ich habe gehört, dass er den Tod seiner Frau nur sehr schwer verkraftet und sein Rudel verlassen hat.«

Das nächste Bild zeigte einen Mann mit sanftem Gesicht, mittelbraunem Haar und grauen Augen. Honey kannte ihn.

»Das ist Kent Schwabe«, sagte sie mit Kummer in der Stimme. »Er war ein guter Mann, Adam. Aber er ist in einem schlechten Rudel gelandet – ich glaube, in Florida. Charles hat den Alpha des Rudels in den 1960ern getötet, und das ganze Rudel wurde aufgelöst. Wir waren allerdings nicht enger befreundet, deshalb weiß ich nicht, wie es ihm danach ergangen ist.«

»Er zog nach Texas«, sagte Adam zu ihr, »und landete schließlich in Galveston.«

»Das ist Gartmans Rudel«, sagte Warren und setzte sich

etwas aufrechter. Es war keine Frage gewesen, doch Adam nickte. »Das stimmt.«

Warren knurrte. »Irgendein Idiot sollte diesen Alpha ins Jenseits befördern. Das würde die Welt zu einem besseren Ort machen.«

Adam neigte den Kopf in Warrens Richtung. »Ja?«

»Ich nehme an, du hast auch gehört, was die Leute sagen: dass er den Frieden aufrechterhält. Dass seine Wölfe keinen Ärger machen und nie auch nur ein schlechtes Wort über ihn verlieren«, erklärte Warren. »Ich weiß das, weil ich einige Male mit Bran darüber gesprochen habe. Bran beobachtet ihn, aber er kann nichts tun, bevor eine Beschwerde bei ihm eingeht oder etwas passiert.«

»Ich habe gehört, er sei ein harter Mann.« Adam klang behutsam.

»Zum Teufel«, sagte Warren, »ich habe kein Problem mit einem harten Mann.«

»Davon habe ich gehört«, merkte Ben an, und sein britischer Akzent erfüllte den Raum.

Warren warf ihm ein verschmitztes Lächeln zu – er und Ben waren Freunde.

»Auch abgesehen von Kyle«, sagte Warren, und aus dem Rudel erklangen einige leise Lacher. »Gartman ist nicht hart, Adam, er ist eine fiese Ratte. Einige bleiben in seinem Rudel, weil ihnen das gefällt – er erlaubt ihnen, ebenfalls fies zu sein. Aber die meisten haben einfach zu viel Angst, um den Mund aufzumachen.«

»Gut zu wissen«, sagte Adam. »Bis zur vergangenen Nacht habe ich nichts Schlechtes über ihn gehört.« Er zeigte ein weiteres Foto.

Dieses Mal war es das schmale Gesicht einer Frau im Profil. Niemand kannte sie.

»Das ist Nonnie Palsic. Mein Informant …«

Charles, dachte ich. Offiziell sollte Charles uns keine Informationen geben, weil wir nicht in einem Bündnis mit dem Marrok standen. Und ich bin mir sicher, der Marrok hatte Charles das auch gesagt, wohl wissend, wie streng sein Sohn sich an diese Regel halten würde.

»… sagte mir, sie sei vierhundert Jahre alt. Sie ist die Gefährtin dieses Mannes.«

Das nächste Bild zeigte einen ziemlich normal aussehenden Mann mit einem Baseball in einer Hand und einem Schläger über der Schulter.

Adam sah sich im Raum um, und als niemand etwas sagte, verkündete er: »Das ist James Palsic. Er ist älter als seine Gefährtin, möglicherweise sehr viel älter. Ich bin James vor etwa zwanzig Jahren begegnet – wie jeder von euch, der schon in meinem Rudel war, als wir noch in Los Alamos waren. Er war Auftragsingenieur. Arbeitete zwei Monate lang im Nationalen Laboratorium dort unten, ehe er zu seinem Rudel in Washington, D.C., zurückkehrte.«

Keiner von uns gab einen Kommentar dazu ab.

Adam lächelte. »Mir ist aufgefallen, dass die Leute sich anscheinend schwer an ihn erinnern. Man sagte mir, es sei keine Magie. Ich bin mir nicht sicher, ob ich das glauben will. Es stimmt, dass er sehr unauffällig ist. Er war einer der Wölfe, die ich in dieser Nacht gerochen habe. Li Qiang war der andere.«

»Ich wusste gar nicht, dass du Li Qiang kennst«, sagte Carlos.

»Ich bin ihm nie begegnet«, antwortete Adam. »Aber ich habe dich am Flughafen abgeholt, als du von der Beerdigung zurückkamst.«

Carlos wurde rot und schaute weg.

»Hey«, sagte Adam, woraufhin Carlos ihn ansah, »das geht niemanden etwas an.«

Die Worte hatten einen scharfen Unterton, waren eine Zurechtweisung. Aber Carlos entspannte sich, nickte und lehnte sich in seinen Stuhl zurück. »Gut«, sagte er.

»Vor etwa sechs Monaten«, fuhr Adam fort, »gab es in Gartmans Rudel einen Aufruhr. Gartman hatte vier Wölfe hingerichtet, und Harolford und einige der verbliebenen Rebellen waren auf der Flucht. Seitdem gab es keine Spur von ihnen, obwohl Bran und Gartman beide Ausschau nach ihnen hielten.«

»Die sechs, die du uns gerade gezeigt hast«, sagte Warren.

»Ja«, bestätigte Adam.

»Ich habe auch von Gartman gehört«, sagte Darryl mit einer Stimme, die so tief war, dass Gartman, wäre er im Raum gewesen, hätte hoffen müssen, er könnte schneller rennen als unser Zweiter. »Harolford und die anderen stecken in Schwierigkeiten, und sie brauchen einen Ort, auf den Gartman keinen Zugriff hat. Unser Rudel steht in keinem Bündnis zum Marrok und könnte ihnen wie der ideale Ort für ihren Widerstand erscheinen – wenn sie es schaffen, uns zu überwältigen.«

»Sie haben auf unserem Territorium gejagt, bis du sie bemerkt hast«, sagte Honey. »Um zu sehen, wie aufmerksam wir sind.«

»Schwer zu sagen, wie lang sie schon in den Tri-Cities sind«, sagte Elliot.

Ich räusperte mich. »Die Goblins halten ziemlich gründlich Wache. Solange sie niemanden mit Adams Fähigkeiten haben, würden wir wissen, wenn sie bereits länger hier wären.«

Wir bezahlten die Goblins, damit sie die Gegend im Auge behielten – ebenso wie die Vampire. Es gab nicht genug Werwölfe, um die Tri-Cities und die umliegenden Gebiete zu überwachen. Ich wusste nicht, wie viele Goblins es gab. Aber wenn ein übernatürliches Wesen einen Fuß in unser Territorium setzte, erfuhren wir es normalerweise innerhalb weniger Stunden.

»Vielleicht haben sie die Goblins bestochen«, sagte Auriele.

Ich wollte widersprechen, als Adam sagte: »Oder vielleicht waren sie ihnen noch einen Gefallen schuldig – die Goblins würden uns nicht für Geld verraten. Aber Fae halten sich grundsätzlich an ihre Versprechen. Diese Wölfe haben einige Dinge getan, die mich vermuten lassen, dass sie uns schon eine ganze Weile beobachten – oder dass sie eine Möglichkeit haben, Informationen zu gewinnen, die nicht erfordert, dass sie anwesend sind.«

»Renny?«, fragte Mary Jo.

Adam nickte. »Das ist nur ein Hinweis. Wie sollten sie über Renny Bescheid wissen, wenn sie nicht hier waren?«

Jesse stand auf.

Adam nickte in ihre Richtung.

»Facebook«, sagte sie. »Mary Jo hat ein Foto ihres letzten gemeinsamen Dates gepostet.« Mit triumphierender Miene setzte sie sich wieder.

Mary Jo sank in ihrem Stuhl zusammen, aber sie nickte dabei.

»Facebook«, sagte Adam und klang völlig überrumpelt.

Darryl stand auf. »Es wäre besser, wenn die Rudelmitglieder, die sich geoutet haben, es vermeiden würden, in den sozialen Medien vertreten zu sein.«

»Das sehe ich auch so«, sagte Adam, als Darryl sich wieder setzte. »Zu viele Leute wissen, wer ihr seid, und das macht eure Freunde und Familien zu Zielscheiben.«

»Für die, die unser Rudel übernehmen wollen«, sagte Darryl schwer, und in seinen Augen tanzten goldene Funken.

Adam lächelte – und zum ersten Mal seit Wochen war es ein glückliches Lächeln. Obwohl nichts die Erschöpfung in seinem Gesicht überdecken konnte, erhellte der Ausdruck seine Miene und schmeichelte seinen schönen Zügen.

»Ja«, bestätigte er.

5

G ibt es einen speziellen Grund, warum wir uns darüber freuen sollten, Boss?«, fragte Warren misstrauisch.

Ich schaute zufällig gerade in Sherwoods Richtung und sah ihn plötzlich grinsen, als er verstand. Er wusste, was Adam vorhatte.

Adam beantwortete Warrens Frage mit einem Nicken. »Ich glaube schon. Wenn möglich, werde ich sie rekrutieren. Wir benötigen mehr Leute. Sie brauchen einen sicheren Ort, an dem sie bleiben können. Die Verhandlungen könnten allerdings etwas dauern.«

Auriele sah Adam an, und ein leicht verächtlicher Zug lag um ihren Mund, als sie sagte: »Du versuchst sie an dich zu binden, ehe sie dir das Rudel wegnehmen?«

Darryl neben ihr versteifte sich.

Adam erstarb das Lächeln auf den Lippen, und sein Blick wurde kalt. »Täusch dich da mal nicht, Auriele. Sie können mir das Rudel nicht wegnehmen.« Er starrte sie so lange an, bis sie zu Boden sah. Es war keine freiwillige Reaktion ihrerseits, das konnte ich daran sehen, wie steif ihre Schultern waren.

»Was zum Teufel, Riele?«, sagte Darryl vermutlich etwas lauter als beabsichtigt.

Sie warf ihm einen giftigen Blick zu.

»Auriele«, sagte Adam mit tiefer, gefährlicher Stimme, »willst du das Rudel übernehmen? Soll das eine Herausforderung sein?«

Sie sprang auf. »Darryl …«

»Darryl kann gerne seine eigenen Entscheidungen treffen«, sagte Adam zu ihr, ohne Darryl anzusehen, der vehement den Kopf schüttelte.

»Nein«, sagte Darryl, »definitiv nicht.« Es war offensichtlich, dass er nicht wollte, Adam – oder Auriele, die ihren Gefährten gar nicht ansah – könnte seine Absichten in irgendeiner Weise missverstehen.

»Auriele«, sagte Adam, »geh in mein Büro und warte dort auf mich.«

Ich war in diesem Moment ziemlich sauer auf Auriele. Trotzdem stellte es mir bei seinem Tonfall die Nackenhaare auf. Auriele war ein starkes Mitglied des Rudels, und mir gefiel es nicht, wenn man mit ihr sprach wie mit einer ungezogenen Zwölfjährigen. In mir stiegen Schatten von Erinnerungen an ähnliche Aussagen des Marrok auf.

Aber ich war kein Werwolf, und ich war nicht auf ein Rudel und eine geordnete Struktur angewiesen, wie es die Wölfe waren. Ich wusste, Adam konnte nicht zulassen, dass sie hier vor dem ganzen Rudel die Auseinandersetzung führte, auf die sie abzielte. Wenn er ihr jetzt keinen Einhalt gebot, würde sie ihn vielleicht zwingen, etwas zu tun, das er nicht tun wollte.

Alle Wölfe waren gefährlich – für andere Mitglieder des Rudels, für die Gemeinschaft, für sich selbst. Ein unkontrollierter Wolf würde Menschen töten, die seine menschliche Hälfte nicht töten wollte. Auriele wusste, wie weit sie die Grenzen der Regeln des Rudels ausreizen konnte – und sie übertrat sie gerade. Das war riskant für sie und die Personen um sie herum.

Dennoch fiel mir auf, dass sowohl Auriele als auch Adam sich anders als sonst verhielten. Ich sah mich im Raum um und spürte die Anspannung in der Luft. Etwas davon war schon da gewesen, als ich den Raum betreten hatte, sogar noch vor der Sache mit Renny. Und plötzlich fragte ich mich, was Adam, der unsere Gefährtenverbindung geschlossen hatte, um mich nicht zu verletzen/in Gefahr zu bringen/zu ängstigen (oder welchen Vorwand auch immer er gerade fand), wohl mit der Rudelbindung getan hatte. Er konnte sie kaum stilllegen, was hatte er also getan? Und welche Auswirkungen hatte es auf das Rudel?

Auriele zögerte einen kurzen Moment, dann hüllte sie sich in gerechten Zorn, den ich bei Adams Tonfall durchaus ein bisschen nachempfinden konnte, und ging zur Tür hinaus. Ich fragte mich, wie viel von ihrem überbordenden Verhalten auf die Rudelverbindung zurückzuführen war, die sie mit Adam teilte. Einige Mitglieder des Rudels hatten mich in der Vergangenheit bereits dazu gebracht, mich dumm zu verhalten. Sie hatten es absichtlich getan – aber ich wusste, dass so etwas auch ungeplant vorkam. Und ich fragte mich auch, ob Adams herablassender Tonfall aus der gleichen Quelle kam, die ihn schon gestern dazu veranlasst hatte, sich merkwürdig zu benehmen.

Adam sah zu, wie sie ging, und sah dann Darryl an.

»Ich hätte dich gerne bei dem Gespräch dabei«, sagte er zu ihm.

»Meine Gefährtin verteidigt diejenigen, die ihr am Herzen liegen, sehr leidenschaftlich«, knurrte Darryl abwehrend.

Ja, aber sie ist nicht dumm, dachte ich und lehnte mich

zurück. So wie sie sich gestern und heute verhalten hatte, das entsprach nicht ihrer Art. Hier ging es noch um etwas anderes als nur Christy. Vielleicht hatte es etwas mit Adams Problemen und der Rudelverbindung zu tun.

»Loyalität ist eine ihrer besten Eigenschaften«, antwortete Adam Darryl aufrichtig – obwohl ihm natürlich klar war, dass der Rest des Rudels zuhörte. »Genau wie ihre Klugheit. Deshalb werden wir uns, wenn wir hier fertig sind, mit ihr zusammensetzen und herausfinden, was sie dazu bringt, sich so widersinnig zu verhalten. Es ist nicht so, als hätte sie über Nacht beschlossen, dass sie das Rudel übernehmen will. Wenn Auriele das Rudel wollte, dann würde ich das erst einige Monate, nachdem ich zugestimmt habe, mir eine zwanzigjährige Auszeit auf Yucatán zu nehmen und euch in ihrer kompetenten und zärtlichen Fürsorge zurückzulassen, herausfinden.«

Das Stresslevel im Raum reduzierte sich, als eine Woge erheiterter Zustimmung durch den Raum schwappte. Darryl … Darryl ließ sich nicht in die Karten blicken. Ich konnte nicht sagen, ob er wusste, was mit Auriele los war. Vermutlich wusste Adam besser als ich, wie die Rudelverbindung sich auswirken konnte. Er würde sein Bestes tun, das Rudel sicher und gefestigt zu halten. Aber für wie lange?

Adam ließ erneut den Blick durch den Raum schweifen. Mir fiel auf, wie müde er wirkte und dass ihn etwas sehr belastete. Als Einzige im Raum wusste ich, dass das nichts mit Schlafmangel, Aurieles dramatischem Auftritt, Entflohenen aus Annwn oder fremden Werwölfen zu tun hatte. Daher musste ich ihn nun unterstützen.

»Wie ihr seht«, sagte Adam, »haben wir es mit einer angehenden Invasion und einem schwer einzuschätzenden

133

Wesen zu tun, das Unheil stiftet. Seid vorsichtig da draußen. Erzählt euren Familien, was vor sich geht, und weist sie
darauf hin, die Augen offen zu halten. Zögert nicht, mich zu
kontaktieren, wenn ihr glaubt, dass etwas faul ist. Wenn es
euch lieber ist, dass eure Familien hier wohnen, bis die Probleme gelöst sind, dann können wir sie hier unterbringen.
Dass sie Mary Jos Partner angegriffen haben ...«

»Mit dem ich erst seit zwei Wochen zusammen bin«,
warf Mary Jo ein.

»Mit dem sie erst seit zwei Wochen zusammen ist«, wiederholte Adam, »lässt vermuten, dass sie uns beobachten.
Sie haben eine ganze Weile damit verbracht, genau herauszufinden, wie wir funktionieren.«

»Und wie sieht dein Plan aus?«, fragte Elliot.

Adam lächelte. »Im Grunde ist es ganz einfach, ein Rudel
zu übernehmen. Man fordert den Alpha heraus und tötet
ihn. Ich habe nicht vor zu sterben. Geht jetzt nach Hause.«
Er bedeutete ihnen mit einer Geste, zu gehen.

Ein Lachen ging durch die Reihen, während der Massen-
auszug begann. Darryl lachte nicht. Er blieb sitzen, streckte die Beine aus und verschränkte die Arme vor der Brust.

Adam fing meinen Blick auf und nickte mir zu. Ich sollte bleiben, wo ich war. Warren scharte Aiden und Jesse um
sich und ging mit den Übrigen hinaus. Als alle draußen waren, schloss ich die Tür.

Darryl sah sich um, um sicherzugehen, dass die Tür
auch wirklich geschlossen war, dann sah er Adam an. »Ich
weiß auch nicht, was mit ihr los ist. Sie ist bereits eine Weile aufgebracht – du weißt schon, die Art von aufgebracht,
bei der jedes Mal, wenn ich nachfrage, ›nichts‹ als Antwort
kommt.« Er zog eine Grimasse. »Was recht ärgerlich ist,
weil sie weiß, dass ich merke, wenn sie lügt. Aber wenn ich

ihr das sage – etwas, das sie längst weiß –, wird sie es nur als Vorwand nehmen, auf mich loszugehen. Und sie sucht nach Vorwänden, auf jemanden loszugehen.«

Wenigstens war »nichts« nicht mehr die Antwort, die ich von Adam zu hören bekam. Ich war mir allerdings nicht ganz sicher, ob das, was er mir gesagt hatte, besser war. Wenn er mich angelogen hätte, hätte ich wütend auf ihn sein können. Und das würde sich besser anfühlen als dieser Kloß in meinem Hals.

»Lass uns gehen und sehen, was wir für sie tun können«, sagte Adam.

»Warum bin ich hier?«, fragte ich ihn. »Du brauchst mich hierfür nicht. Sie kann mich nicht einmal leiden.«

»Doch, das kann sie«, warf Darryl unerwartet ein. »Warum, denkst du, ist sie so wütend auf dich wegen Christy?«

»Das ergibt keinen Sinn«, sagte ich verwirrt.

»Das ergibt in etwa so viel Sinn, wie seinen Gefährten anzulügen, der ein Werwolf ist«, antwortete Darryl. »Sie ist klug, leidenschaftlich und loyal. In Situationen, in denen alle drei Eigenschaften herausgefordert werden, setzt ihr Verstand aus.«

»Das stimmt«, sagte ich. »Aber das erklärt noch nicht, warum ich dabei sein soll.«

»Ich weiß nicht, warum Adam dich dabeihaben will«, sagte Darryl. »Aber ich hoffe, sie wird so auf dich fokussiert sein und dabei ganz vergessen, dass sie wütend auf mich ist. Ich will heute Nacht schlafen können, ohne mit einem Messer im Rücken rechnen zu müssen.«

»Danke«, sagte ich trocken, »ich helfe gerne.«

Adams Büro war nicht groß genug, dass sich vier Leute bequem darin aufhalten konnten. Und das wurde überdeutlich, wenn es sich bei drei von ihnen um dominante Werwölfe handelte.

Adam saß in seinem Stuhl hinter dem Schreibtisch. Auriele hatte auf dem anderen Stuhl Platz genommen, ein kunstvolles Möbelstück aus Leder und Ahornholz, das Christy Adam zu ihrem ersten Jahrestag geschenkt hatte. Für Darryl blieb daher nur die Wand übrig, und ich musste auf Adams Schreibtisch sitzen.

Auriele saß da, als würde sie für ein Porträt Modell sitzen. So wenig bewegte sie sich. Ihre Pose war die einer Tänzerin, kurz bevor die Musik losging, gerader Rücken, angespannter Körper. Sie hatte die Beine zurückgenommen, bereit, jederzeit auf die Füße zu springen.

Sie hatte uns kaum angesehen.

Adam schürzte die Lippen. »Also, wie denkst du wird Harolford – mal angenommen, dass er ihr Anführer ist – seine Attacke durchführen? Langsam und stetig? Oder Überraschungsangriff und volles Rohr?«

Auriele sah auf. »Das fragst du mich?« Sie klang skeptisch.

Adam blickte zu Darryl, der einen neutralen Gesichtsausdruck wahrte, und dann zu mir, bevor er wieder Auriele ansah. Er selbst wirkte leicht belustigt.

»Ja.«

Sie starrte ihn an. Er hob die Augenbrauen.

»Ich dachte, wir würden über mein Verhalten sprechen«, sagte sie grollend.

Adam legte den Kopf schräg. »Warum? Du weißt selbst, dass es dumm war, was du heute getan hast. Wir beide wissen, dass sich dahinter etwas weit Traumatischeres verbirgt als die Enttäuschung meiner Ex über Jesses College-Wahl. Ich werde dich nicht danach fragen. Ich lasse dich nur wissen, dass«, seine Stimme wurde tiefer und gefährlich leise, während seine Augen sich gelb färbten, »du nicht weiter zulassen darfst, dass es dich in einer Weise beeinflusst, die dich nutzlos für das Rudel macht.«

Für einen langen Moment begegnete sie meinem Blick, ehe sich Feuchtigkeit an ihren Unterlidern sammelte. Ich drehte mich um und öffnete eine Schublade an Adams Schreibtisch, um ein Taschentuch herauszuholen. Als ich mich wieder zurückdrehte, kniete Darryl neben ihr und hatte einen seiner großen Arme um sie geschlungen. Seine Umarmung zwang sie an den äußersten Rand des Stuhls.

Ich reichte ihr das Taschentuch. Sie griff danach und wischte sich die Augen.

»Verdammt«, murmelte sie. »Es tut mir leid, Mercy. Ich hätte mit dir reden sollen, bevor ich gehandelt habe. Ich weiß, dass Christy nicht klar denkt, wenn es um dich geht.«

Ich gab ein kleines Summen von mir. »Es könnte an der blauen Farbe liegen, die ich eventuell in die Shampoo-Flasche gegeben habe, die sie in meinem Bad zurückgelassen hat«, sagte ich zu ihr. »Ich könnte mich auch nicht leiden, wenn ich sie wäre.«

Ihre Lippen krümmten sich, und sie lachte kurz auf. »Ja, Mercy, ich bin mir sicher, die blaue Farbe ist der Grund, warum Christy dich nicht leiden kann.«

Sie sah Adam an. »Es tut mir leid. Vor ein paar Tagen habe ich Neuigkeiten von meiner Familie bekommen.« Sie atmete tief ein, und als sie wieder sprach, war es an Darryl gewandt: »Meine kleine Schwester ist schwanger mit Zwillingen.«

Die darauffolgende Stille war voller scharfer Kanten.

Auriele und Darryl hatten keine Kinder. Männliche Werwölfe konnten Kinder zeugen – aber weibliche Werwölfe konnten sie nicht austragen. Der Ruf des Mondes zwang alle Werwölfe, die Gestalt zu wechseln. Der Wandel vom Menschen zum Wolf war brutal, zu brutal für einen Fötus, als dass er die ersten drei Monate überleben würde.

Aurieles kleine Schwester war keine Werwölfin.

»Leihmutterschaft«, sagte Darryl entschieden.

»Wer würde schon Leihmutter für einen Werwolf sein wollen?«, gab Auriele zurück. Die Antwort kam so unmittelbar, dass eines klar war: Diese Diskussion führten sie nicht zum ersten Mal.

»Jemand, der ohnehin eine Werwölfin werden will«, antwortete Adam. »Lass mich mit Bran sprechen.«

Sie sahen beide Adam derart verdattert an, als wäre ihnen der Gedanke nie gekommen.

»Ich weiß nicht, ob es eine solche Frau gibt«, fuhr er fort. »Und selbst wenn wir eine finden, könnte es sein, dass es schwer wird, einen Spezialisten aufzutreiben, der sich dieser Situation annehmen würde.«

»Selbst wenn du so jemanden findest«, sagte Auriele, »wird es eine Menge mehr Werwölfe geben, die sich Kinder wünschen. Und unser Rudel ist nicht mehr mit dem Marrok verbündet.«

Adam zuckte die Achseln. »Ihr habt Zeit. Solange du mich bis dahin nicht dazu getrieben hast, dich oder Darryl umzubringen.«

»Also fang lieber keinen Streit an, *mi vida*«, sagte Darryl.

Auriele lachte, auch wenn es ein wenig wackelig klang. »Ich werde es versuchen.« Sie rieb die Hände gegeneinander und rollte das feuchte Taschentuch zu einer Kugel. Dann schmiegte sie sich noch etwas mehr an Darryl und sagte: »Überraschungsangriff. Das ist ihre einzige Chance, erfolgreich zu sein. Das hier ist unser Territorium, und wir haben unsere Ressourcen hier. Sie müssen uns schwach erscheinen lassen, müssen dem Rudel das Gefühl geben, schutzlos zu sein. Deshalb müssen sie uns so hart wie nur möglich treffen. Mary Jos Lover wird nicht das einzige Familienmitglied sein, das es trifft.«

»Er wurde nicht verletzt«, sagte ich.

»Das war nur die erste Salve«, meinte Darryl. »Sie sagen zu unserem Rudel: ›Schaut uns an, wir können uns jemanden von euch holen, und wir bringen ihn unversehrt zurück, weil wir so mächtig sind.‹«

»Das sehe ich auch so«, stimmte Adam ihm zu. »Keiner, der zu uns gehört und verletzlich ist, ist sicher.«

»Sollen wir sie hier ins Haus rufen?«, fragte ich.

Auriele schüttelte den Kopf. »Nein. Noch nicht. Wir müssen unseren Leuten vertrauen. Adam hat uns beigebracht zu kämpfen, ob wir wollten oder nicht, lange bevor Darryl sich dem Rudel angeschlossen hat. Wir können unsere Lieben selbst verteidigen. Wenn jemand Unterstützung braucht, kann er sich melden.«

»Wie wäre es, wenn wir einige der alleinstehenden Wölfe den Familien zuteilen würden, damit sie helfen können, auf sie aufzupassen?«, schlug ich vor.

»Ich kümmere mich darum«, sagte Darryl.

»Gut«, sagte Adam und sah auf die Uhr. »Wenn ihr jetzt geht, kommt Auriele noch pünktlich zur Arbeit.«

Sie gingen und schlossen die Tür hinter sich. Ich drehte mich herum, bis ich Adam gegenübersaß. Dann nahm ich mir einen Moment, um ihn einfach nur anzusehen, den Stress zu sehen, den ihm, was auch immer ihn plagte, verursachte, den Preis der schlaflosen Nächte und den Preis, den er als Alpha eines Werwolfrudels zahlte. Ich hatte eine Idee im Kopf, wie ich ihm vielleicht helfen konnte, und in sein gramerfülltes Gesicht zu sehen, gab mir den Stoß, den ich brauchte, und ich nahm meinen Mut zusammen.

Ich glitt von Adams Schreibtisch und nahm seine Hand. Er erwiderte den Griff – nur ein wenig fester als sonst. Ich lehnte mich nach hinten und zog ihn aus seinem Stuhl – er leistete keinen Widerstand, also musste ich nicht viel ziehen.

»Komm«, sagte ich grimmig.

»Wohin?«, wollte er wissen.

»Es gibt da etwas, das du sehen solltest.« Ich hielt weiterhin seine Hand, während ich mit ihm zurück nach oben ging, und achtete nicht auf die Mitglieder des Rudels, die sich noch in der Küche oder im Wohnzimmer aufhielten.

»Was denn?«, fragte Adam.

Ich schüttelte den Kopf. »Abwarten.«

Ich führte ihn in unser Schlafzimmer, schloss die Tür und ließ dabei seine Hand los. Ich presste das Ohr gegen die Tür.

»Was tust du?«, fragte er. Während er einige Schritte in den Raum hineinging, rieb er sich müde den Hals.

»Ich stelle sicher, dass uns niemand belauschen kann«, flüsterte ich.

Er runzelte die Stirn. »Hier oben ist niemand, Mercy. Das spüren wir beide. Was soll das hier alles?«

Ich drehte mich wieder zu ihm um. »Für das, was ich dir jetzt zeigen werde«, sagte ich ernst, »will ich absolut sicher sein, dass wir allein sind.«

Seit Wochen hatte er nicht mehr richtig geschlafen. Er war schon gestresst und ausgelaugt gewesen, bevor es gestern diesen schlimmen Vorfall gegeben hatte. Etwas musste passieren, ehe die Invasion eines anderen Rudels zu unserer geringsten Sorge wurde.

Ich zog die Jalousien herunter und erklärte: »Ich will auch nicht, dass mein Stalker etwas sieht oder hört.«

»Es ist helllichter Tag«, sagte er.

»Ich vertraue nicht darauf, dass das Tageslicht Wulfe aufhalten kann«, entgegnete ich halb im Ernst, halb scherzhaft. »Und ich will nicht, dass er das hier sieht.«

Er gab ein Grollen von sich. »Mercy …«

Ich zog mein Shirt aus und warf es auf den Boden. Auch meinen BH öffnete ich und schüttelte ihn mir von den Schultern.

Adam wurde still.

»Ich sagte doch, dass ich dir etwas zeigen will«, murmelte ich und hoffte, es klang so verführerisch wie beabsichtigt.

Wenn es um Sex ging, war ich nicht übermäßig mutig – war es seit der Vergewaltigung vor einigen Jahren nicht mehr gewesen. Wenn Adam nicht gewesen wäre, hätte ich mich vielleicht nie mehr genug geöffnet, um mir einen Liebhaber zu nehmen geschweige denn einen Gefährten. Aber Adam konnte ich einfach nicht widerstehen – und ich hoffte, an diesem Morgen ging es ihm genauso.

Er sagte nichts, und den Ausdruck auf seinem Gesicht konnte ich nicht deuten. Vielleicht unterdrückte er, was er fühlte – oder vielleicht konnte ich mit den heruntergezogenen Jalousien auch nicht genug sehen, um seine Miene zu deuten.

Das Herz klopfte mir bis zum Hals, und ich war zu …
»ängstlich« war nicht ganz das richtige Wort, aber es war Angst, die mich flach atmen ließ. Angst, zurückgewiesen zu werden. Angst, dass das, was ihn dazu gebracht hatte, unsere Gefährtenverbindung praktisch abzuwürgen, ihn davon abhalten würde, meine Einladung anzunehmen – und vor dem, was das für die Zukunft unserer Beziehung bedeuten würde. Vielleicht war »ängstlich« also doch genau das richtige Wort dafür.

Wenn er nicht reagierte, hatte ich zwei Möglichkeiten.

Erstens: Ich konnte meine Kleider nehmen und sagen, dass ich in die Arbeit musste – und es wäre nicht einmal gelogen, obwohl ich Tad während des Meetings eine Nachricht geschrieben hatte, dass ich erst nach Mittag kommen würde (inklusive einer Warnung, sich vorzusehen, da gerade einige interessante Dinge vor sich gingen).

Ich musste also nicht zur Arbeit, doch ich würde einen Ort brauchen, wo ich meine Wunden lecken konnte, und die Werkstatt würde mir dafür ausreichen. Wenn mich der Mut verließ, hatte ich also einen Ort, an den ich fliehen konnte.

Die zweite Option war, einfach weiterzumachen – und darauf zu vertrauen, dass Adam mich nicht hängen lassen würde.

Mit Fingern, die taub vor Panik waren, zog ich den Reißverschluss meiner Jeans auf. Ich sagte nichts, weil ich Angst hatte, meine Stimme könnte ihm verraten, dass es nicht Verlangen war, das ich gerade verspürte – obwohl meine Haut sich erwartungsvoll erhitzt hatte, als ich ihn die Treppen nach oben gezerrt hatte.

Ich setzte gerade meine Ehe auf Spiel.

Männer konnten Leidenschaft nicht so einfach vortäuschen, wie Frauen es konnten. Nicht, dass ich gut darin gewesen wäre, und keine Frau, die einen Werwolf als Liebhaber hatte, würde ihm lange etwas vorspielen können. Aber das Verlangen eines Mannes war offensichtlich und unverkennbar.

Dutzende Gründe, warum Adam kein Interesse haben könnte, schwirrten mir durch den Kopf, durch das Herz. Das Eindringen fremder Werwölfe in unser Territorium. Die Sache, wegen der er eine Mauer zwischen uns errichtet hatte. Dass er schon seit Ewigkeiten keine Nacht mehr durchgeschlafen hatte. Es war Tag, und er sollte sich für die Arbeit fertig machen.

Und wenn er mich zurückwies – egal wie sanft er es tat –, dann würde ich niemals den Mut aufbringen, mich ihm noch einmal so zu öffnen.

Tränen sammelten sich in meinen Augen, als ich mir vorstellte, uns zu verlieren, das, was wir waren, zu verlieren. Aber ich hatte das Gefühl, dass es auch schlecht um unsere Beziehung bestellt wäre, wenn ich dieses Risiko nicht einging. Also senkte ich den Kopf und blinzelte heftig, während ich die Jeans nach unten schob und – zum Teufel mit allem – noch einmal neu zupackte, um mir gleichzeitig auch den Slip über die Hüften zu streifen.

Ich konnte ihn nicht ansehen, als meine Kleider ein kleines Häufchen am Boden bildeten. Ich konnte kaum atmen. Ich wusste, dass es angenehme zwanzig Grad im Raum hatte, doch ich fühlte mich wie in einer Eishöhle. Nackt stieg ich aus meinen Klamotten und hielt dann inne, zwang meine Hände dazu, an meinen Seiten zu bleiben und nicht meine Nacktheit vor seinem Blick zu verbergen.

Adam hatte mich schon nackt gesehen – aber ich glaube, ich hatte mich noch nie so verletzlich gefühlt. Hier ging es nicht um Nacktheit im körperlichen Sinne – hier ging es darum, dass ich ein Risiko einging, um ihm zu helfen. Uns zu helfen.

Mögliche Katastrophenszenarios spielten sich in meinem Kopf ab, während ich dort stand. Ich stellte mir vor, wie er mir mitteilte, wie bedauerlich er es fand, dass ich ihn so in Zugzwang brachte. Ich hörte, wie er mir sagte, dass jetzt nicht die Zeit für so etwas war – dass er doch unmissverständlich klargemacht habe, Sex würde nicht infrage kommen, bis er das Problem gelöst hatte, das seinen Kopf heute beschäftigte. Ich beschwor mein Versagen herauf, und es mir vorzustellen, war beinahe so erschütternd, wie es gewesen wäre, es zu erleben.

Ich überlegte ernsthaft, mich zu übergeben, als warme Hände sich um meine Schultern schlossen und ich Adams Gesicht an meinem Hals fühlte.

»Zum Teufel«, sagte Adam im gleichen Moment, als ich spürte, dass mein Hals feucht von seinen Tränen war. »Ich verdiene dich nicht, Liebste. Ich verdiene das hier nicht, Mercy – aber ich werde es annehmen, das schwöre ich. Ich liebe dich auch.«

Und bei seinem letzten Wort loderte die Verbindung zwischen uns auf, doch in diesem Augenblick übertrug sie Emotionen, keine Gedanken. Ich wusste nicht, ob das Öffnen der Verbindung Absicht seinerseits war oder ob es daran lag, dass er die Kontrolle verloren hatte. Die Flut seiner Emotionen brach über mich herein, eine komplizierte Mischung aus Ungläubigkeit (ich hatte ihn vollkommen überrascht), Erschöpfung und Liebe, bevor alles in einem Inferno aus Verlangen unterging.

Eine Woge purer Erleichterung ließ die Tränen, die mir schon eine halbe Ewigkeit in den Augen standen, über meine Wangen laufen. Danke, lieber Gott, es hatte funktioniert. Es würde ein Morgen für uns geben. Ich hatte nicht noch mehr Schaden angerichtet.

»Warum weinst du, Liebes?«, fragte er leise – dann versteifte er sich ein wenig, als fiele ihm wieder ein, in was für einen Zustand er unsere Beziehung in den letzten Wochen versetzt hatte.

»Weil ich Angst habe«, antwortete ich ehrlich. »Wenn

du mich nicht berührt hättest, dann wäre ich im nächsten Moment ins Bad gerannt und hätte mich übergeben.«

Er lachte, wie ich es beabsichtigt hatte. Ich fragte nicht, warum er geweint hatte. Vielleicht würde er denken, dass es mir nicht aufgefallen war. Vielleicht war ihm das ja nicht einmal selbst. Aber das heute sollte dazu dienen, ihm einen sicheren Rahmen zu geben, damit er Stress abbauen und sich dann ausruhen konnte. Ich glaubte nicht, dass Ehrlichkeit mit seinen Gefühlen ihm diese Dinge ermöglichen würde.

Seine starken Hände waren so unglaublich warm auf meiner unterkühlten Haut. Seine Arme schlossen sich eng um meine Rippen, ließen mich jedoch noch atmen. Ich nahm mir einen Moment Zeit, seinen Geruch einzufangen. Die Erleichterung, die mich durchströmte, legte im Augenblick die Erregung lahm, die ich sonst nackt in den Armen meines Mannes empfunden hätte.

Aber das war okay, denn das Gefühl von Adams Fingern, die heiß, langsam und besitzergreifend von meinen Schultern über meinen Rücken und meinen Po glitten, hätte ausgereicht, um die Leidenschaft eines Eiszapfens zu wecken. Sein harter Körper, der mir vertraut war und den ich so sehr brauchte, weil wir uns so lange nicht berührt hatten, lockerte meine angespannten Muskeln.

»Schhh«, flüsterte er an meinem Ohr, »alles gut. Alles gut.«

Die Hand an meinem Po hob mich hoch, und ich schlang die Beine um seine Hüften, als er mich zum Brett trug und sich kurz davor einem Tischchen zuwandte, auf dem er mich absetzte.

Dünne Lichtstreifen strömten durch die Ränder der Jalousien, als Adam auf die Knie ging, ohne jemals den Körperkontakt zu mir zu unterbrechen, und mich mit seinem Mund und seinen Händen liebte. Dabei vergaß ich ganz meinen großen Plan, Adam dazu zu bringen, sich zu entspannen, und ihm einen ruhigen Moment zu schenken, egal wie kurz er auch sein mochte. Ich vergaß alles bis auf seine Berührungen.

Ich vergaß die Zeit, ertrank in der Hitze, die er mit sich brachte. Das Nächste, was ich registrierte, war, dass er in mich stieß, der Reißverschluss seiner Jeans rau auf meiner Haut. Er war heiß und hart und gehörte *mir*.

Ich biss ihn in den Hals, und er lachte, ein rauer, erregter Laut, den ich viel zu lange nicht mehr von ihm gehört hatte.

»Es macht Spaß mit dir«, sagte er mit rauer Stimme, die einen Kontrast zu den geschmeidigen Bewegungen seiner Hüfte bildete.

»Mit dir auch«, brachte ich hervor und wünschte, dieser Augenblick würde für den Rest meines Lebens andauern.

Er bewegte sich erneut, und ich hörte auf zu sprechen – genau wie er.

Dass er auf meine Verführung eingegangen war, mochte darauf zurückzuführen sein, dass er verstanden hatte, wie schwer es mir gefallen war, mich für ihn auszuziehen, obwohl ich nicht wusste, wie er es aufnehmen würde, doch es bestand kein Zweifel an seinem Verlangen. Als wir beide kamen, war ich im Nachhinein überrascht, dass das Tischchen – so stabil es auch gebaut war – unsere Begegnung überlebt hatte.

Adam hob mich erneut hoch und trug mich zu unserem Bett. Er sah auf mich herab, wie ich mich träge auf dem Laken streckte, und begann sich ebenfalls auszuziehen. Während ich meine Kleidung mit nervösen, ruckartigen Bewegungen abgestreift hatte, zog er sich langsam aus, und seine

Augen – und andere Teile seines Körpers – verrieten mir, dass er es mochte, mich nackt auf dem Bett zu sehen. Und das war nur gerecht, denn zuzusehen, wie Adam sich auszog, war ein Vergnügen, dessen ich niemals überdrüssig werden würde.

Er machte keinen Striptease daraus, doch da war eine langsame, raubtierhafte Entschlossenheit, die mein Herz, meine Augen und alles in mir drin äußerst glücklich machte.

Werwölfe waren grundsätzlich recht muskulös, weil ihr Wolf eine ruhelose Kreatur war. Adam jedoch erachtete es als ungemein wichtig, in Form zu bleiben – es war ein Teil seines Bedürfnisses als Alpha, alle um sich herum zu beschützen. Sein Körper war eine Waffe, ebenso wie seine Pistolen, Messer und Schwerter – und er würde nicht versagen.

Ein unbeabsichtigter Nebeneffekt davon war, dass ihn beim Ausziehen zu beobachten sich anfühlte, als würde man zusehen, wie ein großartiges Kunstwerk enthüllt wurde. Muskeln wölbten und bewegten sich unter seiner Haut, als er das Shirt fallen ließ und Jeans und Unterwäsche auszog.

»Mmmm«, sagte ich.

Er lächelte – und die Müdigkeit in seinen Augen schmolz dahin. »Mmmm zurück«, sagte er und stützte sich mit einem Knie auf das Bett.

Nach einer Weile, die ich damit verbracht hatte, wie eine verschwitzte, schlaffe Nudel auf ihm zu liegen, schlief er schließlich ein. Ich lag ganz still, damit er sich ausruhen konnte – und schon bald schlief ich ebenfalls ein.

Etwas bewegte mich, schob mich über die Laken – aber ich war zu müde und vergrub das Gesicht mit einem verärgerten und nicht ganz wachen Stöhnen im Kissen. Die warmen Hände an meinem Hinterteil hielten inne. Ein großer, warmer Körper – ein nackter männlicher Körper – presste sich von hinten gegen mich.

»Nicht?«, fragte er.

Noch immer halb im Schlaf wackelte ich einladend mit den Hüften.

Er kam mit dem Kopf dicht an meinen. Sein Mund kitzelte mein Ohr, als er sagte: »Stups.« Und es war keine Frage, denn er ergriff meine Hüften und glitt in mich.

Ich lachte, nicht weil mich etwas belustigte – oder zumindest nicht, weil er mich belustigte. Ich lachte, weil er mich glücklich machte. Er verstärkte den Griff um meine Hüften, und ich schloss mich dem Tanz an.

Als ich aufwachte, war ich noch ganz wund und fühlte mich ausgeruht. Allerdings wurde ich gleich hektisch, weil eine der Jalousien offen war und ich sah, dass es schon nach Mittag war. Auf dem Kissen neben mir lag ein Zettel. Mit einem dicken schwarzen Filzstift war in recht ordentlicher Schreibschrift darauf geschrieben:

UND DIES IST DAS SCHICKSAL ALLER, DIE
DEN STUPS AUS SEINEM TIEFSCHLAF WECKEN.

Auf der anderen Seite des Zettels stand mit einem normalen Stift und Adams kantiger Großschrift:

VIELEN DANK, DORNRÖSCHEN. ICH BIN IM
BÜRO. HATTE ANGST, DASS ICH NIE AUS DEM
BETT KOMME, WENN ICH DICH AUFWECKE.

Die morgendliche körperliche Betätigung, einige Stunden dringend benötigter Schlaf und diese Nachricht ließen mich die ganze Dusche hindurch lächeln. Das heiße Wasser tat mir gut, ich fühlte mich weniger wund, und als ich aus der Dusche trat, war ich bereit für die Arbeit.

Der Waffenstillstand war wunderschön gewesen, aber ich wusste, dass dieser Morgen unsere Probleme nicht gelöst hatte. Wenn überhaupt, hatte er Adam etwas Glück und Ruhe verschafft, bevor er sich wieder einem unbekannten Schlachtfeld stellen musste. Wenn Adam herausfand, was es war, das ihn so plagte, dann würde ich es erfahren, weil er es mir erzählen würde – und er würde auch unsere Gefährtenverbindung wieder öffnen, die er erneut fest verschlossen hatte.

Ich zog mich an und nahm mein Handy, um Ted zu schreiben, dass ich auf dem Weg war, nur um festzustellen, dass ich letzte Nacht einen Anruf von Stefan verpasst hatte. Er hatte mir keine Nachricht hinterlassen. Außerdem hatte Jesse mir geschrieben: Bin mit Freunden unterwegs – habe Aiden mitgenommen. Meine Freunde finden ihn niedlich – wenn die wüssten ... PS: Sind zum Essen zurück. Dad war ziemlich gut drauf, als er runterkam. Gut gemacht!

Ich spürte, wie meine Wangen heiß wurden. Aber ich wusste auch, es würde kein Geheimnis bleiben, dass ich Adam mitten am Tag verführt hatte.

Ich schrieb Tad und brach auf. Ich hielt bei dem Schlafzimmer an, in das wir Renny gebracht hatten. Aber es war leer und das Bett gemacht. Ich schrieb Mary Jo und fragte sie, ob alles okay war oder ob Renny sich nicht wie erwartet erholt hatte.

Mary Jo schrieb zurück: Renny geht es gut. Hat Kopfweh. Er bedauert, seine eigene Entführung verpasst zu haben. Erinnert sich an nichts. Armer Renny.

Unten war auch niemand.

Auf dem Tisch lag eine Nachricht von Lucia.

Habe Joel mitgenommen, um Adams Bauunternehmer zu fragen, wie es mit unserem Haus vorangeht.

Ihr Haus war zerstört worden, als Joel mit dem Fluch des Vulkangeists belegt worden war, der ihn die meiste Zeit in die Form eines Hundes zwang. Er und Lucia hatten einige Zeit gebraucht, bis sie sich entschieden hatten, was sie damit tun wollten.

Als die Versicherung ausgezahlt wurde, hatten sie schließlich Adams Bauunternehmer engagiert, damit er ihr Haus reparierte. Bis Joel die Kontrolle über seine feurige Hälfte erlangte, würden sie in der Zentrale des Rudels bleiben müssen, weil Aiden in der Lage war einzuschreiten, wenn Joels Geist beschloss, in Flammen aufzugehen. Aber damit stand ihnen eine Fülle von Möglichkeiten offen. Sie konnten das Haus vermieten, es verkaufen und später ein neues kaufen oder es einfach leer stehen lassen, bis es Joel besser ging.

Medea maunzte und strich mir um die Beine, womit sie mir sagen wollte, dass niemand sie gefüttert hatte. Katzen logen, und ich war mir ziemlich sicher, dass sie das gerade tat. Doch sie zu füttern machte mich glücklich und sie auch.

Als ich gerade das Trockenfutter wegstellte, rief Tad an.

»Schön zu hören, dass du ein bisschen Spaß hattest«, begrüßte er mich.

Ich legte auf. Meine Wangen mochten leuchtend rot sein, doch ich grinste. Das hatte ich tatsächlich. Aber das hieß nicht, dass ich mich damit aufziehen ließ, ohne mich zur Wehr zu setzen.

Er rief noch einmal an, und das Erste, was er von sich gab, war: »Jesse sagte, ihr Vater sah aus wie ein Kater, der einen Kanarienvogel verschluckt hat.« Stille.

Bestimmt wartete er darauf, dass ich wieder auflegte, also tat ich es nicht.

»Wenn du mich jetzt fragst, ob ich ein Kanarienvogel bin, dann solltest du in Zukunft beim Schlafen besser das Licht anlassen«, warnte ich ihn.

Er lachte. »Okay. Also, falls du heute noch in den Laden kommst – die Ersatzteile, auf die wir gewartet haben, sind da, aber sie haben sie versehentlich an eine andere Werkstatt in Pasco geliefert. Sie können sie neu liefern, aber das dauert dann zwei Tage. Die andere Werkstatt hat angeboten, die Sachen heute Abend vorbeizubringen, wenn sie zumachen.«

»Keine Sorge«, sagte ich, »ich hole sie.« Ich notierte mir die Adresse der anderen Werkstatt. Ich würde einen Umweg machen müssen, doch jemand musste sie abholen. Und ich war ziemlich hungrig. Unterwegs konnte ich bei einem Fast-Food-Laden halten. »Soll ich Essen mitbringen?«

»Mercy, es ist drei Uhr nachmittags«, antwortete er übertrieben streng.

Ich hatte vermieden, auf die Uhr zu sehen.

»Okay«, sagte ich. Ich beschloss, dass ich mich nicht fürs Zuspätkommen entschuldigen würde, obwohl ich mich erneut vor Scham winden wollte. *Der Laden gehört mir. Selbst wenn ich nicht gehe, kann mich keiner feuern.* Manchmal fiel es mir schwer, mich daran zu erinnern, weil ich jahrelang für Zee gearbeitet hatte, bevor ich ihm die Werkstatt abkaufte – und sowohl er als auch Tad (seltener) gaben mir Anweisungen und nicht andersherum.

Ich sperrte die Haustür zu und ging zu meinem Wagen.

»Tut mir leid«, sagte ich trotz meines Vorsatzes, mich nicht zu entschuldigen.

Tad lachte. »Dad ist mit einem verfrühten Mittagessen vorbeigekommen und geblieben. Wenn du die Teile bis vier herbekommst, sollten wir es schaffen, die beiden Autos, für die sie bestimmt sind, heute noch fertig zu machen. Und dann haben wir allen Rückstand aufgeholt und sind bereit für die nächste Katastrophe.«

»Prima«, sagte ich. Ich blieb bei der Tür meines Wagens stehen und drehte mich langsam im Kreis, um mir Zeit zu nehmen, die Gerüche um mich herum wahrzunehmen. Keine Feldhasen. Ich witterte Wulfe, aber es war ein alter Geruch. Er kam von meiner Motorhaube, wo er letzte Nacht eine Weile gesessen hatte.

Ich war mir ziemlich sicher, dass er nicht daran herumgefummelt hatte.

»Mercy?«

»Tut mir leid, war abgelenkt.«

»Ist alles okay?«, fragte er. »Ich habe deine Warnung erhalten – danke übrigens, dass du sie so vage gehalten hast. Ich liebe vage Warnungen.« Etwas ernster fügte er hinzu: »Jesse meinte auch, dass letzte Nacht etwas passiert ist, aber dass ich dich fragen müsse, weil sie nicht sicher war, was davon streng geheim ist und was nicht.«

»Du hast heute ziemlich viel mit Jesse geredet«, fiel mir plötzlich auf.

»Sie ist mit ein paar Freunden vorbeigekommen. Das arme Mädchen, das nichts anderes kann, als mich anzusehen, rot zu werden und zu kichern, war auch dabei. Ich weiß nicht genau, warum sie überhaupt da waren, es sei denn, Jesse wollte mir ihre Version der vagen Warnungen übermitteln. Ich fürchte ja stark, es ging darum, dass das alberne Mädchen mich ankichern kann.« Er klang entnervt.

Ja, dachte ich, die Verliebtheit von Jesses Freundin würde kein Happy End haben.

»Ich erzähle dir alles, wenn ich in der Werkstatt ankomme«, versprach ich ihm.

Er knurrte.

»Ich muss los«, sagte ich. »Das Modernste, was mein Auto hat, ist ein Kassettenrekorder, und der ist kaputt. Ich kann also nicht beim Fahren telefonieren.«

»Mercy«, sagte Tad, »ich war wirklich sehr geduldig.«

Ich atmete noch einmal tief durch – keine fremden Werwölfe, keine Feldhasen, kein frischer Vampirgeruch. Ja, es war noch immer Tag. Ja, Vampire gingen tagsüber nicht raus. Aber wie ich Adam bereits gesagt hatte, vertraute ich nicht darauf, dass das Tageslicht Wulfe aufhalten würde. Es wehte eine leichte Brise, wenn also etwas hier gewesen wäre, hätte ich es gerochen.

Ich öffnete die Autotür und steckte meinen Kopf hinein. Auch hier keine Gerüche, die nicht da sein sollten.

Also erzählte ich Tad kurz und knapp von den Werwölfen und dem möglichen Entflohenen aus Annwnn. Ich ließ das mit Wulfe weg, weil es ebenso peinlich wie furchterregend war – und weil ich keinen Grund sah, warum die Sache Zees und Tads Sicherheit gefährden sollte.

»Annwnn hat ein Portal ins Land unter dem Feenhügel in euren Garten gestellt?«, fragte Tad verblüfft. Ich hörte, wie Zee hinter ihm auf Deutsch etwas über Annwnn sagte. Ich bekam nicht alles mit, aber es klang nicht freundlich.

»Es muss für ein Jahr und einen Tag bleiben«, erzählte ich ihnen – da Zee hören konnte, was ich sagte. Seine

Ohren waren mindestens so gut wie meine, vielleicht sogar besser. »Ich weiß nicht, wie sie es geschafft hat – oder warum sie überhaupt zugestimmt hat, es wieder zu entfernen.«

»Aiden gehört zu eurem Haushalt«, sagte Tad.

»Ja?«, fragte ich. Aiden hätte niemals zugelassen, dass so nahe bei ihm ein Portal nach Annwnn entstand, wenn er es hätte verhindern können. Dessen war ich mir so sicher wie der Tatsache, dass die Sonne morgen im Osten aufging.

»Oh, ich glaube nicht, dass er irgendetwas mit Absicht getan hat«, sagte Tad. »Sie hat ihn einfach nur benutzt, um irgendwie seine Erlaubnis zu bekommen. Ein höfliches ›Ich wünschte, ich könnte dich häufiger sehen‹ hat vielleicht schon ausgereicht. Ich bin etwas überrascht, dass so etwas nicht früher passiert ist – aber Aiden hat sehr lange in ihrem Reich überlebt. Sie hat vermutlich eine Weile gebraucht, bis sie die richtige Antwort aus ihm herausbekommen hat.«

Ich erinnerte mich, wie schuldig Aiden sich gefühlt hatte. Zweifellos hatte Tad recht.

»Nun«, sagte ich, »wir wussten, dass er gefährlich ist, als wir ihm angeboten haben zu bleiben.«

Zee sagte etwas. Ich konnte es ziemlich deutlich hören, aber er sprach Deutsch, und ich hatte gerade nicht die Nerven, etwas so Kompliziertes zu übersetzen.

»Dad sagt, dass er sich nicht an eine Kreatur erinnert, die auf deine Beschreibung passt oder Rauchdämon oder Rauchbestie genannt wurde – abgesehen von einem japanischen Geistwesen. Und er kann sich nicht erklären, was ein japanischer Dämon – ein Wesen aus einer ganz anderen Existenzebene, kein christlicher Dämon …« Er unterbrach sich und fragte: »Sag mal, Dad, hatte die alte katholische Kirche eigentlich recht mit dem, was sie über Dämonen sagte?«

»Ja«, antwortete Zee, »mehr oder weniger. Aber nicht auf die Weise, wie sie glaubten.«

»Hm«, sagte Tad, »interessant.«

Nicht nur die mittelalterliche Kirche hatte sich mit diesen Dämonen befasst, auch heute noch gab es Kirchengemeinschaften, die an sie glaubten. Dämonengeschichten gab es in der Bibel und auch in verschiedenen Apokryphen. Doch es war die mittelalterliche Kirche, die aus den biblischen Referenzen ganze Kasten und Figuren kreiert hatte, die Dämonen katalogisierte und beschrieb. Und die die Existenz von Dämonen benutzt hatte, um ihre eigene Macht zu zementieren.

Ich war einmal einem Dämon begegnet, er hatte jedoch nicht … ich glaubte nicht, dass es einer von diesen war.

»Das hat aber nichts mit unserem Thema zu tun«, sagte Tad, bevor ich genauer nachfragen konnte. »Dad kennt nichts, was wirklich auf deinen Feldhasen passen würde. Es könnte allerdings etwas sein, das in Annwn gelebt hat – und dort hat er sich nicht viel aufgehalten.«

Ein Schwall auf Deutsch unterbrach ihn.

»Er meint, es könnte auch sein, dass du noch nicht genug darüber weißt. Oder dass er es vergessen hat und eine Weile brauchen wird, bis er sich wieder erinnert. Er wird auch herumfragen. Wenn es etwas ist, das in Annwn eingesperrt war – es wäre gut, wenn wir diesen Punkt eindeutig klären könnten –, dann erinnert sich vielleicht Onkel Mike oder einer der anderen Fae.«

»Das wäre gut«, sagte ich. Zwar wäre es relativ gefahrlos gewesen, sich bei Zee zu bedanken, aber dann machte er sich vielleicht Sorgen, dass ich mich auch unbedacht bei anderen Fae bedanken würde. Also versuchte ich es zu vermeiden.

Tad zögerte kurz, dann sagte er: »Hat Jesse mit dir über Gabriels Brief gesprochen?«

»Nein. Hat sie mit dir darüber gesprochen?«, fragte ich.

»Sie hat ihn mich lesen lassen.« Er schluckte. »Schau mal, ich glaube, der Brief hat Jesse geholfen, aber jetzt mache ich mir Sorgen um Gabriel.«

»Wann hat er den Brief geschrieben?«, fragte ich.

»Es war kein Datum drauf«, antwortete er. »Aber einige der Sachen, die er gesagt hat, deuteten darauf hin, dass er ihn an dem Tag dorthin gelegt hat, als er ausgezogen ist.«

»Er hat eine neue Freundin«, sagte ich. »Die er schon zwei Wochen nach dem Schreiben dieses Briefs gefunden hat.« Zumindest meinen Schätzungen nach.

Tad fluchte leise. »Der Bastard hat ja nicht lange gebraucht, um sein gebrochenes Herz zu kitten.« Vermutlich war er jetzt nicht mehr besorgt um Gabriel.

»Manchmal ist das so mit gebrochenen Herzen, mein Junge«, sagte Zee bedeutungsschwer. »Gesunder Schmerz fördert die Heilung. Gabriel ist ein guter Junge, er wird ein guter Mann sein. Nicht jede Beziehung, die zu Ende geht, ist ein Misserfolg.« Dann wurde seine Stimme forscher, als wäre es ihm peinlich, dass er so sentimental geworden war: »Mercy, du musst dich beeilen, damit wir die Teile noch rechtzeitig bekommen, um die beiden Autos zu reparieren. Sonst muss es bis morgen warten.«

»Ich muss auflegen, bevor ich loskann«, sagte ich ihnen beiden. »Bis bald.«

Ich legte auf, setzte mich in den Wagen und fuhr los.

6

ie Werkstatt, zu der man die Teile geliefert hatte, lag im östlichen Pasco, ein paar Meilen entfernt von Onkel Mikes Taverne, einem beliebten Treffpunkt für Fae. Früher war die Strecke von meinem Haus oder dem Laden aus ganz gut zu bewältigen gewesen, doch damals hatte die alte Cable Bridge noch existiert. Aber dann hatte ein Troll sie mit der Unterstützung eines der Grauen Lords der Fae zerstört.

Erst vor einigen Tagen hatten die Bauarbeiten an einer neuen Brücke begonnen – die meisten hatten sich eine Kopie der alten Brücke gewünscht, die so etwas wie ein kleines Wahrzeichen gewesen war. Es würde noch ein Jahr oder länger dauern, bis man sie befahren konnte, und bis dahin führte der kürzeste Weg nach Pasco über die Blue Bridge.

Für alle.

Vor der Zerstörung der Cable Bridge hatte ich die Blue Bridge immer gemieden, weil dort so viel Verkehr herrschte. Jetzt war es unerträglich, aber meine andere Option bestand darin, den ganzen Weg durch Kennewick zu fahren, um den Fluss auf der Autobahnbrücke zu überqueren, und dann wieder den ganzen Weg nach Pasco zurückzulegen.

Ich entschied mich für die Blue Bridge und überquerte sie mit dem Rest des Verkehrs im Schritttempo. Was unter den Umständen gar nicht mal so schlecht war.

Als ich auf die Lewis Street abbog, die von Osten nach Westen verlaufende Hauptverkehrsader dieses Teils von Pasco, floss der Verkehr wieder in einem normalen Tempo. Ich fragte mich kurz, ob ich nicht anhalten und Onkel Mike nach dem Feldhasen fragen sollte. Wir waren uns noch immer nicht sicher, ob es die Kreatur war, die Aiden vermutete – wir waren uns noch nicht einmal sicher, dass es sich um etwas handelte, das aus Annwnn entflohen war. Im Moment arbeiteten wir einfach nur mit den wahrscheinlichsten Vermutungen.

Einen halben Block vor der Abzweigung, die mich zu Onkel Mike führen würde, beschloss ich, dass ich es nicht tun würde. Wenn der alte Fae etwas wusste, dann würde er eher mit Zee als mit mir sprechen. Also blieb ich auf der Lewis Street und hielt auf die Oregon Avenue zu, wo eine Fülle von Industriebetrieben ansässig war: Verkauf und Instandhaltung schwerer Landwirtschafts- und Baumaschinen, Metallarbeiten, industrielle Verbindungselemente, landwirtschaftliche Bewässerungssysteme – und die Autowerkstatt, wo man unsere Ersatzteile angeliefert hatte.

Etwa einen Block vor der Oregon Avenue kreuzte eine Ansammlung von Schienen die Lewis Street – und den übrigen zwischen Osten und Westen verlaufenden Verkehr in Pasco. Diese Schienen wurden noch von Zügen benutzt und zwangen den Verkehr regelmäßig zum Stillstand.

Die Lewis Street war die Hauptverkehrsstraße im Osten Pascos, weil es hier einen kurzen Tunnel gab, der unter den Schienen hindurchführte, sodass der Verkehr ungehindert aus der Stadt zur Oregon Avenue fließen konnte.

Der Tunnel war um den Zweiten Weltkrieg herum gebaut worden, und er war … seltsam. Die Lewis Street verengte sich von vier auf zwei Spuren, führte ein Stück nach unten, ehe sie sich mit Fußwegen zu beiden Seiten unter den Schienen hindurchgrub. Diese Verengung war der Hauptgrund, warum es hier am Tunnel häufiger Unfälle gab.

Die Fußwege im Tunnel waren unheimlich. Sie waren nicht beleuchtet, und die dekorativen Betontrennwände, die an Arkaden erinnerten und die Gehwege vor dem Verkehr abschirmten, schirmten sie auch vor dem Licht ab. Selbst an einem strahlenden Sommertag schrien diese Gehwege förmlich nach Ärger.

Das Merkwürdigste an dem Tunnel war, dass man ihn mitten in die Kreuzung mit der South Tacoma Street gesetzt hatte. Auf der Südseite der alten Kreuzung wies die South Tacoma einen seltsamen Knick um neunzig Grad auf, um dann parallel zu dem Verkehr im Tunnel zu verlaufen und sich schließlich dort mit der Lewis Street zu verbinden, wo sie sich wieder zu vier Spuren erweiterte.

Auf der nördlichen Seite endete die South Tacoma in einer Sackgasse am Tunnel – was nicht überraschend war. Angekündigt wurde diese Sackgasse von einer heruntergekommenen mobilen Absperrung, flankiert von orangefarbenen Verkehrshütchen – und zwar noch siebzig Jahre, nachdem man diesen Teil der Strecke stillgelegt hatte. Als hätte man den Tunnel eingesetzt und dann einfach vergessen, es zu Ende zu bringen und auch die Umgebung anzupassen – jahrzehntelang vergessen.

Wie alle anderen auf der Lewis Street hatte ich vorgehabt, durch den Tunnel zur Oregon Avenue zu gelangen, doch Polizeiautos und gelbes Absperrband blockierten den Weg – und etwas, das aussah wie ein Sattelschlepper, der

159

versucht hatte, in den Tunnel zu springen, statt die Neunzig-Grad-Kurve der South Tacoma zu nehmen. Ich war mir nicht einmal sicher, ob ein Sattelschlepper überhaupt in der Lage war, diese Kurve zu nehmen.

Mit dem Rest des Verkehrs wurde ich langsamer und bereitete mich darauf vor, eine andere, viel längere Route zu nehmen – und das hätte ich auch getan, hätte mein Jetta eine Klimaanlage gehabt. In den Nächten mochte es bereits etwas kühler werden, doch an diesem Nachmittag hatte es sechsunddreißig Grad, deshalb hatte ich die Fenster heruntergekurbelt. Und durch diese offenen Fenster roch ich die Magie, die mir zum ersten Mal bei Dennis Cather begegnet war.

Ich löste mich aus dem Verkehr und suchte nach einer Stelle, wo ich parken konnte. Dieser Teil Pascos befand sich am Rand eines Gewerbegebiets, in dem nur Spanisch gesprochen wurde. Hier gab es Bäckereien, Restaurants und Bekleidungsläden, in deren Schaufenstern massenweise Kommunions- und Quinceañera-Kleider zu sehen waren. Ich parkte in einer schmalen Lücke am Straßenrand vor einer mexikanischen Bäckerei, aus der ein unglaublich leckerer Duft strömte, der beinahe den Geruch, den ich zuvor am Tunnel wahrgenommen hatte, überdeckte.

Die Schlösser an meinem Jetta funktionierten immer noch nicht richtig, aber er sah so heruntergekommen aus, dass bestimmt niemand versuchen würde, ihn aufzubrechen. Möglicherweise würde man sich an seiner Scheußlichkeit stören und ihn abschleppen, aber nicht aufbrechen.

Ich eilte zu dem Schlamassel am Tunnel und überlegte, wie ich mich am besten zum Schauplatz des Unfalls durchquatschen konnte, als ich ein vertrautes Gesicht sah. Es musste ein ziemlich schlimmer Unfall gewesen sein, wenn man George gerufen hatte, denn Verkehr gehörte eigentlich nicht zu seinem Aufgabengebiet. Und wenn er schon um fünf Uhr morgens gearbeitet hatte …

Magie überspülte mich, und der Biss des Hasen in meinem Nacken brannte unangenehm. Ich presste eine Hand an meinen Hals und hörte auf, mir über George den Kopf zu zerbrechen, weil es wichtigere Dinge gab, über die ich mir Gedanken machen musste.

Ich wartete einen Moment, aber ich verspürte weder mörderische noch selbstmörderische Tendenzen und konnte frei atmen. Doch ich spürte einen Druck in meinem Kopf, da war ein leises Klingeln in meinen Ohren – und der Geruch der Magie war intensiv.

Ich beschloss, dass es ziemlich unproduktiv war, mir selbst Angst zu machen, nahm die Hand vom Hals (weil es mit ihr dort nicht weniger wehtat als ohne sie) und setzte meinen Weg zu der Brücke über den Tunnel fort. Ich stieß einen scharfen Pfiff aus, bevor ich nah genug war, dass der Officer, der den Verkehr umleitete, mich wegschicken konnte. George sah auf, und ich begegnete seinem Blick. Er sagte etwas zu dem Officer in Uniform, neben dem er gerade stand, und kam im Laufschritt zu mir.

»Ist schon okay«, sagte er dem Verkehrspolizisten und legte ihm eine Hand auf die Schulter. »Sie gehört zu mir.«

Der Officer nahm sich einen Moment, um mir ins Gesicht zu blicken, und er riss die Augen auf. Die Ehefrau des Alphas des Columbia-Basin-Rudels zu sein hatte mich zu so einer Art Celebrity gemacht.

»In Ordnung«, sagte er. Dann konzentrierte er sich wieder auf seinen Job.

»Hat dich bereits jemand auf den aktuellen Stand gebracht?«, fragte ich, während wir durch die Absperrungen der Polizei gingen.

»Werwölfe und ein dämonischer Feldhase«, sagte er. »Und du hast unseren Alpha wieder glücklich gevögelt – wofür nicht nur das Rudel, sondern jeder, der mit ihm arbeitet, sehr dankbar ist. Letzteres habe ich von Carlos und Elliot.«

Ich rollte mit den Augen und achtete nicht darauf, dass ich rot wurde. Ich wurde besser darin. »Nun, der Geruch der Magie dieses Feldhasen ist hier überall.«

»Ja, das überrascht mich aber nicht sonderlich«, sagte George, »denn das hier ist absolut kein normaler Vorfall. Ich habe Adam gerade einige Fotos geschickt.«

»Ziemlich viel Polizei hier«, sagte ich und sah mich um.

»Stimmt, Raser können derzeit überall in Pasco ungestört ihrem Hobby nachgehen«, sagte George. »Ich bin gerade nicht im Dienst – und ich bin nicht der einzige Cop hier, der gerade nicht im Dienst ist. Wenn das Sheriff's Department und die Feuerwehr davon erfahren, werden sie auch hier herumschwirren.«

Das Brennen an meinem Hals wurde stärker.

»Hey, George«, sagte ich beiläufig.

»Ja?«

»Wenn ich plötzlich aufhöre zu atmen oder« – Gott möge mir beistehen – »mich richtig seltsam verhalte, dann wirf mich in den Fluss, bitte.«

»Alles klar«, sagte er, ohne zu zögern. »Hab gehört, dass du gebissen wurdest.«

»Ja«, erwiderte ich. »Aber ich vermute, dass diese Magie zu der Art gehört, die sich mit meinem inneren Kojoten angelegt und verloren hat. Trotzdem: Wenn ich versuche, jemandem etwas anzutun, der es nicht offensichtlich verdient …«

»Dann ab mit dir in den Fluss«, beendete George den Satz für mich. »Ich habe verstanden.«

»Okay.«

Wir umrundeten den Anhänger, der ziemlich normal aussah, und danach erhaschte ich den ersten guten Blick auf die Zugmaschine, die die dekorative Betonbarriere hinaufgeklettert war. Dort hing sie in einem seltsamen Winkel mit den vorderen vier Reifen über dem nach oben hin offenen Tunnel unter ihr.

Doch es bestand keine Gefahr, dass die Zugmaschine nach unten fallen könnte, denn die untere Hälfte war buchstäblich mit der Betonbarriere verschmolzen.

»Uff«, sagte ich.

»›Uff‹ trifft es«, stimmte George mir zu. »Der Unfall ist vermutlich passiert, weil der Fahrer völlig zugedröhnt war. Er behauptet, dass er in die Barriere gerast ist, weil er versucht hat, einer Gruppe Kinder auszuweichen. Sagte, seine Freundin habe ihm ins Lenkrad gegriffen und versucht, die Kinder zu überfahren. Nachdem sie in die Wand gerast waren, sagte sie: ›Viel Glück mit deinem geliebten Truck.‹ Sie hat es noch mit ein paar Kraftausdrücken garniert, die ich jetzt weglasse. Und dann ist sie gegangen.«

»Gibt es Zeugen?«, fragte ich.

»Ja. Es gibt da zwei Frauen, die in die Bäckerei wollten, um eine Hochzeitstorte zu bestellen, und alles mitangesehen haben. Der Truck sah aus, als wollte er in den Tunnel hinunterfahren, als er plötzlich nach rechts schlingerte, wo gerade eine Gruppe von vielleicht sechs Kindern die Straße überquerte. Die Frauen waren sich sicher, dass der Truck sie überfahren würde, als er plötzlich zur Seite ruckte und auf die Barrikade prallte, wo schon viele andere Fahrzeuge ihr unrühmliches Ende gefunden haben. Die Freundin haben sie nicht gesehen.«

»Glaubst du, die Freundin existiert wirklich?«, fragte ich.

»Und hatte sie Bissspuren?« Er machte eine Kunstpause. »Ja, das hatte sie. Unser Fahrer, der nicht einmal den Namen seiner Freundin kannte, die er nach eigenen Aussagen bei einer Tankstelle in Finley aufgegabelt hatte, sagte wortwörtlich: ›Sie hatte so seltsame Bissmale am Arm, Mann, als hätte ein Vampir sie gebissen.‹«

Es passte alles zusammen. Abgesehen davon, dass der Truck mit der Barrikade verschmolzen war. Gedankenkontrolle und die Fähigkeit, die Unterseite einer Zugmaschine in Beton zu verwandeln, schienen mir nicht zusammenzupassen. Aber meine Nase irrte nicht – die Rauchbestie war hier gewesen.

»Ist der Fahrer noch da?«, fragte ich.

»Nein, sie haben ihn zur Befragung mitgenommen.«

Ich hatte mich nebenher unauffällig umgesehen. Lustig, wie einfach es war, die Cops, selbst wenn sie keine Uniform trugen, von allen anderen zu unterscheiden – und mittlerweile gab es so einige Schaulustige. Es war ein subtiler Unterschied. So ein Insider-Outsider-Ding. Pasco war nicht besonders groß, die Polizisten kannten sich hier gegenseitig, und ihre Körpersprache verriet sie.

Mein Blick blieb an einer der Schaulustigen hängen. Ein Mädchen mit dunklem Teint in Shorts und einem pinken Tanktop – und ihr Gesichtsausdruck passte nicht. Sie blickte auf das zerstörte Fahrzeug und sah nicht verblüfft, besorgt oder aufgeregt aus, wie alle anderen. Sie wirkte selbstzufrieden.

»George«, fragte ich, ohne das Mädchen aus den Augen zu lassen, »hast du eine Beschreibung der vermissten Freundin?«

Genau in diesem Moment blickte sie auf und sah mich an. Wir standen vielleicht zehn Meter voneinander entfernt mit zwanzig Leuten zwischen uns, und sie sah mich an, als hätte sie genau gewusst, wo ich war.

Sie lächelte mich an, und der Biss in meinem Nacken sandte plötzlich einen Stachel aus Schmerz aus, der mir tief in die Knochen fuhr und mich taumeln ließ, ehe er vollständig abbrach, als wäre er von irgendetwas kurzgeschlossen worden. Als das passierte, verzog sich ihr Gesicht vor Schmerz und dann vor bösartigem Zorn.

»Das ist sie«, sagte George alarmiert, als er meinem Blick folgte. »Hispana, pinkes Top.«

Er sprach nicht sehr laut, aber ihrer veränderten Miene entnahm ich, dass sie ihn gehört hatte, was bedeutete, dass ihr Gehör mindestens ebenso gut war wie unseres. Als wir uns auf sie zubewegten, ließ sie den Blick über die Polizisten um sie herum schweifen. Für den Bruchteil einer Sekunde wirkte sie frustriert – und dann sah sie uns erneut an. Ihre Schultern entspannten sich, und sie lächelte. Und im nächsten Moment rannte sie los.

George stürmte hinterher, und ich folgte ihm.

»George«, rief ich, weil George – kaum zu glauben – einer der wenigen Werwölfe war, die schneller als ich waren, »lass sie ziehen! Wenn sie dich beißt, übernimmt sie dich! Und du stirbst! George, warte!«

Ich wusste nicht, ob er überhaupt zuhörte. Der Ruf der Jagd war ziemlich stark, und ich war nicht Adam.

Die Frau floh eine Seitenstraße hinunter, die von Autofriedhöfen, Lagerhäusern und leeren Parkplätzen gesäumt war. Sie stank förmlich nach dieser besonderen Magie, und sie bewegte sich so schnell wie ein Werwolf. Ich war mir ziemlich sicher, dass wir unseren Feldhasen gefunden hatten. George war ihr direkt auf den Fersen, und mit jedem Schritt kam er einige Zentimeter näher.

Ich war jetzt gute zehn Meter hinter ihnen und fiel stetig weiter zurück. Keinem von ihnen schien der raue und unebene Bürgersteig Probleme zu bereiten, doch ich stolperte einmal und fiel beinahe auf die Nase. Ich schaffte es, auf den Beinen zu bleiben, aber ich fiel weiter zurück.

Auf einem schmalen Dreckpfad zwischen zwei Industriegebäuden, die ziemlich verlassen wirkten, geriet sie außer Sicht. Als George ebenfalls um die Ecke verschwand, mobilisierte ich noch einmal alle Kräfte.

Gleichzeitig zerrte ich an dem geschlossenen Band zwischen Adam und mir. Es gab meinem panischen Ansturm nach, doch ich hatte etwas daran verändert … es fühlte sich an, als wäre es verwundet, als blutete es. Darüber würde ich mir später Gedanken machen. Ich musste George beschützen.

Ich bog um die Ecke und sah, wie George der Frau immer näher kam – ich war mir ziemlich sicher, dass sie absichtlich langsamer geworden war. Ich kam an einer Frau vorbei, die sich in Embryonalstellung an ein Gebäude gekauert hatte, das Gesicht gegen die Wand gepresst, als versuchte sie, sich zu verstecken. Aber sie bewegte sich nicht, und meine Instinkte sagten mir, dass keine Gefahr von ihr ausging, also rannte ich an ihr vorbei.

»George, bleib stehen!« In dem Befehl lag die Macht eines Alpha-Werwolfs, weil ich sie mir von Adam gestohlen hatte.

George blieb stehen, und die Frau – die die Rauchbestie war – tat es ihm gleich. Sie hatte das Gebäude hinter sich gelassen und stand in etwas, das in besseren Tagen vielleicht ein Parkplatz gewesen war. Ich blieb ebenfalls stehen.

»Komm hierher zurück«, sagte ich zu George. In meiner hinteren Jeanstasche begann mein Handy zu klingen. Vermutlich war das Adam, der sich fragte, warum ich an unserem Band gezerrt hatte. Aber ich war beschäftigt. Noch einmal sagte ich zu George: »Wenn sie dich beißt, wird sie deinen Willen übernehmen. Aiden sagt, dass dich das tötet.« Sie würde ihn töten, oder er würde sterben. Aiden war an diesem Punkt nicht ganz eindeutig gewesen, deshalb war ich es auch nicht.

Als es der Bestie nicht gelungen war, meinen Willen zu übernehmen, hatte sie versucht, mich zu töten, daher war meine Warnung vermutlich so oder so richtig. Das fließende Wasser hatte die Verbindung zwischen ihr und dem Biss gekappt – doch ich musste an den Rauch denken, den ich geschluckt hatte. Vielleicht war genug in mir verblieben, dass sie es heute noch einmal versucht hatte. Nur hatte es nicht funktioniert.

George behielt die Frau im Blick, aber er gehorchte mir und wich schnell zurück, bis wir Schulter an Schulter standen.

»George«, sagte ich, »bei dem Gebäude links hinter uns kauert jemand am Boden.«

Er blickte über meine Schulter und knurrte: »Hab ich übersehen.« Er trat hinter mich und machte mir so das Kompliment, dass er mir vertraute, uns beide vor der Kreatur zu schützen.

Die Frau blieb, wo sie war, und sah mich mit gerunzelter Stirn an.

»Wer bist du?«, fragte sie. Sie sprach, als wäre Englisch schwer für sie und nicht, als würde sie Spanisch sprechen. Einen Akzent wie ihren hatte ich noch nie zuvor gehört. Doch obwohl die Wahl ihrer Worte seltsam war, verlor ihre Stimme nichts von ihrem zornigen Unterton: »Meine Macht ist groß. Warum bist du nicht mein?«

»Ich weiß es nicht«, sagte ich zu ihr. »Was willst du?«

Sie kniff die Augen ein wenig zusammen. »Wenn der dumme Mann uns nicht aufgehalten hätte. Dann wären viele tot, und ich hätte mehr Macht. Mehr als genug, um dich zu bekommen.«

»Du gewinnst Macht, wenn du Menschen tötest?«, fragte ich.

»Du bist dumm«, brachte sie abfällig hervor. »Tod ist mächtige Magie. Meine Marionetten töten und geben mir Magie, damit ich das hier sein kann.«

George kam und stellte sich rechts neben mich. »Leiche«, sagte er zu mir – und klang dabei etwas panisch. Es brauchte viel, um einen Polizisten, der zudem ein Werwolf war, panisch werden zu lassen. »Ihre Leiche.«

»Sie ist tot«, sagte die Frau und ließ die Hände in einer Weise über ihren Körper gleiten, die ein bisschen obszön wirkte, ohne auch nur im Geringsten sexy zu sein. »Das gehört jetzt mir. Ich töte dich in dieser Gestalt, und die Magie ist verschwendet. Kann in meinem eigenen Körper Tod nicht essen, nur durch Marionetten. Regeln. Dumme Regeln.«

Mir fiel auf, dass sie uns gerade ziemlich viel verriet – aber es schien fast, als würde sie gar nicht mit George und mir reden. Eher als würde sie ihre Gedanken ordnen.

Diese Kreatur hatte wer weiß wie lange in Annwnn gelebt – und in Annwnn gab es jede Menge Magie. Vielleicht waren die Regeln hier andere als in Annwnn – und die Kreatur vor uns versuchte sie zu ergründen und dachte laut darüber nach. Es klang, als hätte sie Probleme, ihre eigene Magie mit Energie zu versorgen, und tötete Menschen, um das auszugleichen.

Sie traf eine Entscheidung, das sah ich in ihren Augen,

bevor sie sprach: »Tot bist du kein Problem, kleiner Hund. Schade, weil so viel Macht in dir. Aber tot jetzt besser als Macht später.«

Und dann stürmte sie auf uns zu.

Ich schlitterte nach hinten und zog dabei meine Pistole, während George den Kampf mit ihr aufnahm. Er hatte mir gar nichts zurufen müssen, wir wussten beide, dass er in einer Situation wie dieser der bessere Kämpfer war. Ich zielte mit der Pistole, aber der Kampf war zu hektisch, als dass ich einen sicheren Schuss hätte abfeuern können.

George war nicht nur besser als ich, er war einer unserer besten Leute, wenn es um waffenlosen Kampf in Menschengestalt ging. Adam hatte mir erzählt, dass er schon Erfahrung darin gehabt hatte, als Adam das Rudel übernommen hatte, und Adam hatte ihn dazu angetrieben, diese Fertigkeiten noch zu perfektionieren.

Die Bestie schien leichte Probleme damit zu haben, in der Gestalt der Frau zu kämpfen. An der Art, wie sie versuchte, ihr Gewicht einzusetzen, erkannte ich, dass sie es gewohnt war, schwerer zu sein. Außerdem war sie daran gewöhnt, mit Zähnen und Klauen zu kämpfen statt mit Hebelwirkung und reiner Kraft. Und dennoch wirkte der Kampf auf mich ziemlich ausgeglichen.

»Pass auf, dass sie dich nicht beißt«, erinnerte ich George, obwohl er das bereits wusste. Dass ich es ihm noch einmal ins Gedächtnis rief, hatte mehr damit zu tun, dass mich der Gedanke, jemand könnte meinen Geist übernehmen, zu Tode ängstigte.

Ich war mir nicht mal sicher, wie gut dieser Ratschlag war, weil ich nicht wusste, ob ein Biss das Einzige war, worüber er sich Sorgen machen musste. Sie hatte einen Sattelschlepper in Beton verwandelt. Ich kannte die Regeln ihrer

Magie nicht, und das machte mir Angst. Wenn ich nicht wusste, wozu sie in der Lage war, konnte ich auch niemanden vor ihr schützen.

Ihr Gewicht mochte unter dem liegen, was sie gewohnt war, aber sie war stark. Während George und sie kämpften, wurde sie besser darin, mit dem zu arbeiten, was sie hatte. Sie drehte sich, und George, der aussah, als sollte er in der Lage sein, sie zusammenzuknüllen und in einen Abfalleimer zu werfen, flog durch die Luft.

Ich schoss drei Mal auf sie, bevor George gegen die Seite eines Gebäudes prallte.

Im Magazin meiner Sig befanden sich zehn Runden, und ich hörte nicht auf zu schießen, bis es leer war. Ich stand keine fünf Meter weit weg, und jeder Schuss traf ins Ziel.

Sie erstarrte, als der erste Schuss sie mitten in die Stirn traf. Der zweite und der dritte Schuss gingen in ihren Wangenknochen, knapp unter dem Auge. Die ersten Schüsse hatten ihren Torso ein wenig in meine Richtung geschleudert, sodass ihr Körper nun abgewinkelt war und ich einen Dreiviertelfrontalblick auf sie hatte.

Die nächsten drei landeten in ihrer Brust, wo sich das Herz eines Menschen befinden würde. Da ich nicht wusste, was für ein Wesen sie war, landeten die folgenden drei auf der anderen Seite ihrer Brust. Die letzte Runde landete in ihrem rechten Auge.

Ich behielt die leere Pistole in der Hand, weil man sie auch so noch gut als Waffe gebrauchen konnte.

Ich positionierte meine Beine in der Reiterstellung – eine gute, ausbalancierte Körperhaltung. George war wieder auf die Beine gekommen und zwei Schritte auf mich zugerannt, um sich vor mich zu schieben, für den Fall, dass sie wieder angreifen würde.

Sie … Sie stand einfach da und schwankte ein wenig. Dort, wo die Kugeln sie getroffen hatten, klafften dunkle Löcher. Aber da war kein Blut, nicht einmal der Geruch von Blut, lediglich der ätzende Geruch von Schießpulver und der ganz eigene Duft dieser Kreatur.

Hinter uns hörte ich donnernde Schritte, die ankündigten, dass die Polizisten an der Unfallstelle die Schüsse gehört hatten und auf dem Weg waren. Auch die Kreatur hörte sie. Sie legte den Kopf schräg, lächelte mich an – und löste sich in Rauch auf, der schnell verwehte. Mit ihr verschwand ebenfalls der Geruch nach Magie. Mit einem leisen metallenen Laut fielen zehn Kugeln auf den festgetretenen Kies.

»Scheiße«, hörte ich die Stimme einer Frau hinter mir.

Ich drehte mich um und sah eine Polizistin in Uniform, die ihre Waffe gezogen hatte und auf die Stelle zielte, wo die Frau eben noch gewesen war. Der nächste Officer, der nicht gesehen hatte, wie die Bestie sich in Luft auflöste, zielte auf mich.

»Waffe runter«, sagte er.

George warf die Hände in die Luft und knurrte: »Grünschnabel.« Er atmete tief ein, versuchte seinen Wolf unter Kontrolle zu bekommen, während sich die kleine Fläche zwischen den Gebäuden mit dem Police Department Pascos füllte. Seine Augen leuchteten gelb, ein Zeichen, dass der Wolf noch immer kampfbereit war, als er sagte: »Wir sind hier alle die Guten. Zurück, Patton.«

Ich legte meine Pistole dennoch auf den Boden, weil ich keine Lust hatte, von einem übereifrigen oder verängstigten Officer erschossen zu werden. Zur Verteidigung gegen eine Kreatur, die nach zehn Schüssen aus einer Waffe mit .40-Kaliber lediglich überrascht war, würde sie mir ohnehin nicht viel nützen.

»Was war dieses Ding?«, fragte die Polizistin, die als Erste am Ort des Geschehens gewesen war.

»Das wissen wir nicht«, knurrte George. »Aber es war dieses Ding, das den Sattelschlepper in Zement verwandelt hat.«

»Beton«, sagte einer der Police Officers leise. »Zement ist das Zeug, das man mit Wasser mischt, um Beton zu bekommen.«

George ignorierte ihn und ging hinüber zu der Leiche, die noch immer an dem Gebäude unter einem Möchtegern-Gang-Graffito kauerte. Er kniete sich neben sie, ohne sie zu berühren.

»Sie ist ungefähr sechzehn«, sagt er … zu mir, vermutete ich. »Ihr Geruch war überall in der Zugmaschine. Der beschissene Fahrer ist vierzig, wenn nicht älter.«

»Zweiundvierzig«, sagte jemand, »wir können ihn wegen des sexuellen Missbrauchs Minderjähriger belangen.«

Ich ließ meine leere Pistole auf dem Boden liegen und ging zu der Leiche hinüber. Ich konnte nichts Ungewöhnliches riechen. Dann ließ ich mich neben George auf ein Knie sinken und sagte: »Ich muss sie berühren, um sicher sein zu können.«

»Mach das«, sagte er.

Ich legte einen Finger an ihren Hals, und mir wurde bewusst, dass sie die gleichen Kleider trug, wie die Bestie … es getan hatte. Bevor ich das verarbeiten konnte, überflutete mich der Geruch von Magie. Es war, dachte ich, während ich mich ganz auf den Boden setzte, als ob die Magie gänzlich im Körper eingeschlossen gewesen wäre, bis ich ihn berührte und sie herausließ.

»So ein Mist«, sagte eine Stimme hinter mir.

Ich drehte den Kopf und zuckte zusammen, wobei ich

ziemlich heftig mit George zusammenstieß. Während er eine Hand ausstrecke, um sich abzustützen, drehte er sich, um in die Richtung zu blicken, in die ich schaute. Dabei war er die ganze Zeit bereit, in Aktion zu treten.

Die Bestie hatte alt gewirkt, selbst in der Gestalt einer jungen Frau. Das Mädchen, das über meine Schulter auf die Leiche, ihre Leiche, blickte, war sehr jung. Es war das gleiche Gesicht und der gleiche Körper, den die Bestie getragen hatte – aber was immer sie hier belebte, es war nicht unser Monster.

Die Arme um den Brustkorb geschlungen sah sie mir in die Augen.

»Verdammt«, sagte sie. »Mama hatte wohl doch recht. Sie sagte, dass ich es eines Tages noch bereuen würde, einfach so zu jedem Fremden, der mich mitnehmen will, ins Auto zu springen.« Ihre Stimme ähnelte der der Rauchbestie, aber ihr Englisch war akzentfrei und der Rhythmus ihrer Worte fließender.

Möglicherweise hatte sie keine Ausweispapiere bei sich, überlegte ich zögerlich. Und vielleicht hatte sie Informationen, die wir brauchten. Ich beschloss es zu riskieren, sie zu stärken, obwohl es mir nicht sehr nett vorkam, jemanden dazu zu verdammen, an diesem Ort hier spuken zu müssen. Vielleicht schaffte sie es ja bis in die fröhliche Bäckerei die Straße runter.

»Wie heißt du?«, fragte ich.

»Liv – wie die Schauspielerin auf dem weißen Pferd in dem Film mit den Monstern«, sagte sie. »Liv Mendoza.«

»Kannst du mir sagen, was passiert ist?«, fragte ich.

Der Geist schauderte. »Ich war hinter der Tankstelle …« Sie warf mir einen schuldbewussten Blick zu. »Frag nicht, was ich getan habe. Geht dich nichts an. Egal, na ja, und dann kam dieser Hase einfach raus und hat mich gebissen – genau hier.« Sie streckte den Arm aus, auf dem zwei verkrustete Wunden erschienen. »Und dann saß etwas in meinem Kopf und hat die ganze Show übernommen. Einfach so.« Eine Träne tauchte auf, und sie wischte sie mit der Rückseite ihres Handgelenks ab. »Ich konnte nicht mal wen anrufen. Und als es fertig mit mir war, hat es meinen Körper abgelegt wie eine … eine Schlange, die ihre Haut abstreift.« Sie schaute weg. »Ich wünschte, ich wäre irgendwo an einem Strand gestorben. Oder in so einer Wiese, wie man sie manchmal im Film sieht, mit lauter Blumen. Ich mag Blumen.«

»Mit wem redest du, Mercy?«, fragte George.

Ich hob eine Hand, doch sie war weg, und ich blieb mit dem Großteil des Pasco Police Department zurück, das mich anstarrte. Hoffentlich war sie für immer verschwunden.

Ich zuckte die Achseln, seufzte und sagte zu ihnen: »Ich sehe tote Menschen.«

Als ich gerade in Schrittgeschwindigkeit über die Blue Bridge kroch, um die Ersatzteile im Kofferraum meines Wagens zur Werkstatt zu bringen, klingelte mein Telefon. Ich riskierte es und warf einen Blick auf das Display. Es war Adam. Ich brauchte weitere fünf oder sechs Minuten, bis ich über die Brücke und auf einer Straße war, wo ich an den Rand fahren und ihn zurückzurufen konnte. Ich hatte sechs verpasste Anrufe von Adam.

»Hey«, sagte ich.

»Ich habe Kopfschmerzen«, sagte Adam ohne jede Einleitung. »Was ist passiert?«

Jetzt, da das Adrenalin von dem Zusammentreffen mit

der Rauchbestie am Abklingen war, begannen sich auch bei mir Kopfschmerzen zu melden. Das seltsam wunde Gefühl war verschwunden, aber die Verbindung war definitiv der Grund für meine Kopfschmerzen. Als ich daran herumspielte, zuckte ich zusammen.

»Hör auf damit«, sagte Adam. »Erzähl mir, was passiert ist.«

Also tat ich genau das.

Als ich mit den Teilen in den Händen in die Werkstatt kam, musste ich Tad und Zee die ganze Geschichte noch einmal erzählen. Ich begann wiederum ganz am Anfang, bei dem Abend, an dem ich Annas Geist gesehen hatte, und endete mit der Konfrontation heute, wobei ich die Details ergänzte, die ich ausgelassen hatte, als ich früher am Tag mit ihnen telefoniert hatte.

»Ist es ein Skinwalker?«, fragte Tad, nachdem ich fertig war.

Zee gab lediglich einen dumpfen Laut von sich und fuhr fort, mit seiner Ratsche Schrauben zu lösen, wie er es schon die ganze Zeit über getan hatte, als ich erzählte. Tad hatte irgendwann während der Geschichte aufgehört, doch Zee hatte weitergearbeitet. Allerdings war seine Miene immer grimmiger geworden.

Mein Handy kündigte piepend eine Nachricht an – und in Anbetracht der aktuellen Lage konnte ich sie nicht einfach ignorieren.

»Ich glaube nicht«, sagte ich und holte mein Handy aus der Tasche. »Es gibt Vampire in Annwwn, aber ich bezweifle stark, dass es dort Skinwalker gibt.« Ich war nie einem begegnet, und ich legte auch keinen gesteigerten Wert darauf, es zu tun.

Die Nachricht war von Aiden und sowohl an Adam als auch an mich gesendet worden.

Annie bestätigt die Rauchbestie. Sagt, sonst ist niemand entkommen. Es tut ihr leid, dass sie nicht helfen kann, sie zu jagen. Sie weiß von mir, dass du gut darin bist, Monster zu töten. Wünscht dir viel Glück. Es ist meine Schuld, es tut mir SEHR leid.

Ich las ihnen Aidens Nachricht laut vor – bis auf den letzten Satz, der natürlich Unsinn war.

»Nein«, sagte Zee, »es ist kein Skinwalker. Skinwalker sind hier einheimisch. Das ist etwas aus dem Alten Land.«

»Du weißt, was es ist?«, fragte ich.

»Nein«, sagte er. »Eine Kreatur, die sich von einer Sache in eine andere verwandelt. Die jemanden mit Magie erfüllen kann, die sich als Rauch zeigt. Mithilfe dieser Magie macht sie ihre Opfer zu Marionetten, die für sie töten, um aus diesen Toden Kraft zu schöpfen. Und dann kann sie die Gestalt derer annehmen, die sie zu Marionetten gemacht hat.« Er runzelte die Stirn. »Magie hat Regeln, Mercy. Vor allem für die Fae. Verwandlungsmagie ist selten, und nur wenige Arten von Fae beherrschen sie, in der Regel sind allerdings diese Kreaturen – mit Ausnahme der Grauen Lords – nicht sehr mächtig.«

Ich dachte darüber nach, was die Kreatur getan hatte und was nicht. »Sie hat weder mich noch George in Beton verwandelt«, sagte ich zu ihm. »Aber vielleicht kann sie das nur mit Dingen, die nicht lebendig sind?«

»Lebend oder nicht lebend macht bei dieser Art von Magie normalerweise keinen Unterschied«, sagte Zee. »Dass sie euch nicht verwandelt hat, lässt jedoch vermuten, dass sie ihre ganze Magie aufgebraucht hatte.«

»Okay«, sagte ich.

»Genau«, bestätigte er. »Aber diese andere Art von Magie, die sie hat – die ist seltsam kompliziert für Fae-Magie.«

Er schüttelte den Kopf. »Durch einen Biss wird eine lebende Kreatur mit Magie erfüllt, die sich als Rauch zeigt und es ermöglicht, ihren Körper zu übernehmen. Dann muss sie diesen Körper verwenden, um zu töten, damit sie die Kraft gewinnt, die sie braucht, um die Gestalt der getöteten Person anzunehmen.«

»Es klingt merkwürdig, wenn du es so beschreibst«, sagte Tad.

Zee nickte. »Mehr wie etwas, das man bei einem verfluchten Artefakt finden würde. Eine Reihe von Schritten, deren Resultat es einem erlaubt, die nächsten Schritte zu gehen. Ich weiß von einigen wenigen Fae, die diese Art von Magie haben – sie erlaubt schwächeren Fae das Wirken komplexer Magie. Aber ihre Magie benötigt keinen dieser Schritte.«

Er schüttelte erneut den Kopf. »Ich werde heute Abend mit Onkel Mike sprechen.« Er sah mich nachdenklich an. »Vielleicht solltest du auch Beauclaire kontaktieren. Mit dir spricht er eher als mit mir.«

Aiden hatte mir das ebenfalls vorgeschlagen. Ich hob die Hände. »Ich bewege mich nicht in den Kreisen, in denen Lughs Sohn verkehrt. Die Grauen Lords sind alle eine Nummer zu groß für mich.«

Zee sah mich einen Moment lang misstrauisch an, ehe er die Achseln zuckte. »Also gut, *Liebchen*. Vielleicht kann Onkel Mike mit Beauclaire sprechen.«

Mein Handy klingelte erneut, und dieses Mal war es Darryl, der seine Nachricht ebenfalls an Adam und mich geschickt hatte.

Ogden hat angerufen. Er sorgt sich, dass mit seinem Haus

etwas nicht stimmt. Auriele und ich begleiten ihn nach Hause. Werden euch auf dem Laufenden halten.

Adam schrieb beinahe sofort zurück.

Braucht ihr Hilfe?

Worauf Darryl antwortete:Nein. Ist vielleicht der Versuch, uns dazu zu bringen, unsere Kräfte aufzuteilen. Auriele hat eine allgemeine Warnung an das Rudel geschickt.

Adam antwortete:Okay. Haltet mich auf dem Laufenden.

Tad, der meine Miene beobachtet hatte, fragte: »Was ist los?«

»Auriele hatte recht«, sagte ich. »Die Eindringlinge haben mit ihrem Spiel begonnen.«

Tad griff nach meinem Handy und las die Nachrichten. »Wer ist Ogden?«

»Einer unserer Wölfe«, sagte ich. »Er ist still. Ist gerne für sich und macht keinen Ärger. Er ist Anwalt und auf Vertragsrecht spezialisiert.«

Ogden war einer der weniger dominanten Wölfe. Er nahm an den Mondjagden teil und ließ sich ausreichend oft beim gemeinsamen Frühstücken mit dem Rudel blicken, dass nicht Darryl oder Warren vor seiner Haustür auftauchten, um ihn zu uns zu zerren. Seit seinem Beitritt zum Rudel hatte ich nur ein paar Worte mit ihm gesprochen. Aber die Rudelmitglieder, die ihn kannten, mochten und respektierten ihn.

»Brauchst du jemanden, der dich nach Hause begleitet?«, fragte Zee.

Ich dachte kurz darüber nach. »Das ist keine schlechte Idee – aber lasst uns erst diese beiden Autos fertig machen. Dann habe ich vielleicht auch genug Geld, um dich für heute zu bezahlen.«

»Ich mache mir keine Sorgen«, sagte Zee gelassen. »Die

Leute bezahlen mich immer – auf die eine oder die andere Weise.«

Er scherzte ... ein wenig. Doch im Grunde auch wieder nicht.

Gerade als wir die Arbeit am letzten Wagen des Tages beendet hatten, kam Adam vorbei, um mich nach Haus zu begleiten.

Wir sahen ihn alle an, als er ins Büro trat, doch es war Tad, der fragte: »Hast du etwas von Darryl gehört? Geht es allen gut?«

Adam schnaubte: »Was macht ihr hier eigentlich den ganzen Tag außer Tratschen?« Er grinste Tad an. »Es geht ihnen gut. Keine Toten auf beiden Seiten.«

Er schien so guter Laune zu sein wie schon lange nicht mehr. Ich fragte mich, woran das liegen mochte – und endlich gelang es mir, nicht rot zu werden.

»Also, was ist passiert?«, fragte ich.

»Darryl und Auriele haben zwei von Harolfords Leuten gefunden, die sich in Wolfsgestalt in Ogdens Garten versteckt hatten. Es gab einen Kampf, doch er dauerte nicht lang, da die beiden offenbar die Anweisung hatten, nicht zu kämpfen. Wir sind uns nicht sicher, ob sie geflohen sind, weil sie nicht damit gerechnet hatten, auch Auriele und Darryl anzutreffen, oder ob sie nicht mehr im Sinn gehabt hatten, als Ogden Angst einzujagen.«

Plötzlich musste Adam grinsen: »Ogden rief mich an, um mir die ganze Geschichte zu erzählen, und er klang so begeistert, als hätten sie alle sechs Invasoren getötet. Die drei sind gerade mit Pizza auf dem Weg zu unserem Haus, um ihren Sieg zu feiern.« Er warf einen Blick auf Tad und Zee. »Es ist genug da, falls ihr euch uns anschließen wollt.«

»Nein«, sagte Tad. »Ich wurde rekrutiert, Jesse und ihre Freunde zur Roller-Skating-Arena zu bringen. Ich weiß nicht, ob sie mich gefragt hat, weil sie weiß, dass du sie nicht ohne Bodyguard rausgehen lässt, bis diese Wolfsgeschichte aufgeklärt ist, oder ob sie mich mit dem Mädchen verkuppeln will, das ständig versucht, mit mir zu sprechen, aber dann doch kein Wort herausbringt. Oder um dem Mädchen zu beweisen, dass ich die letzte Person auf Erden bin, in die es verschossen sein sollte.« Er warf Adam einen ironischen Blick zu. »Ich habe beschlossen, die Sache mit Humor zu nehmen.«

Adam folgte meinem mitgenommenen, aber auf dem Wege der Besserung befindlichen Jetta in seinem neuen SUV. Der alte SUV war von einem von Vampiren gelenkten Sattelschlepper gerammt worden – dieser hier war schwarz und glänzte genau wie der alte. Adam hatte alle meine Versuche abgewehrt, ihn davon zu überzeugen, es dieses Mal mit etwas Gewagterem zu versuchen. Dunkelgrau oder so.

Mir kam der Gedanke, dass diese Heimfahrt symbolisch für unsere aktuelle Situation war. Er in seiner Festung aus Einsamkeit, ich in meinem heruntergekommenen Wagen, der sich ganz gut schlug, einfach nur die Straße entlangzufahren. Zusammen, aber getrennt. Adam, der mich, so gut es ging, vor allem von außen beschützte, das mich verletzen könnte, ohne mich jemals an ihn heranzulassen.

Darryl, Auriele und Ogden stürmten das Haus und trugen Pizza und die sichtbaren Spuren des Kampfes am Leib. Letztere bestanden vor allem aus Schmutz und zerrissener Kleidung, die mit Blut aus bereits verheilten Wunden befleckt war – und dem Adrenalin, das aus einem gewonnenen

Kampf hervorging. Sie brachten eine Welle aus Gelächter und Geschnatter mit sich, während sie noch einmal die besten Stellen ihres Kampfes erzählten, der Wolf noch deutlich sichtbar in ihren Augen.

»Ich rief an«, verkündete Ogden dem gesamten Haushalt. »Ich fuhr von der Arbeit nach Haus, und etwas stimmte nicht.« Er warf Adam einen schüchternen Blick zu. »Ich habe mich an das gehalten, was Sie gesagt haben, Sir, und nicht angehalten. Ich fuhr zur nächsten Mall und rief Darryl an.«

»Und wir«, schnurrte Auriele, die so glücklich wirkte, wie ich sie seit Monaten nicht gesehen hatte, »fanden ein paar Streuner in Ogdens Garten. In Wolfsform, deshalb wissen wir nicht, welche es waren. Haben sie mit dem Schwanz zwischen den Beinen vom Grundstück gejagt.«

In dieser Nacht gab es noch einen weiteren Vorfall. Vier Wölfe versuchten, Warren zu überrumpeln, als er nach Hause fuhr. Kyle kam mit einem geladenen Gewehr heraus und schoss einen in die Hüfte. Die anderen zogen sich zurück.

»Vermutlich werden Kyle und ich wieder einen Brief vom Hausbesitzerverein bekommen«, sagte Warren am Telefon. »Wir überlegen schon eine Weile, in eine Gegend mit weniger Nachbarn zu ziehen, aber Kyle will Dick und Jane nicht zurücklassen.«

Dick und Jane waren zwei lebensgroße nackte Statuen in Kyles Foyer. Sie waren bereits dort gewesen, als Kyle das Haus gekauft hatte. Er hatte einen Heidenspaß daran, fürchterliche Outfits für sie zu finden und sie einzukleiden. Als ich sie das letzte Mal gesehen hatte, hatte Jane ein Baströckchen und sonst nichts getragen, und Dicks Männlichkeit war mit einem Plüscheichhörnchen bedeckt gewesen.

»Statuen können mit umziehen«, sagte ich.

Adam war derjenige, der den Hörer hielt, aber wir anderen hörten alle mit.

»Kyle ist stur«, sagte Warren. »Und seit unser streitsüchtiger Nachbar, Mr. Frances, tot ist, hat uns der Hausbesitzerverein auch weitgehend in Ruhe gelassen. Sie haben ein bisschen Angst vor Kyle, weil er Anwalt ist.«

»Und weil sie Kyle schon mal begegnet sind«, sagte Ogden. Die Nachwirkungen der erfolgreichen Verteidigung seines Hauses ließen ihn gesprächiger als sonst werden. Er hatte es allerdings ziemlich leise gesagt, also war es vermutlich nicht für Warrens Ohren gedacht gewesen – aber Warren hörte es trotzdem.

»Und weil sie Kyle schon mal begegnet sind«, bestätigte Warren fröhlich. »Ich weiß nicht, ob sie eingeschüchtert von der Reputation seines Fachgebiets sind oder einfach Angst haben, dass er, wenn sie ihn provozieren, irgendetwas Schreckliches tun wird, das nicht gegen die Satzung des Hauseigentümervereins verstößt. Einen riesigen Drachen in Penisform über unserem Haus steigen lassen oder so etwas.«

»Konntest du erkennen, welche vier Wölfe es waren?«, fragte ich.

»Die beiden Palsics kamen in ihrer Menschengestalt«, sagte Warren. »Die anderen beiden waren Wölfe, und ich weiß nicht, welche. Kyle hat auf den größeren der beiden geschossen. Er wird sich erholen – es waren keine Silberkugeln –, es wird allerdings eine Weile dauern. Das Gewehr ist nicht so groß wie Mercys .444 Marlin, aber es war eine .30-06, und die ist ziemlich gut darin, jemanden bewegungsunfähig zu machen. Sie mussten ihn wegtragen.«

»Wurdest du verletzt?«, fragte Adam.

»Nein, Boss«, sagte Warren. »Kyle hat die großen, bösen Wölfe daran gehindert, mir etwas anzutun. Obwohl ich ihm gesagt hatte, dass er drinnen bleiben und dich anrufen soll.«

»Vier gegen einen«, sagte Kyle deutlich hörbar. »Sie hatten keine Chance.«

Er log, erwartete jedoch auch nicht, dass irgendjemand ihm glaubte. »Aber wie oft habe ich schon die Gelegenheit, auf jemanden zu schießen, ohne dass es Konsequenzen hat?«

Warren gab ein Geräusch von sich. Ich konnte nicht genau sagen, ob es ein Grollen oder ein Schnurren war. »Ich muss auflegen, Boss. Ich muss jemanden zur Vernunft bringen.«

Zweimal versuchte ich in dieser Nacht noch, Stefan zu erreichen. Das zweite Mal hinterließ ich ihm eine Nachricht. Er rief nicht zurück.

7

Am Samstag kam ich spät von der Arbeit nach Hause. Lucia hatte mir etwas vom Abendessen übrig gelassen, das ich ganz allein aß. Was aber nicht hieß, dass ich allein war.

Wir behielten wegen der zahlreichen Bedrohungen im Moment immer einen zusätzlichen Werwolf im Haus, obwohl wir, seit Kyle auf einen der Wölfe geschossen hatte, nichts mehr von unseren Feinden gesehen hatten – seien es Werwölfe, Rauchbestien oder Vampire. Heute Abend war unser zusätzlicher Werwolf Ben. Er saß mir am Küchentisch gegenüber, während ich aß und erzählte mir von einem Vorfall aus einer Reihe von Versuchen des renitenten IT-Personals (darunter Programmierer, Systemadministratoren und Datenbankadministratoren), Psychospielchen mit irgendwelchen bemitleidenswerten Schlipsträgern zu spielen, die eigentlich das Sagen haben sollten.

In dieser Episode hatten sie (und ich war mir ziemlich sicher, dass der namenlose Täter in diesen Geschichten meistens Ben selbst war) den E-Mail-Account eines der unbeliebtesten Manager so umgestellt, dass von jeder Mail, die er schickte, gleichzeitig eine Kopie an seine Frau und seinen Chef ging. Darunter auch die nicht jugendfreie

Korrespondenz zwischen dem Manager und jemandem aus der Personalabteilung. Ben versicherte mir – mit anschaulichen Beispielen vergangener Vorkommnisse –, dass es keine netteren Leute hätte treffen können. Da sich das alles erst heute abgespielt hatte, war noch nicht sicher, wie die Sache ausgehen würde.

Er brachte mich zum Lachen, was, denke ich, auch der Sinn der Sache war, bevor er ging, um die Arbeit zu erledigen, die er sich mitgebracht hatte.

Jesse hatte Freunde zu Besuch, und nachdem Ben gegangen war, kamen sie zweimal in die Küche, um sich Nachschub zu holen. Sie machten Popcorn und mussten noch einmal zurückkommen, um es zu holen. Bei jedem dieser Überfälle warf mir Jesses Freundin Izzy seltsam entschuldigende Blicke zu. Aber ich war zu beschäftigt mit meinem eigenen wachsenden Elend, als dass ich mir Gedanken darüber gemacht hätte, wofür Izzy sich entschuldigen müsste.

Trotz meines Erfolgserlebnisses war Adam wieder dazu übergegangen, nicht nach Hause zu kommen, bis ich im Bett war. In den letzten Nächten hatte er im Gästezimmer geschlafen, um mich nicht aufzuwecken. Mein Elend wurde nur noch erschwert von meiner absoluten Überzeugung, dass es keine Rolle spielte, was ich tat, wenn Adam nichts tun wollte. Eine Beziehung war keine Einbahnstraße. Ich würde kämpfen – aber er musste es auch.

Jesses Freunde brachen irgendwann nach Hause auf, und sie selbst ging ins Bett. Und nach einer halben Stunde inneren Debattierens gab ich die Hoffnung auf Adam auf und folgte ihrem Beispiel.

Keine Ahnung, was mich dazu trieb, aus dem Fenster zu sehen, als ich gerade bettfertig war.

Wulfe hatte sich auf dem Dach meines ausgeschlachteten Autos ausgestreckt. Er hatte kleine rote LED-Lichter an den vier Ecken seiner selbst gewählten Bühne befestigt. Der Golf war ein Kleinwagen, deshalb hingen Wulfes Beine über die Windschutzscheibe.

Und dahin war die Chance, in absehbarer Zeit einschlafen zu können.

Ich war mir ziemlich sicher, dass er nackt war, doch das war schwer zu sagen, denn die intimen Stellen wurden von einem großen Stück weißer Pappe verdeckt. Auf die Pappe war etwas gemalt – eine krakelige rote Blume mit zwei Blättern am Fuß eines langen Stängels, die verdächtig an die Teile der menschlichen Anatomie erinnerte, die die Pappe verdeckte. Als Wulfe gestorben war, war er noch ein Teenager gewesen. Sein helles Haar umrahmte ein Gesicht, das niemals altern, aber auch niemals die Versprechen seiner noch nicht ganz erwachsenen Züge erfüllen würde. Er sah jünger aus als Jesse.

Ich war mir nicht sicher, was er mit seiner dramatischen Inszenierung bei mir hatte auslösen wollen – doch bestimmt wollte er mich nicht traurig machen.

Der Vampir sah, dass ich ihn ansah, und warf mir eine Kusshand zu, gerade als jemand an meine Tür klopfte.

»Eine Minute«, sagte ich und griff nach meinem Morgenmantel, um mich darin einzuhüllen.

Es war Ben.

»Mercy«, sagte er, »gibt es irgendeinen guten Grund für Wulfe, da draußen rumzurennen? Ich kann ihn überall riechen.« Anscheinend hatte er Wulfes Passionsspiele auf meinem alten Golf noch nicht gesehen.

»Er stalkt mich«, erzählte ich ihm. Ich hatte vergessen, dass Wulfe eine Bedrohung war, von der Adam das Rudel nicht in Kenntnis gesetzt hatte.

Bens Augenbrauen schossen bis an seinen Haaransatz hinauf. »Ach du Scheiße, wie bitte? Könntest du das wiederholen?«

Und er war wieder sein altes Selbst.

»Er sagte uns, dass er mich stalkt«, erklärte ich noch einmal, obwohl ich wusste, dass Ben mich bereits beim ersten Mal richtig verstanden hatte.

»Okay«, entgegnete er und fügte dann noch ein paar mit kreativen Schimpfworten garnierte Sätze hinzu, die sich herunterbrechen ließen auf: »Es wäre sicher nicht verkehrt gewesen, eure Security-Leute vorher davon in Kenntnis zu setzen, oder nicht?«

Er hatte recht, und ich hatte auch schon daran gedacht. »Adam hat es dem Rudel nicht erzählt«, sagte ich zu ihm. »Also wusste ich nicht, ob er wollte, dass es ein Geheimnis bleibt oder nicht, und er war ja nicht da, sodass ich ihn auch nicht fragen konnte.«

Ben presste die Lippen zusammen, und ich war mir ziemlich sicher, er ärgerte sich auch über Adam. Ich wusste, dass das Rudel uns beide besorgt beobachtete. Aber Adam war gerade nicht das Problem.

»Wulfe hat bisher nichts getan, was man als Aggression einstufen könnte«, sagte ich zu Ben und auch als Erinnerung an mich selbst. »Tatsächlich war er derjenige, der mich in den Fluss geworfen hat, um den … Einfluss der Rauchbestie auf mich zu brechen. Im Prinzip hat er mir das Leben gerettet.« Das Letzte, was ich wollte, war, dass Ben da rausging und Ärger mit Wulfe anfing. Werwölfe waren sehr widerstandsfähig, keine Frage, doch Ben war nicht in Wulfes Gewichtsklasse. Also sagte ich mit wenig Überzeugung: »Vielleicht will er gar niemandem schaden.«

»Bei Sankt Elmos haarigem Arsch will er niemandem

schaden«, explodierte Ben. »Wenn Wulfe dir nachstellt, dann nicht, weil er dir ein Zeitungsabo andrehen will. Verdammt noch mal, Mercy.«

Ich zuckte die Achseln, obwohl ich voll und ganz seiner Meinung war. Ich sah nur keinen Sinn darin, panisch im Kreis zu laufen. »Ben, alles, was er bislang getan hat, war, mir das Leben zu retten.«

Ben öffnete den Mund, dann blickte er zum Fenster und runzelte die Stirn. »Wo kommt das Licht her?«, murmelte er, und zwar nicht an mich gewandt. Er schob sich ins Schlafzimmer und stampfte zum Fenster. Ein paar Sekunden lang starrte er hinaus, dann zog er die Jalousien runter. Er warf mir einen unlesbaren Blick zu und zog auch an den anderen Fenstern die Jalousien runter.

Er kam zurück zu mir, und mit einer sehr sanften Stimme fluchte er volle dreißig Sekunden lang, ohne sich auch nur einmal zu wiederholen.

Als er sich wieder beruhigt hatte, sagte er: »Mercy, er kann einfach hier ins Haus, weil irgendein verdammter Idiot ihn reingetragen hat, als wir dachten, er stirbt.«

»Ich glaube, dass er das vielleicht schon immer konnte«, sagte ich. »Selbst einen bewusstlosen Vampir muss man einladen, sonst kann er nicht ins Haus. Ogden sagt, er hat ihn nicht eingeladen, zumindest erinnert er sich nicht daran, es getan zu haben.«

Ben sagte: »Ich weiß nicht, ob ich es gut finde, wenn du hier oben allein schläfst. Wo ist Adam?«

»Keine Ahnung«, sagte ich zu ihm. Er musste etwas aus meiner Stimme herausgehört haben, denn seine Miene wurde sanfter.

»Was ist mit ihm los?«, fragte Ben. »In den letzten Wochen war er ein ziemlicher Bastard.«

Als er den Satz zu Ende sprach, war da plötzlich ein wachsamer Ausdruck in seinen Augen – als würde er schon eine Weile darüber nachdenken, wie er es ansprechen sollte. Aber er hatte nicht wirklich geplant, es gerade jetzt zu tun.

»Ich weiß so viel wie er«, sagte ich bestimmt. Das Rudel musste nicht mitbekommen, dass wir beide nicht verstanden, was gerade vor sich ging. »Ich werde das mit niemandem sonst besprechen.«

»Privatsache«, sagte er mit einem Nicken. Erleichterung zeigte sich in seiner Körperhaltung. Es reichte ihm aus zu glauben, dass ich wusste, was nicht stimmte. »Verstehe ich. Soll ich den Vampir verjagen?«

Es bestand nicht der Hauch einer Chance, dass Wulfe wirklich abhaute, wenn Ben hinausging, um ihn zu vertreiben. Doch mir fiel eine ganze Galaxie von Szenarien ein, wie es in einer Katastrophe enden könnte.

»Nein«, sagte ich. »Ich glaube, das sind nur Spielchen. Um uns auf die Probe zu stellen, vielleicht. Ich will nichts tun, was ihn auf die Idee bringt, wir könnten ihn ernst nehmen.« Und plötzlich hatte ich eine Idee.

Ich holte eine Decke aus dem Schrank im Flur, eine von diesen flauschigen, die es bei Costco zu kaufen gab. Diese hier war weinrot, sehr passend für einen Vampir. Ich hatte sie nie in meinem Bett gehabt. Zuletzt hatte sie wahrscheinlich Christy benutzt, also würde sie nicht nach Adam oder mir riechen. Vampire hatten feine Sinne, und ich war mir sehr bewusst, dass ich aufpassen musste, welche Botschaft ich mit der Decke sendete.

»Hier«, sagte ich und drückte sie Ben in die Hand. »Bring das hier raus zu Wulfe. Sag ihm, ich … nein. Sag ihm, *wir* wollen nicht, dass ihm kalt wird.«

Ben nahm die Decke, doch bei meinen Worten erstarrte

er. Einen Moment lang runzelte er die Stirn, dann schüttelte er den Kopf und grinste. »Er hat keine Ahnung, mit wem er sich da angelegt hat.«

Es war schmeichelhaft, dass Ben dachte, ich sei Wulfe gewachsen – aber es konnte gefährlich werden, wenn er bei dieser Fehleinschätzung blieb.

»Ich mache mir fast in die Hosen vor Angst«, erklärte ich Ben ernst. »Und du solltest das auch. Unterschätze ihn nicht. Lass nicht zu, dass er dir vormacht, er sei harmlos. Oder dass Adam oder ich oder selbst die Meisterin der Vampir-Siedhe ihn davon abhalten können zu tun, was er im Sinn hat. Gib ihm die Decke, und komm zurück ins Haus. Wenn wir ihn beschäftigt halten, dann muss er niemanden aus reiner Langeweile töten.«

Er wurde ernst. »Ich verstehe«, sagte er. »Ich bin gleich wieder da.«

Er ging, und ich wartete auf seine Rückkehr. Ich wollte aus dem Fenster sehen, Wulfe aber kein Publikum geben, aus Angst, er könnte etwas Schreckliches tun. Ich hatte ihn schon einmal furchtbare Dinge tun sehen.

Stattdessen ging ich hinunter in die Küche und holte eine Schüssel heraus. Ich brauchte Schlaf, doch den würde ich für eine Weile nicht bekommen. Ich machte Teig für Kekse mit Schokostückchen. Das doppelte Rezept.

Ich hörte das Murmeln von Lucias Stimme aus den Räumlichkeiten, die sie sich mit Joel teilte. Niemand antwortete ihr, Joel war es in den letzten Tagen nicht gelungen, sich in einen Menschen zu verwandeln.

Aidens Feuer hatte sich inzwischen erholt, aber es war noch nicht wieder auf seinem alten Stand, sodass er noch nicht in der Lage gewesen war, den Vulkangeist so weit ruhigzustellen, dass Joel herauskommen konnte. Die ganze

Sache war etwas entmutigend, weil wir gehofft hatten, dass Joels Kontrolle besser geworden war. Anscheinend war lediglich Aiden besser darin geworden, Joels Feuer stillzulegen. Wenigstens hatte Joel in seiner Presa-Canario-Gestalt bleiben können, also mussten wir uns keine Sorgen machen, dass er unabsichtlich das Haus abfackelte.

Die Geräusche, die ich beim Backen verursachte, lockten Medea aus irgendeiner dunklen Ecke, in der sie geschlafen hatte. Sie schlich um meine Knöchel, da sie wusste, dass es verboten war, auf die Küchenzeile zu springen. Ich gab ihr ein kleines Stück von dem Teig, bevor ich Schokostückchen und Walnüsse hineinmischte. Sie schnurrte, während sie fraß, und das Geräusch beruhigte mich. Katzen waren gute Gesellschaft, wenn man traurig war oder Sorgen hatte.

Walnüsse waren ein Streitthema innerhalb des Rudels, aber ich mochte sie, und diese Kekse machte ich für mich. Ich brauchte Schokolade, weil Adam nicht da war. Und weil Ben ziemlich lange brauchte, um eine Decke abzuliefern.

Im selben Moment, als ich Adams SUV in unserer Auffahrt schnurren hörte, kam Ben ohne Decke durch die Hintertür herein.

»Warum hat das so lange gedauert?«, fragte ich und versuchte, nicht auf das Geräusch von Adams zuschlagender Tür zu achten. Jetzt, da Adam tatsächlich hier war, war ich nervös. Was, wenn er unglücklich wurde, wenn er mich sah? Ich wollte nicht, dass mein Anblick Adam unglücklich machte.

»Tausche Informationen gegen Keksteig«, verhandelte Ben – also war es nichts Schlimmes, das ihn aufgehalten hatte.

Ich holte einen sauberen Löffel aus der Besteckschublade, tauchte ihn in den Teig und bot ihn ihm an. Als er die

Hand danach ausstreckte, rutschte sein langer Ärmel nach hinten und enthüllte zwei kleine rote Male an seinem Handgelenk. Und aus diesen beiden Malen kräuselten sich feine Rauchfahnen. Aiden hatte unseren Feind an dem Rauch erkannt, der aus meinen Wunden aufgestiegen war, nachdem der Hase mich gebissen hatte. Damals war ich zu sehr damit beschäftigt gewesen, am Leben zu bleiben, um auf irgendetwas anderes zu achten.

Nun verstand ich, wovon Aiden gesprochen hatte. Mir blieb das Herz stehen. Ben war von der Rauchbestie gebissen worden.

Ich gab vor, die Male nicht gesehen zu haben, und hoffte, dass mein Erschrecken unbemerkt geblieben war. Verborgen unter dem Adrenalin, das ohnehin bereits durch meine Adern raste, nachdem ich den nackten Wulfe auf dem Dach meines Golfs entdeckt hatte.

Ich wusste nicht genug, um Ben zu retten. Nicht mal annähernd genug. Ich wusste, dass die Rauchbestie die Körper ihrer Opfer übernahm und steuerte. Ich wusste, dass sie mithilfe dieser Opfer andere tötete, um sich zu stärken – und dass es dann seine Marionette tötete und die Gestalt dieser Person annehmen konnte. Ich hatte keine Ahnung, was sie wollte und warum sie es wollte. Ich hatte keine Ahnung, wie man jemanden rettete, der von der Bestie gebissen worden war – und wenn ich es nicht herausfand, dann war Ben verloren. Und ich wusste nicht, ob ich eine Welt ohne unseren Wolf mit der blumigen Ausdrucksweise aushalten konnte.

Prioritäten setzen, sagte ich mir. Das erste Problem war, dass ich die nächsten Minuten überleben musste. Ben war ein Werwolf. Das bedeutete, er war stärker als ich – und schwerer. Im Gegensatz zu George war Ben ein gutes Stück langsamer als ich. Vielleicht konnte ich ihn dazu bringen, mich in den Fluss zu jagen.

Ich hörte Adams Schritte draußen auf der Veranda, doch Ben, der den Löffel ableckte, schien es nicht zu bemerken. Ich zerrte heftig und panisch an meiner Gefährtenverbindung, und Adams Schritte hielten inne. Hoffentlich verstand er, dass etwas nicht stimmte.

»Willst du auch was von den Schokoladenstückchen?«, fragte ich.

Er gab mir den Löffel zurück. Ich schüttete einen Beutel mit Schokostückchen in den Teig und rührte mit einem größeren Löffel um, ehe ich seinen Teelöffel in die Mischung tauchte – wobei ich Hygienebedenken beiseiteschob, weil es jetzt wichtiger war, dass er abgelenkt blieb.

Adam war nicht einfach durch die Tür gekommen, also hatte ich begründete Hoffnung, dass meine Warnung ausgereicht hatte. Aber wie konnte ich ihn dazu bringen, dass er die Warnung mit Ben verband?

Ben schloss die Augen und genoss die Kombination aus buttriger Süße und bitterer Schokolade. Hatte sein Ausdruck sich verändert? Oder kam es mir nur so vor, weil ich wusste, dass möglicherweise jemand anderes in Bens Kopf saß?

Vielleicht irrte ich mich? War das hier Ben?

»Also, was sind die Informationen, die du mir schuldest?«, sagte ich, als er die Augen wieder öffnete.

Er trat einen Schritt näher, und ich musste gegen den Instinkt ankämpfen, auf die andere Seite der Küche zu springen.

»Was willst du denn wissen?«, fragte er, ein Flirten in der Stimme. Der britische Akzent war noch da, aber sein Sprachrhythmus passte nicht. Und da waren keine Schimpfwörter, die ich herausfiltern musste.

»War Wulfe wirklich nackt?«, fragte ich.

»Wölfe sind immer nackt«, sagte er, als ob er scherzte.

»Klar«, stimmte ich leichthin zu.

Von oben hörte ich das leise Zischen eines Fensters, das nach oben geschoben wurde. Ich wusste, dass es Jesses Fenster war, für jemanden, der mit den Geräuschen des Hauses nicht vertraut war, würde es allerdings vielleicht mit dem Knarren und Ächzen verschmelzen, die zur Geräuschkulisse jedes normalen Hauses gehörten. Ich wusste nicht, ob Ben dieses Geräusch deuten konnte. Ich wusste nicht, auf wie viel von Bens Erinnerungen die Bestie Zugriff hatte.

Jesses Fenster war vom Verandadach aus erreichbar – was ein Sicherheitsproblem war, doch es war auch eine Fluchtroute, wenn etwas Schlimmes im Haus passierte. Adam hatte beschlossen, dass die Vorteile die Risiken aufwogen. Ich lauschte, hörte aber keine weiteren Geräusche von oben. Entweder war es Adam gelungen, Jesse nicht aufzuwecken, oder sie hatte verstanden, dass gerade etwas vor sich ging.

Ben hielt mir erneut den Löffel hin. Ich häufte mehr von dem Teig hinauf und hielt ihn ihm hin. Doch dieses Mal packte er mein Handgelenk.

»Ich habe ein Geheimnis«, sagte er.

Er tat mir nicht weh. Ich ließ mein Handgelenk locker in seinem Griff.

»Und welches?«, fragte ich.

»Ich habe dich die Spuren sehen lassen«, sagte er zu mir. »Ich habe sogar sichergestellt, Male auf diesem Körper zurückzulassen, als ich den Hasen trug, damit du weißt, mit wem du es zu tun hast.«

»Und warum hast du das getan?«, fragte ich.

Hörte ich ein Knarzen von der Treppe? Ich atmete tief

ein und roch die Magie der Rauchbestie. Sie füllte meine Lungen, und ich konnte nichts anderes mehr riechen.

»Ich wollte sehen, was du tun wirst«, sagte er. »Warum kann ich dich nicht übernehmen? Ich kann dich töten – neulich Nacht habe ich es beinahe getan. Aber ich sollte in der Lage sein, jeden zu übernehmen, bis auf die mächtigsten der Lords der Fae. Du bist keine Fae. Was bist du?«

»Chaos«, sagte ich zu ihm.

Seine Augenbrauen zogen sich zusammen, und seine Augen wurden schmal vor Zorn. Er wollte noch etwas sagen, doch in diesem Moment kamen schnelle Schritte aus dem Keller, und Aiden sprang in die Küche.

Die Magie der Bestie wallte auf. In meinem Kopf tanzten Bilder der mit dem Beton des Pasco-Tunnels verschmolzenen Zugmaschine. Ich wusste nicht, ob sie das auch einem lebenden Wesen antun konnte – Leben beeinflusste Magie. Wir mochten nur aus Kohlenstoffverbindungen bestehen, aber etwas an dem Zustand des Lebendigseins war magisch.

Doch wenn die Bestie beim Anblick Aidens ihre Magie sammelte, dann wollte ich nicht warten, um zu sehen, was sie tun würde. Während Ben von Aiden abgelenkt war, drehte ich mein Handgelenk, packte seines und schwang die Hüfte herum, um ihn aus dem Gleichgewicht zu bringen. Gleichzeitig trat ich ihm so hart gegen das Knie, wie ich nur konnte. Er stöhnte, als es in seinem Knie hörbar knackte und gab mich unwillkürlich frei. Ich ließ los und sprang rückwärts.

Es gab eine Reihe von Kontern gegen dieses Manöver, und Ben kannte sie, aber die Kreatur, die seinen Körper kontrollierte, machte keine Anstalten, irgendeine Form der Abwehr zu nutzen. Meine Attacke war schnell und instinktiv geschehen, und sie hatte die Bestie überrumpelt. Schwer zu sagen, auf wie viel von Bens Wissen die Bestie Zugriff hatte. Zuvor hatte sie den Unterschied zwischen Wulfe und einem Wolf nicht gekannt, doch das Wissen, das ich hatte, reichte nicht aus, um sicher davon auszugehen, dass sie nicht ebenso gut kämpfen konnte wie Ben.

Ich wusste auch nicht, ob sie den Schmerz in Bens Körper spürte, aber das war in diesem Moment egal. Die Verletzung in Bens Knie war physischer Natur und würde seinen Körper langsamer machen.

Ich griff nach einer Waffe und bekam mein Marmor-Nudelholz zu fassen, doch als ich mich wieder Ben zuwandte, war Adam da. Ich hatte ihn nicht gehört. Ich sah seinen ersten Angriff nicht, hörte aber, wie Bens Schulter brach. Als Ben fiel, zog Adam das Knie nach oben und landete damit auf Bens Rücken. Auch dort hörte ich Knochen brechen.

»Es wird ihn nicht lange aufhalten«, sagte Adam, doch ich rannte bereits. Ich sprang über sie beide hinweg und lief die Treppe hinunter zu dem Käfig, der unser Schutzraum sein würde, sobald die Baufirma ihm eine etwas zivilisierte Hülle verpasst hatte. Aber der Käfig selbst war fertig und die Silberschellen und -ketten hingen von einem Haken an einem Pfosten direkt außerhalb.

Ich ließ das Nudelholz fallen, sodass es auf dem Betonboden zerbrach. Darum würde ich später trauern, weil es der Mutter meiner Mutter gehört hatte. Aber im Moment war ich zu sehr damit beschäftigt, nach den Schellen und den Ketten zu greifen. Bestie oder nicht, die Kreatur trug Bens Körper, und diese Fesseln konnten einen Werwolf halten.

Ich rannte die Treppe hinauf und fand die Szenerie unverändert vor. Ben zuckte und wand sich unter Adam, die Schmerzen der gebrochenen Knochen schienen ihm nichts auszumachen – obwohl seine unteren Extremitäten sich nicht bewegten. Adam hielt ihn am Boden. In etwa drei Metern Entfernung stand Aiden und beobachtete sie mit wachsamem Blick, wobei unstete Flammen sich um seine Hände wanden.

Ich fesselte Bens Beine und schloss dann eine der Schellen um das Handgelenk bei der gebrochenen Schulter. Von da an übernahm Adam. Ohne auf den Schmerz zu achten, den Ben die gebrochenen Knochen verursachen würden, zog er seine Arme auf den Rücken und fesselte die Handgelenke eng zusammen. Dann verband Adam sie mit den Fußfesseln, bis Ben mit Stahl und Silber praktisch bewegungsunfähig gemacht war. Wo das Metall ihn berührte, färbte seine Haut sich schwarz.

Kaum dass er sich nicht mehr regen konnte, erschlaffte Bens Körper.

»Gott, o Gott«, flüsterte er. »Lasst mich nicht gehen. Er ist immer noch in meinem Kopf. Er will sie tot sehen. Sie macht ihm Angst, und er will, dass ich sie töte. Kein dummes Fragenstellen mehr, sie einfach töten und später herausfinden warum.«

Ben tat einen tiefen, bebenden Atemzug. »Lasst mich bloß nicht frei.«

»Okay«, sagte Adam.

»Lasst Mercy nicht in meine Nähe«, sagte er. »O Gott. Er ist in meinem Kopf, und ich kann nicht. Ich kann nicht … ich kann nicht.« Erneut erschlaffte er.

»Atmet er noch?«, fragte ich panisch. »Das ist meine Schuld, Adam. Ich habe ihn rausgeschickt.«

»Er atmet«, sagte Adam. »Sein Puls ist kräftig. Es braucht schon mehr als ein paar gebrochene Knochen und von irgendeinem gruseligen Ding besessen zu sein, um einen Werwolf umzubringen.« Er sah mich an. »Er hatte Wachdienst, wusste, dass Gefahr drohte. Das war heute Nacht sein Job.«

Ich schlang die Arme um mich. »Ich habe ihn rausgeschickt, damit er mit Wulfe redet. Ich hatte die Rauchbestie ganz vergessen.«

»Sie uns aber leider nicht«, meinte er.

Fließendes Wasser wirkte nicht bei Ben.

Warren und Kyle waren etwa zehn Minuten früher da als Darryl, weil sie in Kyles Büro gearbeitet hatten. Bens Knochen waren bis dahin wieder geheilt, und er befand sich halb liegend, halb sitzend auf der Chaiselongue im Wohnzimmer. Adam hatte ihn dort abgelegt, nachdem er beschlossen hatte, dass er nicht versuchen wollte, ihn allein die Treppe hinunter und in den Käfig zu schaffen, da das Risiko bestand, Ben noch weiter zu verletzen. Werwölfe heilten schnell, aber selbst Adam, der Zugriff auf die Macht des Rudels hatte, musste sich schwergetan haben, die Masse von Verletzungen zu heilen, die Ben in der letzten halben Stunde oder so erhalten hatte.

Ich konnte die Magie der Bestie nicht mehr riechen, doch ich machte nicht den Fehler, mir einzubilden, dass sie weg war. Bens zwischenzeitliche Wahnsinnsanfälle hatten mich ohnehin eines Besseren belehrt, hätte ich allein auf meine Nase vertraut. Ich wusste bereits, dass ich seine Magie manchmal nicht wahrnehmen konnte.

»Nun«, sagte Warren zu Ben in einer quäkenden Stimme, mit der er ganz offensichtlich jemanden imitieren wollte, »da hast du *dir* ja wieder einen schönen Schlamassel eingebrockt.«

»Ich nehme an, das soll mir sagen, dass ich Laurel bin?«, fragte Ben und versuchte wie er selbst zu klingen, aber seine Stimme war angespannt und hatte einen grollenden Unterton.

»Du bist in jedem Fall nicht Hardy«, sagte Adam.

Ich hatte die Anspielung nicht verstanden. Laurel und Hardy, Dick und Doof, das war lange vor meiner Zeit, lange von Bens Zeit ebenfalls, da er circa in meinem Alter war. Adam dagegen hatte volle vier Jahrzehnte mehr kulturelle Anspielungen mitgenommen als ich. Bis jetzt hatte mich das auch nie gestört.

Es bedrückte mich zu erkennen, dass ich panische Angst um Ben haben konnte, mir aber immer noch Sorgen um die Distanz zwischen Adam und mir machte.

Warren sah erst mich an und dann Adam – anscheinend verbarg ich meine Gefühle nicht gut genug.

Adam sagte: »Wir warten nur noch auf Darryl.«

Warren schüttelte den Kopf. »So schwer ist er nicht. Wir beide können ihn zum Fluss runtertragen.«

»Das Problem ist nicht das Tragen«, sagte Ben mit zittriger Stimme. »Jedes Mal, wenn jemand auf Spuckdistanz an mich herankommt, verwandle ich mich in das Mädchen aus *Der Exorzist*.«

»Aber dein Kopf dreht sich nicht im Kreis«, sagte ich und versuchte mir meine Angst nicht anmerken zu lassen.

»Gebt ihm doch keine beschissenen neuen Ideen, als bräuchte es davon noch mehr«, schimpfte Ben.

Er bezeichnete die Kreatur, die ihn kontrollierte, abwechselnd als »es« oder »er«. Ich wollte daraus noch keine Schlüsse ziehen.

Schließlich kam Darryl. »Tut mir leid, Reifenpanne.«

»Keine Sorge«, sagte Ben. »Ich sitze hier nur und bin von einem bösartigen Fae besessen.«

Kaum dass sie Ben berührten, begann er sich zu wehren.

Unbeeindruckt zerrten die drei Werwölfe den strampeln-
den und schreienden Ben aus dem Haus und zum Fluss
hinab.

Ich folgte ihnen, und mir war übel. Kyle ging neben mir,
die Hand auf meiner Schulter. Ich zuckte kaum, als eine andere Hand auf meiner anderen Schulter landete und Wulfe,
der die flauschige rote Decke wie eine Toga um sich gewickelt hatte, sich an meine Rechte gesellte.

»Schlimme Sache«, sagte Wulfe im Plauderton.

»Ja«, stimmte ich zu. Ich hatte keine Möglichkeit, Kyle
ein Signal zu geben, sich zurückzuziehen – und ich kannte ihn gut genug, um zu wissen, dass er es selbst auf meine
Bitte hin nicht tun würde. Ich würde einfach dafür sorgen
müssen, dass Wulfe sich auf mich konzentrierte und nicht
auf den verletzlichen Menschen auf meiner anderen Seite.
Kyle half mit, indem er schwieg.

Warren entdeckte Wulfe und bekam prompt einen von
Bens gefesselten Füßen in den Magen. Er war gezwungen,
sich auf das zu konzentrieren, was er gerade tat.

»Wird interessant sein zu sehen, ob das mit dem Fluss
funktioniert«, fuhr Wulfe fort.

»Denkst du, das wird es nicht?«, fragte ich.

Er schürzte die Lippen und wirkte in seiner Toga wie
jemand, der gerade einer aus dem Ruder gelaufenen Par-
ty einer Studentenverbindung entkommen war. Ich wusste,
dass er älter war als Stefan, der in der frühen Renaissance-
Ära zum Vampir gemacht worden war, aber er würde niemals wie ein Erwachsener aussehen. Er trug keine Schuhe,
doch die Steine und das Gestrüpp schienen ihm nichts auszumachen.

»Sollte klappen«, sagte er schließlich. »Ich wüsste nicht,
warum es bei dir funktionieren sollte, aber nicht bei deinem

kleinen Rotwölfchen.« Bens Wolf hatte rotes Fell. Mir gefiel nicht, dass Wulfe das wusste.

Wulfe legte den Kopf schräg und beobachtete die mit ihrem Gefangenen ringenden Wölfe vor uns.

»Aber ich habe es irgendwie im Gefühl, dass es nicht klappen wird«, sagte er wie beiläufig. »Schade. Es war ziemlich nett von ihm, mir eine Decke zu bringen, denkst du nicht auch? Obwohl: Vielleicht war es ja auch deine Idee – ich weiß nicht mehr, was er gesagt hat.«

Sein Griff um meinen Hals wurde enger. Wann hatte er die Hand bis zu meinem Hals geschoben?

Ich musste ein Geräusch gemacht haben, denn Adam sah herüber, und in seinem Blick lag die Frage, ob ich Hilfe brauchte. Ich schüttelte kurz den Kopf. Er musste sich jetzt auf Ben konzentrieren. Ich wusste nicht, ob Ben mit einem Biss auch andere infizieren konnte, doch mir war wohler, wenn ich mir darüber erst gar keine Sorgen machen musste.

Außerdem war ich mir ziemlich sicher, dass Wulfe noch lange nicht bereit war, sein Spielchen, worin auch immer es bestand, zu beenden, also sollte ich einigermaßen sicher sein. Ich wünschte nur, Stefan würde mich zurückrufen. Es war untypisch für ihn, es nicht zu tun.

»Ich sollte eigentlich gar nicht hier sein, weißt du«, sagte Wulfe.

»Ach?«, fragte ich.

»Marsilia hat die Vampire in die Siedhe gerufen, weil … oh … Deshalb.«

Ich versuchte seinen Worten einen Sinn zu entnehmen, dann wurde mir klar, dass das letzte Stück ein Selbstgespräch gewesen war. »Was? Weshalb?«

»Deshalb hatte ich das Gefühl, dass fließendes Wasser

deinem Wolf nicht helfen wird. Es hat Stefan auch nicht geholfen.«

Ich blieb stehen. »Stefan?«

»Wir haben versucht, ihn in den Fluss zu werfen«, sagte Wulfe zuvorkommend. »Aber das einzige Ergebnis war, dass wir nass wurden. Gut, dass wir nicht atmen müssen, sonst wären mehrere Mitglieder der Siedhe ertrunken. Eine hat es trotzdem erwischt. Aber ich mochte sie nicht, also tut es mir nicht leid.«

Ich dachte an all meine Anrufe.

Ich konnte mir kaum vorstellen, dass Stefan von der Rauchbestie infiziert wurde und ihr unterlag. Stefan war … zurückhaltend und kontrolliert. Ich erinnerte mich an einen Moment, als er wütend gewesen war, das Gesicht verzerrt. Doch selbst da hatte Stefan sich nicht vom Fleck bewegt, selbst als der Dämon eine Hotelangestellte vor seinen Augen getötet und mit seinen dämonischen Kräften eine unbändige Blutlust in meinem Freund geweckt hatte. Bens Kampf war nicht würdevoll. Ich wollte mir Stefan nicht in diesem Zustand vorstellen.

»Was habt ihr sonst noch versucht?«, fragte ich und ging weiter zum Fluss. Jetzt in diesem Moment konnte ich nichts für Stefan tun.

Wulfe zuckte die Achseln. »Das Übliche. Nach dem Fluss haben wir es mit Salz, Silber, Folter und Feuer versucht. Nichts scheint zu helfen.«

»Weißt du, wie man es töten kann? Oder ob Ben und Stefan gerettet werden können, wenn man es tötet?«, fragte ich und versuchte mir nicht vorzustellen, wie jemand Stefan marterte. Wulfe war alt – Mittelalter-alt. Und er war ein Magier, ein Hexer und ein Vampir. Er sollte etwas über die Bestie wissen.

»Ich wollte dich fragen, was du darüber weißt«, antwortete er, als ob wir gerade Tee trinken würden, statt Adam, Warren und Darryl dabei zuzusehen, wie sie kämpften, den gefesselten Ben lange genug festzuhalten, um ihn zum Ufer zu schaffen.

Ich erzählte ihm alles, was ich wusste. Das dauerte nicht lang.

»Rauchbestie«, sagte Wulfe, als Ben in hohem Bogen über das Wasser hinwegsegelte und mit einem Platschen darin landete. »Nie gehört. Auch rauchende Bisse sind mir nicht bekannt – und ich weiß eine ganze Menge über Dinge, die beißen.«

Er schnappte in die Luft.

Kyle ließ mich los, und ich machte mich von Wulfe frei, damit ich einen besseren Blick auf Adam, Warren und Darryl hatte, die versuchten, Ben aus dem Wasser zu zerren. Er schien zu versuchen, ihnen aus den Fingern zu schlüpfen, und Werwölfe schwammen nicht obenauf – sie sanken. Zu viel Muskelmasse, nicht genug Fett. Vielleicht hatte es auch etwas mit ihrer speziellen Art von Magie zu tun.

Als sie Ben wieder zurück ans Ufer gezerrt hatten, waren alle vier nass. Sein Körper in den Fesseln wurde von einem Husten geschüttelt, und er spuckte große Mengen Wasser aus. Der Fluss hatte ihn beinahe erfolgreich ertränkt.

Als Adam nach den Schellen griff, schüttelte Ben den Kopf. »Nein!« Und nach diesem einen Wort hustete er einen weiteren Schwall Flusswasser und brach dann zusammen.

»Er ist in mir«, sagte er. Flüssigkeit trat aus seinen Augen, als ob er auch mit ihnen und nicht nur mit seinen Lungen Wasser absorbiert hätte. »Er ist immer noch da. Lasst mich nicht frei.«

»Schhh«, sagte Adam und sah mich an.

»Hast du gehört, was Wulfe gesagt hat?«, fragte ich.

Er nickte und küsste Ben auf den Scheitel, wobei er anscheinend mühelos Bens schnappenden Zähnen auswich. »Wir haben ein Problem. Lasst ihn uns in den Käfig bringen, wo wir ihm zumindest die Fesseln abnehmen können. Ich rufe Marsilia an und erkundige mich nach Stefan.«

Das würde besser funktionieren, als wenn ich es tat, dachte ich bei mir. Sie mochte Adam, und mich konnte sie nicht ausstehen. Und vor allem würde sie es nicht mögen, wenn ich nach Stefan fragte. Sie betrachtete ihn gerne als ihr Eigentum – und ihrer Meinung nach war ich der Grund, warum er sich aus der Siedhe gelöst hatte. Er war der einzige Vampir in den Tri-Cities, der nicht ihr gehörte. Wir konnten zusammenarbeiten, wenn wir es mussten, aber gerade jetzt durften wir kein Risiko eingehen.

Doch wenigstens war das etwas, womit ich meinen Kopf beschäftigen konnte, sodass ich nicht über den armen Ben und Stefan nachdenken musste, die in der gleichen Hölle gefangen waren. Und ich konnte ihnen nicht helfen.

»Wohin ist der gruselige Vampir verschwunden?«, fragte Kyle leise.

»Wo gruselige Vampire so hinverschwinden«, antwortete Warren. Seine Stimme hatte einen harten Unterton. »Keine Sorge. Er kommt wieder.«

Wir schafften Ben in den Käfig, wo wir eine Matratze auf den Boden legten und ihm die Ketten abnahmen.

Ihm die Fesseln abzunehmen hatte beinahe in einem Desaster geendet. Wenn Kyle keinen Elektroschocker dabeigehabt hätte, den er auch geistesgegenwärtig einsetzte, hätte Ben sich befreit.

Adam telefonierte mit Marsilia, und sie bestätigte uns,

was Wulfe erzählt hatte. Die Bestie hatte tatsächlich Stefan erwischt, doch als sie danach gefragt wurde, meinte sie, die Bisse auf seiner Schulter seien eher wie der Biss einer Schlange gewesen – einer sehr großen Schlange – und nicht wie der eines Hasen. Sie schickte uns Fotos. Zwei rote pfenniggroße Male verunzierten die weiße Haut seiner rechten Schulter. Gemäß einem Maßband waren die beiden Wunden gute zwölf Zentimeter auseinander.

»Das ist so groß wie der Mund eines Pferdes«, sagte Warren. »Mehr oder weniger.«

»Weiß er, was ihn gebissen hat?«, fragte Adam.

»Er war nicht in der Lage, zusammenhängende Informationen mit uns zu teilen«, sagte Marsilia. »Wir können ihn … auf ewig einsperren, denke ich. Aber ich möchte niemanden, der mir etwas bedeutet, so lange in diesem Zustand lassen.«

»Nein«, stimmte Adam zu und sah Ben an, der mit Augen zurückstarrte, die nicht seine eigenen waren. »Aber wir arbeiten daran.«

»Abgesehen von Wulfe – mit dem das schwer zu machen ist – habe ich alle meine Leute und ihre Herden in unsere Siedhe geholt und uns eingesperrt«, sagte Marsilia. »Ich entnehme deinen Worten, dass du glaubst, etwas in dieser Sache unternehmen zu müssen, aber ich rate dir, das Gleiche zu tun. Stell dir nur vor, was die Medien tun werden, wenn einer deiner Wölfe gebissen wird und wahllos Leute tötet.«

»Hat Stefan das getan?«, fragte ich. Dann überkam mich ein schrecklicher Gedanke. »Was ist mit seinen Leuten?«

Auch Vampire konnten verdammt gut hören. »Alle seine Schäfchen sind in Sicherheit.«

Ich verkniff es mir hinzuzufügen: »Zumindest die, die

überlebt haben. Marsilia hatte im Rahmen einer verzweifelten Intrige einige von Stefans Leuten (in meiner Gegenwart hatte er sie nie Schäfchen oder Herde genannt) getötet. Das hatte er ihr nie verziehen.

Dafür machte sie mich verantwortlich. Nicht dafür, dass sie seine Leute getötet hatte, sondern dass er ihr nicht verzieh. Es ergab keinen Sinn, doch Gefühle mussten das auch nicht.

»Wie habt ihr gemerkt, dass etwas passiert ist?«, fragte Adam.

»Wulfe hat ihn mitgebracht«, sagte sie. »Es war nicht schön – und es bestand kein Zweifel, dass etwas oder jemand anderes ihn kontrollierte. Er versuchte nicht, sich unauffällig zu verhalten. Ganz und gar nicht.«

»Danke für die Informationen«, sagte Adam. »Wenn wir etwas Nützliches herausfinden, stelle ich sicher, dass ihr davon erfahrt.«

»Das würde mich freuen«, sagte Marsilia.

Warren und Kyle gingen nach Hause, um zu schlafen. Darryl blieb und übernahm den Wachdienst, da Ben nun nicht mehr zur Verfügung stand. Adam und Darryl diskutierten noch darüber, wie man die Patrouillen sicher gestalten könnte, als ich beschloss, ins Bett zu gehen. Ich war mir ziemlich sicher, dass er nicht nach oben kommen würde, bis er davon ausgehen konnte, dass ich schlief, also ließ ich sie reden und ging hinauf.

Vor Jesses Tür blieb ich stehen, dann gab ich dem Drang nach, wenigstens eine Person heute Nacht in Sicherheit zu sehen, und öffnete die Tür einen Spalt. Sie hatte sich mit einem Plüschelefanten, von dem ich wusste, dass Gabriel ihn ihr geschenkt hatte, auf dem Bett zusammengerollt. Ich schloss die Tür und überließ sie ihren Träumen.

Ich zog mir gerade die Bettdecke bis zum Kinn hoch, als mein Handy klingelte. Die Nummer wurde als »unbekannt« angezeigt. Ich zögerte, doch um diese Zeit riefen normalerweise keine Callcenter an.

»Mercedes«, sagte Beauclaire, Sohn des Lugh und Grauer Lord der Fae, »Onkel Mike hat mich gebeten, mich heute Nacht bei Ihnen zu melden. Vor einigen Tagen informierte er mich darüber, dass Annwnn in Ihrem Garten ein Portal nach Annwnn geschaffen hat und dass sie dabei ein Wesen freigelassen hat, von dem Aiden Ihnen sagte, es sei eine Rauchbestie.«

»Ja«, antwortete ich.

»Ich kenne diese Kreatur«, sagte Beauclaire, und ein erleichtertes Beben ging durch mich hindurch.

Beauclaire wusste etwas über die Kreatur, die Ben und Stefan befallen hatte. Er würde wissen, was zu tun war, um die beiden zur retten.

»Sie wissen, dass Marsilia ihre Siedhe abgeriegelt hat, weil Stefan ihr zum Opfer gefallen ist.«

»Ja«, sagte ich.

»Haben Sie von dem Unfall auf dem Highway 240 gehört? Ein schreckliches, tragisches Unglück, bei dem ein Tanklaster zwei Autos streifte? Alle drei Fahrer und ihre Mitfahrer starben. Insgesamt acht Menschen.«

Der Unfall hatte sich in der Nacht ereignet, als Kyle einen der Werwölfe angeschossen hatte. Überall auf den Titelseiten war davon zu lesen gewesen, und der Vorfall bei Warren und Kyle war deshalb weiter hinten in der Zeitung gelandet.

»Ja«, sagte ich, und mir war übel, weil ich wusste, wie gern Marsilia Autounfälle oder Hausbrände verwendete, um ohne viele Erklärungen »Problemleichen« loszuwerden. Sie hatte mir gesagt, dass Stefans Leute in Sicherheit waren, aber meine erste Frage, ob er wahllos Menschen getötet habe, hatte sie mir nicht beantwortet – und bis gerade eben war es mir nicht aufgefallen.

»Vor einigen Stunden betrat eine der Fae, kein Grauer Lord, aber jemand mit Macht und entsprechenden Fähigkeiten, Onkel Mikes Taverne mit einem Schwert und benutzte es und ihre Magie, um so viele zu töten, wie sie nur konnte. Vierzehn Fae, drei Menschen und zwei Goblins starben. Onkel Mike war unterwegs und daher nicht anwesend. Wären Larry, der Goblinkönig, und der Schneeelf nicht dort gewesen, hätte es noch mehr Tote gegeben.«

Soweit ich wusste, gab es keine Schneeelfen. Ein Frostriese hier aus der Gegend ließ sich einfach nur gerne so nennen. Ich überlegte, wie mächtig eine Fae sein musste, wenn es den Goblinkönig und einen Frostriesen brauchte, um sie zu überwältigen.

»Einige von den Toten waren sehr alte und sehr mächtige Wesen«, erzählte mir Beauclaire. »Onkel Mike sagte, dass Sie bei Ihren bisherigen Begegnungen mit der Rauchbestie den Eindruck hatten, sie hätte Probleme, genug Macht anzusammeln. Ich dachte, Sie sollten wissen, dass das ab heute nicht mehr der Fall ist.«

»Ich verstehe«, sagte ich. Ich hatte nicht länger die Hoffnung, dass Beauclaire mir einen einfachen Weg liefern würde, meine Freunde zu retten.

»Wegen des Vorfalls der heutigen Nacht – und der Probleme, die die Vampire hatten –, habe ich alle Fae in der Gegend zurück ins Reservat gerufen, auch Siebold Adelbertsmiter und seinen Sohn.« Er sprach Zees vollen Namen mit einem scharfen Unterton aus. Zee hatte vor einer Zillion

Jahren Beauclaires Vater getötet – aber Fae hatten ein gutes Gedächtnis.

»Können Sie mir etwas sagen, das uns helfen könnte, das Wesen zu besiegen?«, fragte ich.

»Ja.« Kurze Stille, als wählte Beauclaire seine Worte mit noch mehr Bedacht als für gewöhnlich. »Ich kann Ihnen nicht sagen, wer er ist.«

Und das war wichtig, sonst wäre es nicht das Erste gewesen, was er auf meine Frage antwortete.

»Sie können nicht«, sagte ich. »Nicht, Sie wollen nicht. Irgendein Fluch, der Sie daran hindert?«

»Für Sie ist das vielleicht die beste Art, es zu erklären. Es ist eine Besonderheit seiner Natur. Ich kann Ihnen einige wenige, sehr wenige Dinge über ihn erzählen.«

»Bitte«, sagte ich, und meine Finger umklammerten das Telefon fester.

»Zusätzlich zu ›Rauchbestie‹ nennen ihn einige ›Rauchweber‹ oder ›Rauchdrache‹. Alle drei Bezeichnungen beziehen sich auf seine Natur, keine ist sein Name oder hat auch nur Ähnlichkeit mit seinem Namen.«

»Weil man seinen Namen nicht aussprechen darf«, sagte ich, um deutlich zu machen, dass ich die Bedeutung seiner Worte verstanden hatte.

»So ist es«, sagte er. »Vor langer Zeit wurde er von Annwnn eingefangen, das Resultat eines Handels, den er mit ihr geschlossen hatte. Er musste handeln, es war Teil der Natur der Kreatur, die er war. Eine Menschenfrau gewann die Oberhand über ihn, und das ließ irgendwie die Bedingungen seines Handels mit Annwnn greifen. Annwnn verschluckte ihn, und wir … ich bin all die Jahre davon ausgegangen, dass er sicher in ihrem Netz gefangen ist.«

»Er musste«, sagte ich. »Das heißt, er muss nicht mehr?«

Er reagierte nicht sofort. »Jede Antwort, die ich Ihnen gebe, könnte Sie in die Irre führen.«

»Wir denken, dass Annwnn ihn absichtlich freigelassen hat«, sagte ich zu ihm.

»Tun Sie das?«, fragte er, allerdings mehr, als fände er den Gedanken interessant. »Warum eigentlich? Und warum durch das Portal in Ihrem Garten statt durch eines im Reservat, wo er so viel interessantere Beute finden würde, wo er so viel mehr töten könnte?«

»Und so viel mächtiger werden würde?« Das war halb Frage, halb Feststellung. Und dann hatte ich eine beunruhigende Erkenntnis: »Wie heute Nacht in Onkel Mikes Taverne?«

»Was jetzt kommt, ist reine Spekulation«, sagte Beauclaire entschuldigend – oder so entschuldigend, wie ein Grauer Lord sich durchringen konnte zu sprechen. Es war eher der Tonfall als die Worte. »Ich weiß nicht, warum Annwnn tut, was sie tut. Aber es ist interessant, dass das Erste, was passierte, nachdem sie ein Portal in Ihren Garten stellte, die Flucht der Rauchbestie war.«

»Wissen Sie, was er will? Welches Ziel er hat?«, fragte ich. »Er scheint sich immer hier in der Gegend aufzuhalten.«

»Ich weiß nicht, was er will«, sagte Beauclaire, und wieder klang er entschuldigend. »Ich bin ihm nie persönlich begegnet. Aber er kann jeden der Fae übernehmen …«

»Er sagte, das kann er nicht«, unterbrach ich ihn. »Zu mir. Er hat einen unserer Wölfe. Er sagte, er könne alle außer die mächtigsten Grauen Lords übernehmen.«

»Interessant«, sagte Beauclaire. »Aber wir können kein Risiko eingehen. Die eine, die er heute Abend übernommen hat, war mächtig. Unsere Tore bleiben bis auf Weiteres verschlossen.«

»Wie kann ich sie retten?«, fragte ich. »Meine Freunde, die er in seiner Gewalt hat?«

»Das weiß ich nicht«, erwiderte er. Und er war ein Fae, deshalb musste er die Wahrheit sagen. »Aber ich werde mich erkundigen, ob jemand es weiß. Sollte ich dieses Wissen erlangen, werde ich dafür sorgen, dass es Sie erreicht.«

»Wie viele kann er zur gleichen Zeit in seine Gewalt bringen und halten?«

»Auch das weiß ich nicht. Das hängt vermutlich von der Macht ab, die er in der Lage ist anzusammeln.«

Mit anderen Worten: Mehr als er vor dieser Nacht hätte kontrollieren können.

»Wie kann ich ihn töten?«, fragte ich.

»Auch das weiß ich nicht«, antwortete er. »Das ist bislang noch niemandem gelungen. Ich weiß jedoch, dass man ihn nur in seiner eigenen Gestalt – welche Form auch immer er gerade trägt – töten kann, nicht im Körper derer, die er übernimmt. Seine eigene Gestalt löst sich nach seinem Willen in Rauch auf, also ist es nicht einfach, ihn einzusperren. Annwnn ist es gelungen – vielleicht sollten Sie mit ihr sprechen.« Er hielt kurz inne. »Es gibt eine Geschichte über ihn. Und sie hat mit Tauschhandeln zu tun.« Er machte erneut eine Pause. »Mein unvollständiges Wissen über den Rauchweber – und Kreaturen seiner Art – lassen mich zögern, Ihnen mehr als das zu erzählen …«

Seine Stimme veränderte sich, wurde tiefer und entwickelte einen alten Nachklang. Sie wirkte weiblicher – und ich kannte diese Stimme.

»Der Schlüssel zu seinem Untergang ist seine wahre Natur. Achte nicht auf Rauch und Erscheinung.«

»Baba Yaga?«, fragte ich.

Beauclaire seufzte. »Sie und ihre Spielchen«, sagte er. »Aber ihr Ratschlag ist gut.«

Er legte auf. Ich legte das Handy auf den Nachttisch – und dann sah ich, dass Adam in der Tür stand. Ich wusste nicht, wie lange er schon dort war. Da war etwas … Fremdes in seinen Augen, das mich an den Abend erinnerte, als wir wegen Jesses Collegeplänen gestritten hatten.

»Wie viel hast du gehört?«, fragte ich vorsichtig.

»Ich kam hoch, als es klingelte«, sagte er. »Ich frage mich, warum Beauclaire dich angerufen hat und nicht mich.« Da war ein verärgerter Unterton in seiner Stimme. Bestimmt lag das daran, dass Ben in einem Käfig gefangen und von einem Wesen aus Annwnn besessen war, ohne dass wir etwas dagegen hätten tun können.

»Ich weiß es nicht«, sagte ich. Und das war die Wahrheit. Er hätte Adam anrufen können. Ich fragte mich, ob es auch eine Botschaft war, dass Beauclaire mich angerufen hatte. Die Fae konnten sehr subtil sein.

Adams Kiefer spannte sich bei meiner Antwort an, aber er sagte nichts. Er schloss einfach nur die Tür und ging zurück nach unten. Ich wartete eine Weile auf ihn, doch es war beinahe ein Uhr morgens, und ich musste früh aufstehen, um ein »Bis auf Weiteres geschlossen«-Schild an meinen Laden zu hängen und alle anzurufen, die an diesem Tag einen Termin hatten.

Ohne Tad und Zee machte der Laden mich zu einem leichten Ziel. Nicht nur für fremde Werwölfe oder entflohene Gefangene aus Annwnn, sondern für jeden Wahnsinnigen, übernatürlich oder nicht, der unser Rudel angreifen wollte. Die meisten Leute, selbst übernatürliche, dachten, ich sei ein normaler Mensch. Dass ich mich in einen

Kojoten verwandeln konnte, war ziemlich cool, aber es machte mich nicht zur Superheldin.

Ich stellte den Wecker, zog mir die Decken über den Kopf und schloss die Augen, doch ich schlief nicht wirklich ein, bis ich spürte, wie die Matratze unter Adams Gewicht nachgab. Aus irgendeinem Grund schlief er heute Nacht nicht im Gästezimmer, und ich war dankbar dafür.

Als ich aufwachte, hatte ich das Gesicht in meinem Kissen vergraben und das drängende Gefühl, dass ich in Gefahr war. Ich spürte Augen, die mich beobachteten, fühlte die Jagd, deren Beute ich war. Ich lag sehr still und atmete flach durch den Mund.

War es Wulfe? Ich konnte niemanden außer Adam riechen.

Adam bewegte sich auf dem Bett, und das Gefühl ließ langsam nach. Vermutlich die Nachwirkung eines schlimmen Traums. Ich rollte mich herum, bis ich Adam berühren konnte – und meine Finger glitten durch sein Fell. Ich war mir ziemlich sicher, dass er in Menschengestalt ins Bett gekommen war, aber ich war im Halbschlaf gewesen, also konnte ich mich auch irren.

Ich vergrub das Gesicht im Fell an seinem Hals, und sein Geruch und wie er sich anfühlte, fegten die letzten Reste des paranoiden Gefühls, das mich geweckt hatte, beiseite. Ich war sehr müde, deshalb dauerte es nicht lang, bis ich wieder zurück in den Schlaf driftete.

»Gute Nacht«, murmelte ich.

Schlaf, sagte der Wolf zu mir durch unsere Verbindung, *für heute Nacht ist die Gefahr vorüber.*

8

Als mein Wecker klingelte, war Adam verschwunden. Unten war Darryl von George abgelöst worden, der seinen Kaffee mit in den Keller nahm, damit er Ben im Auge behalten konnte.

»Wie geht es ihm?«, fragte ich.

»Nicht gut«, antwortete George und blieb auf der Treppe nach unten stehen. »Heute Morgen ist er er selbst, aber er sagt, dass das Ding immer noch Einfluss auf ihn hat.« Er zögerte. »Er will nicht, dass du runterkommst. Er sagt, dass das Ding in seinem Kopf dich auf die schlimmste Weise töten will.«

Ich wusste nicht, was ich darauf sagen sollte. Der Drang, nach unten zu gehen und auf ihn aufzupassen, tat mir in der Seele weh. Er war mein Freund und in Schwierigkeiten geraten, nachdem ich ihm etwas aufgetragen hatte. Aber wenn das Ding ihn einigermaßen in Ruhe ließ, solange ich nicht in Reichweite war, dann würde ich die Sache nicht noch schlimmer für ihn machen. Das Bild, wie er weinend am Ufer des Flusses kauerte, hatte ich noch immer deutlich vor Augen.

Keinen meiner Gedanken zu Bens Situation wollte ich laut aussprechen, also sagte ich: »Beauclaire hat mich letzte Nacht angerufen.« Ich brauchte jemanden, mit dem ich darüber sprechen und meine Gedanken ordnen konnte. Nachdem Adam offensichtlich nicht bereit dazu gewesen war, war George vielleicht die richtige Person, immerhin war es sein Beruf, Kriminalfälle zu lösen.

»Ich habe davon gehört«, sagte George. »Adam hat mit Darryl geredet, und Darryl hat es mir erzählt.« Er runzelte die Stirn und sagte dann: »Darryl meinte, dass Beauclaire nicht viel zu sagen hatte.« Er blickte nach unten und steuerte dann Adams Büro an. »Aber beide, Adam und Darryl, haben angedeutet, dass alle wichtigen Unterhaltungen in den Schlafzimmern ganz oben hinter geschlossenen Türen oder in Adams Büro stattfinden sollen.«

Damit Ben uns nicht belauschen konnte.

George setzte sich in den schicken Stuhl. Ich schloss die Bürotür und schwang mich wie immer auf Adams Schreibtisch.

»Hatten Adam und Darryl ihre Unterhaltung hier oder draußen?«, fragte ich.

»Hier drin«, sagte George.

Mir war übel. Beauclaire war subtil gewesen, doch Adam war besser darin, Subtiles zu deuten, als ich. Zwischen den Zeilen zu lesen war zugegebenermaßen gefährlich, wenn es um die Fae ging. Aber Beauclaire wollte seine Leute nicht ewig im Reservat einsperren. Ohne Annwnn als sichere Zuflucht für die Fae – und das war sie definitiv nicht – war das Reservat nur eine vorübergehende Lösung. Wenn die Fae weiter hinter diesen Mauern eingeschlossen blieben, würden sie anfangen, sich gegenseitig aufzufressen – sowohl im übertragenen als auch im wortwörtlichen Sinne. Beauclaire hatte bereits bewiesen, dass sein primäres Ziel das Überleben seines Volks war, und sein Volk, das waren die Fae.

Beauclaire war definitiv subtil gewesen, doch er hatte mir

eine Menge Informationen gegeben. Dass Adam das nicht erkannt hatte, machte mir Angst.

»Beauclaire denkt, es gibt einen Grund, warum Annwnn die Rauchbestie in unserem Garten hat entkommen lassen und nicht im Reservat, wo sie Zugang zu Fae gehabt hätte und Hunderte, wenn nicht Tausende in kürzester Zeit hätte töten können.« Und das war es, warum Beauclaire alle seine Leute in Sicherheit gebracht hatte. Es war auch der Grund, warum Marsilia ihre Vampire eingeschlossen hatte.

»Also wollte Annwnn nicht, dass Chaos ausbricht oder viele Fae getötet werden«, sagte George.

»Genau«, stimmte ich zu. »Als Aiden die Tür entdeckte, sagte Annwnn zu ihm: ›Ich brauche eine Tür in Mercys Garten. Du fehlst mir. Die Fae verhalten sich nicht nett.‹« Ich runzelte die Stirn und versuchte mich an den genauen Wortlaut zu erinnern. Da war etwas darüber gewesen, dass sie den Fae nichts schuldig bleiben wollte.

Doch George sagte: »Diese Aussagen gehören zusammen.« Er kam zum gleichen Schluss wie ich. »Sie wollte eine Tür in deinem Garten, damit sie Aiden sehen kann – weil sie den Fae, was ihn betrifft, nicht traut, oder weil sie seine Besuche benutzten, um ihr eine Gegenleistung abzuringen oder etwas in der Art.«

Ich nickte. »Aber warum brauchte sie eine Tür in meinem Garten? Sie mag Adam lieber als mich. Sie hätte Adams Garten sagen können. Und Aiden lebt hier, also hätte sie auch euer Garten sagen können.«

»Die Rauchbestie hat dich gebissen«, sagte George. »Und sie konnte dich nicht in ihre Gewalt bringen.«

»Okay«, sagte ich. »Ich denke, das ist wichtig. Und später sagte sie zu Aiden, dass ich gut darin sei, Monster zu töten.« Ich schnappte mir ein kleines Spiralnotizbuch aus

Adams Schreibtischschublade, riss einfach alle beschrifteten Seiten heraus und stopfte sie zurück in die Schublade. Dann schrieb ich:

Annwnn hat die Rauchbestie meinetwegen hier freigelassen. Die Rauchbestie kann mich nicht mit einem Biss in ihre Gewalt bringen.

»Sie hat dich trotzdem fast getötet«, erinnerte er mich.

»Warum hat sie mich nicht einfach in Beton verwandelt wie den Sattelschlepper?«, fragte ich ihn. »Warum hat sie nicht uns beide in Beton verwandelt?«

»Weil wir lebende Kreaturen sind?«, meinte George.

Ich schüttelte den Kopf. »Zee sagt, dass für Fae-Magie Verwandlung gleich Verwandlung ist.«

»Macht«, schlug George vor – und kam damit zum gleichen Schluss wie Zee zuvor. »Sie sagte, dass sie tötet, um Macht zu gewinnen. Und es war ihr nicht gelungen, diese Kinder zu töten, die die Straße überquert haben. Vielleicht hat sie all ihre Macht benutzt, um den Sattelschlepper zu verwandeln – deshalb war auch nicht der ganze Schlepper Beton, als wir dort ankamen. Ich hatte mich schon gefragt, warum sie nur einen Teil davon verwandelt hatte, wo sie doch wütend auf den Fahrer war. Was, wenn sie versucht hat, alles mitsamt dem Fahrer zu verwandeln, aber einfach nicht genug Saft dafür hatte? Sie hat Dennis übernommen – und Dennis hat Anna getötet, aber niemanden sonst. Du hast niemanden getötet und bist auch selbst nicht gestorben. Sie hat diese arme Anhalterin übernommen, aber es ist ihr immer noch nicht gelungen, jemanden zu töten – zumindest nicht, soweit wir wissen. Das ist ein ziemlicher Kraftaufwand.«

»Klingt logisch«, sagte ich und schrieb:

Hatte nicht genug Macht, um George und mich und die andere Hälfte des Sattelschleppers zu verwandeln.

»Wenn wir es also schaffen, die Leute, die die Bestie übernimmt, davon abzuhalten, jemanden zu töten, dann können wir sie auf einem niedrigen Energieniveau halten«, sagte George. »Wir haben Ben gefangen.«

Er klang so hoffnungsvoll.

»Hat Adam Darryl und Darryl dann dir erzählt, dass eine Fae gebissen wurde und danach in Onkel Mikes Taverne gegangen ist, um eine ganze Menge Leute – Fae, Menschen und Goblins – zu töten? Dass Larry und der Frostriese das gestoppt haben?«

George runzelte die Stirn. »Nein«, sagte er. »Nur dass die Fae, ebenso wie die Vampire, sich zurückgezogen haben, bis die Rauchbestie unschädlich gemacht wurde – von uns.«

»Erinnerst du dich an den großen Autounfall, der Kyles Schuss auf den Werwolf von Seite eins verdrängt hat?«, fragte ich.

Kyle sah aus, als wäre ihm übel. »Stefan«, sagte er.

Ich nickte. »Zumindest hat Beauclaire das angedeutet. Ich denke, dass die Rauchbestie jetzt genug Macht hat.«

»Was hat Beauclaire dir sonst noch erzählt?«, fragte George.

»Er sagte, dass man sie auch Rauchdrache oder Rauchweber nennt – und dass beide Begriffe mit seiner Natur zu tun hätten –, dass sie einen Namen hat, aber Beauclaire – und andere Fae – ihn nicht aussprechen können. Und dass das an Regeln liegt, die Teil seiner Existenz sind.«

George wollte etwas sagen, doch ich hob die Hand. »Tut mir leid, da ist etwas, das Zee zu mir gesagt hat. Er meinte … er meinte, dass das, was die Rauchbestie …« Ich hielt inne, weil mir Beauclaire sicherlich aus einem guten Grund gesagt hatte, wie man die Kreatur nannte. »… was der Rauchweber tut, das ganze Übernehmen von Körpern und Töten, um Energie zu gewinnen, ihn eher an das Wesen eines Artefakts erinnert. Er sagte, dass Verwandlungen wie die des Sattelschleppers eine Fähigkeit sind, die eher bei niedrigeren Fae anzutreffen ist.«

»Hm«, sagte George, »das würde seine Energieprobleme erklären. Mir ist nie aufgefallen, dass die Fae Probleme hätten, ihre eigene Magie mit Energie zu versorgen. Vielleicht hat er ja ein Artefakt, das er benutzt? Wir müssen nur herausfinden, was es ist, und es ihm wegnehmen.«

Das klang nach einem interessanten Plan. Ich wünschte, ich hätte das Buch, das Ariana, eine mächtige Fae, die ich kannte, über ihr Volk geschrieben hatte. Dort gab es ein ganzes Kapitel über Artefakte – aber ich konnte mich an keines erinnern, das so funktionierte. Wenn Zee von einem gewusst hätte (oder ein solches geschaffen hätte), dann hätte er mir davon erzählt. Das Buch war verloren, doch ich würde Ariana anrufen und herausfinden, ob sie so etwas kannte. Das letzte Mal, dass ich von ihr gehört hatte, war sie mit ihrem Gefährten Samuel irgendwo in Afrika gewesen, was die Sache mit der Kommunikation erschwerte.

George sprach weiter. »Sind wir uns denn sicher, dass es ein Fae-Artefakt ist? Du sagtest, ihre Magie – seine Magie – roch nicht danach.«

Ich zuckte die Achseln. »Sie ist mir noch nie begegnet. Es gibt eine Menge Fae, vielleicht ist dieser so etwas wie ein Schnabeltier – oder die Goblins. Er passt nicht recht ins Schema.«

»Was hat Beauclaire sonst noch gesagt?«, fragte George,

der die Augen halb geschlossen hatte, etwas, das er immer tat, wenn er nachdachte.

»Dass wir ihn vermutlich nicht werden töten können.« Außerdem hatte Beauclaire kein Artefakt erwähnt. »Und dass die Tatsache, dass er sich in Rauch verwandelt, es schwer macht, ihn zu fangen. Dann sagte er, Annwn könnte ihn wegen eines Handels einschließen. Und es gibt eine Geschichte über diesen Handel, die ich in Erfahrung bringen soll. Und dann hat ihn Baba Yaga unterbrochen und meinte, dass der Schlüssel zum Niedergang des Rauchwebers seine wahre Natur sei.« Hm. »Seine wahre Natur«, sagte ich noch einmal.

»Also haben wir einen Anhaltspunkt«, entgegnete George. »Das ist mehr, als wir wussten, als Ben gebissen wurde. Ich kenne ein paar Leute, die etwas über Artefakte wissen könnten. Auch wenn sie im Feenland eingeschlossen sind, sollten ihre Handys noch funktionieren. Ich gehe mal auf Spurensuche.«

»Danke, das wäre gut.« Ich sprang vom Schreibtisch und öffnete die Tür.

»Ich muss zur Werkstatt und ein paar Schilder aufhängen«, sagte ich zu George. »Ich vertraue dir, dass du Ben davon abhältst, jemanden – oder sich selbst – zu töten, solange ich weg bin.«

»Er kommt mir nicht lebensmüde vor«, sagte George. »Er hat ein üppiges Frühstück verdrückt – Muffins, Eier mit Speck und Käse –, alles von einem Papierteller und ganz ohne Besteck. Er ist nicht gerade gut drauf, aber Ben ist eh nicht so der fröhliche Typ.«

Hm. In meiner Gegenwart war Ben eigentlich schon ziemlich fröhlich. Er warf mit Schimpfwörtern um sich und war sarkastisch, aber im Grunde doch ganz fröhlich. Allerdings war er nicht immer so gewesen. Und vielleicht war er bei anderen Leuten mürrischer – oder sie gingen ihm so sehr aus dem Weg, weshalb ihnen gar nicht aufgefallen war, dass er sich geändert hatte.

»Also hast du heute Morgen den Koch gespielt?«, fragte ich. George kam mir nicht wie jemand vor, der zu Hause kochte. Toast und Eier vielleicht, aber keine bessere Version eines klassischen Fast-Food-Gerichts.

»Adam hat für uns alle gekocht.« George runzelte die Stirn. »Er war bereits am Kochen, als ich um fünf hier ankam – und Darryl sagte, du seist erst spät in der Nacht ins Bett gegangen. *Du* siehst aus, als könntest du noch mal acht Stunden Schlaf brauchen. Ihr beide müsst euch mehr ausruhen, sonst seid ihr am Ende für gar nichts mehr gut.«

»Findest du?«, sagte ich, und er grinste.

»Wofür sind Freunde da, wenn nicht, um einem Dinge zu sagen, die man selbst schon weiß«, sagte er und ging in den Keller hinunter.

Wann war George zu einem Freund geworden?

Mit einem Lächeln auf dem Gesicht öffnete ich den Kühlschrank, aber ich zuckte zurück, als ich einen Teller mit den Einzelteilen eines Frühstückssandwiches vorfand, dazu einen Zettel in Adams Handschrift mit einer Anleitung zum Zusammenbau.

Das Sandwich war für mich. Und an einem anderen Tag hätte ich es als liebevolle Geste gesehen. Doch das entsprach nicht unserem aktuellen Beziehungsstatus, und das schränkte die Gründe für diese Geste ein. Entschuldigung oder Schuldgefühle – was im Grunde beides das Gleiche war.

In diesem Moment erinnerte ich mich daran, wie ich mitten in der Nacht aufgewacht war, in dem Bewusstsein, dass ein Raubtier mich mit feindlich gesinntem Blick beobachtete. Wie ich nach Adam getastet und ihn in Wolfsgestalt vorgefunden hatte.

Ich traue mir selbst nicht, hatte er gesagt. *Ich bin schon länger ein Werwolf, als du am Leben bist, und es ist Jahrzehnte her, seit ich das letzte Mal Probleme damit hatte. Aber jetzt wache ich auf und bin in meiner Wolfsgestalt – ohne mich an die Verwandlung zu erinnern.*

Konnte dieses feindlich gesinnte Wesen Adam gewesen sein?

Beunruhigt steckte ich das, was warm gemacht werden musste, in die Mikrowelle und toastete das Brot. Adam hatte gesagt, dass er nicht wusste, was der Auslöser für seine Probleme war, die Verwandlung zu kontrollieren – doch der Wolf gab den Hexen die Schuld.

Adam war schlau, aber darüber hinaus war er scharfsinnig. Normalerweise betrachtete er Menschen nicht mit Scheuklappen, auch nicht, wenn er in einen Spiegel blickte.

Ich biss in mein Sandwich.

Tatsächlich war er sogar extrem streng, wenn er in den Spiegel blickte. Er glaubte noch immer, dass er ein Monster war. Ich schluckte und dachte darüber nach. War es möglich, dass die Hexen etwas mit ihm gemacht hatten und er fest daran glaubte, es wäre sein innerer Dämon, der versuchte, sich zu befreien? Dass der Wolf recht hatte und Adam sich irrte?

Und was zum Teufel sollte ich dann tun? Eine andere Hexe finden? Ich dachte an Elizaveta, die über Jahrzehnte die Hexe unseres Rudels gewesen war, bevor Adam sie töten musste. Ich wusste nicht, ob es eine Hexe gab, der ich Adam anvertrauen würde. Vielleicht sollte ich mit Bran reden? Das erschien mir wie eine ganz passable Idee.

Ich aß mein Sandwich auf und bestrafte mich mit einem gesunden Glas Orangensaft. Und gleich danach bestrafte ich mich mit einer Tasse Kaffee, damit ich den Tag über wach bleiben konnte. Ich fand Kaffee beinahe so übel wie Orangensaft, aber beides würde hoffentlich Wirkung zeigen.

Ich schüttete gerade meinen halb ausgetrunkenen Kaffee in die Spüle, als sich die Haustür öffnete und meine Nase mir sagte, dass Auriele eingetreten war.

»Wir werden beide bestraft«, sagte sie zu mir, als sie in die Küche kam. »Ich soll dich bei allem, was du heute tust, begleiten.«

Ihr Tonfall und auch ihre Körpersprache waren neutral. Ich hatte keine Ahnung, was sie darüber dachte, als meine Leibwache abgestellt worden zu sein. Vielleicht war es an der Zeit, die Karten auf den Tisch zu legen.

Ich klopfte mir die Hände ab und warf ihr einen finsteren Blick zu. »Ich mag dich. Ich glaube nur, dass du zu leicht deinem Bedürfnis nachgibst, Christy zu beschützen, die Schutz in etwa so sehr braucht wie … ein Jaguar Schutz braucht.« Ich gratulierte mir innerlich dazu, Christy weder als Hai noch als Viper bezeichnet zu haben.

Auriele warf mir einen Blick zu, der besagte, dass sie durchaus verstanden hatte, dass Viper und nicht das schmeichelhaftere »Jaguar« gemeint war.

»Ich mag dich«, sagte sie mir, ohne dabei zu klingen, als müsste sie an den Worten ersticken. »Du bist manchmal eine ziemliche Streberin, aber du würdest jederzeit für Adam oder Jesse oder jemanden aus dem Rudel den Kopf hinhalten. Du hast sogar für Christy den Kopf hingehalten. Doch du würdest das auch für einen völlig Fremden tun – und das macht dich zu einer Belastung für das Rudel.«

Ich dachte über das nach, was sie gesagt hatte.

»Ich gebe dir recht«, sagte ich. »Aber öffne nicht anderer Leute Post.«

»Und da gebe ich dir recht«, entgegnete sie. »Wo gehen wir hin, und wann geht es los? Adam meinte, du würdest wohl ab acht unterwegs sein.«

Es war sieben, und wenn sie fünf Minuten später gekommen wäre, wäre ich schon weg gewesen. Normalerweise wäre ich zur Kirche gegangen (allerdings nicht um sieben), doch die Werkstatt war heute wichtiger.

Ich griff nach meiner Tasche und sagte: »Zur Werkstatt. Die Fae haben alle ins Reservat gerufen. Ohne Tad und Zee, und unter diesen Umständen in der Werkstatt zu arbeiten würde mich zu einer Belastung für das Rudel machen.« Ich wählte bewusst ihre Worte.

Sie nickte zustimmend. »Gute Entscheidung.« Was klang, als wäre sie der Meinung, dass die meisten meiner Entscheidungen nicht gut waren.

Aber ich war erwachsen, also fing ich nicht noch mal von ihrer Entscheidung, Jesses Post zu öffnen, an.

Ich druckte die Hinweisschilder am Computer im Laden aus, nachdem Auriele festgestellt hatte, dass meine handgeschriebenen Schilder aussahen wie etwas, das ihre Schüler produzieren würden, wenn sie durchfallen wollten. Ich war keine Computerexpertin, und ich war mir nicht sicher, ob das, was ich da zusammengeschustert hatte, besser war als die handgeschriebenen, aber ich hängte sie auf, während Auriele auf ihrem Handy spielte. Und ich versteckte die Schilder für den täglichen Gebrauch, die ich irgendwann einmal mit einem Filzstift geschrieben hatte: *Mittagspause, Bin in fünf Minuten wieder da!* und *Unerwartetes Drama, komme irgendwann zurück!* Auf dem zweiten Schild hatte ich ursprünglich *irgendwann* mit nur einem *n* geschrieben. Zu meiner Verteidigung muss ich sagen, dass ich in Panik war, als ich es schrieb. Tad hatte es später für mich mit einem andersfarbigen Stift ausgebessert. Vermutlich sagte es etwas über mich aus, dass ich keine Skrupel hatte, so etwas für meine Kunden aufzuhängen, aber ich wollte nicht, dass Auriele sie sah.

Ich tätigte einige Anrufe, sagte alle vermeidbaren Termine für diese Woche ab und verschob alle anderen auf einen besseren Zeitpunkt. Montag würde ich reinkommen und einige dringend gebrauchte Fahrzeuge reparieren. Ich schickte einige mit neueren Fahrzeugen zu einem Händler, und die wenigen, die sich den Händler nicht leisten konnten, zu einer anderen Werkstatt. Es bestand eine 50-Prozent-Chance, dass die Kunden bei der anderen Werkstatt bleiben würden, weil sie gut und fast genauso günstig wie ich war.

»Ich dachte, du schließt die Werkstatt bis auf Weiteres«, sagte Auriele, als ich aufblickte.

»Das stimmt.«

»Aber du kommst trotzdem Montag her«, sagte sie.

»Es gibt einige Autos, die ich niemandem sonst anvertrauen kann«, antwortete ich. »Und einige wenige Kunden, die eine spezielle Betreuung brauchen. Ich nehme einen der Wölfe mit. Die Leute brauchen ein funktionierendes Auto.«

Wir gingen zurück zu meinem Jetta.

»Wir hätten meinen Wagen nehmen können«, sagte sie nicht zum ersten Mal.

»Ich will keine Ölflecken in einem Auto, das zur Hälfte Darryl gehört«, entgegnete ich ernst. »Er könnte einen Herzinfarkt bekommen, und wir können es uns nicht leisten, noch mehr Wölfe zu verlieren, bis Adam die Eindringlinge erfolgreich in unser Lager geholt hat.«

Sie lachte. »Aha. Also geht es nicht um den Spritverbrauch oder um das Bedürfnis, das Steuer in der Hand zu haben.« Das waren meine Antworten bei den ersten beiden Malen, als sie sich über den Jetta beschwert hatte. »Es kommt aus tiefer und ehrlicher Besorgnis um die Gesundheit meines Mannes.«

»Definitiv«, sagte ich. »Ich mag Darryl.«

»Wir fahren nicht zurück?«, fragte sie, als ich auf dem Nachhauseweg falsch abbog.

»Nein«, sagte ich. »Wir haben ein paar schlimme Tage hinter uns. Ich hole Donuts. Kartoffeldonuts.« Kartoffeldonuts verdankten ihren Namen der Tatsache, dass der Teig aus Kartoffelmehl gemacht wurde. Ben liebte diese Teile.

»Okay«, sagte sie. »Ich könnte einen Donut jetzt gut gebrauchen.«

Der Laden lag in der Uptown von Richland – ein ziemlicher Weg von meiner Werkstatt im östlichen Kennewick, aber er war die lange Fahrt wert. Außer wenn er geschlossen war – was er offensichtlich war.

»Nun, das ist schade«, sagte ich. Warum wusste ich nicht, dass er sonntags geschlossen hatte? Ich war mir sicher, dass ich schon ein- oder zweimal an einem Sonntag hier gewesen war.

»Bei Safeway gibt es gute Donuts«, informierte Auriele mich nüchtern.

Ich seufzte. Supermarkt-Donuts und Kartoffeldonuts sollten niemals im gleichen Atemzug genannt werden. Da die Werkstatt noch eine Weile geschlossen bleiben würde, hatte ich jetzt wohl etwas zusätzliche Freizeit. Vielleicht sollte ich versuchen, selbst Donuts zu machen. Mein selbst gemachtes Brot war gut. Ich wusste, wie man Fry Bread, ein in Öl ausgebackenes Fladenbrot, machte, und von da war es nicht mehr weit, bis …

In meinem Kopf leuchtete eine Fülle von Informationen auf.

Ich wusste nicht, ob die anderen Wölfe ihre Verbindung zum Rudel auf die gleiche Weise wahrnahmen, wie ich das tat. Für mich war es wie ein Netz aus Weihnachtsgirlanden, funkelnd und metallisch mit unerwarteten Lichtern hier und da, und die Gefährtenverbindung zu Adam war ein dicker, leuchtender Strang, der sich jedes Mal veränderte, wenn ich ihn näher betrachtete. Heute wies er ein gedecktes Rot auf, in dem sich orangefarbenes Licht bewegte, fast wie bei einer Lavalampe. Das orange Licht, da war ich mir sicher, waren die Informationen, die unsere Verbindung an mich weitergeben wollte, die Adam aber zurückhielt. Unter normalen Umständen hätte die Verbindung mich über Dinge wie Adams Stimmung, seinen Aufenthaltsort, die Musik, die er hörte, oder worüber er gerade nachdachte, informiert.

Die Rudelverbindung dagegen sagte mir nur selten etwas. Ich nahm allenfalls wahr, wenn jemand starb. Ich wusste, dass Adam eine Menge mehr Informationen daraus zog als ich. Aber die einzige Zeit, zu der die Rudelverbindung mir wirklich viel übermittelte, war bei einer Jagd. Dann war es überwältigend, als wäre das ganze Rudel ein einziges Tier.

Vorher hatte ich gedacht, ich würde in Panik verfallen, wenn die Rudelbindung mich mit sich riss – doch es war das beste Gefühl der Welt. Da waren keine Sorgen, keine Traurigkeit, nichts als eine wilde Freude, die meine Nervenenden versengte. Kein Zögern, keine Zweifel, nur die Gewissheit, dass das Rudel eins war.

Zugegeben: Wenn die Verbindung die ganze Zeit diese Wirkung gehabt und uns in ein Kollektiv wie die Borg aus *Star Trek* verwandelt hätte, dann wäre ich nach Istanbul oder die Äußere Mongolei ausgewandert, um dem zu entkommen. Aber ein- oder zweimal im Monat im Rahmen einer geplanten und organisierten Jagd? Das war ziemlich cool.

Heute war es anders.

Ich erstarrte am Fleck, auf dem Parkplatz, mit der Hand auf der offenen Tür meines geschmähten Jettas, und die Dringlichkeit des Rufs funkte durch meinen Kopf und meine Fingerspitzen. Die schiere Macht erfüllte die Luft, die ich atmete, mit Elektrizität. Und wie in den Jagdnächten wusste ich plötzlich Dinge, die ich normalerweise nicht wissen würde. Ich wusste, dass Kelly niedergeschlagen war und Angst hatte und –

»Makaya«, sagte Auriele und setzte sich auf den Beifahrersitz des Jetta.

Das hatte ich auch wahrgenommen. Makaya war Kellys sechsjährige Tochter – und sie steckte in Schwierigkeiten. Wir waren nur gute drei Kilometer von Kellys Haus entfernt. Ich gab Gas, noch bevor Auriele ihre Tür geschlossen hatte.

Im Grunde sahen 80er Jettas aus wie klassische Mittelklassewagen, vergleichbar mit einem Chevette oder Echo. Praktisch, aber nicht besonders hübsch oder auffällig. Mein Jetta, den ich gerade wiederherrichtete, war aus all den falschen Gründen auffällig. Aber im Gegensatz zu meinem geliebten Vanagon war der Jetta für die Bewegung gebaut worden und damit nicht nur schnell, sondern auch gut zu lenken.

Ich fuhr knappe hundert, als ich in Kellys Straße einbog,

und die Reifen blieben dabei fest am Boden. Vor uns, direkt bei Kellys Haus, konnte ich einen großen Mann mit einem kleinen Kind in den Händen sehen – er hielt es über seinen Kopf. Direkt hinter ihnen befand sich ein großer Bauschuttcontainer.

»Sie lebt«, sagte Auriele, die Stimme rau von ihrer Wölfin. »Sie bewegt die Beine.«

»Wenn ich ihn mit dem Auto anfahre«, fragte ich, »kannst du sie von der Motorhaube aus packen, damit ihr nichts passiert?«

Während ich sprach, bremste ich heftig ab und verlangsamte den Wagen, bis wir etwa vierzig fuhren. Schneller, und Auriele hätte keine Chance. Langsamer, und ich riskierte, den Werwolf nicht hart genug zu treffen, dass er Makaya losließ. Das hier war ein altes Auto, sehr gut designt, aber das, was ich vorhatte, würde auch mir wehtun, weil es keine Airbags hatte. Doch das änderte nichts an meinem Plan. Makaya war ein Kind. Und ein kleiner Naseweis. Und ich liebte sie abgöttisch.

Auriele machte sich gar nicht die Mühe, mir zu antworten. Mit einem entschlossenen Hieb ihres Ellbogens schlug sie das Seitenfenster ein und kletterte über das zerschmetterte Glas hinaus. Die Fenster des Jetta konnte man nur manuell hoch- und runterfahren – wenn sie es auf diese Weise versucht hätte, wäre sie zehn Sekunden, nachdem wir Kellys Haus passiert hatten, noch mit Runterkurbeln beschäftigt gewesen.

Als Werwölfin hatte sie die Körperkraft, das Fenster effizient zu zerbrechen und hinauszuklettern, ohne einen Sturz zu riskieren. Aber es war die ihr eigene natürliche Grazie, die es zuließ, dass sie auf der Motorhaube des Jetta stehen konnte, während ich über eine Straße mit Schlaglöchern fuhr und meinen fast eine Tonne schweren Wagen wie eine Waffe auf den fiesen Typen richtete, der das kleine Mädchen hielt.

Er ließ Makaya fallen und hielt sie noch an einem Bein fest. Anscheinend wollte er ihrer Familie Angst einjagen, denn seine Aufmerksamkeit war auf Kellys Haus gerichtet. Ich konnte weder Kelly noch seine Gefährtin Hannah sehen, doch ich konnte mir nicht vorstellen, dass sie nicht da draußen waren. Vermutlich verbargen ihr Lattenzaun und die Hecke des Nachbarn sie vor meinem Blick.

Ich bremste langsam. Ich wollte nicht riskieren, Makaya mit dem Auto zu erwischen. Wir waren keinen halben Block mehr entfernt – ich würde abbrechen müssen.

Und dann schwang er sie erneut über seinem Kopf und tanzte im Kreis herum. Er sah nicht einmal in unsere Richtung – obwohl er den Motor hätte hören müssen. Er amüsierte sich viel zu sehr.

Auriele hockte weiterhin auf meiner Motorhaube. Es gab keinen anderen Werwolf in unserem Rudel, bei dem ich überhaupt auf den Gedanken gekommen wäre vorzuschlagen, das in Menschengestalt zu tun. Ich verlangte von Auriele nicht nur, dass sie den Aufprall überlebte, ich verlangte von ihr, die sechsjährige Makaya zu beschützen. Aber ich hatte sie mit einem Vulkangott kämpfen sehen; ich war mir relativ sicher: Wenn jemand außerhalb eines Films zu diesem Manöver in der Lage war, dann war es Auriele.

Unter normalen Umständen hätte ich es trotzdem gar nicht erst versucht – allerdings hatte ich schon nach der Kurve aus sechs Block Entfernung den Wahnsinn in der Körpersprache des feindlichen Wolfs erkannt. Ich war im Rudel des Marrok aufgewachsen, wo jedes Jahr frisch Verwandelte die Kontrolle über ihren Wolf verloren hatten.

Einige davon verloren gänzlich den Verstand. Ich hatte vermutlich ein gutes Dutzend davon gesehen, doch einer hätte ausgereicht. Sie waren furchterregend genug, dass ich das Bild nie wieder aus dem Kopf bekam.

Und wenn ich noch irgendeinen Zweifel gehabt hätte, dann hätte der Ausdruck auf dem Gesicht des Mannes, der Makaya hielt, ihn sofort hinweggefegt. Ganz egal, ob Lincoln Stuart – ich erkannte in ihm den Mann aus Adams Foto-Präsentation – den heutigen Tag überlebte, er würde nie wieder ein menschliches Herz haben.

Jetzt konnte ich Hannah und Kelly sehen. Hannah, über deren Schulter sich ein blutroter Streifen zog, stand erstarrt direkt hinter dem Tor. Kelly war auf dem Rasen und kroch auf die Ellbogen zu ihr.

Und dann war die Zeit für Beobachtungen vorbei.

Auriele stieß sich ab, streckte sich genau in dem Moment, bevor der Jetta den Werwolf traf. Er war groß, deshalb erwischte ihn die Stoßstange nur knapp unter dem Knie und zerschmetterte die Knochen dort. Das Geräusch war laut, aber dumpf, als ob ich auf etwas Weiches geprallt wäre. Er wurde seitlich über die Motorhaube geworfen, und im nächsten Moment rammte das Auto ihn gegen den Container.

Der Sicherheitsgurt, der mich im Sitz hielt, gab nach – das hatte ich fast befürchtet; er stand auf meiner Liste von Dingen, die ich in Ordnung bringen wollte. Dennoch: Der Wagen wurde, wie von den Konstrukteuren beabsichtigt, eingedrückt und absorbierte dabei einen guten Teil der Wucht des Aufpralls. Der Gurt hielt lange genug, um mich davon abzuhalten, durch die Windschutzscheibe zu fliegen.

Der Aufprall schüttelte mich ziemlich durch, und möglicherweise brach ich mir die Nase am Lenkrad. Genug Blut war vorhanden, und meine Nase tat entsprechend weh. Benommen setzte ich den Wagen zurück, bis der Motor abstarb – etwa zwei Meter von dem Container entfernt, der bei dem Aufprall verschoben wurde. Ich öffnete die Tür und kämpfte mich zwischen den fallenden Glasscherben hindurch nach draußen. Ich musste mich kurz mühselig drehen, um aus den Resten des Gurts zu kommen.

Der Wagen war stärker beschädigt, als ich erwartet hatte. Vielleicht brauchte der Tacho auch eine Reparatur. Einen Moment lang sah ich den Wagen an und beschloss, dass das mit dem Tacho hinfällig war. Ich würde mich einmal mehr nach einem neuen Wagen umsehen müssen.

Etwa zu diesem Zeitpunkt wurde mir klar, dass ich ziemlich viel Lärm hörte – und dass gerade sehr viel wichtigere Dinge passierten als der Totalschaden meines Autos.

Ich zog meine Waffe und trat um den Wagen herum, um sie auf Lincoln zu richten, der heulte und fauchte und versuchte, die Überreste seines linken Beins aus meinem Kühler zu ziehen, wo es sich verfangen hatte. Offenbar hatte er noch nicht wahrgenommen, dass seine beiden Beine rettungslos gebrochen waren, denn einige der anderen Geräusche, die er von sich gab, waren Drohungen. Sie schienen in diesem Augenblick an niemand Speziellen gerichtet, aber ich glaubte ihm.

Ich hatte dieses Verhalten schon zuvor gesehen. Schmerz bedeutete nichts für jemanden, der sich an seinen Wolf verloren hatte. Doch dann rutschte sein Hemd zur Seite – und ich sah eine Wunde auf seiner Schulter.

Mein Atem ging schwer – weil ich wegen meiner Nase durch den Mund atmen musste. Jetzt, da der Schock des Aufpralls etwas nachließ, hatte ich die beginnende Vermutung, dass ich mir auch die eine oder andere Rippe gebrochen hatte. Benommen, wie ich war, konnte ich es mir nicht leisten, den Blick von Lincoln zu nehmen. Das Hemd rutschte ein wenig weiter, und ich sah eine zweite verkrustete Wunde, wo ein anderer Zahn eingedrungen war. Es waren keine kleinen Löcher – wie der Hasenbiss, den Ben und ich abbekommen hatten. Diese hier waren größer, mehr wie auf den Fotos von Stefans Wunden, die Marsilia uns geschickt hatte. Sosehr ich ihm auch das Hemd vom Leib reißen wollte, um mich zu versichern, ich wagte es nicht, mich ihm weiter zu nähern. Er mochte gebissen worden sein, aber er war auch ein Werwolf.

»Makaya?«, rief ich. »Auriele?«

»In Sicherheit«, sagte Auriele und klang bemerkenswert gefasst.

Der Lärm war nun abgeklungen, ich hörte bloß noch hier und da Kinder weinen – und Lincolns Toben.

»Verletzungen?«, fragte ich.

»Makaya sieht aus, als hätte sie ein gebrochenes Hand- und vielleicht auch Fußgelenk«, sagte Auriele. »Hannah hat eine Verletzung an der Schulter, die genäht werden muss. Mit einer Menge Stichen. Kelly …«

»Wird überleben«, knurrte er. »Ich verwandle mich gerade.«

»Irgendwelche Bisse?«, fragte ich. »Der Wolf hat einen Biss wie Ben.«

Auriele fluchte. Nach einem kurzen Moment sagte sie mit Erleichterung in der Stimme: »Makaya hat nichts, Hannah auch nicht. Kelly?«

»Nein«, sagte Kelly. »Er hat mich mit einem Baseballschläger geschlagen. Und dann mit meiner Werkzeugkiste.«

»Und dem Vorschlaghammer«, sagte Hannah, die zutiefst verstört klang.

»Und dem Vorschlaghammer. Keine Bisse. Werde es überleben«, sagte Kelly noch einmal. »Keine Bisse, Mercy.«

Ich war mir ziemlich sicher, dass das letzte Wort mein Name war, aber Kellys Stimme war tiefer geworden und hatte an Deutlichkeit verloren, weil er sich gerade verwandelte.

Mit der Wolfsgestalt und Essen sollten die meisten seiner Verletzungen in den kommenden Tagen von selbst heilen, solange keine Knochen gerichtet werden mussten. Ich musste Auriele vertrauen, dass sie sichergestellt hatte, dass Kelly wieder in Ordnung kommen würde. Meine Aufgabe war es jetzt herauszufinden, was ich mit diesem Wolf tun wollte.

Ich hatte meine Pistole und mein Buschmesser, das immer noch in seiner Hülle im Auto war, aber ich konnte ihn nicht einfach töten, nicht hier draußen, wo die Häuser Kameras und die Leute Handys hatten (ich konnte sehen, wie sich die Vorhänge am Haus von Kellys Nachbarn bewegten). Er hatte niemanden hier in der Öffentlichkeit getötet. Mit den Verletzungen von dem Zusammenstoß mit dem Auto schien er keine unmittelbare Gefahr zu sein. Doch das war er, vor allem mit diesen Bissmalen, die menschlichen Behörden würden das aber nicht wissen und es entsprechend beurteilen, wenn ich ihn nun tötete. Wenn ich allerdings wartete, bis er wieder auf den Beinen war, dann könnte er mich töten.

»Was ist mit den anderen Kindern?«, fragte Auriele.

»In Sicherheit«, sagte Hannah. »Sean und Patrick sind bei Freunden. Ich habe das Baby in unserem Schlafzimmer eingesperrt; sie ist nicht glücklich, aber in Sicherheit.« Sean und Patrick waren ihre beiden Söhne im Alter von zwölf und zehn. Das Baby war drei – also nicht mehr wirklich ein Baby.

Ein Truck kam auf uns zu. Ich blickte nicht von Lincoln auf, aber ich hörte es trotzdem. Ein moderner Ford Diesel, dem Geräusch nach. Er gehörte niemandem aus dem Rudel – ich kannte die Geräusche ihrer Fahrzeuge.

Der Truck hielt auf der anderen Straßenseite, und zwei Türen öffneten sich. Ich hörte drei Leute aus dem Truck steigen und auf der anderen Seite der Tür stehen bleiben. Drei Leute, die Werwölfe waren, und keine von unseren. Ich roch sie nicht – meine Nase war definitiv gebrochen –, doch ich konnte den Werwolf in der Art, wie sie sich bewegten, hören. Und der Truck sagte mir, dass es sich um unsere Eindringlinge handelte.

»Es sehen Menschen zu«, sagte ich zu ihnen. »Denkt gut darüber nach, was ihr als Nächstes tut.« Und dann leiser fragte ich: »Auriele?«

»Sie sehen nicht aus, als wären sie gekommen, um mit uns zu kämpfen«, sagte sie leise zu mir. »Das muss jedoch nicht so bleiben.« Die feindlichen Werwölfe waren in der Lage, uns zu hören, aber nicht die Menschen in ihren Häusern.

Ich musste mich bewegen, musste Auriele den Rücken und der neuen Bedrohung meine Vorderseite zuwenden. Das Problem war, dass mir noch immer schwindelig war, meine Augen Probleme hatten, sich auf etwas zu fokussieren, und ich mir nicht sicher war, wie viel Abstand ich von dem niedergestreckten, von seinem Wolf in den Wahnsinn getriebenen Lincoln halten sollte. Ich musste nah genug bleiben, damit ich auf ihn schießen konnte, wenn er wieder in der Lage war, sich zu bewegen.

Die Neuankömmlinge blieben, wo sie waren.

»Sind die Kinder in Ordnung?«, rief die Stimme eines Mannes.

»Die eine, die er misshandelt hat, hat gebrochene Knochen«, sagte ich. »Sie ist sechs.«

»Sieben«, sagte Makaya mit wackeliger Stimme. »Ich bin sieben.«

»Ich hab's euch gesagt«, sagte der Fremde. »Ich habe euch gesagt, dass mit ihm was nicht stimmt. Aber ihr wusstet es natürlich besser.«

»Lincoln sagte, er sei in Ordnung. Er hatte achtzig Jahre Übung darin, seinen Wolf zu kontrollieren«, sagte eine Frau.

Ich runzelte die Stirn. Ich hatte diese Stimme schon einmal gehört. Doch ich kannte Nonnie Palsic nicht, und laut den Informationen, die Adam gesammelt hatte, war sie die einzige Frau in der Gruppe. Vielleicht hatte ich nur ihre Stimme mal gehört, am Telefon oder so.

Ich wünschte, meine Nase würde funktionieren. Mein Gedächtnis für Gerüche war weitaus besser als mein Gedächtnis für Stimmen.

»Wir sollten heute rausgehen und ein bisschen Unruhe stiften«, sagte der Mann – ich glaube, das war an mich gerichtet. »Aber die Häuser mit Kindern waren ausdrücklich tabu.«

Ich riskierte einen schnellen Blick zu den neuen Werwölfen.

Es war schwer, sich auf den Mann zu fokussieren – als wäre ich ein Mensch, der einen Werwolf ansah, der seine Rudelverbindung zu Hilfe nahm, um sich als großer Hund zu tarnen. Ich hatte nicht die Zeit, mehr als einen kurzen Blick auf ihn zu werfen, doch man musste kein Genie sein, um zu erkennen, dass das James Palsic war. Direkt hinter ihm stand Nonnie Palsic. Ihr Haar war dunkelbraun, obwohl es auf dem Foto, das Adam uns gezeigt hatte, heller gewesen war. Ihr Gesicht war schmaler, aber unverkennbar.

Die dritte Person war ebenfalls eine Frau, klein und zierlich, und sie kam mir irgendwie bekannt vor.

Ich richtete meine Aufmerksamkeit wieder auf Lincoln, dem es endlich gelang, sein Bein aus der zerstörten Front meines Autos zu ziehen. Er hatte noch immer keine Anzeichen gezeigt, dass er mich überhaupt wahrnahm. Doch dann rollte er sich, ohne mich anzusehen, blitzschnell zur Seite und hieb mit einem Messer, von dem ich gar nicht gemerkt hatte, dass er es hatte, nach meinem Knie.

Da ich zwei gesunde Beine hatte, schaffte ich es auszuweichen, aber damit stand ich mitten auf der Straße und näher bei den Palsics und der mir seltsam vertrauten Frau.

James Palsic sagte: »Wäre es in Ordnung, wenn ich mich um ihn kümmere?«

Ich konnte nicht sagen, ob er mich fragte.

»Schafft ihn hinten auf den Truck!«, befahl die Frau mit der vertrauten Stimme. »Wir entscheiden, was wir mit ihm tun, wenn wir zurück sind.«

»Lasst euch nicht aufhalten«, sagte ich.

Ich hielt die Waffe in die Luft, sodass ich auf niemanden zielte, und wich ein paar Schritte die Straße hinunter zurück, damit ich dem Feind nicht noch näher kam. Auriele, die Makaya ihrer Mutter übergeben hatte, stellte sich vor die kleine Familie. Ich fragte mich, ob ich ihnen sagen sollte, was mit Lincoln nicht stimmte.

Palsic ging an mir vorbei und sagte etwas in einer romanischen Sprache, die nicht Spanisch oder Italienisch war – vielleicht Portugiesisch oder Rumänisch. Es klang bekümmert und resolut. Er wich Lincolns Angriff aus und positionierte sich dabei hinter dem Rücken des verletzten Werwolfs. Mit einer schnellen und mühelosen Bewegung hob er den sich zur Wehr setzenden Werwolf hoch.

»Lassen Sie sich nicht beißen!«, sagte ich zu ihm – und er hob die Augenbrauen.

»Das hatte ich nicht vor«, sagte er.

»Töte ihn!«, sagte Nonnie.

»Gerade sind etwa sechs Handys durch Fenster auf uns gerichtet«, sagte James zu ihr. Er schien keine Probleme zu haben, Lincolns Mund von sich fernzuhalten.

»Ich sagte, wir entscheiden, was wir tun, wenn wir zurück sind.« Die Stimme der älteren Frau war eisig – und aus irgendeinem Grund sorgte das dafür, dass der Groschen fiel.

Ich war ihr schon einmal zuvor im Büro des Marrok begegnet. Ich hatte geputzt, nachdem Bran das Opfer einer Glitterbombenattacke geworden war. Aus irgendeinem Grund beschuldigte er mich – obwohl ich nur für die ersten drei oder vier von den Dingern verantwortlich gewesen war. Jemand, der nicht ich war, war mutig genug gewesen, in Brans Büro einzudringen und die Glitterbombe über seinem Schreibtisch aufzuhängen. Bran interessierte sich nicht für meine Verteidigung – obwohl er gewusst haben musste, dass ich nicht log –, und so musste ich den Raum sauber machen. Man brauchte nicht viel Glitter, um eine richtige Sauerei zu verursachen.

Bran musste das vergessen haben – oder er war davon ausgegangen, dass ich nur eine halbe Stunde oder so brauchen würde, um sauber zu machen. Es bestand kein Zweifel daran, dass er nicht erwartet hatte, mich zwei Stunden später noch dort vorzufinden, als er mit einer winzigen blonden Frau mit lieblichen Gesichtszügen hereinkam. Er stellte uns einander vor und erklärte ihr die Sache mit der Glitterbombe – worauf sie, wenn ich mich richtig erinnerte, kaum reagierte. Er schickte mich weg, damit sie sich ihren Angelegenheiten widmen konnten.

Ein paar Stunden später rief er mich wieder zu sich. Sein Zimmer war absolut glitzerfrei, und das war mehr, als man über mich sagen konnte. Er entschuldigte sich – sagte mir, der wahre Täter habe gestanden (ohne mir zu sagen, wer es war) und das Zimmer sauber gemacht. Und dann sagte er, sollte ich Fiona noch einmal sehen, solle ich mich von ihr fernhalten.

Das hatte Eindruck auf mich gemacht, weil er mich noch nie auf diese Art vor einem anderen Werwolf gewarnt hatte. Und weil sie so klein war – kleiner als ich mit vierzehn oder fünfzehn. Und weil ihre Augen kalt gewesen waren. Ein klares Grün, kein warmes mit braunen Untertönen. Als ob jemand mit eisblauen Augen grüne Kontaktlinsen tragen würde. Ich hatte noch nie jemanden mit Augen in dieser Farbe gesehen.

Später fand ich heraus, dass sie zu einer Gruppe von Wölfen gehörte, die Bran benutzte, um die Werwölfe im Zaum zu halten. Charles war nur der offensichtlichste und gefürchtetste. Aber Charles hatte seine Grenzen – er konnte richtig von falsch unterscheiden. Diese Frau tat exakt, was man ihr sagte, und sie genoss die Arbeit als Assassinin am meisten.

»Fiona«, sagte ich, und sie richtete ihre Aufmerksamkeit auf mich. Aus der Ferne konnte ich ihre Augenfarbe nicht sehen, bloß dass sie hell war. Ihr Haar war dunkel, nicht blond, doch ihre Körpersprache war die gleiche.

»Mercy Hauptman«, sagte sie, ohne zu lächeln, »Brans kleine Kojotin.«

»Was für eine Überraschung«, erwiderte ich, obwohl sie eindeutig nicht überrascht war, mich zu sehen. »Erledigst du noch immer ...« Ich wusste nicht, wie ich es ausdrücken sollte.

»Aufträge«, sagte sie.

»Erledigst du noch immer Aufträge für Bran?«, fragte ich.

Sie schüttelte den Kopf. »Nein. Ich habe einen Gefährten gefunden und mich verändert.«

»Nicht Lincoln Stuart«, sagte ich, in erster Linie, um sie wissen zu lassen, dass sie nicht die Einzige war, die über ihre Feinde Bescheid wusste. Wäre Lincoln ihr Gefährte gewesen, dann wäre sie betroffener über seinen Zustand gewesen. »Und die Palsics sind ebenfalls Gefährten.«

James, der noch mit dem sich heftig wehrenden Lincoln neben meinem Auto stand, suchte meinen Blick.

»Adam hat sich an euch erinnert«, sagte ich zu ihm. Ich wollte sie glauben lassen, dass wir sie ebenfalls im Blick hatten, obwohl wir die Informationen von Charles bekommen hatten.

Fiona schenkte mir ein kühles Lächeln. »Sven Harolford ist mein Gefährte, Mercedes Thompson ... Hauptman. Wir sind hier, um euer Rudel zu übernehmen. Wir werden Hauptman erlauben, drei Wölfe mit sich zu nehmen ... und dich. Du solltest dankbar sein.«

Ich erwiderte ihr Lächeln und balancierte mein Gewicht über meinen Beinen aus. Mit der gebrochenen Nase und den schmerzenden Rippen war ich nicht in der Verfassung für einen Kampf, aber das würde ich ihr nicht zeigen.

»Ich zittere vor Angst«, sagte ich zu ihr. Fiona veränderte vermutlich alles. Viele Wölfe aus unserem Rudel hatten schon einmal getötet. Doch bei uns gab es keine Mörder – Wölfe, die es genossen zu morden. Ich wollte Fiona nicht in unserem Rudel. »Du wirst meinen Rat nicht beherzigen, aber ihr solltet weiterziehen. Falls ihr Schutz vor Gartman und seinem Rudel braucht, wird Bran euch weiterhelfen.«

»Nein«, sagte Fiona mit einem Hauch von Bitterkeit in der Stimme, »das wird er nicht. James? Worauf wartest du? Schaff Lincoln in den Truck.« Sie drehte sich um und marschierte selbst zurück zum Wagen.

James nickte mir kurz zu, als er mit Lincoln an mir vorbeikam. Ich starrte ihn an, versuchte mir seine Gesichtszüge einzuprägen. Ich wusste von Adams Foto, wie er aussah, aber ich konnte sein Gesicht einfach nicht festhalten.

James warf den anderen Wolf unsanft hinten auf den Truck. Zuschauer ohne übernatürliches Gehör hatten vermutlich das Knacken nicht gehört, mit dem Lincolns Genick bei diesem Wurf brach.

»Idiot«, fauchte Fiona. »Wer, glaubst du, gibt hier die Anweisungen?«

Angespannt starrte er einen langen Moment auf die Ladefläche des Wagens. Dann wandte er sich mir zu.

»Ich habe ihnen gesagt«, sagte er leise, »keine Kinder. Und Fiona und Sven haben ihn trotzdem hergeschickt.« Er sah Fiona an. »Er ist nicht von sich aus hierhergekommen. Er war so außer Kontrolle, dass er sich kaum selbst anziehen konnte.« Er begegnete meinem Blick.

Ich fühlte einen Funken. Da war ein leichtes Ploppen in meinem Kopf, wie der Augenblick, in dem sich ein Druck auf den Ohren letzten Endes doch noch löste. Magie zuckte mein Rückgrat hinunter – und endlich konnte ich sein Gesicht sehen.

Fiona sagte: »Wir dachten, er sei stabil. Heute ging es ihm besser.«

Und sie hatte einen Wolf hergeschickt, damit er ein Chaos anrichtete. Zu Kellys Haus, in dem Kinder lebten.

Ich sah James an. »Grüner Käfer«, sagte ich zu ihm. »Nett restauriert. Sie brauchten eine neue Lichtmaschine.«

Er war vor einigen Wochen im Laden gewesen – und mir war nicht einmal aufgefallen, dass er ein Werwolf war. Ich hatte mich nicht an sein Gesicht erinnert oder ihn wiedererkannt, als Adam uns das Bild gezeigt hatte. Noch beunruhigender war, dass Zee an dem Tag mit mir gearbeitet und ebenfalls nicht bemerkt hatte, dass James ein Werwolf war. Adams Informationen waren falsch. James Palsics Fähigkeit, nicht erkannt zu werden, war definitiv Magie. Ich war mir ziemlich sicher, dass sie bei mir nicht mehr funktionieren würde.

Er lächelte mich an, ein ehrliches, offenes Lächeln. Was sich ein wenig seltsam anfühlte, weil es von einem feindlichen Werwolf kam, der gerade einen seiner Mitstreiter getötet hatte.

»Das stimmt«, sagte er. »Nette Werkstatt.«

»Ich habe sie vorübergehend geschlossen«, erklärte ich ihnen. »Weil ihr nicht die einzigen Monster seid, um die wir uns im Moment Gedanken machen müssen.«

»Ärger mit den Fae?«, fragte Fiona. »Ihr solltet sie uns überlassen.«

Ich lächelte und überlegte, ob ich ihr sagen sollte, dass die Rauchbestie bereits ein Opfer unter ihren Leuten gefunden hatte. »Nicht alle Fae – sie haben sich wegen diesem einen in ihrem Reservat eingeschlossen, diesem einen, vor dem sie Angst haben.«

»Ich höre Sirenen«, sagte Nonnie. »Wenn du wirklich erst mal nichts mit den menschlichen Behörden zu tun haben willst, Fi, dann sollten wir jetzt los.«

Sie hörten auf sie und stiegen ohne ein weiteres Wort in den Truck. Gerade als sie losfuhren, bog das Blaulicht um die Kurve, die ich vorhin mit hundert genommen hatte. Der Polizeiwagen war deutlich langsamer, als ich es gewesen war. Der Truck fuhr an ihnen vorbei, bog nach rechts ab und verschwand dann aus meinem Blickfeld.

Und ich fragte mich, warum Fiona sich nach den Fae erkundigt hatte. Es gab Vampire in dieser Gegend – und andere Dinge, die sich jeder Einordnung entzogen. Hatte sie vielleicht von dem Biss gewusst?

Im Krankenhaus wurde meine Nase gerichtet. Sobald die medizinischen Fachkräfte mich mir selbst überließen, machte ich mich aus dem Staub und suchte nach Makaya. Ich fand Auriele und Kelly, die in einer der Nischen in der Notaufnahme warteten, und trat zu ihnen.

»Nettes Shirt«, sagte Auriele.

In meinem eigenen hatte ich ausgesehen wie eine Statistin in einem Horrorfilm, weil gebrochene Nasen nun einmal bluteten. Also hatte man mir ein Krankenhausoberteil gegeben. Das hatte eine blassbeige Färbung, die meine braune Haut grünlich aussehen ließ. Feierlich drehte ich mich um und gewährte ihr einen Blick auf den offenen Rücken.

»Ich glaube nicht, dass ich damit als Trendsetterin durchgehe«, sagte ich zu ihr. »Ist Makaya beim Röntgen?«

»Ja«, nickte Auriele, »Hannah ist mit ihr rein. Sobald man sich um Makaya gekümmert hat, lässt sie sich von ihnen in einem anderen Raum zusammenflicken. Makaya ist ziemlich traumatisiert und wollte ihre Mutter bei sich haben.«

»Wie schlimm ist Hannahs Verletzung?«, fragte ich.

»Lang«, sagte sie, »aber nicht tief. Oben wird sie genäht werden müssen, unten ist sie allerdings okay. Er hat sie mit dem Messer erwischt, mit dem er dich angegriffen hat.«

Ich kniete mich neben Kelly. »Wie geht es dir?«

Seine Schnauze legte sich in Falten, und er stieß ein langes, wütendes Knurren aus.

»Er ist eigenständig hier reingekommen«, sagte Auriele. »Aber es war nicht leicht. Ich habe ihn gründlich untersucht. Ich glaube nicht, dass es bei einem der Brüche eine Verschiebung gab.«

Sie meinte, dass keiner seiner Knochen noch einmal gebrochen werden musste.

Kelly knurrte noch immer.

»Ich weiß«, sagte ich, »geht mir auch so. Diese Leute werden definitiv keine Mitglieder in unserem Rudel. Aber du musst jetzt aufhören zu knurren, sonst machst du noch jemandem Angst.«

»Sie haben nicht vor, sich uns anzuschließen, erinnerst du dich?«, sagte Auriele trocken. »Sie lassen Adam drei seiner Leute und dich mitnehmen. Wen sucht ihr euch aus?« Sie kannte uns gut genug, um zu wissen, dass wir niemals das Rudel im Stich lassen würden.

Ich gab einen abfälligen Laut von mir, der selbstsicherer klang, als ich mich fühlte. »Sie haben ihre Chance verspielt. Wenn sie uns wirklich das Rudel wegnehmen wollen, dann hätten sie nicht Kellys Zuhause ins Visier nehmen sollen. Niemand wird einem Wolf folgen, der erlaubt, dass Kinder angegriffen werden.«

Ich stand abrupt auf. »Adam ist hier.« Ich konnte ihn nicht riechen. Auch meine Verbindung sagte mir gerade nichts. Doch ich hörte seine Stimme. Wenigstens funktionierten meine Ohren noch.

Ich trat aus der Nische und sah mich um, bis ich ihn bei einer der Pflegerinnen entdeckte, mit der er gerade sprach. Ich hatte ihn gleich angerufen, als der Truck mit Fiona und den Palsics weg war, und ihm alles erzählt.

Adam war eine Stunde Fahrt entfernt gewesen, in der Gegend um die Hanford Site, einem 1500 Quadratkilometer großen, von der Regierung abgesperrten Areal um eine große Ansammlung von Kernreaktoren und Wiederaufbereitungsanlagen, die nach und nach deaktiviert und dekontaminiert werden.

Er hatte gewusst, dass Kelly verletzt war – er hatte versucht, ihn anzurufen. Dann hatte er Darryl und Warren verständigt. Offenbar war niemand außer Auriele und mir von der Rudelverbindung alarmiert worden – wir waren am wenigsten weit vom Haus entfernt gewesen. Jetzt, da ich die Gelegenheit hatte, darüber nachzudenken, war mir nicht ganz wohl bei dem, was das über die Rudelbindung aussagte. Es schien, als wäre da ein intelligentes Bewusstsein am Werk, das niemandem aus dem Rudel direkt zuzuordnen war.

Darryl und Warren waren, kurz nachdem ich mein Telefonat mit Adam beendet hatte, bei Kelly eingetroffen. Sie sammelten die anderen drei Kinder ein – Sean und Patrick waren nach Hause gerufen worden – und brachten sie in unser Haus, wo sie in Sicherheit sein sollten. Zumindest etwas sicherer.

Adam sagte, er würde im Krankenhaus zu uns stoßen – und hier war er, wie versprochen.

Ich stieß einen leisen Pfiff aus, und Adam blickte auf. Er sagte noch etwas zu der Pflegerin und kam dann herüber.

Er blieb vor mir stehen und nahm meinen Kopf in seine Hände. Er wirkte am Boden zerstört. Was auch immer gerade vor sich ging, es hatte nichts mit dem zu tun, was zwischen uns war. Denn dieser Gesichtsausdruck sagte mir, dass ich ihm wichtig war. Er war einfach nur ein sturer Bastard, der versuchte, seine Probleme mit sich selbst auszumachen.

Vielleicht würde ich warten, bis wir mit alldem hier – den streunenden Wölfen und der Rauchbestie – fertiggeworden waren. Aber ich würde nicht weiter zulassen, dass er das Gewicht von was auch immer ihn gerade belastete allein schulterte.

»Mach dir keine Sorgen«, sagte ich zu dem sturen Bastard. »Ich habe mir die Nase am Lenkrad gebrochen. Vielleicht bekomme ich passenderweise auch noch ein blaues Auge. Aber die gute Nachricht ist, dass meine Rippen nur geprellt und nicht gebrochen sind.«

»Ich werde die ganze nächste Woche damit verbringen, der Presse zu versichern, dass ich dich nicht geschlagen habe«, erklärte er, doch er wirkte erleichtert.

»Sehr löblich«, sagte ich ermunternd.

Er lächelte schief und küsste mich auf die Stirn. »Denkst du, du könntest dir einen Wagen mit Airbags zulegen?«

Das Nachrüsten von Airbags war vergebliche Liebesmüh – und gefährlich noch dazu. Als Mechanikerin war es für mich eine Frage der Berufsehre, einen alten Wagen zu fahren.

»Ich muss einfach nur aufhören, Leute mit meinen Autos zu überfahren, dann ist alles gut«, sagte ich zu ihm.

»Wenn du doch nur«, murmelte er, »nicht mehr auf welche treffen würdest, die überfahren werden müssen.« Das zeigte, dass er mich sehr gut kannte. »Ich schätze, ich sollte froh sein, dass du nicht verhaftet wurdest.«

»Hätte gut sein können«, sagte ich zu ihm. »Zum Glück kam Kellys Nachbar aus dem Haus gerannt. Er hatte das meiste davon mit seinem Handy gefilmt. Warte, bis du den Teil siehst, als Auriele Makaya in der Luft aufgefangen hat, nachdem ich Lincoln mit dem Jetta gerammt habe. Es sieht aus wie eine Szene aus dem Cirque du Soleil. Die Polizei hat entschieden, dass es angemessen war, und mich gewarnt, es nicht noch mal zu tun. Ich meinte, dass ich das sowieso nicht mehr tun könne, weil das Auto einen Totalschaden hat und gerade in diesem Moment zu meiner Werkstatt abgeschleppt wird, wo ich es für Ersatzteile ausschlachten kann.«

Adam lächelte, aber sein Blick blieb sorgenvoll.

9

Da Makaya auf dem Heimweg mit uns im Auto war und ich ihr keine Angst machen wollte, sprach ich nicht mit Adam über Fiona und die Tatsache, dass Lincoln gebissen worden war. Er wusste, was ich wusste, weil ich es ihm noch vor Kellys Haus am Telefon erzählt hatte. Es gab nach wie vor einige wichtige Punkte, über die wir sprechen sollten, aber das würde warten müssen, bis wir angekommen waren.

Also schwieg ich auf dem Weg nach Hause und schonte meine gebrochene Nase, während Auriele vom Handy aus das Rudel mobilisierte. Zwar ging sie noch nicht so weit, alle in die Zentrale – unser Haus – zu rufen, doch die Wölfe sollten sich in Gruppen von zwei bis vier Leuten zusammenfinden und möglichst nirgendwo alleine hingehen.

Ich war nicht überzeugt, dass uns das vor dem Rauchweber schützen würde – auch wenn es vielleicht kurzfristig gegen Fionas Bande half. Aber ich sagte nichts. Was sollten wir sonst tun?

Wir konnten die menschlichen Familienmitglieder des Rudels in unser Zuhause holen; das hatten wir getan, als die Hexen zu einem Problem wurden. Doch wir waren zu viele Werwölfe, um sie lange in unserem Haus unterbringen zu können – und selbst wenn wir es taten, konnten wir nicht einfach die Türen verschließen, damit sie drinblieben und der Rauchweber draußen blieb. Nur ein paar Stunden so zusammengedrängt, und wir würden Reibereien haben. Unsere Wölfe brauchten Bewegungsfreiheit. Wir waren schlicht nicht in der Lage, das zu tun, was die Fae und die Vampire getan hatten, um sich zu schützen. Wir konnten es auch deshalb nicht, weil wir die Beschützer der Tri-Cities waren. Es war unser Job, uns den gruseligen Gestalten in den Weg zu stellen – wenn wir jetzt kapitulierten, würden wir den Bösewichten das Feld überlassen.

Wir kamen nach Hause, und das Massenchaos, das entstand, wenn zu viele Leute auf zu engem Raum zusammenhockten, wurde von den vereinten Bemühungen Aurieles, Hannahs und Jesses im Zaum gehalten. Mehrere Male versuchte ich, Adams Aufmerksamkeit zu erregen, aber er zog sich immer wieder mit verschiedenen Leuten zu einem Gespräch in sein Büro zurück, wo Ben sie nicht hören konnte. Wo allerdings auch kein Platz für mich war, nicht mal auf dem Schreibtisch.

»Du siehst aus, als hättest du Schmerzen«, sagte Adam zu mir. »Ich weiß, dass du einige Dinge mit mir zu besprechen hast. Ich komme hoch, sobald ich kann. Nimm dir einen Beutel gefrorener Erbsen, und leg dich hin. Ich komme zu dir, wenn der Security-Plan steht.«

Wir hatten Kühlkompressen, doch ich bevorzugte gefrorene Erbsen. Sie waren angenehmer auf angeschwollenem Gewebe. Gefrorene Erbsen auf meine arme Nase zu packen war eine gute Idee, und ein Ort, wo es ruhig war, klang unglaublich verlockend. Ich schnappte mir einen Beutel aus dem Gefrierfach, ging ins Schlafzimmer und schloss die Tür.

Unser Schlafzimmer war mehr oder weniger schall-
dicht – nicht so wie Adams Büro, das professionell abge-
dichtet worden war. Wenn die Schlafzimmertür zu und es
im Haus leise war, konnten Werwölfe Geräusche aus dem
Schlafzimmer hören, aber vermutlich keine wirklichen
Unterhaltungen. Doch mit dem Massenchaos im Haus bestand überhaupt nicht die Gefahr, dass jemand etwas mitbekommen könnte.

Ich holte mein Handy aus der Tasche und wählte eine
Nummer, die ich auswendig kannte.

»Mercy.«

Allein die Stimme des Marrok zu hören nahm mir etwas
vom Stress dieses Tages. Nicht dass diese Stimme den Stress
nicht zurückbringen konnte – und das mit Magenschmerzen
obendrauf –, aber im Moment war er die Person, mit der ich
am dringendsten sprechen wollte.

»Wir stecken in Schwierigkeiten«, erklärte ich. Dann erinnerte ich mich, mit wem ich sprach, und sagte: »Nichts,
womit wir nicht umgehen könnten.«

»Ich habe das Gefühl, dass das nicht ganz richtig ist«,
erwiderte Bran. »Sonst hättest du mich nicht angerufen.«

Ich dachte an die Vampire und die Fae, die sich eingeschlossen hatten, und an Ben im Keller, der tat, als wäre alles in Ordnung.

Bevor irgendjemand sie aufhalten konnte, hatten Kellys
Kinder den Keller gestürmt, wo das elektronische Spielzeug
lag. Und sie hatten Ben in seinem Käfig gefunden. Ben hatte
pflichtbewusst Makayas leuchtend pinke Gipsverbände be-
wundert, die Jesse mit Glitter und Glitzersteinen beklebt
hatte. Wobei uns sein flehender Blick signalisierte, die Kinder nach oben zu bringen, bevor er erneut die Kontrolle
über sich verlor.

Wir hatten es nicht ganz geschafft, aber Jesse hatte Makaya erzählt, dass Ben nur Unsinn machte.

Makaya hatte den Kopf an Darryls Schulter gelehnt (obwohl er unglaublich Furcht einflößend war, liebten Kinder Darryl) und mit trauriger Stimme gesagt: »Vielleicht hätte ich ihm zuliebe gelacht, aber der Mann heute hat mir Angst gemacht, und ich will für eine ganze Weile keine Angst mehr haben.«

Also ja, vielleicht hatten wir Probleme, mit denen wir nicht fertigwurden.

»Okay. Dann sagen wir einfach, dass ich Sorgen habe«, entgegnete ich ausweichend. »Und ich glaube, dass du mir mit einigen davon helfen könntest.«

»Wölfe sind in euer Territorium eingedrungen«, sagte er.

Die Fotopräsentation und die dazugehörigen Informationen waren weitgehend von Charles gekommen. Das hätte ich sogar erraten, wenn ich Adam nicht mit ihm sprechen gehört hätte. Wenn Charles Informationen weitergab, dann waren sie nützlich, geordnet und kurz gefasst. Aber wenn Charles über unsere Eindringlinge Bescheid wusste, dann wusste auch Bran davon.

Brans Unterstützung war eher sokratischer Natur. »Adam«, hätte er wohl gesagt, »wo glaubst du, kannst du die Informationen finden, nach denen du suchst? Wenn ich du wäre, dann würde ich mich vielleicht mal … in Texas umsehen.«

Und das war der Grund, warum Adam Charles und nicht Bran um Hilfe gebeten hatte. Das und die Tatsache, dass Bran offiziell nichts mehr mit unserem Rudel zu schaffen hatte. Das war notwendig für unser Experiment eines Werwolfrudels als neutraler Partei zwischen den Menschen und den Fae, die aushandelten, wie sie zusammen in der gleichen Welt leben konnten. Unser Rudel musste unabhängig sein, denn wenn die Dinge sich negativ entwickelten, sollte nicht jeder Werwolf in ganz Nord- und Südamerika in einen Krieg mit den Fae oder den Menschen – oder beiden – hineingezogen werden.

Ich hatte mich nicht an Bran gewandt, weil ich Informationen wollte – ich brauchte einen Rat. Darin war Bran gut.

»Eine der Eindringlinge ist Fiona«, sagte ich zu ihm. Ich kannte ihren Nachnamen nicht, aber ich brauchte ihn auch nicht.

Bran atmete hörbar ein, dann sagte er: »Sie ist tot.«

»Nein«, sagte ich. »Sie stand heute gesund und munter vor mir. Das ist etwa drei … nein, fünf Stunden her. Die Zeit vergeht wie im Flug in der Notaufnahme.«

Und das hätte ich nicht sagen sollen.

»Geht es dir gut?«, fragte er.

»Ja.«

»Mercy.«

»Meine Güte«, maulte ich und fühlte mich wie eine Vierjährige. »Ich habe mir die Nase gebrochen, als ich mit meinem Auto einen besessenen Wolf rammte, der eines der Kinder aus dem Rudel verletzt hat. Und weil ich mir die Nase gebrochen habe, hat das Mädchen nur ein gebrochenes Hand- und Fußgelenk, und der Wolf ist tot. Mir geht es gut, wenn man bedenkt, wie dieser Tag auch hätte anders ausgehen können.«

»Haarspalterei«, knurrte er.

»Es ist die Wahrheit«, sagte ich zu ihm. »Was kannst du mir über Fiona erzählen?«

»Halt dich von ihr fern!«

Ich hoffte, dass er mein Augenrollen hören konnte. »Das

hast du mir schon gesagt, als ich vierzehn war. Ich hatte auf etwas Nützlicheres gehofft, jetzt, da ich erwachsen bin und sie versucht, mein Rudel zu übernehmen.«

»Roll nicht mit den Augen«, wies er mich zurecht. »Und du warst fünfzehn.«

Ich starrte auf das Telefon. »Du erinnerst dich, wie alt ich war?«, fragte ich ungläubig.

»Es war der Tag, an dem Charles die Glitterbombe in meinem Büro hat platzen lassen«, sagte Bran finster. »Natürlich erinnere ich mich daran.«

»Charles?« Unmöglich. »Charles hat in deinem Büro eine Glitterbombe hochgehen lassen?« Der kühle, Furcht einflößende, tödliche Charles. Allein den Begriff Glitterbombe und Charles' Namen in einem Satz zu verwenden war unvorstellbar, wenn man mal von etwas wie »Charles hat die geheime Identität der Glitterbombenlegerin herausgefunden und sie an den Zehennägeln aufgehängt, um anderen Leuten, die sich von ihr inspirieren ließen, eine Lektion zu erteilen« absah.

»Warum hat er eine Glitterbombe in deinem Büro platzen lassen?«, fragte ich.

»Wegen etwas, das ich gesagt hatte«, meinte Bran. »Geht dich nichts an. Was weißt du über Fiona?«

»Du hast gesagt, ich solle mich von ihr fernhalten«, sagte ich. »Und das hat mich automatisch neugierig gemacht.«

»Natürlich hat es das«, antwortete Bran trocken. »Ich weiß nicht, was ich mir dabei gedacht habe.«

»Wie wenn man einem Pferd eine Karotte vor die Nase hält«, stimmte ich zu. »Aber niemand konnte mir viel sagen. Sie war deine Assassinin, der du die Jobs gegeben hast, die Charles nicht annehmen wollte.«

»Ja«, bestätigte Bran.

»Und dass sie so tödlich ist wie Charles.«

»Auf andere Weise tödlich«, sagte er. »Charles oder Adam könnten sie in einem Kampf überwältigen. Aber sie würde sich nie auf einen direkten Kampf einlassen, wenn sie nicht muss. Sie würde andere benutzen … Charles sagte mir, dass sechs Wölfe in euer Territorium eingedrungen sind. Nachdem er Fiona nicht erwähnt hat – und das hätte er –, gibt es noch weitere?«

»Nein, nicht soweit ich weiß. Die Einzigen, die ich mit eigenen Augen gesehen habe, sind James und Nonnie Palsic«, sagte ich. »Oh. Und Lincoln Stuart, aber er zählt nicht, denn er ist tot.«

»Ist er derjenige, den du getötet hast?«

»Er ist derjenige, den ich angefahren habe. Ich hätte ihn erschossen, doch es gab zu viele Zeugen. James Palsic hat ihn getötet.« Mir wurde klar, dass ich Bran jetzt entweder alles, was heute passiert war, nach und nach erzählen konnte oder gleich mit der ganzen Geschichte rausrücken. Vermutlich war es sogar am besten, wenn ich einfach alles auf einmal erzählte, um Zeit zu sparen.

»Ich denke«, sagte ich zu ihm, »ich sollte wirklich bei dem Feldhasen anfangen.«

»Wenn du meinst«, sagte er. »Dann fang eben mit dem Feldhasen an.«

Während ich sprach, war er vollkommen still, deshalb wusste ich auch nicht, wie er mich dazu bringen konnte, über Wulfe zu sprechen, obwohl ich das nicht vorgehabt hatte. Oder über Adams zunehmendes Problem mit was auch immer der Grund für seine unkontrollierten Verwandlungen war und ihn dazu veranlasst hatte, unsere Gefährtenverbindung zu schließen. Zumindest hatte er behauptet, dass das der Grund war. Manchmal half es, etwas laut auszusprechen, um auf etwas aufmerksam zu werden, das man bisher übersehen hatte.

Mir gelang es, ihm nicht von dem kalten Gefühl zu erzählen, das mich letzte Nacht aufgeweckt hatte, als nur Adam und ich im Raum gewesen waren. Ich wusste, wie es sich anfühlte, die Gejagte zu sein. Beute zu sein. Es hätte sein können, dass ich es mir nur eingebildet hatte, wäre da nicht das Entschuldigungs-Frühstückssandwich gewesen.

Als ich schließlich damit endete, wie Ben Makaya im Keller Angst gemacht hatte, war ich ein wenig heiser. Ich wartete auf Brans Antwort. Er ließ sich genug Zeit, dass ich mein Handy überprüfte, um sicherzugehen, dass die Verbindung noch stand. Ich wäre mir ziemlich dumm vorgekommen, wenn ich die letzte halbe Stunde Selbstgespräche geführt hätte.

»Bran?«, fragte ich. »Bist du noch da?«

»Sag Adam, dass er Fiona töten soll, wo immer und wann immer er die Gelegenheit dazu bekommt«, entgegnete er knapp. »Sie verkauft ihre Dienste an den höchsten Bieter. Sie teilt ihr Geld nicht mit einem Team, deshalb sind die anderen vermutlich nur nützliche Werkzeuge. Sie ist keine gute Verbündete für irgendwen oder irgendwas, das sie nicht fürchtet. Sollte sie, wie du angedeutet hast, eine Allianz mit dem Rauchweber eingegangen sein, dann seht euch bei eurem weiteren Vorgehen vor.«

»Du meintest, dass sie tot sein sollte«, sagte ich, während ich mich fragte, für wen Fiona arbeitete – und die offensichtliche Antwort gefiel mir ganz und gar nicht. Es gab neben den Hexen noch andere, die uns tot sehen wollten. Sie hatte es ernst gemeint, als sie sagte, dass Adam und ich drei Leute mitnehmen und gehen könnten – also war sie vielleicht hier, um sich eine Basis zu schaffen, ein Rudel, das unabhängig vom Marrok war, aber zu wichtig für seine Pläne, um es zu zerstören.

»Man hat mir vor fünf oder sechs Jahren versichert, dass sie nicht mehr lebt«, bestätigte er.

Er konnte sich erinnern, dass ich, als ich fünfzehn war, sein Büro *nicht* mit einer Glitterbombe vollgesaut hatte, aber nicht daran, wie lange es her war, seit Fiona gestorben war?

»Hast du sie töten lassen?«, fragte ich und dachte an den bitteren Ton in Fionas Stimme zurück.

»Das hätte ich getan«, erwiderte er. »Aber nein. Sie arbeitete für eine Hexe, und das Geschäft nahm ein schlechtes Ende.«

»Geschäfte mit Hexen nehmen oft ein schlechtes Ende«, murmelte ich.

»Genau das«, sagte er sanft. »Du solltest Adam sagen, dass ich es gerne sehen würde, wenn die Palsics und Chen Li Qiang gerettet werden könnten. Kent? Abgesehen von den Rudeln, denen er zugehörig oder nicht zugehörig war, habe ich seit den Sechzigern nichts mehr von Kent gehört, und das ist kein gutes Zeichen. Entweder versteckt er sich vor mir, oder er hat ein unspektakuläres Leben geführt, bis er sich den Rebellen in Galveston anschloss.«

»Wir arbeiten nicht mehr für dich«, sagte ich trocken. »Du kannst uns keine Befehle geben.«

»Warum helfe ich dir dann?«, fragte er ebenso trocken.

Da hatte er recht. Und wir würden versuchen zu tun, was er gesagt hatte, was die Palsics und Chen betraf. Ich hatte Carlos' Gesicht gesehen, als er über Chen gesprochen hatte. Und ich stellte fest, dass ich James Palsic mochte. Ich wusste nichts über Nonnie – sie hatte nichts Auffallendes gesagt oder getan, aber es wäre ganz nett, noch eine Frau im Rudel zu haben. Doch ich musste Bran widersprechen, wenn er davon ausging, dass wir seinen Befehlen folgen würden, und sei es nur der Form halber.

»Okay«, gab ich nach. »Ich werde Adam sagen, du schlägst vor, dass wir Fiona und ihren Gefährten töten.«

»Gefährte?«, fragte Bran.

»Harolford«, sagte ich zu ihm.

»Harolford hatte ich ganz vergessen«, sagte er. »Aber tötet Harolford in jedem Fall auch. Vergesst nur nicht, dass Fiona die gefährlichere von den beiden ist.«

»Okay«, sagte ich zustimmend. »Wir tun unser Möglichstes, die Palsics und Chen ins Rudel einzugliedern, und machen uns Gedanken über Kent.«

»Gutes Mädchen«, sagte er.

Ich konnte seinen Stuhl quietschen hören, als er sich zurücklehnte. Wenn er das tat, wusste man, dass er zufrieden mit einem war.

»Also habe ich eines deiner Probleme gelöst?«, fragte er.

»Das nicht«, antwortete ich sofort. »Aber du hast mir deine Sicht der Dinge erklärt, und du hast mehr Informationen als wir. Schon klar, du willst, dass dieses Experiment ein Erfolg wird – unser Rudel, die Fae und die Vampire gemeinsam für die gute Sache –, und bist deshalb auf unserer Seite. Und das bedeutet, dass wir deinen Rat ernst nehmen. Und das, mein lieber Marrok, erleichtert es uns, unser Problem selbst zu lösen.«

»Gut«, sagte er und klang erneut zufrieden. Er brachte mich mal wieder dazu, selbst zu denken, oder? Solange ich dachte, was er wollte, dass ich dachte, mochte er es, wenn ich selbst dachte.

»Und jetzt zu deinem Problem mit Wulfe.« Seine Stimme wurde dunkler und eisiger.

Dieser Tonfall allein sagte mir, jemand hatte Bran erzählt, dass Wulfe der Grund gewesen war, warum Bonarata, der König der Vampire (oder zumindest der faktische Anführer der Vampire), mich nach Europa entführt hatte. Bonarata hatte Wulfe nach der gefährlichsten Person in den Tri-Cities gefragt. Wulfe, der einen fürchterlichen Humor und zudem ein den Fae in nichts nachstehendes Talent dafür hatte, zu lügen und dabei doch irgendwie die Wahrheit zu sagen, hatte Bonarata meinen Namen genannt. Ich wusste noch immer nicht so genau, was er sich dabei gedacht hatte.

»Ich denke, du kannst Wulfe Adam und mir überlassen«, sagte ich schnell. »Ich glaube, er spielt nur. Er hat mir das Leben gerettet. Damit meine ich nicht, dass er einer der Guten ist, aber ...« Ich atmete tief durch und versuchte zur Ruhe zu kommen.

Ich wollte nicht, dass Bran kam und Wulfe vernichtete, weil das falsch wäre. Bisher hatte er nichts getan, womit er es verdient hätte, dass man ihm Bran auf den Hals hetzte. Ich versuchte wirklich mein Bestes, Bran niemandem auf den Hals zu hetzen. Ich hatte den Grundsatz, keine Nuklearwaffen gegen nervige Fliegen einzusetzen, weil es unvorhersehbare Folgen haben konnte. Ich brachte die leise Stimme in meinem Kopf zum Schweigen, die sich fragte, ob sogar Bran es vielleicht nicht mit Wulfe aufnehmen konnte. Bran musste in meiner Vorstellung unsterblich und unaufhaltbar sein.

Jetzt in diesem Moment musste ich Bran dazu bringen, Wulfe nicht zu töten.

»Ich glaube, ich habe ihn verletzt«, sagte ich zu Bran. »Aus irgendeinem seltsamen Grund, den wohl nur er selbst kennt, hat er versucht, uns zu helfen. Vielleicht hat Marsilia ihn darum gebeten, vielleicht war ihm langweilig. Aber er hat versucht, uns zu helfen, und wurde von irgendeiner Art Rückkoppelung erfasst, als ich den Zombies die letzte Ruhe geschenkt habe. Irgendetwas in ihm ist dabei kaputtgegangen.«

Bran murmelte etwas von wegen: »Ich kann auch etwas in ihm kaputtmachen.«

»Bonarata hat ihn vor langer Zeit tatsächlich gebrochen«, sagte ich zu Bran. »Wulfe ist ein Magier, ein Vampir und ein Hexer.« Das Letzte war möglicherweise ein Geheimnis. Vor der Nacht der Zombies, wie Ben es nannte, hatte ich nichts davon gewusst. Aber ich musste dafür sorgen, dass Bran das richtige Bild von Wulfe hatte, damit er ihn nicht einfach eliminieren ließ, wie er uns gerade angewiesen hatte, Fiona zu eliminieren. »Er hat jahrhundertelang für Bonarata und Marsilia Blut vergossen. Jahrhundertelang gefoltert und getötet.«

In meine Kunstpause hinein sagte Bran mit unverhohlener Ironie: »Ja, Mercy, ich weiß.«

»Und seine Hexenmagie ist weiß.«

Dieses Mal schwieg er.

»Genau«, bestätigte ich. »Er ist eine verlorene Seele, die durch die Dunkelheit …«

»Unsinn«, sagte Bran, der genau diese Zeile für ein ziemlich schönes Lied geschrieben hatte, das ich ihn einmal singen gehört hatte. Ich glaube, das Lied war einige Jahrhunderte alt – aber er hatte es geschrieben.

»Dass es rührseliger Kitsch ist, macht es nicht unwahr«, sagte ich zu ihm. Und auch das war ein Zitat von ihm. Eines, das er in beide Richtungen – wahr und unwahr – benutzte, je nach Situation.

»Er ist gefährlich«, sagte ich zu Bran, »und unberechenbar und all das. Aber vielleicht kann aus ihm ein Verbün-

deter werden. Adam hat aus Marsilia eine Verbündete gemacht.«

»Adam dachte auch, Elizaveta sei seine Verbündete.«

»Das dachte auch Elizaveta«, antwortete ich. »Aber darum geht es hier nicht.«

Er atmete tief durch, und ich sah ihn regelrecht vor mir,
wie er sich in die Nasenwurzel kniff. Das Durchatmen klang
danach.

»Dann werde ich ihn Adam und dir überlassen«, sagte er
schließlich. »Fürs Erste.«

»Danke«, sagte ich, und er knurrte.

»Das dritte Problem«, sagte Bran. »Die Kreatur, die aus
Annwnn entkommen ist. Was du über ihn weißt, selbst mit
dem, was Beauclaire beigetragen hat, ist nicht genug, dass
ich herausfinden könnte, wer er ist. Möglicherweise kenne
ich ihn nicht, oder ich kenne ihn über Eigenschaften, die ihr
noch nicht an ihm gesehen habt.«

»Okay«, sagte ich. Ich hatte wirklich sehr gehofft, dass
Bran mir mit diesem Problem helfen konnte. »Er hat Ben
und Stefan«, erinnerte ich Bran.

»Ich weiß«, sagte er sanft. »Und ich möchte keinen von
ihnen verlieren. Diesbezüglich habe ich einige Vermutungen, die nützlich sein könnten.«

»Okay«, sagte ich hoffnungsvoll.

»Erstens: die Tatsache, dass Beauclaire dir den Namen
der Kreatur nicht sagen konnte. Die Fae legen großen Wert
auf Namen. Es gibt eine Reihe von Fae, die ihren Namen
schützen, indem sie anderen nicht erlauben, ihn auszusprechen.«

»Okay, der Name könnte also wichtig sein, sobald wir
herausgefunden haben, wer er ist. Aber wir werden ihn vermutlich nicht finden, indem wir einfach nur Ausschau nach

jemandem halten, der seinen Namen verbirgt – denn das tun sie alle.«

»Genau.« Er klang erneut zufrieden.

Ich war kein Kind mehr. Ich sollte mich nicht freuen, dass er mich für eine gute Schülerin seiner sokratischen Lehrmethoden hielt.

»Ich denke, du solltest dich auf den Teil mit dem Tauschgeschäft konzentrieren, von dem Beauclaire dir erzählt hat«, sagte er zu mir. Und jetzt konnte ich in seiner Stimme hören, dass er der Meinung war, ich hätte etwas Offensichtliches übersehen.

»Aber sie machen auch alle Tauschgeschäfte«, sagte ich. Und vielleicht war mein Ton ein bisschen scharf.

»Das tun sie«, stimmte er zu. Und der geduldige Unterton in seiner Stimme weckte bei mir das Bedürfnis, seine Unterwäsche lila zu färben, obwohl das bei meinem ersten Versuch nicht so gut funktioniert hatte.

Aber ich war jetzt erwachsen, also schob ich meine kleinlichen Rachegelüste beiseite und dachte nach, was Beauclaire über das Tauschgeschäft erzählt hatte.

»Aber nicht alle Fae hatten ein Tauschgeschäft mit Annwnn«, sagte ich schließlich.

Meine Belohnung dafür, dass ich erkannt hatte, was Bran erkannt hatte, war, dass er zu mir sagte: »Und jemand, den ich kenne, hat eine Tür nach Annwnn in ihrem Garten und jemanden, den Annwnn sehr schätzt, der an die Tür klopfen und sie bitten könnte herauszukommen.«

Ich dachte an Annie und seufzte. »Du hast nicht zufällig irgendwelche Tipps, wie man mit einem blutdurstigen unsterblichen Wesen mit der Aufmerksamkeitsspanne einer Zehnjährigen umgeht?«

»Gib ihr Süßigkeiten«, sagte er. »Oder ruf Ariana an,

und frag sie. Aber ich denke, etwas Süßes, vor allem wenn du es selbst bäckst, könnte eine Möglichkeit sein, Informationen aus ihr herauszulocken.« Er schwieg einen Moment, dann sagte er: »Und behandle sie wie eine Mitverschwörerin, nicht wie ein unartiges Kind, das Verderben über die Welt gebracht hat. Vielleicht kann sie dir nicht viel erzählen, aber sie könnte trotzdem nützlich für dich sein. Vielleicht gibt es irgendetwas im Rahmen des Handels, den sie mit ihm geschlossen hat.«

»Okay«, sagte ich, »danke.«

»Und Adam?«, fragte ich ihn zögerlich. Alles, was ich ihm über Adam erzählt hatte, war, dass Adam unsere Verbindung nach dem Tod der Hexen geschlossen hatte.

»Jag die Gefährtenverbindung in die Luft!«, sagte Bran. »Schau, was passiert.«

Und damit legte er auf.

Ich starrte auf mein Handy. Ich rief ihn zurück, aber er nahm nicht ab. Anscheinend war er der Meinung, dass ich es selbst herausfinden musste. Meinte er, ich solle die Verbindung zwischen Adam und mir zerstören? Wie zum Teufel sollte ich das anstellen? Ich wollte das nicht tun.

Ich versuchte noch einmal, ihn anzurufen. Vielleicht, wenn ich ihm erzählte, dass es nicht nur so war, dass Adam sich unfreiwillig in seinen Wolf verwandelte? Dass er ... was? Was wusste ich? Dass Adam dachte, ich könnte zu Schaden kommen, wenn die Verbindung zwischen uns offen blieb?

Was befürchtete Adam, dass mit mir passieren würde? Dachte er, ich würde von seinem Wahnsinn ergriffen werden, weil er davon ausging, dass er zum Monster wurde? »Argh«, sagte ich frustriert und drückte dann auf die rote Fläche auf dem Display.

Bran hatte offensichtlich beschlossen, dass er heute keinen Anruf von mir mehr entgegennehmen würde.

Jemand klopfte an die Tür.

»Wer ist da?«, fragte ich mürrisch und überlegte, was ich Bran in eine Textnachricht schreiben könnte, die ihn dazu veranlassen würde, mich zurückzurufen.

»Ich«, sagte Adam und öffnete die Tür. »Mit wem hast du telefoniert?«

»Bran«, sagte ich zu ihm, »wir beide müssen reden.«

Der Ausdruck in seinen Augen war so unglücklich.

Doch seine Miene zeigte einen entschlossenen »Ich kümmere mich um die Scheiße«-Ausdruck, also vermutete ich, dass er nicht wusste, dass ich hinter die Fassade blicken konnte. Es war leichter, ihn zu lesen, wenn unsere Verbindung aktiv war und funktionierte – doch ich kannte ihn schon lange, bevor wir Gefährten wurden, und ich hatte aufgepasst.

»Das sehe ich auch so«, sagte er nach einem Moment des Nachdenkens. »Aber nicht hier.«

»Nicht hier«, gab ich ihm recht. Zu viele gute Ohren – und mindestens ein Paar davon war vom Feind übernommen worden. Doch es war nicht nur das. Mit so vielen Leuten aus dem Rudel im Haus würde es nicht lange dauern, bis jemand Adams Aufmerksamkeit beanspruchte – wie mir anschaulich demonstriert wurde, als ich früher am Abend mit ihm sprechen wollte.

»Dein Haus?«, fragte er und nickte in Richtung meines Fertighauses.

Ich wollte gerade zustimmen, dann zögerte ich. »Ich möchte nicht, dass wir wieder auf Anna treffen«, sagte ich zu ihm. »Wie wäre es mit der Werkstatt? Dann kann ich gleich das Telefon kontrollieren.«

Ich hatte eine Rufumleitung auf mein Handy geschaltet, doch seit dem Morgen hatte niemand angerufen. Das konnte bedeuten, dass niemand eine Autoreparatur brauchte. Es konnte aber auch heißen, dass ich etwas falsch gemacht hatte.

»Okay«, sagte er, trat zur Seite und hielt mir einladend die Schlafzimmertür auf, »ich fahre. Deine Autos sind etwas angeschlagen.«

»Haha«, grummelte ich, als ich an ihm vorbeiging. »Armer Jetta.«

Ich würde die Zeit finden müssen, weiter an dem Vanagon zu arbeiten, dachte ich resigniert. Ich hasste die Vorstellung, ihn zu fahren, bevor ich die ganzen Luftblasen raus hatte. Die Luftblasen waren eigentlich keine große Sache. Sie würden lediglich die Anzeigen dazu bringen, mir zu sagen, dass der Van überhitzte, wenn er es nicht tat. Das Problem war, dass ich dann ignorieren würde, wenn der Motor wirklich überhitzte, weil ich glauben würde, dass es nur Luftblasen waren. Und das würde den Motor ruinieren.

»Ich kaufe dir einen neuen Jetta«, sagte Adam und trat vor mich, sodass ich stehen bleiben musste.

Er hob die Hände und strich zu beiden Seiten meiner gebrochenen Nase über meine Wangen. Seine Berührung war so sanft, dass meine Nase dabei nicht noch mehr schmerzte als ohnehin schon.

»Ich weiß, was du im Schilde führst«, sagte ich und stellte mich auf die Zehenspitzen, um ihn auf die Wange zu küssen. Ich zuckte nicht zusammen, als sich bei der Bewegung meine Rippen meldeten, um mich daran zu erinnern, dass auch sie verletzt worden waren. Hieraus sollte nicht wieder eine »Mercy ist verletzt«-Unterhaltung werden.

»Kein *neuer* Jetta«, sagte ich auf dem Weg zur Treppe und betonte dabei das Wort, das er an mir vorbeimogeln wollte, »auch wenn sie Airbags haben. Wenn man mich erwischt, wie ich einen Neuwagen fahre, dann lachen mich alle Automechaniker aus. Ich muss einfach nur einen anderen alten Wagen finden. Diese alten VWs sind so konstruiert, dass sie knautschen, deshalb halten sie sich auch ohne Airbags bei Unfällen ganz gut.«

Im letzten Moment hielt ich mich davon ab zuzugeben, dass ich vermutlich unverletzt geblieben wäre – oder zumindest meine Nase –, hätte der Sicherheitsgurt nicht nachgegeben. Denn das würde seine Argumentation unterstützen, nicht meine.

Im Gehen dachte ich nach, wo ich nach einem anderen Auto suchen könnte. Es hatte eine Weile gedauert, bis ich den Jetta gefunden hatte. Ich würde alle Schrottplätze hier, in Yakima und in Spokane anrufen und sie wissen lassen, dass ich nach einem Wagen suchte, der sich für eine Restauration eignete. Vielleicht würde ich nachgeben und etwas mehr zahlen müssen – es war schwer, billige zu finden. Wenigstens war es bei alten Jettas und Käfern nicht so wie bei Vanagons – Vanagons waren gebraucht teurer als frisch vom Band. Mein Syncro war heute eine Menge mehr wert, als er neu gewesen war.

»Vielleicht noch mal ein Golf«, überlegte ich. »Meinen alten Golf hatte ich über zehn Jahre. Der Jetta hat nicht mal ein Jahr überlebt.«

Adam folgte mir die Treppe hinunter. Oder vielleicht scheuchte er mich auch die Treppe hinunter. Er kam mir gerade etwas seltsam vor.

Verstohlen warf ich einen Blick nach hinten. Auch jetzt, da er sich unbeobachtet wähnte, waren seine Augen noch so traurig wie vorhin, als er die Schlafzimmertür geöffnet hatte.

»Was?«, fragte Adam mich.

Aber bevor ich antworten konnte, kam Warren auf ihn zu und fragte ihn etwas wegen dem Plan für die Wacheinteilung – und ob er jetzt immer noch gültig war, nachdem alle angewiesen worden waren, sich nur noch in Gruppen zu bewegen.

Wir brauchten etwa eine halbe Stunde, bis wir schließlich loskonnten. Auf dem Weg ins Büro im SUV sprachen wir nicht. Ich wusste nicht genau, warum nicht.

Aber natürlich wusste ich, warum ich nichts sagte. Ich dachte immer noch über Brans Worte nach, versuchte sie in eine Ordnung zu bringen, die Sinn ergaben. Ich ging durch, was Bran genau gesagt hatte – und was ich daraus geschlossen hatte. Ersteres war wichtig, Letzteres etwas fragwürdiger.

Doch ich wusste nicht, warum Adam nichts sagte. Vielleicht hatte er, da er vor dem Verlassen des Hauses mit Fragen regelrecht bombardiert worden war, vergessen, worüber er mit mir sprechen wollte.

Als ich ihn ansah, lagen seine Augen tief in den Schatten. Für einen Moment war ich allerdings davon gefangen genommen, wie das Licht der Armaturen die Flächen und Wölbungen seines Gesichts beleuchtete. Er hatte eine Schönheit an sich, die Jungfern in alten Geschichten dazu bringen würde, sich von Klippen zu stürzen, um seine Aufmerksamkeit zu erregen. Hypnotisierend.

Er bemerkte jedoch nicht, dass ich ihn betrachtete – er war zu sehr auf das fokussiert, was ihn schon die ganze Fahrt beschäftigte. Was auch immer es war, der Anspannung in seinen Schultern nach zu schließen, waren es keine guten Gedanken.

Ich legte eine Hand auf seinen Oberschenkel. Ich war mir nicht sicher, ob er es bemerkte. Und das sah ihm so gar nicht ähnlich. Als wir schließlich bei der Werkstatt ankamen, begann ich mir ernsthaft Sorgen um ihn zu machen – oder darum, was er sagen würde. Vielleicht wusste er mehr als ich über unsere aktuellen Umstände, aber ich hatte nicht das Gefühl, dass es so war.

Der Parkplatz war wesentlich besser beleuchtet, als er es vor dem Neubau der Werkstatt gewesen war. Ich hätte mich auf die Eingangstreppe setzen und ein Buch lesen können. Das Licht ermöglichte es Adams Überwachungskameras, schärfere Bilder aufzunehmen.

Auf dem Weg ins Büro blieb ich stehen und blickte zu einer der Kameras hinauf. Nicht, dass ich sie wirklich sehen konnte – sie war sehr klein. Doch ich wusste, wo sie war.

»Adam«, sagte ich nachdenklich, »wie oft löschst du die Überwachungsvideos hier?«

»Gar nicht.«

Das lenkte mich ab. »Echt? Nie? Braucht das nicht viel Speicherplatz?«

»Speicher ist spottbillig«, erklärte er. »Du bist hier schon von Werwölfen, Vampiren, Vulkangöttern und ...« Er unterbrach sich und verzog das Gesicht.

»... und Tim angegriffen worden«, sagte ich mit fester Stimme. »Auch wenn er die schlimmste Begegnung war.«

Er nickte knapp. »Ich lösche nichts.«

»Okay«, sagte ich und schob Tim beiseite, um mich aktuelleren Anliegen zuzuwenden. »Wenn du nichts löschst, hast du dann vielleicht irgendeine schlaue Methode, die Aufzeichnungen zu durchsuchen?«

»Was brauchst du?«, fragte er.

»James Palsic hat vor einigen Wochen einen Wagen zur Reparatur vorbeigebracht. Damals habe ich ihn nicht erkannt, weil ich mir sicher bin, dass dieses *Du erinnerst dich nicht an mich*-Ding, das er da am Laufen hat, eine Variante der Rudelmagie ist, die er gelernt hat, für seine Zwecke zu nutzen. Zee war an dem Tag auch da – und ihm ist nicht mal aufgefallen, dass James ein Werwolf war.«

»Wenn du ihn damals nicht erkannt hast, wie kommst du dann darauf, dass er da war? Hat er es dir gesagt?«

Ich schüttelte den Kopf. »Etwas klickte, als wir vor Kellys Haus ein paar Worte wechselten, und die Magie hörte auf, bei mir zu wirken. Anscheinend hat sie das auch rückwirkend getan. Denn im gleichen Moment habe ich mich an ihn erinnert.«

»Wenn du ihn auf den Aufzeichnungen findest, können wir nachsehen, ob er vielleicht Hinweise auf ihren Aufenthaltsort hinterlassen hat«, sagte ich.

Wir hatten die Kennzeichen des Ford, aber sie waren laut George auf eine erfundene Adresse registriert. Das verriet uns allerdings, dass die Wölfe lange genug hier gewesen waren, um ein Washington-Kennzeichen zu erhalten. Ich erwartete nicht, die Kennzeichen seines VW Käfer könnten uns mehr sagen. Vor allem, weil ich mir ziemlich sicher war, dass sie nicht aus diesem Bundesstaat stammten. Doch er hatte uns eine Telefonnummer hinterlassen, die von Nutzen sein konnte.

Adam nickte. »Klingt nach einer guten Idee.«

Ich gab den Code ein, der die Tür öffnen würde – für einen Laden, der auf günstige Reparaturarbeiten an Autos, die älter als ich waren, spezialisiert war, war die Sicherheitsanlage hier ziemlich modern.

»Ich weiß, dass unsere Chancen schlecht stehen«, sagte ich zu ihm. »Aber ich hasse es, darauf zu warten, dass die bösen Jungs aktiv werden. Wir könnten nachher auch noch in dein Büro fahren.«

»Ich mag es auch nicht, Verteidigungskriege zu führen«, stimmte Adam mir zu. »Ich kann von hier aus auf die Video-Dateien zugreifen.«

Ich öffnete uns die Tür, machte allerdings die Lichter im Büro nicht an. Es gab rundherum Fenster, was für das Arbeiten großartig war. Doch die Lichter jetzt anzuschalten würde uns zum perfekten Ziel für jemanden machen, der da draußen mit einer Waffe lauerte.

Natürlich war es unwahrscheinlich, dass eine unserer mir bekannten unmittelbaren Bedrohungen dort draußen mit einer Waffe saß. Obwohl Werwölfe (und vermutlich auch Wulfe) kein Problem hatten, Waffen zu benutzen, würde es sie schwach aussehen lassen, wenn sie auf uns schossen, weil sie unser Rudel übernehmen wollten. Und für Wulfe stellte eine einzelne Kugel einfach nicht genug Spaß dar, um es überhaupt zu versuchen.

Aber es gab eine Menge anderer Leute, die unglücklich waren über die Veränderungen in der Welt, und jeder wusste, dass der Alpha des Columbia-Basin-Rudels mit Mercy verheiratet war, der die Werkstatt in Kennewick gehörte.

Genau aus diesem Grund hatten die Fenster Jalousien, aber sie waren lästig und umständlich. Eigentlich sollten sie elektronisch sein, doch das hatte genau eine Woche lang funktioniert. Wir diskutierten noch mit dem Hersteller, es schien allerdings, als würde sich das länger hinziehen.

»Siehst du genug, um dich in das Aufnahmesystem ein-

zuloggen?«, fragte ich Adam. »Ich könnte die Jalousien run-
terziehen und das Licht anmachen, wenn dir das hilft.«

»Ich sehe genug.« Er ging zu der Tür, die zu den Arbeitsbuchten führte statt in die Ecke des Büros, wo auf einem
teuer aussehenden Stapel elektronischer Gerätschaften ein
Monitor stand, auf dem abwechselnd die Bilder der Kameras angezeigt wurden.

»Adam«, fragte ich, »wo willst du hin?«

»Die Steuerung hier im Büro ist ein Dummie«, sagte er
zu mir. »Die echte Steuerung ist direkt in der Werkstatt.«

»Huch.«

»Wir geben den bösen Jungs etwas, das sie deaktivieren
können, und dann hören sie auf, sich danach umzusehen«,
erklärte er. Und das war der Grund, warum er im Security-
Geschäft so viel Geld verdiente.

»Okay«, sagte ich. »Und während du das tust, suche ich
die Quittung. Wir verlangen eine Telefonnummer und eine
Adresse. Die Adresse ist womöglich Unsinn – aber wir haben ihn angerufen, als sein Auto fertig war.« Ich war mir
ziemlich sicher, dass er uns nicht den Namen James Palsic genannt hatte. An so einen seltsamen Nachnamen hätte
ich mich erinnert. Doch ein Pseudonym konnte auch einen
Hinweis liefern.

»Also wird er zweimal auf den Kameras zu sehen sein«,
sagte Adam.

»Ja. Er kam gegen vier Uhr nachmittags, frühestens halb
vier. Nicht in der vergangenen Woche, aber irgendwann in
den zwei Wochen davor«, sagte ich zu ihm.

»Okay.«

Er wartete im offenen Durchgang, bis ich mich auf eine
Kiste hinter dem Tresen gesetzt und die Tastatur und den
Monitor zu mir nach unten geholt hatte, wo ich sie benut-

zen konnte. So hinter dem Tresen versteckt, standen sie tief genug, dass niemand das Licht des Monitors von draußen sehen würde.

»Warum haben wir noch mal all die Fenster hier eingebaut?«, fragte Adam, als ich mich setzte. Ich denke, er wollte mich aufziehen, aber seine Augen ruhten auf meinem Gesicht. Auf meiner Nase. Das Tape, das über meinen Nasenrücken geklebt war, würde mir für mindestens eine Woche erhalten bleiben. Ich würde es loswerden, wenn meine blauen Augen sich gelblich färbten. Wenigstens hatten sie sie nicht eingipsen müssen.

»Weil Fenster freundlicher aussehen als Wände«, sagte ich zu ihm und fasste mir ein wenig verlegen an die Nase. »Und die meiste Zeit sind wir eh in den Arbeitsbuchten.« Dass unsere Gefährtenverbindung stillgelegt war, brachte mich dazu, mich albern zu verhalten. Adam liebte mich, auch mit der gebrochenen Nase. Das versicherte ich mir, indem ich mich an seinen Gesichtsausdruck erinnerte, als er mich im Krankenhaus das erste Mal gesehen hatte. Trotzdem konnte ich nicht anders, ich sagte mit etwas brüchiger Stimme: »Sie meinten, sie heilt, ohne dass ein Höcker zurückbleibt.«

»Du wirst ziemlich oft verletzt«, sagte er leise.

Ich konnte weder seine Körpersprache noch seinen Ton deuten, was ungewöhnlich war. Aber an der Stelle, an der er stand, fielen die Schatten seltsam. Durch das intensive Licht, das durch das Fenster fiel, war der untere Teil seines Gesichts nicht zu sehen.

»Das war meine Entscheidung«, sagte ich zu ihm. »Es ging um mich oder Makaya. Meine Nase oder ihr Leben – es war nicht einmal eine schwere Entscheidung.«

Adam gab einen dumpfen Laut von sich und verschwand

in den Arbeitsbuchten, wo er die echte Steuerung der Überwachungsanlage versteckt hatte. Gut zu wissen, dass ich nach der Zweitsteuerung suchen musste, wenn ich das System herunterfahren wollte …

Ich wollte noch mehr zu ihm sagen. Etwas, das sich besser anfühlte als diese letzte Unterhaltung. Adam war ziemlich gut im Kommunizieren – besser als ich. Vielleicht musste ich ihm nur etwas Raum lassen. Entschlossen widmete ich mich den Daten.

An einem guten Tag, an dem wir alle drei arbeiteten, reparierten wir vielleicht fünfzehn Autos. Da waren die Ersatzteile, die wir verkauften, noch nicht dabei, doch alles in allem war es eine Anzahl, die zu bewältigen war. Ich brauchte etwa zehn Minuten, um die richtige Rechnung zu finden, aber auch nur, weil wir das Baujahr und das Modell des Wagens nicht eingepflegt hatten.

Die Anmerkungen stimmten allerdings mit meiner Erinnerung überein:

Lichtmaschine lädt nicht, reagiert nicht auf Polarisieren. Empfehle neue Lichtmaschine. Kunde stimmt zu.

Die Rechnung war vollständig mit Adresse und Telefonnummer versehen. Er hatte mit einer Kreditkarte auf den Namen John Leeman bezahlt, die Adresse lag draußen im nördlichen Richland nahe der Uptown Mall, einer Gegend, in der es viele Apartments gab, und sah mir verdächtig nach der falschen Adresse aus, die benutzt worden war, um die Nummernschilder des Trucks zu registrieren. Aber die Telefonnummer konnte noch immer nützlich sein.

Adam gab erneut einen dumpfen Laut von sich.

Er klang seltsam.

»Adam?«

»Worüber wolltest du mit mir sprechen, Mercy? Worüber konnten wir nicht zu Hause reden?« Er sprach so leise, dass ich ihn kaum verstehen konnte – und ich hatte die guten Ohren eines Kojoten.

»Ich habe einige neue Erkenntnisse über die Werwölfe, mit denen wir es zu tun haben«, sagte ich vorsichtig.

Er schwieg lange. Ich wollte keine ernsthafte Diskussion mit ihm führen, während er dort drüben und ich hier im Büro war. Ich legte die Tastatur auf den Tresen und beugte mich hinunter, um den Monitor hochzuhieven.

»Ich dachte, du würdest vielleicht über letzte Nacht sprechen wollen.«

Der Monitor schabte über den Tresen, als ich ihn wieder an seinen Platz schob, deshalb dachte ich, dass ich mich vielleicht verhört hätte. »Letzte Nacht?«

Als wir Ben eingesperrt hatten? Aber er hatte es wie etwas klingen lassen, über das wir reden mussten. Etwas Privates. Oh.

»Sprichst du über den Grund, aus dem du mir ein Entschuldigungs-Frühstückssandwich gemacht hast? Danke übrigens.« Ich hatte im Büro alles aufgeräumt. Ich hätte in die Buchten gehen können, um mit ihm zu sprechen, doch ich zögerte. Meine Instinkte sagten mir, ich solle bleiben, wo ich war.

»Ich habe dich in Gefahr gebracht«, sagte er.

Ich liebte Adam und vertraute ihm auf eine Weise, wie ich niemandem sonst vertraute. Ich hatte mich nie vor ihm gefürchtet. Nicht wirklich. Okay. Er war ein Werwolf – aber das war etwas anderes. Es war die Art, wie sich seine Stimme einen Weg durch die Dunkelheit bahnte. Mein Herzschlag beschleunigte sich.

»Ich habe mich selbst in Gefahr gebracht«, entgegnete ich. »Du kannst definitiv nichts für meine gebrochene Nase.«

Er antwortete nicht. Schmerzhafte Kälte bebte durch mich hindurch wie eine Klinge, die mir in die Brust gestoßen wurde – und es war keine Emotion, es war meine Gefährtenverbindung, unsere Gefährtenverbindung. Ich begab mich an den Ort, wo ich die Stränge sehen konnte, die mich hielten.

Mir war klar, dass niemand aus dem Rudel einen solchen Ort hatte. Ich nehme an, dass mein Ort, meine Andersheit, etwas damit zu tun hat, dass ich die Rudelbande das erste Mal wahrgenommen hatte, als eine Feenkönigin mich in meinem eigenen Kopf eingeschlossen hatte, während sie mich gefangen hielt. Der Marrok hatte – vermutlich mithilfe eines abtrünnigen Wanderstabs der Fae – die Verbindungen benutzt, um mich aufzuspüren. Dabei zog er mich an einen Ort, wo er mir die spirituellen und magischen Bande zeigte, die mich hielten. Mit der Zeit hatte ich gelernt, selbst dorthin zu kommen. Meistens hatte dieser Ort etwas Traumgleiches, in dem Sinne, dass er veränderlich war und auf mein Unterbewusstsein reagierte. Doch in gewisser Weise war er realer als jeder andere Ort, an dem ich jemals war.

Die Rudelverbindung war noch immer da. Dieses Mal waren da keine Lichter, aber sie waren nach wie vor farbenfrohe und festliche Weihnachtsgirlanden, die sich in alle Richtungen erstreckten, als wären sie Teil eines gigantischen Spinnennetzes. Manchmal nahm ich die Wölfe des Rudels als Felsbrocken oder Ziegelsteine wahr. Einmal waren sie Blumen, und ich habe nie herausgefunden, warum. Doch dieses Mal erstreckten sich die Verbindungen einfach nur in die Dunkelheit hinein. Wenn ich wissen hätte wollen, wer wer war, dann hätte ich eine packen und daran ziehen können, aber im Moment war keine davon das Band, nach dem ich suchte.

Die Verbindung, der ich normalerweise versuchte, nicht zu viel Aufmerksamkeit zu schenken, war ebenfalls da. Optisch hatte sie sich sehr viel mehr verändert als die anderen. So oder so: Ich würde mir ein andermal Gedanken machen, warum das Band zwischen Stefan und mir ein schwarzes Gespinst war, das aussah, als würde ein ordentlicher Windstoß es wegwehen. Es war nicht so, dass ich es genoss, an einen Vampir gebunden zu sein, selbst wenn es Stefan war, doch diese Zerbrechlichkeit ließ nichts Gutes bezüglich meines Freundes und seines Kampfes gegen den Rauchweber ahnen.

Manchmal war die eine wichtige Sache, nach der ich hier in der Andersheit suchte, die letzte, die ich fand. Das Band zwischen Adam und mir war sicher um meine Taille befestigt – wo es mich mit seiner Kälte verbrannte. Der Strang war nicht mehr dick und rot, sondern sah nun aus wie ein bewegliches Kabel aus Eis.

Ich blinzelte, das Bild verschwand, und ich stand wieder im Büro meiner Werkstatt und hatte nicht das Gefühl, jetzt mehr zu wissen oder beruhigter sein zu können. Dass unsere Gefährtenverbindung sich zu Eis verwandelt hatte, selbst wenn es nur ein Bild an einem anderen Ort war, konnte nichts Gutes bedeuten.

»Adam«, fragte ich vorsichtig und bewegte mich nicht von meiner Position hinter dem Tresen weg, »was tust du mit unserer Verbindung? Ich mag das nicht.«

»*Du musst hier raus.*«

Das war nicht Adam. Das war der Wolf, der aus Adams Kehle sprach. Ich hörte ein reißendes Geräusch.

»Adam, bist du okay?«, fragte ich und ignorierte den Rat des Wolfs.

Es war eine so tiefe Stille, dass ich zusammenzuckte, als Adam zu sprechen begann. Seine Stimme war rau, wie sie immer klang, wenn er sich in seine Wolfsgestalt verwandelte. Normalerweise konnte ich es riechen, wenn die Magie sich sammelte und einer der Wölfe sich verwandelte – aber ich hatte eine gebrochene Nase. Auch wenn Adam darauf beharrte, dass ich Magie nicht wirklich riechen konnte und sie nur als Geruch interpretierte, konnte ich ohne funktionierende Nase nicht sagen, ob er sich wirklich verwandelte oder nicht.

»Als du mit Bran geredet hast, hast du da auch über mich gesprochen, meine liebe Mercy?«

Das war kein Tonfall, den ich jemals von Adam gehört hatte. Es klang weder nach Adam noch nach dem Wolf.

Ich erinnerte mich daran, wie Ben geklungen hatte. Hatte der Rauchweber Adam gebissen?

Die Kreatur war, nachdem sie Ben gebissen hatte, nicht mehr als ein paar Minuten dazu in der Lage gewesen, mich zu täuschen. Und meine Instinkte, die mich bisher noch nie getrogen hatten, sagten mir, dass das hier nichts mit dem Rauchweber zu tun hatte. Stefans Verbindung in meiner Andersheit, daran erinnerte ich mich jetzt, obwohl ich es vorher nicht bemerkt hatte, hatte seltsam gerochen – genau wie der Feldhase. Er hatte wie der Rauchweber gerochen. Anscheinend konnte ich an diesem anderen Ort auch mit einer gebrochenen Nase riechen.

Die Verbindung zwischen Adam und mir hatte gerochen wie … geschmeckt wie … wir. Das hier, was immer es war, hatte mit etwas zu tun, das Adam schon lange plagte, bevor der Rauchweber entkommen war.

»Ich habe dich etwas gefragt«, knurrte er aus den Tiefen des großen Raums jenseits der Bürotür. »Bist du zu Bran gegangen, um über deine Probleme zu sprechen? Deine Probleme mit *mir*?« Das letzte Wort war ein Brüllen, das mehr nach Wolf als Mensch klang, und die plötzliche Lautstärke tat mir in den Ohren weh.

Ich antwortete nicht, ich wusste nicht, was ich sagen sollte.

»Mercy?« Die leise Frage kam in einem Singsang, der aus den Arbeitsbuchten echote und bedrohlicher klang als die Lautstärke zuvor.

Ich glaubte nicht, dass es klug gewesen wäre, seine Frage jetzt zu bejahen. Aber ich würde ihn auch nicht anlügen. Und ich war nicht der Meinung, dass wir diese Unterhaltung führen sollten, während ich hinter einem Tresen kauerte, der mir keinen Schutz vor einem Werwolf bieten würde.

Das ist Adam, erinnerte ich mich. Womit auch immer er ein Problem hatte, was auch immer mit ihm passierte, er würde mich nicht verletzen, solange er es verhindern konnte. Er steckte in Schwierigkeiten, und ich musste ihm helfen.

Ich ging zur Tür zu den Buchten. Tiefe Schwärze erstreckte sich endlos vor mir. Ich kann ziemlich gut im Dunkeln sehen, doch meine Augen hatten sich an das gedämpfte Licht im Büro angepasst, und in den Buchten war es so dunkel wie in einer Höhle. Ich tastete nach dem Lichtschalter.

»Nicht«, sagte Adam.

»Was passiert hier?«, fragte ich. Ich konnte meine Nase nicht gebrauchen, und die Klangeffekte der leeren Buchten machten es mir unmöglich festzustellen, wo Adam sich befand.

»Du solltest gehen«, sagte er. Seine Stimme klang gepresst, beinahe bösartig. »Verdammt noch mal, Mercy.« Verzweifelt. »Gehorch mir doch wenigstens ein einziges Mal, und sieh zu, dass du hier rauskommst.«

Ich hörte, wie er den Waffensafe unter einem Tresen öffnete, der einen geladenen Revolver enthielt. Egal, wie vorsichtig ich in der Gegenwart aufgebrachter Werwölfe für gewöhnlich auch war, gerade war ich mir absolut sicher, dass ich nicht diejenige war, die Adam erschießen wollte.

Ich drückte auf den Lichtschalter.

10

Ich erwartete, Adam mit der Waffe in der Hand zu sehen. Ich erwartete nicht, dass er zweieinhalb Meter groß sein und aussehen würde, als wäre bei seiner Verwandlung vom Menschen zum Wolf etwas schrecklich schiefgegangen. Schon zuvor hatte ich ihn in einem Zwischenstadium gesehen, einer Mischung aus Mensch und Wolf, die seltsam anmutig war, egal wie furchterregend sie aussah. Das hier war vollkommen anders.

Das hier war ein Monster.

Seine Haut war rot und von riesigen Adern durchzogen, die wie die Wurzeln auf dem Boden eines Walds hervortraten. Das einzige Haar oder Fell an seinem Körper war eine Linie, die in seinem Nacken begann und auf Höhe der Hüften endete. Selbst seine spitzen, übergroßen Ohren und der Schwanz waren nackt.

Seine riesigen Schultern wölbten sich unnatürlich und gingen in überproportional lange Arme über, die in klauenbewehrten Händen endeten, die so riesig waren, dass die große Ruger Redhawk darin aussah wie ein Kinderspielzeug aus einer anderen Ära. Ich hatte keine Ahnung, wie er es geschafft hatte, mit diesen Händen den Waffentresor zu öffnen.

Sein Torso wirkte dahingehend menschlich, dass er aufrecht stand, doch er war zu lang und zu gebeugt; als würden diese Schultern ihn niederdrücken. Seine Hüften und Beine waren mehr wie die eines Wolfs geformt und endeten in Pfoten, die zwei- oder dreimal so groß waren wie die seines eigenen Wolfs.

Die Klauen an seinen Zehen zerkratzten den Betonboden. Wenn ich diesen Spuren folgte, kam ich zu einem Haufen Kleider, die aussahen, als ob etwas drin explodiert wäre. Sie waren nicht zerrissen, sie waren zu Konfetti verwandelt worden, selbst die schweren Kampfstiefel aus Leder.

Mir fiel auf, dass er den direkten Weg zum Waffentresor genommen hatte.

Sein Gesicht war die Albtraumversion des Gesichts eines Werwolfs. Es war wie etwas, das sich ein Comiczeichner ausgedacht hatte, dem es wichtiger war, etwas Furchterregendes zu schaffen, als etwas, das wirklich lebensfähig wäre.

Adams riesiger Unterkiefer glich mehr dem einer Bulldogge als dem eines Wolfs und war zudem breiter als der Oberkiefer. Die ganze Schnauze war zu lang für die Breite seines Gesichts.

Werwölfe haben viele große, scharfe Zähne, aber Adams aktuelle Zähne hätten einen T-Rex vor Neid erblassen lassen. Sie waren schwarz und sahen aus, als müsste man nur ein Blatt Papier über ihnen fallen lassen und hätte hinterher zwei Hälften. Ich konnte die meisten seiner Zähne sehen, weil seine Lippen zu einem Fauchen zurückgezogen waren.

Doch das Verstörendste waren seine Augen. Sie waren vollkommen menschlich, es waren Adams Augen, gefangen in dem Monster. Und das war einfach nur falsch, denn wenn ein Werwolf seine Wolfsgestalt annahm, waren das Erste, das sich veränderte, seine Augen.

Hässlich. Er war hässlich.

Ich stand da wie erstarrt, die Hand auf dem Lichtschalter.

Er senkte und verdrehte den Kopf auf eine Weise, die unmöglich hätte sein sollen, und stieß einen Laut aus, der halb Schrei und halb Jaulen war, unglaublich hoch, gefolgt von einem grollenden Bass, der mein Hinterhirn erzittern ließ. Er kam einen aggressiven Schritt auf mich zu und trat dann zwei Schritte zurück.

»Danach«, sagte er – und die Stimme, die aus diesem Mund kam, war seltsam deutlich. Werwölfe konnten in ihrer Wolfsform nicht sprechen. Seine Fähigkeit zu sprechen machte seine Gestalt noch unmöglicher, als es die Augen schon getan hatten. »Geh zu Bran. Befolge seinen Rat.«

Und jetzt erinnerte sich mein in Schockstarre verfallenes Gehirn, warum es mir solche Sorgen bereitet hatte, dass Adam eine Waffe hatte.

Mir blieb nur ein kurzer Moment, um zu entscheiden, was ich tun wollte. Er war ein Soldat. Diese Waffe würde losgehen, und er würde tot sein. Kein Zögern, kein Verfehlen.

Es war vollkommen überflüssig, sich nun zu wünschen, deutlicher geworden zu sein, als ich Bran von meinen Sorgen mit Adam berichtet hatte. Ich konnte kaum erwarten, einen guten Rat von ihm zu bekommen, wenn er nicht alle Informationen hatte.

Bran hatte gesagt, ich solle die Gefährtenverbindung in die Luft jagen. Ohne diese Worte, und wenn ich unsere Verbindung nicht gerade eben untersucht hätte, hätte ich vielleicht etwas anderes versucht. Vielleicht, wenn ich die Zeit gehabt hätte, wirklich darüber nachzudenken, hätte ich einen klügeren Plan geschmiedet. Aber alles, was ich hatte, waren meine Instinkte. Ich brauchte Zeit.

Ich trat zurück in die Andersheit, wo das vielleicht möglich war. Der Ort hatte sich als nützlich erwiesen, als ich in Europa verschollen gewesen war, und ich hatte geübt. Es war eine Art Klartraum, in dem ich das, was ich vorfand, beeinflussen konnte – sowohl absichtlich als auch versehentlich –, obwohl das nicht bedeutete, dass ich die Kontrolle hatte. Jetzt, da ich Zeit brauchte, stellte ich mir eine kleine Tasche im Raum vor, innerhalb der die Zeit langsamer verging als in der wirklichen Welt.

Sobald ich in sie eintrat, erkannte ich, dass ich nur teilweise erfolgreich gewesen war. Die geschenkte Zeit war nicht unendlich. Adams Waffe bewegte sich immer noch, aber ich hatte mir eine Gnadenfrist verschafft, etwas dagegen zu unternehmen.

Ich sah unsere Verbindung, noch immer gefroren, obwohl ich dieses Mal tiefe Risse in ihrer Struktur erkennen konnte, also würde ein einziger Schlag ausreichen, um sie zu nichts zerspringen zu lassen. Ich hatte Angst, mich zu bewegen, weil ich befürchtete, sie zu zerbrechen. Bran hatte auch nicht gesagt, ich solle sie »zerbrechen« oder »durchschneiden«. Er hatte gesagt, ich solle sie in die Luft jagen.

Aber dafür brauchte ich eine Bombe.

Seit ich das Rudel zur Friedenstruppe der Tri-Cities gemacht hatte, hatte ich eine Menge Märchen gelesen. Märchen entsprachen in der Regel nicht den Tatsachen. Doch man konnte eine überraschende Menge an Informationen aus ihnen gewinnen.

Seit der Entflohene aus Annwnn begonnen hatte, Leute zu töten, hatte ich einige mehr gelesen. Das letzte Märchen, mit dem ich mich beschäftigt hatte, war eine Geschichte von Charles Perrault mit dem Titel *Die Feen*, in der ein Mädchen nett zu einer alten Frau an einem Brunnen war und daraufhin jedes Mal, wenn sie sprach, etwas Wertvolles aus ihrem Mund fiel.

Genau wie in Träumen war das, was ich hier wahrnahm, anscheinend willkürlich von den Dingen beeinflusst, die ich zuvor getan oder gedacht hatte.

Jag die Verbindung in die Luft!

Ich öffnete den Mund und holte eine Perle von der Größe eines Golfballs heraus. Sie war nicht direkt eine Bombe, obwohl sie rund war. Wie sollte ich damit unsere Verbindung in die Luft jagen? Die Perle leuchtete von innen heraus, und ihre Farbe erinnerte daran, dass weiß nicht farblos bedeutete – denn das Weiß reflektierte alle Farben. Sie kam mir wie etwas Hoffnungsvolles vor, diese Perle.

Worte sind mächtige Dinge.

Ich wusste nicht, woher dieser Gedanke kam. Vielleicht war es etwas, das ich gelesen, oder etwas, das mir jemand gesagt hatte. Vielleicht war es einfach nur eine allgemeine Wahrheit, die mir in diesem Moment in den Sinn kam.

Ich hob die Perle an den Mund und sprach zu ihr. Dann nahm ich sie und schmetterte sie gegen das eisige Band, das sich von meiner Hüfte aus in den dunklen Nebel jenseits der kleinen Lichtung, auf der ich stand, erstreckte. Als die Perle auf die Verbindung prallte, bekam sie Risse wie das Sicherheitsglas meines Jettas. Ich schob die Perle hinein und hüllte die gesprungene Glasschicht wieder über das Loch. Ich schloss die Hände um die Stelle, wo ich die Verbindung beschädigt hatte, und sie wurde unter meiner Haut wieder ganz. Zuerst wurde sie glatt und dann so kalt, dass ich die Hände wegreißen musste.

Was hast du gesagt?

Ich blickte auf und sah einen Wolf, dessen graues Fell, heller am Rücken und dunkler in Gesicht und Füßen, im seltsamen, quellenlosen Licht der Andersheit schimmerte. Er hatte sich in einem ausgehöhlten Baum zusammengerollt, der am Rande des Nebels wuchs. Sein Schwanz war um seinen Körper gewunden und lag auf seiner Nase.

Er war so klein, so dünn, und ich hatte noch nie gesehen, dass er sich vor etwas versteckte – aber ich erkannte in ihm Adams Wolf.

»Was tust du hier?«, fragte ich ihn. Das hier war meine Andersheit, und ich hatte weder ihn noch Adam hergerufen.

Ich bin von dem Monster verdrängt worden, sagte er, schloss die Augen und begann vor meinen Augen zu verschwinden.

»Wolf!«, sagte ich, in der Hoffnung, ihn damit hier zu halten. Ich hatte unglaubliche Angst, dass ich ihn niemals wiedersehen würde, wenn er jetzt verschwand.

Hast du eine Frage an mich?, wollte er wissen.

Ich öffnete den Mund, um ihn etwas zu fragen, irgendetwas, damit er blieb. Und dann kamen folgende Worte aus meinem Mund: »Was hat die Hexe getan?«

Ah, sagte er und hob den Kopf, *das ist eine gute Frage.*

Genau zwischen uns begann sich eine Bühne von der Größe eines kleinen Küchentisches zu erheben, bis sie mir bis zur Hüfte reichte. Nebel vom Rand der Lichtung waberte auf den Tisch und materialisierte sich, bis die Hexe Elizaveta und Adam sich nackt auf der Bühne gegenüberstanden.

Aus dieser Perspektive erschütterte es mich, wie perfekt sie beide waren. Ihr Körper war hochgewachsen und stark mit einer wunderschönen blassen Haut, die der Perle, die ich gerade in den Händen gehalten hatte, sehr ähnlich sah. Ihr Haar war lang und dunkel. Sie sah aus wie eine künstlerische Interpretation der perfekten Frau. Und Adam … war Adam.

Ich hatte diese Szene schon einmal beobachtet, allerdings nicht aus dieser Perspektive. Wie sie dort standen, wo die Nebel ihre Füße umspielten, sahen sie aus wie etwas, das einem russischen Märchen entsprungen war – als ob sie zusammengehörten. *Tu das nicht*, sagte der Wolf schroff. *Gedanken wie diese haben hier Macht. Wir können es uns nicht leisten, ihre Magie mit deiner albernen Unsicherheit zu nähren.*

Richtig. Ich schob die Gedanken aus meinem Kopf und versuchte, ohne jede Wertung zuzusehen. Hier war etwas, das ich wissen musste.

Als ich diese Szene das erste Mal gesehen hatte, hatte ich Adams Gesicht sehen können. Dieses Mal sah ich Elizavetas, als sie dicht an ihn herantrat und ihren hochgewachsenen, nackten Körper an ihn schmiegte. Sie neigte den Kopf und beugte sich nach vorn, um ihn zu küssen.

Ihre Lippen berührten seine – und obwohl ich wusste, was passiert war und warum, durchflutete mich ein heftiger besitzergreifender Impuls.

Er gehörte *mir*. Sie hatte kein Recht, ihn anzufassen.

Ja, sagte der Wolf, *wir gehörten dir.*

Ihr gehört mir, dachte ich hitzig. Gehört.

Ich sagte die Worte nicht laut, und ich konnte nicht sagen, ob er mich gehört hatte.

Einer von Adams Armen legte sich um ihre Taille, zog sie an sich, die Hand flach in ihrem Kreuz.

Er hielt mich gerne so, beschützend und besitzergreifend.

Seine andere Hand legte sich an ihr Gesicht und strich dann durch ihr langes seidiges Haar, ehe sie ihre tödliche Reise zu ihrem Hinterkopf fortsetzte.

Als seine Finger sich anspannten, sprangen ihre Augen, die sich im Genuss seines Kusses geschlossen hatten, auf, und Verstehen glitt über ihr Gesicht. In dieser Sekunde, als ihr klar wurde, dass sie sterben würde, glitt Magie von ihrem in seinem Mund.

Die Magie trug ihre Stimme mit sich, *ihre* Worte in ihn hinein. *Du bist das Monster, vom dem du glaubst, es zu sein.*

Er brach ihr das Genick, trat zurück und ließ ihren Körper zu Boden sinken. Aber er wich zu spät vor ihr zurück. Ihr letztes Geschenk sank in ihn hinein, verschwand unter seiner Haut, als er aufblickte.

Er wartete – daran erinnerte ich mich – auf *mein* Urteil. Ich streckte die Hand nach ihm aus, und die Szene verblasste. Mit einem mulmigen Gefühl sah ich den Wolf an und fragte ihn: »War das etwas, das ich gesehen habe, ohne …« In jener Nacht war ein Schrecken auf den anderen gefolgt, und zu diesem Zeitpunkt war ich unendlich müde gewesen. »… ohne genauer darauf zu achten?«

Dies ist, was war, sagte der Wolf, der durchscheinender als zuvor wirkte. *Er war in diesem Moment verloren, denn er glaubte die Wahrheit ihrer Worte, bevor sie sie an ihn richtete.* Seine Stimme verhallte, wurde leiser. *Es sind zweifach geborene Worte, einmal durch ihn und einmal durch sie. Also setzten sie sich in seiner Überzeugung fest und wurden Wirklichkeit.*

Ich ging um den Baumstumpf herum und kniete mich neben ihn. Er war jetzt kleiner, vielleicht noch so groß wie ein Schäferhund.

»Was passiert mit dir?«, fragte ich.

Er wird Wirklichkeit, antwortete der Wolf müde. *Ich höre auf zu existieren.*

Ich holte einen weiteren Edelstein aus meinem Mund. Dieses Mal war es ein Amethyst von der Größe einer Murmel, ungeschliffen, mit rauen Kanten. Ich nahm ihn und sprach auch zu ihm. Als ich fertig war, hielt ich ihn dem Wolf hin, der ihn beäugte.

Was hast du da für mich?, fragte er.

»Es wirkt nicht, wenn ich es dir sage«, sagte ich meinen Instinkten folgend. »Iss ihn.«

Er öffnete den Mund und schluckte den violetten Stein. Ich wartete, aber er schien keine Wirkung zu haben – weder im Positiven noch im Negativen. Vielleicht würde es etwas Zeit brauchen – echte Zeit, nicht die Zeit in der Andersheit.

Er war nicht größer geworden. Er bewegte seinen Körper nicht, hatte die ganze Zeit über nichts außer seinem Kopf bewegt.

Doch seine Stimme war sicher, als er fragte: *Was hast du mit der Verbindung gemacht?*

Ich blickte auf die Verbindung. Die Leine, die mich an Adam band, hatte nun die gleiche Farbe und Textur wie die schuppige Haut, die Adams monströse Gestalt bedeckte. Ich berührte sie, und die hautähnliche Oberfläche war rau unter meinen Fingerspitzen. Mein verletzter Finger hinterließ eine dünne Blutspur, die in dem Strang versickerte, der sich nicht mehr veränderte. Blut gehörte zu den Dingen, die wie Worte unerwartete Macht haben. Die Verbindung war hässlich, aber sie wirkte nicht fragil.

»Nun«, sagte ich zu ihm, »ich habe sie nicht in die Luft gejagt.« Ich hatte vorgehabt, sie mit der Perle zu sprengen, mich jedoch in letzter Sekunde unentschieden. Ich wollte Adam nicht verlieren, und ich wollte es nicht riskieren, unsere Verbindung zu zerstören – außerdem hatte die Perle so hoffnungsvoll ausgesehen.

»Aber vielleicht«, sagte ich, »habe ich etwas Vernunft und Logik in die ganze Situation gebracht.«

Welche Worte waren in der Perle?, fragte er.

Ich atmete tief durch, und die Anderswelt löste sich in Nichts auf. Ich war zurück mit Adam in der Arbeitsbucht und sah eine Waffe, die sich schnell zu seinem Kopf bewegte.

»Du gehörst mir«, sagte ich zu ihm und benutzte die gleichen Worte, die ich der Perle mitgegeben hatte. »Ich kann dich nicht davon abhalten, diese Waffe zu benutzen. Aber weißt du was?«

Ich war so wütend auf ihn. Als ob sich der Zorn während meiner Zeit in der Andersheit in mir angesammelt und mich von den Fußsohlen bis zum Scheitel gefüllt hätte und als würde jetzt alles aus meinem Mund brechen – wie die Perle es getan hatte.

»Es spielt keine Rolle, ob du lebst oder stirbst, du gehörst immer noch mir«, sagte ich scharf. »Alphawerwolf, Albtraumgestalt – es kümmert mich nicht. Aber vergiss nicht, wer *ich* bin. Du hast dich mir geschenkt, und nun entkommst du mir nicht mehr.« Ich trat einen Schritt näher und hob das Kinn. »Wenn du stirbst, dann schleife ich deinen Arsch aus der Anderswelt zurück hierher. Notfalls mit Gewalt. Aber lass mich dir eines sagen, mein Lieber: Wenn du tot bist, dann wirst du tatenlos zusehen müssen, wenn uns etwas passiert. Denn dann bist du tot und hilflos, und ich werde dich nicht gehen lassen. Und. Jeden.« Ich wies mit dem Finger auf ihn, erstach ihn damit buchstäblich so, wie ich es im übertragenen Sinne tun wollte. »Einzelnen. Tag. Werde ich sagen: ›Ich habe dir gesagt, dass du es bereuen wirst, abgedrückt zu haben, du Bastard. Ich hab's dir gesagt.‹«

Ich zitterte vor Wut, als die ich letzten der Worte aussprach, die ich der Perle mitgegeben hatte. Wie konnte er es wagen? Wie konnte er es wagen zu versuchen, sich umzubringen?

Irgendwann während meiner Rede hatte er die Waffe gesenkt. Da war ein seltsamer Ausdruck auf seinem Gesicht.

»Bastard«, sagte ich noch einmal, obwohl ich eigentlich aufhören hatte wollen, nachdem ich die Worte gesagt hatte, die ich in der Perle verschlossen hatte.

Aber dieses einzelne Wort verschaffte mir keine Erleichterung von dem, was ich fühlte. Ich stampfte mit dem Fuß auf wie eine Fünfjährige. Meine Augen brannten, und Tränen bildeten sich … Tränen, die von etwas ausgelöst wurden, das größer als Kummer und größer als Wut war, und sie liefen mir über die Wangen.

»Geh und rede mit Bran, hast du gesagt.« Allein der Gedanke machte mich wütend. Er hatte die Worte aufmunternd an mich gerichtet, so als würde er meinen Kopf tätscheln – etwas, das ihm das Gefühl gab, mich nicht alleinzulassen. »Da scheiß ich drauf. Versuch nur, mich zu verlassen, du Bastard. Du wirst schon sehen, wie weit du damit kommst …« Von da an waren meine Worte wohl relativ unzusammenhängend.

Adam legte die Waffe langsam auf den Tresen. Er versuchte, sie zu sichern, aber seine übergroßen Hände mit den übergroßen Klauen waren dafür anscheinend nicht geeignet, also wandte er die Mündung von uns beiden ab. Mir wurde klar (und das machte meinen Ärger kein bisschen kleiner), dass, hätte ich auf ihn gehört und die Waffe im Safe mit einer 1911 ersetzt, er nicht einmal in der Lage gewesen wäre zu versuchen, sich umzubringen, da sie zu klein gewesen wäre.

Nun, da die Waffe sicher dort lag (so sicher eine geladene und entsicherte Waffe sein konnte), begann Adam auf mich zuzugehen. Er tat es langsam, vorsichtig, als hätte er Angst vor mir.

Oder, wenn man die Umstände bedachte, weil er sich sorgte, dass seine ungewöhnliche Gestalt mir Angst machen oder ich von ihr abgestoßen sein könnte, wie er es war.

Langsam schloss er seine zu langen Arme um mich und riss mich an sich. Er hob mich hoch, sodass mein Gesicht an seinem Hals zu liegen kam. Ich schrie ihn immer noch an.

»Schhh«, sagte er, »es tut mir leid. Du hast recht. Natürlich hast du recht.«

»Ich geb dir gleich ein Monster!«, grollte ich.

»Natürlich wirst du das«, sagte er beruhigend. Aber da war etwas in seiner Stimme.

Ich war so wütend auf ihn, dass es mich nicht überrascht hätte, wenn ich ihm Dampfverbrennungen zugefügt hätte. »Lachst du mich etwa aus?«

»Vielleicht …«, begann er und gab dann einen erstickten Laut von sich. Seine Arme zuckten krampfhaft.

Abrupt stellte er mich wieder auf die Beine. Trat einen Schritt zurück und fiel dann mit Händen und Knien auf den Betonboden. Er gab keinen Laut von sich, als er sich vom Monster zum Menschen verwandelte, doch es ging so schnell, dass es wehtun musste. Unter anderen Umständen hätte ich bei den ploppenden und knirschenden Geräuschen von Knochen, die etwas taten, wofür Knochen nicht geschaffen waren, Mitleid mit ihm gehabt. Hätte Angst um ihn gehabt. Aber ich war immer noch zu … zu irgendwas.

Er starb nicht – alles andere war sein Problem.

Ich ging zu der Waffe, sicherte sie und steckte sie wieder in den Safe. Ich schloss die Tür des Safes und ging an ihm vorbei ins Bad. Dort machte ich die Tür hinter mir zu und griff nach einem Waschlappen, um mir die Augen zu trocknen. Als ich mich selbst im Spiegel sah, erstarrte ich.

Ach du Scheiße.

Meine normalerweise braune Haut war so blass, dass sie beinahe grünlich wirkte. Meine Augen waren, wie sich nach dem Unfall bereits angedeutet hatte, von Blutergüssen umrahmt, und meine Nase war angeschwollen, mit einem Rinnsal Blut, das auf meiner Oberlippe getrocknet war. Ein weiteres Hämatom zeigte sich auf meiner Wange, entlang der weißen Narbe, die normalerweise wie eine Kriegsbemalung wirkte. Aber jetzt, da ich wie eine Statistin aus *The Walking Dead* aussah, komplettierte sie das Bild einfach nur.

»Ich sehe dein Monster«, murmelte ich und drehte das Wasser auf. »Und erwecke dir ein neues zum Leben.« Ich beugte mich näher an den Spiegel. »Gehirneeee.«

Während ich den Waschlappen unter den Wasserstrahl hielt, neigte ich das Kinn, um zu sehen, ob ich aus einem anderen Blickwinkel besser aussah. Hm. Da waren ein Bluterguss und eine Hautabschürfung, die von dem Sicherheitsgurt stammten, der mich allzu früh verlassen hatte. Ich zog mein Shirt zurück und … wow.

Ich war schon in schlimmere Unfälle verwickelt gewesen und hatte schon schlimmere Verletzungen gehabt. Aber ich konnte mich nicht erinnern, danach jemals so schlimm ausgesehen zu haben. Kein Wunder, dass Adam angespannt gewesen war. Na ja, das und der Fluch, den Elizaveta ihm offenbar vor ihrem Tod verpasst hatte.

Ich wusste nicht, was ich wegen dieses Fluchs unternehmen sollte. Ich hatte uns etwas mehr Zeit verschafft, überlegte ich. Vielleicht hätte Bran die ein oder andere Idee … doch nach Adams übertriebener Reaktion war ich mir nicht sicher, ob ich ihn noch einmal kontaktieren konnte. Und Bran war komisch, wenn es um Hexenmagie ging. Vielleicht würde ich Charles anrufen; Charles verfügte über diese Art von Magie.

Ich drückte den Waschlappen gegen meine Augenlider – wobei ich sehr behutsam mit meiner Nase umging – und wartete eine Weile. Als ich den Waschlappen wegzog, waren meine Augen immer noch so rot, als hätte ich eine Woche lang schlechte Kontaktlinsen getragen, aber sie fühlten sich besser an. Ich wischte mir das Blut von der Lippe.

Ich war die ganzen Emotionen leid. Ich wollte die Tür nicht aufmachen. Ich wollte auf magische Weise morgen aufwachen und die Beziehung zwischen Adam und mir wieder in einem normalen Zustand sehen. Mir blutete das Herz.

Ich versuchte einen logischen Weg zu finden, der mich nach Hause und ins Bett bringen würde. Erster Schritt: ins Auto setzen. Doch Adam würde nackt sein, vorausgesetzt er verwandelte sich wirklich wieder zurück in seine Menschengestalt – und danach hatte es ausgesehen.

Tad hatte etwas zum Anziehen hier, was Adam vielleicht passen könnte, aber Werwölfe waren eigen, wenn es darum ging, anderer Leute Kleidung zu tragen – vor allem wenn derjenige nicht zum Rudel gehörte. An einem guten Tag hätte es vielleicht funktioniert. Dieser Tag war allerdings schlimm genug für ein ganzes Jahr gewesen.

In Adams SUV würde Kleidung zum Wechseln liegen. Vermutlich keine Schuhe, aber das hatte er sich selbst eingebrockt, also musste er jetzt damit leben.

Zweiter Schritt: nach Hause fahren und …

Ich legte mir den Waschlappen wieder auf die Augen. Meine Hände zitterten noch immer. Wenn er abgedrückt hätte … Ich wäre wieder allein gewesen.

Vielleicht zehn Minuten später klopfte Adam an die Tür. »Mercy, hast du vor, dich da drin häuslich einzurichten?«

»Keine schlechte Idee«, gab ich zurück. »Mein Gefährte ist ein Vollidiot.«

Nachdem ich es gesagt hatte, wurde mir klar, dass diese beiden Aussagen nicht wirklich zusammenpassten, aber ich hatte diesen letzten Satz unbedingt loswerden müssen.

»Ja«, stimmte er mir zu. »Warum also gehen wir nicht nach Hause, und du kannst mich bestrafen, indem du allen dort erzählst, was du über mich denkst.«

Ich erstarrte. »Das können wir nicht tun«, sagte ich zu ihm. »Wir haben eine Invasion und ein Killerhäschen am Hals. Sie müssen dich für unverletzlich halten.«

»Tja«, sagte er ergriffen, »wenn sie das brauchen, dann werden sie schwer enttäuscht sein.«

Dann lachte er, und es klang ein wenig, wie ich mich fühlte – zittrig und beschädigt. Ja, die heutige Nacht hatte das Spielbrett etwas verändert, aber noch hatte niemand gewonnen. Ein leiser Rums war zu hören, als er die Stirn (da war ich mir ziemlich sicher) gegen die Tür schlug.

»Elizaveta hat dich verflucht«, sagte ich zu ihm.

»Ich weiß«, gab er zu.

»Wie lange schon?«, fragte ich sanft. Er und ich wussten genau, wie viel Zorn sich hinter meinem Tonfall verbarg. Das hatte ich schließlich von ihm gelernt.

»Das ist eine schwierige Frage.«

Sich durch eine geschlossene Tür hindurch zu unterhalten war dumm. Ich hatte keine Angst vor ihm – und wenn ich die Tür nicht öffnete, dann würde ich niemals nach Hause gehen und mir die Decke über den Kopf ziehen können. Ich entriegelte die Tür und öffnete sie.

Er war wieder sein übliches, atemberaubendes Selbst, kein Monster in Sicht. Er war auch nackt, wie Gott ihn schuf. Sein unbekleideter großartiger Körper hätte mich vielleicht ablenken können, wäre er nicht beim Anblick meines Gesichts zusammengezuckt.

Ich hätte mir gerne eingeredet, dass es mein Zorn war, der ihn zurückzucken ließ. Doch ich war mir ziemlich sicher, dass es die Verletzungen in meinem Gesicht waren.

»Wie kompliziert?«, fragte ich.

»Der Wolf wusste Bescheid«, sagte er. »Aber ich wusste es nicht, bis er es dir gesagt hat.« Kurz nachdem meine Nachbarn gestorben waren.

»Und warum hast du es danach für dich behalten?«, fragte ich in einem schärferen Tonfall, als ich es beabsichtigt hatte. Doch wir hatten Leute, die mit Hexenflüchen helfen konnten, Bran und Zee – wir hatten sogar Wulfe. Wenn ich eine Sache über Hexenflüche wusste, dann dass sie nicht besser wurden, wenn man sie ignorierte. Und die heutige Nacht hatte das eindrucksvoll bewiesen.

Ich wollte ihm gerade sagen, wie dämlich es gewesen war, das für sich zu behalten, aber als ich den Mund öffnete, zögerte ich. Hatte er … hatten wir heute nicht schon genug durchgemacht? Er würde sich Kleidung anziehen und zurück zum Haus des Rudels gehen und so tun müssen, als ob alles in Ordnung wäre. Dass er ganz auf der Höhe und bereit war, … Gott steh uns bei, Fiona gegenüberzutreten. Und dem Killerhäschen. Und Wulfe und was immer sonst noch beschloss, auf uns einzuprasseln, weil sich das Universum gegen uns verschworen hatte.

Er konnte es sich nicht leisten, dass irgendjemand außer mir sah, mit welchen Problemen er sich herumschlug. Denn unser Rudel hatte ohnehin schon nicht genug Leute, um den Job zu machen, den wir machen mussten. Sie schlugen sich überwiegend tapfer, aber der Druck, unter dem wir standen, würde so bald nicht nachlassen.

»Also«, sagte ich, um das Thema zu wechseln, »warum wolltest du allein mit mir reden?«

»Weil ich dachte, dass du Bran um Rat gefragt hast und er dir geraten hat, mich zu verlassen.«

Ich starre ihn verblüfft an und blinzelte. »Was?«

Er sprach langsamer: »Weil ich dachte, dass du Bran um Rat gefragt hast und er dir geraten hat, mich zu verlassen.«

»Witzig«, sagte ich. »Ich habe dich bereits beim ersten Mal verstanden. Ich hätte nur nie erwartet, dass du ... absoluten Mist von dir geben würdest.«

»Mir erschien das in dem Augenblick logisch.«

»Ach?«, knurrte ich ihn an. »Wie um alles in der Welt kommst du überhaupt darauf, dass ich dich jemals verlassen würde, nur weil Bran mir sagt, ich soll es tun?«

Bei diesen Worten traten mir wieder die Tränen in die Augen. Ich hasste es zu weinen. In dieser Situation fühlte es sich manipulativ an, als wollte ich ihn irgendwie bestrafen, obwohl das in dem Moment das Letzte war, was ich wollte. Ich wischte mir mit dem Saum meines Shirts über die Augen und blieb dabei an meiner Nase hängen.

»Verdammt«, grollte ich und schlug seine Hände weg.

»Ich bin verflucht«, sagte er milde. »Das beeinträchtigt mein Denkvermögen. Hör auf damit. Du tust dir weh.«

Beides war wahr. Ich gab den Versuch, mir die Augen mit dem Shirt zu wischen, auf und benutzte stattdessen die Hände.

Fluch oder kein Fluch, ich würde ihn mit seinen wirren Gedankengängen nicht einfach so davonkommen lassen. Er hatte gedacht, ich wollte ihm sagen, dass ich ihn verlassen würde. Und dann kombinierte ich das mit dem, was er heute Abend getan hatte.

»Du dachtest also, ich würde dir sagen, dass ich dich verlasse, also wolltest du dich umbringen, damit ich mir die Mühe sparen kann?«

Er stutzte. Dann sagte er: »Es klingt ziemlich dumm, wenn du es so formulierst.«

»Gut«, fauchte ich. Ich wollte mich in die Nasenwurzel kneifen, wie Bran es immer tat, aber Adam griff nach meiner Hand.

Er küsste meine Knöchel (was ziemlich mutig war, weil er wusste, wie sehr ich ihm wehtun wollte) und nahm meine Hand in seine. »Tu das nicht«, sagte er. »Du wirst dir wieder wehtun.« Er seufzte. »Ich denke, ich habe das heute schon genug getan.«

Das erinnerte mich an das, was ich zuvor gedacht hatte: dass er heute bereits genug durchgemacht hatte. Ich atmete tief durch.

»Das hier ist vielleicht nicht der beste Zeitpunkt, um diese Dinge zu klären«, sagte ich.

»Das ist wahr«, entgegnete er und klang dabei, als würde er mir voll und ganz zustimmen. »Worüber wolltest du mit mir sprechen? Oder ist das ein weiteres Minenfeld?«

Ich brauchte einen Moment, bis ich mich erinnerte.

Ich hob einen Finger. »Bran meint, dass wir, dass du Fiona bei der ersten Gelegenheit töten musst.«

»Fiona?«, wiederholte er ausdruckslos, als hätte er vergessen, wer sie war.

»Fiona«, sagte ich. »Anscheinend macht sie schon eine ganze Weile ihr eigenes Ding. Hat begonnen, ihre Fähigkeiten an jeden zu verkaufen, der sie bezahlt. Bran dachte, sie wäre bei einem misslungenen Deal mit ein paar Hexen ums Leben gekommen. Vielleicht solltest du Bran anrufen und mit ihm über sie sprechen.« Meine Anrufe nahm er ja nicht an. »Bran hat entschieden, was wir mit unseren Eindringlingen tun sollen. Harolford ist auf der Todesliste, aber nicht so dringend. Es ist noch unklar, was mit Kent Schwabe passieren soll, allerdings hätte er gerne, dass wir Chen und die Palsics verschonen.«

»Ich werde mit ihm sprechen«, sagte er.

Er war immer noch nackt. Das lenkte mich ab, obwohl ich nicht glaubte, dass ihm das schon bewusst war.

Ich hob einen zweiten Finger. »Er sagte, wir sollen mit Annwnn über den Rauchweber sprechen.«

Adam hob die Augenbrauen. »Und inwiefern ist das eine bahnbrechende neue Idee?«

»Er meinte, wir sollen sie nach dem Tauschgeschäft zwischen ihm und Annwnn fragen. Er sagte, ich solle sie mit etwas Süßem bestechen, das ich selbst gebacken habe. Und er sagte, wir sollten ihr begegnen, als hätten wir ein gemeinsames Problem, und nicht, als hätte sie jemanden freigelassen, der Unschuldige getötet und nun zwei Personen, die mir wichtig sind, in seiner Gewalt hat.«

»Okay«, sagte er, »das ist hilfreich.«

Ich hob einen dritten Finger. »Und er sagte mir, solltest du mich weiter ausschließen, solle ich einfach unsere Gefährtenverbindung in die Luft jagen.«

»Wie bitte?«

»Danach hat er aufgelegt und keinen meiner Anrufe mehr entgegengenommen«, sagte ich. »Ich habe keine Ahnung, was er damit gemeint hat. Aber das hat er gesagt.«

»Du hast allerdings etwas mit unserer Verbindung gemacht«, sagte er langsam, und ich spürte ein leichtes Ziehen, etwas, das sich lockerte und nach einem kurzen Moment wieder fest an seinen Platz zurückkehrte.

»Ich habe sie nicht in die Luft gejagt«, sagte ich zu ihm.

Ich beschloss, ihm nicht genau zu sagen, was ich getan hatte.

Ich war einmal von der Rudelbindung beeinflusst worden und hatte die Erfahrung nicht genossen. Sollte er lieber denken, dass er die Waffe nur deshalb niedergelegt hatte, weil ich ihn angeschrien hatte.

Er brauchte nicht zu wissen, dass ich diese Worte mithilfe der Perle durch unsere Gefährtenverbindung geschickt hatte, bevor ich sie laut ausgesprochen hatte. Vielleicht hätte das Schreien auch ausgereicht. Das hätte es sogar bestimmt, wenn er sich in einem normalen geistigen Zustand befunden hätte. Aber wäre das der Fall gewesen, dann hätte er auch nicht versucht, sich umzubringen. Ich hoffte, dass die Worte eine anhaltende Wirkung zeigen würden. Dass sie ihn davon abhalten würden, etwas Unüberlegtes zu tun, bis wir die Gelegenheit bekamen, mit jemandem darüber zu reden.

Er hatte unter dem Einfluss von Elizavetas Zauber gestanden. Ich war mir ziemlich sicher, dass es meine Perle gewesen war, die mir geholfen hatte, den Effekt ihres Fluchs zu durchbrechen – meine hoffnungsvolle Perle gegen ihre Worte.

»Warum konntest du mir das nicht zu Hause sagen?«, fragte er. »Unser Schlafzimmer ist privat genug.«

Ich schenkte ihm ein schiefes Lächeln. »Weil du sehr, sehr müde ausgesehen hast und wir das Haus voller Leute hatten. Außerdem wollte ich versuchen, aus dir herauszubekommen, was nicht stimmt.«

Plötzlich grinste er. »Nun, den Teil hast du in deiner typischen Mercy-Art erreicht.«

»Alles, was es wert ist, getan zu werden, ist es auch wert, übertrieben zu werden«, sagte ich feierlich. Ich atmete tief ein und seufzte laut. »Ich schätze, ich sollte aufhören, den Anblick zu genießen und dir Kleidung aus dem SUV holen.« Ich stellte mich auf die Zehenspitzen und küsste ihn. »Gib uns nicht auf, mein Schatz.«

»Okay«, sagte er. Er küsste mich zurück. »Stups?«

Ja. Oh ja. Da waren so viele Emotionen, dass mein Inneres sich anfühlte, als würde es von den Gezeiten aufgerieben. Sex ... sich zu lieben, würde das Problem nicht lösen. Würde nicht ungeschehen machen, was Elizaveta meinem Ehemann angetan hatte. Würde nichts an der Tatsache ändern, dass Adam sich selbst so sehr hasste und daher glaubte, den Tod zu verdienen. Ich würde mich nicht selbst belügen. Ich hatte mit seinem Wolf gesprochen. Elizavetas Worte hätten niemals Früchte getragen, hätte Adam ihnen nicht das Feld bestellt und sie gedüngt.

Sex würde das nicht wieder in Ordnung bringen. Aber ... im Teilen lag Macht. Und sich mit Adam zu lieben hatte etwas Großzügiges und Warmes – mächtige Magie für sich. Und die Aussicht, zehn Minuten lang über nichts nachzudenken, kam mir sehr verlockend vor, und ich war mir ziemlich sicher, dass Adam genauso empfand. Es war keine Leidenschaft, die er mit seinem »Stups« suchte, es war Erleichterung.

Doch auf keinen Fall würde ich zulassen, dass er mich nackt sah, während er weiterhin unter Elizavetas Einfluss stand. Ich kannte meinen Gefährten. Dieser Fluch wurde von Schuldgefühlen – seinen eigenen Erwartungen nicht entsprochen, versagt zu haben – angetrieben. Adam hatte ein übermäßig ausgeprägtes Verantwortungsgefühl. Mein geschundenes Gesicht hatte heute das Fass zum Überlaufen gebracht, da war ich mir ziemlich sicher. Ich würde ihn nicht sehen lassen, dass meine ganze rechte Seite schwarz und aufgeschürft war.

»Nicht heute Nacht«, sagte ich zu ihm. »Wir müssen Wölfe töten und mit Annwnn sprechen. Es gibt viel zu tun.« Und dann fügte ich – zumindest teilweise – wahrheitsgemäß

hinzu: »Sosehr ich auch ein wenig Stupsen vertragen könnte, ich denke, ich sollte meinem Körper ein, zwei Tage Ruhe
gönnen.« Ich hielt inne, und weil es die Wahrheit war und
ich eine Gelegenheit zum Jammern verdiente, sagte ich:
»Und meine Nase pocht.«

Er nahm mich sanft in den Arm, und ich versteifte mich
nur leicht wegen meiner schmerzenden Rippen – die mir
gar nicht aufgefallen wären, hätte ich mich nicht im Spiegel gesehen. Ich war zu sehr auf Dinge fokussiert gewesen,
die schmerzhafter waren als geprellte Rippen. Als das ganze Drama vorbei gewesen war, hatte mein Körper mehr ge-
schmerzt als vor der Geschichte mit Adam und der Waffe.

Als wir nach Hause kamen, lagen alle schon im Bett. Jesse rief uns ein »Gute Nacht!« zu, als wir an ihrem Zimmer
vorbeikamen, also konnte es noch nicht lange her sein, dass
sie sich zurückgezogen hatten.

Ich suchte den Pyjama heraus, den ich immer trug, wenn
ich krank war – Adam würde es nicht seltsam finden, dass
ich ihn anzog, wenn ich eine gebrochene Nase hatte. Er
war ein Geschenk meiner Mom, nichts was ich mir je selbst
gekauft hätte. Es war lächerlich, wie sehr ich ihn liebte. Er
war mintgrün mit rosa Ponys, die unglaublich lange Mäh-
nen und Schweife hatten. Meine Mom liebte Pferde. Aber
heute Nacht war vor allem wichtig, dass er mich von Kopf
bis Fuß bedeckte.

Ich duschte und zog mich an, und als ich fertig war, tat
mir alles so weh, dass ich nicht sicher war, überhaupt schlafen zu können. Jeder Muskel in meinem Körper war steif
und schmerzte. Ich kroch ins Bett und lag schließlich mit
dem Gesicht nach unten und einem Kissen unter der Brust
da. Den Kopf hatte ich zur Seite gedreht, damit meine Nase

die Matratze nicht berührte. Keine andere Stellung war auch nur ansatzweise bequem.

Adam duschte, und ich musste trotz der Schmerzen eingedöst sein, denn das Nächste, was ich wahrnahm, war, dass sich das Bett unter seinem Gesicht bewegte.

»Mercy«, sagte er zu mir, »zieh dein Shirt aus!«

Ich lag ganz still. Vielleicht würde er denken, dass ich bereits schlief.

»Als du mit dem Finger nach mir gestochen hast, ist dein Shirt hochgerutscht«, sagte er. »Während du mir mit den schrecklichen Konsequenzen meines möglichen Ablebens in der Gegenwart einer fuchsteufelswilden Tochter Kojotes mit der Fähigkeit, die Toten zu rufen, gedroht hast. Du musst deine Verletzungen nicht vor mir verbergen, so haben wir es vereinbart, erinnerst du dich?«

»Du wusstest es?«, fragte ich.

»Ich wollte einfach nur sehen, wie weit du es treiben würdest. Zieh dein Shirt aus, Supergirl, und ich sehe zu, was ich tun kann, damit du dich besser fühlst.«

Er wusste nicht, dass ich meine Verletzungen verborgen hatte, damit er sich nicht für noch etwas verantwortlich fühlte. Eine weitere Sache, die Elizavetas Fluch helfen würde, ihm zuzusetzen. Er war gerade kein Monster, also hätte ich es wohl nicht vor ihm zu verbergen brauchen.

»Ich kann mich nicht bewegen«, jammerte ich, jetzt, da ich ihm nichts mehr vorspielen musste. »Es tut weh.«

Er half mir, mich herumzurollen, und gab mir einen Beutel gefrorener Erbsen für meine Nase, die er nach oben geholt haben musste, als ich döste.

»Nein, nicht draufdrücken«, sagte er. »Lass ihn einfach dort liegen.«

Meine Nase beruhigte sich, während er eine Vanillekerze anzündete, die ich nicht riechen konnte, und die Lichter ausmachte.

»Ich versuche nicht, romantisch zu sein«, erklärte er mir. »Das Licht würde deinen Augen wehtun. Die Kerze wärmt das Öl auf, das ich benutzen werde, damit deine armen, geschundenen Muskeln sich entspannen können.«

Ich fand, dass das schon recht romantisch klang. Romantik musste nicht immer Sex bedeuten.

Er knöpfte das Oberteil meines Pyjamas auf und schaffte es, es mir auszuziehen, ohne mir noch mehr wehzutun. Ich hatte einen Beutel mit Erbsen über den Augen, also konnte ich nicht sehen, was für ein Gesicht er machte, als er den Zustand meines Körpers komplett vor sich sah.

Doch nach einem kurzen Moment sagte er: »Okay, die Hose muss auch runter.«

Und er hob und schob meinen schlaffen Körper herum. Irgendwann zwischendurch hielt er inne und sagte: »Das ist dein Lieblingspyjama.«

»Ja«, sagte ich.

Er stöhnte auf. »Wäre leichter, wenn ich ihn einfach runterreißen könnte, aber ich schaffe das schon.«

Und das tat er dann auch.

Meine schmerzenden Muskeln rieb er mit warmem Öl ein. Keine Massage, einfach nur sanfte, sich wiederholende Bewegungen, die alles etwas auflockerten. Ich schlief ein, während seine starken Hände über meine Schultern rieben. Ich hatte immer noch Schmerzen, aber es machte mir nicht mehr so viel aus.

Ich weiß nicht, wie spät es war, als ich aufwachte, weil sich meine Nackenhaare aufstellten.

»Adam?«

Ein leises Knurren kam von der anderen Seite des Zimmers. Es war nicht Adams übliches Knurren, aber es war er. Ich dachte an das hässliche, hässliche Monster.

»Verdammt noch mal«, beschwerte ich mich nach kurzem Nachdenken. »Komm zurück ins Bett. Mir ist kalt.«

Etwas sehr, sehr Schweres kam neben mich ins Bett. Ich sorgte mich, dass das Bett zusammenbrechen könnte. Ein sehr großer, heißer Körper schmiegte sich an mich, und raue Haut berührte meine. Adam ließ sein sehr großes Kinn auf meinem Kopf ruhen.

»Besser«, murrte ich und schmiegte mich an seine Wärme. »Schlaf jetzt.«

Als ich am Morgen aufwachte, war er weg – und ich wachte früh auf, weil jede Bewegung wehtat. Es schmerzte nicht so sehr, wie es das getan hätte, hätte Adam mich nicht mit dem Öl eingerieben. Es war Montag, und obwohl ich die Werkstatt bis auf Weiteres geschlossen hatte, hatte ich versprochen, heute die Autos zu reparieren, die definitiv nur ich übernehmen konnte. Wenn ich später noch zur Arbeit musste, war es vermutlich gut, dass ich früh aufgestanden war.

Als ich schließlich nach unten ging und mich dabei fühlte, als wäre ich einhundertundeins Jahre alt, fand ich Hannah in der Küche vor. Sie sah mich einen langen Moment an und verzog das Gesicht.

»Adam meinte schon, dass du in einem ziemlich üblen Zustand sein würdest«, sagte sie. Dann kam sie zu mir und küsste mich auf die Wange. »Ich würde dich umarmen, wenn es nicht uns beiden wehtun würde. Danke, dass du meine Kleine gerettet hast.«

»Du verwechselst mich«, sagte ich zu ihr. »Auriele hat

Makaya gerettet. Ich habe den Bastard lediglich angefahren.«

»Ja, nun, danke auch dafür«, sagte sie. »Ich habe zu große Schmerzen, um auszuschlafen, also dachte ich, ich komme runter und mache ein Heilmittel nach dem Geheimre-
zept meiner Großmutter.«

Sie bereitete das Gebräu in einem Wasserbadtopf zu,
dann füllte sie es in zwei Tassen und holte ein Fläschchen
heraus, auf dem *Omas Geheimzutat* eingraviert war, und gab
einen großzügigen Schuss hinein.

Sie roch an einer der Tassen und fügte dann einen Teelöffel Honig hinzu. Sie roch erneut daran.

»Jetzt riecht es richtig«, sagte sie. Dann gab sie einen
weiteren Teelöffel Honig in beide Tassen und schob mir
eine hin. »Trink das.«

Ich sah sie an. Ich wusste, was sie in diesen Topf getan
hatte. Außerdem hatte ich die starke Vermutung, dass sich
in Omas großzügigem Fläschchen etwas Hochprozentiges
befunden hatte.

»Halt dir einfach die Nase zu«, riet sie mir.

»Haha«, machte ich. »Witzig.«

Sie trank den ganzen Inhalt in einem großen Zug. Als sie
fertig war, tränten ihr die Augen, und sie konnte nicht sprechen, aber sie zeigte mit dem Finger auf die Tasse vor mir.

Es war ein Geschenk, das wusste ich. Ein Dankeschön,
für das sie unmenschlich früh aufgestanden war, um es zu-
zubereiten und mir vorzusetzen.

Es war die Art Geschenk, die man nicht ablehnen konnte.

Ich tat es ihr gleich und trank das ganze Ding aus, bevor
ich zu viel darüber nachdenken konnte, was ich sie in dieses
Gebräu hatte geben sehen.

Nach meinem ersten und einzigen Trinkgelage auf dem

College war mir klar geworden, dass ich zu viele Geheimnisse zu vieler Personen kannte, um zu trinken. Danach machte ich es mir zur Gewohnheit, Alkohol jeder Art zu meiden – also wusste ich nicht, ob ich auf ein normales Glas Alkohol auch so reagiert hätte wie auf Hannahs Geschenk.

Meine Haut wärmte sich, meine Ohren und meine Kniekehlen kribbelten. Meine gebrochene Nase summte vor einem Gefühl, von dem ich befürchtete, dass es Nervenenden wecken würde, die besser weiterhin geruht hätten. Stattdessen verwandelte es sich in ein angenehmes Brummen, das den Schmerz vertrieb.

Eine volle Minute lang konnte ich weder atmen noch etwas sehen, und meine Geschmacksnerven hätten protestierend die Flucht aus meinem Mund ergriffen, wenn sie dazu in der Lage gewesen wären. Aber das war ein angemessener Preis dafür, dass ich keine Schmerzen mehr hatte.

Als ich wieder etwas sehen konnte, sagte Hannah: »Warren begleitet dich heute in die Werkstatt. Er wird bald hier sein. Ich würde ihn fahren lassen. Wenn ihr ankommt, solltest du wieder so weit auf der Höhe sein, dass du mit Werkzeugen hantieren kannst.«

Ich bewegte die rechte Schulter und ließ sie kreisen. »Möglicherweise überlebe ich das hier knapp«, sagte ich zu ihr.

11

ein bisschen angeheitert und sehr viel weniger schmerzgeplagt ließ ich Hannah in der Küche zurück, wo sie Frühstückswaffeln zubereitete, und ging hinunter in den Keller.

Im Käfig trabte ein roter Wolf ruhelos auf und ab. Er schien mich nicht zu bemerken, sogar als ich stehen blieb und ihn begrüßte.

Luke, der Wachdienst hatte, blickte von seinem Videospiel auf. »Etwa um zwei Uhr morgens hat er sich in seinen Wolf verwandelt. Ich weiß nicht, warum oder ob es seine eigene Entscheidung war. Das habe ich auch Adam vor zwei Stunden gesagt.«

Es war sechs Uhr morgens. Das bedeutete, Adam hatte eine weitere Nacht nur sehr wenig Schlaf bekommen. Und Lukes Tonfall machte deutlich, dass auch er sich Sorgen machte. Das Letzte, was wir mitten in mehreren Krisen brauchen konnten, war, dass Adam von Schlafmangel beeinträchtigt wurde.

Ich konnte im Moment nichts für Adam tun, aber für andere Dinge hatte ich einen Plan. Wenn Adam zu Hause gewesen wäre, hätte ich ihn mitgenommen, weil er besser als ich war, wenn es um Verhandlungsgespräche ging – zumindest solange sein Temperament nicht mit ihm durchging. Und er wäre auch deshalb besser für diese Verhandlungen gewesen, weil Annwnn – wie die meisten weiblichen Wesen – eine Schwäche für Adam hatte.

Ich klopfte an Aidens Tür. »Los, raus mit dir. Hannah macht Waffeln.«

»Ich ziehe mich nur kurz an und komme dann«, sagte er. Er klang alarmiert. Wenn man schreckliche Umstände überleben musste, lernte man, wachsam zu sein.

Ich legte die Hand auf seine Tür.

»Waffeln?«, sagte Luke hoffnungsvoll.

Ich ließ die Hände sinken und drehte mich zu ihm um. »Ich denke, du bist der Erste auf der Liste.«

Er lächelte und widmete sich wieder seinem Spiel.

Als Aiden schließlich nach oben kam, hatte ich Luke schon seine Waffeln zusammen mit einer frisch gebrühten Tasse Kaffee gebracht und stellte gerade einen zweiten Teller zusammen. Aiden trug einen Pulli und Jeans, obwohl es draußen bereits so aussah, als würde es ein warmer Tag werden. Sein Feuer war weitgehend zurück, hatte er mir erzählt, aber ganz war die Wirkung dessen, was Wulfe mit ihm gemacht hatte, nicht verschwunden.

Die Waffeln, die aus Hannahs zweiter Ladung stammten, waren einheitlich goldbraun. Ich goss eine dünne Schicht hausgemachten Himbeersirup (von Christy) darüber und krönte das Ganze mit frischer Schlagsahne. Ich hatte bereits einige Blaubeeren darum herumgestreut und schnitt Erdbeeren in Scheiben, die mein Geschenk für Annwnn vervollkommnen sollten.

Aiden sah den Teller an und hob die Augenbrauen. »Für mich?«

»Wir nehmen ihn mit raus«, sagte ich zu ihm, und Verstehen blitzte in seinem Gesicht auf.

Er öffnete den Mund, blickte die Treppe hinunter und nickte einfach nur. »Klingt gut.«

Ich griff gerade nach dem Teller, als mir etwas anderes einfiel, das ich vor Kurzem in einem Märchen gelesen hatte. Ich holte ein kleines Glas aus einem der Schränke und sagte: »Hey, Hannah? Kann ich mir dein Fläschchen mal ausleihen?«

Ich brachte ein Glas hinaus zu der Tür in unserem Garten. Es war drei Fingerbreit hoch gefüllt mit Kentucky Bourbon, den Hannahs Großmutter vor zwanzig Jahren einzig für ihre Familie gebrannt hatte. Aiden trug den Waffelteller.

»Ich weiß nicht, ob sie rauskommt, wenn du klopfst«, sagte er.

»Sie ist ein Gast in unserem Garten. Sie wird kommen«, sagte ich mit mehr Überzeugung, als ich fühlte. Ich klopfte energisch mit den Knöcheln gegen das raue Holz. Drei Mal, denn die Zahl drei war wichtig in Märchen.

Nichts passierte.

Vielfache von drei sind auch wichtig, sagte ich mir.

Ich klopfte drei weitere Male. Wartete. Klopfte drei weitere Male. Wenn das hier nicht funktionierte, dann würde ich den Teller übernehmen und Aiden sollte klopfen. Aber meine Instinkte sagten mir, dass ich es sein musste, die ihre Anwesenheit einforderte, weil ich sie auch nach Informationen fragen würde.

Die Tür sprang auf, und eine schlecht gelaunt wirkende Annie steckte den Kopf heraus. Ihr Haar war tropfnass, und etwas, das wie Seetang aussah, hing darin. Obwohl meine Nase nicht funktionierte, nahm ich einen Hauch Salz wahr.

Durch die halb offene Tür hörte ich das Branden des Meers und Wind.

»Was ist?«, fauchte sie. »Ich ertränke Dinge, und du stör …« Sie musterte mein Gesicht und wurde spontan fröhlicher. »Gibt es einen Kampf?« Dann wurde ihr Lächeln breiter. »Bist du verletzt?«

»Sie hat beinahe einen Werwolf mit ihrem Auto getötet«, sagte Aiden. »Es fehlte nur noch der Gnadenstoß.« Er hielt einen Moment inne und sagte dann trauervoll: »Der Wagen wurde der guten Sache geopfert.«

Annie erstarb das Lächeln auf den Lippen. »Wie bedauerlich«, entgegnete sie. Annie mochte Autos. Sie konnte sich nicht weit genug von einer ihrer Türen entfernen, um tatsächlich in einem zu fahren – außerdem war da noch das ganze kalte Eisen. Aber sie mochte sie trotzdem.

Aiden nickte zustimmend, dann sagte er munterer: »Sie hat es geschafft, ihn anzufahren, ohne dass das Kind, das der Werwolf über seinem Kopf gehalten hat, verletzt wurde. Sie hat eine ihrer Werwölfinnen benutzt und sie vorne aufs Auto geschleudert, damit sie das Kind in der Luft auffing. Mercy ist ein bisschen verletzt, aber ihr Gegner ist tot.«

»Du hast die Geschichte von hinten angefangen«, sagte ich. Außerdem hatte er die Teile ausgelassen, durch die die ganze Geschichte Sinn ergeben würde.

»Das Wichtigste zuerst«, sagte Annie nachdenklich. »So erzählt man Geschichten. Einfach den langweiligen Teil auslassen. Das Resultat sollte jedoch am Ende stehen. Gut gemacht, Feuer. Das war eine gute Geschichte – am liebsten mochte ich den Teil, in dem das Auto stirbt. Ich liebe Tragisches so sehr.«

Sie trat durch die Tür und schloss sie hinter sich, wobei sie einen schmutzigen Finger über die Klinke gleiten ließ.

Ihre Magie jagte einen Blitz mein Rückgrat hinauf. Ihr weißes Kleid war tropfnass, bis sie es ansah. Unter ihrem Blick trocknete der Stoff in wenigen Sekunden, blieb aber steif und salzverkrustet zurück. Hier und da waren grüne Schlieren. Etwas, von dem ich mir ziemlich sicher war, dass es Blut war, hatte ihren Saum durchtränkt, der etwa auf Höhe der Knie endete.

»Ich muss dich ein paar Dinge fragen«, sagte ich zu ihr. »Ich habe dir im Austausch ein Geschenk mitgebracht.«

Aiden hielt ihr den Teller hin. Sie blickte mich zögerlich an, ehe sie ihre Aufmerksamkeit dem Essen zuwandte. Sie steckte einen Finger in die Sahne und leckte ihn ab. Sie aß eine Erdbeerscheibe. Wartete. Dann aß sie eine der Blaubeeren, als befürchtete sie, sie könnte vergiftet sein.

»Hast du das gemacht?«, fragte sie.

Und ich wünschte, ich hätte mir die Zeit genommen, Brownies oder Kekse oder so etwas zu backen, denn aus der Art, wie sie das fragte, konnte ich schließen, dass es wichtig war.

»Ich habe es zusammengestellt«, sagte ich. »Meine Freundin hat die Waffeln frisch heute Morgen zubereitet, und die Mutter meiner Stieftochter hat den Sirup aus den ersten Früchten des Sommers gemacht. Ich habe die Sahne geschlagen« – und damit sichergestellt, dass jeder im Haus, der schlafen wollte, aufwachte –, »die Erdbeeren geschnitten und alles für dich zusammengestellt.«

»Freunde und Feinde«, sagte sie. Ich konnte nicht genau sagen, ob das gut oder schlecht war. »Bitter und süß. Und die Früchte der Erde. Ich nehme an.«

Und dann aß sie mit den Manieren und der Geschwindigkeit eines verhungernden Streuners, während Aiden den Teller hielt. Sie nahm ihm den Teller ab und leckte ihn sauber, bevor sie ihn zurückgab. Ihr Gesicht war voller Schlagsahne und Sirup, und sie wischte sich die Hände an ihrem weißen Kleid ab, auf dem rosa Schlieren zurückblieben.

»Interessant«, sagte sie. »Ich mochte es.« Sie blickte aufmerksam auf das Glas in meiner Hand.

Aiden sah mich an und schüttelte den Kopf, also sagte ich nichts. Schließlich seufzte sie, rollte die Augen und sagte: »Was ist in diesem Glas?«

»Bourbon von der Großmutter meiner Freundin«, sagte ich zu ihr.

Sie hatte die Hand nach dem Glas ausgestreckt, doch nun zögerte sie. »Ich weiß nicht, was Bourbon ist.«

»Whiskey«, sagte Aiden. »Eine lokale Variante«

Sie streckte erneut die Hand danach aus, und ich gab es ihr. Misstrauisch sagte sie: »Darin ist Magie enthalten.«

»Ach«, sagte ich. »Also war es mehr als nur Alkohol. Ich hatte heute Morgen etwas davon, und es hat den Schmerz aus meinen Muskeln gezogen. Die Frau, die ihn gebrannt hat, gab ihn ihrer Enkelin. Sie machte ihn eigens für die Familie.«

Annie schnupperte wachsam, dann neigte sie das Glas, damit sie die Zunge hineinstecken konnte. Sie schmatzte einige Male mit den Lippen. »Gut«, sagte sie. »Sehr gut.« Dann trank sie alles in einem Zug aus.

Sie gab mir das Glas zurück und sagte: »Er wurde mit Fae-Magie gebrannt. Die Großmutter deiner Freundin hat Fae-Blut. Sie hat alte Magie verwendet, für Heilung und Gesundheit.«

Sie klopfte sich die Hände ab und sah mich unter ihrem Haar hervor an. »Und bevor du das jetzt irgendwie romantisierst: Dieser Zauber wurde *eigens*« – sie betonte das Wort, das ich benutzt hatte – »dafür entwickelt, damit menschliche Sklaven so lange wie nur möglich mit voller Kraft arbeiten konnten.«

Ich zuckte die Achseln. »Das war nicht die Absicht, als genau diese Magie mit dem Getränk verbunden wurde.«

»Nein«, stimmte Annie mir zu. »Aber ich dachte, es wäre interessant für die aktuell Anwesenden.«

»Ich bin nur halb menschlich«, sagte ich zu ihr. Das war nichts, was ich oft sagte, doch es war wichtig, dass sie mich nicht mit der Abneigung betrachtete, die sie für Menschen empfand – und nebenbei auch für Fae. Adam wäre wirklich besser geeignet gewesen. »Kojote ist mein Vater.«

Sie runzelte die Stirn. »Das weiß ich. Deshalb finde ich dich interessant.«

»Ich finde dich auch interessant«, sagte ich ehrlich – und meinte es genauso sehr als Kompliment wie sie.

Eine Minute lang wippte sie auf und ab, dann warf sie mir einen gerissenen Blick zu: »Willst du mir nicht deine Fragen stellen?«

»Ja«, sagte ich. »Aber zuerst wollte ich dir sagen, dass es wirklich zu schade ist, dass der Rauchweber entkommen ist. Ich bin ja der Ansicht, dass man sich, wenn man einen Handel verliert, an die Konditionen des Geschäfts halten und sich nicht bei der ersten Gelegenheit aus dem Staub machen sollte.«

Ich riet ein bisschen ins Blaue hinein.

Sie scharrte mit dem Fuß im Dreck. »Nicht wahr? Er hat geschummelt.« Sie seufzte. »Okay, er hat nicht geschummelt. Wenn er das getan hätte, dann könnte ich Dinge mit ihm anstellen. Unser Handel besagte, dass ich ihn mitnehmen durfte. Ich habe nie gesagt, er dürfe nicht gehen.«

»Dinge« war kein freundliches Wort in diesem Zusammenhang.

»Besteht dein Handel mit ihm noch?«, fragte ich.

Sie blinzelte und legte dann nachdenklich den Kopf schräg. Schließlich sagte sie: »Ein Ende wurde nicht festgelegt. Die ganze Sache war auch nicht spezifisch. Ich sagte zu ihm: ›Wenn du unseren Handel verlierst‹ – ich glaube, wir tranken da gerade Met –, ›dann darf ich dich hierher mitnehmen.‹ Er sagte: ›Und was bekomme ich dafür?‹« Sie sah Aiden liebevoll an. »Ich dachte daran, ihm Feuer zu geben, weil er mein Liebling ist, aber ich bin froh, dass ich ihn stattdessen dir gegeben habe. Du bist ein viel besserer Freund als er.«

»Also, was hast du ihm gegeben?«, fragte ich.

»Körperdiebstahl«, sagte sie genüsslich. »Einer meiner liebsten Bewohner war ein Jäger, der mir äußerst interessante Wesen für die Kerker mitbrachte. Er ließ mich sogar bei der Gestaltung der Zellen helfen …« Ihr Blick schweifte in die Ferne. »Er hatte einen Körperdieb. *Diese* Zellen habe ich nicht geöffnet, als ich die anderen Gefangenen und Sklaven freiließ. Manches von seiner Beute wäre nicht gut mit dem Rest ausgekommen.«

Aiden tauschte einen Blick mit mir.

»Das klingt schlau«, sagte ich zu ihr und redete weiter, weil ich das Gefühl hatte, dass es besser für die Welt war, wenn sie nicht an diese Zellen und was darin gefangen war, dachte. »Also hast du dem Rauchweber die Fähigkeit gegeben, die Körper anderer zu übernehmen?«

Sie nickte. »Er war in erster Linie ein Gestaltwandler.« Sie sah mich an. »Besser als du. Er konnte sich und andere verwandeln. Das Körperstehlen machte es ihm nur leichter, sich in neue Gestalten zu verwandeln.« Selbstzufrieden sagte sie: »Es war keine große Veränderung – und ich habe ihm Grenzen gesetzt. Er musste seine Beute beißen und sie eine Weile steuern, um sie für seine Zwecke vorzubereiten. Wenn sie starben, konnte er ihre Essenz – ihre Gestalt – benutzen, bis sie abgetragen war. Er war allerdings nicht mächtig genug für diese Art von Magie.« Sie schmollte. »Er sagte, es sei eine schlechte Gabe. Ich brachte es in Ordnung, indem ich es so machte, dass er Macht daraus gewinnen konnte, wenn seine Marionetten ein paar Leute töteten.«

Sie sah Aiden an. »Wenn er von Feuer gewusst hätte, dann hätte er darum gehandelt.« Sie schwieg einen Moment. »Ich hätte es ihm nicht gegeben. So viel Macht brauchte er nicht. Ich habe ihm nur einen nützlichen Trick gegeben.«

Sie hatte es einfacher für ihn machen wollen, die Gestalt zu wechseln. Dafür hatte sie eine Methode entwickelt, zu der gehörte, jemandes Geist zu übernehmen. Und ihn zu töten, aber nicht, bevor er so viele Leute wie möglich getötet hatte, um Macht zu gewinnen, weil die komplexe Fähigkeit, die sie dem Rauchweber gegeben hatte, mehr Magie verlangte, als er hatte. Ich dachte an Ben und Stefan, Anna und Dennis und an die arme Anhalterin, die ich erst nach ihrem Tod kennengelernt hatte, und ich hielt den Mund. Nichts, was ich in diesem Moment sagen wollte, wäre der Sache zuträglich gewesen.

»Sehr clever«, sagte Aiden, der mir zu Hilfe kam.

Annie strahlte und machte einen Knicks. »Ja, ich bin clever«, stimmte sie ihm zu.

»Wenn der Handel noch immer aktiv ist«, sagte Aiden, weil ich stumm blieb, »heißt das, du könntest ihn zurückholen?«

»Ja«, bestätigte sie. »Oh, das wäre wunderbar. Er fehlt mir.« Sie sah Aiden finster an. »Alle meine Freunde verlassen mich.«

Er ignorierte das klugerweise. »Wie können wir dir helfen, den Handel durchzusetzen?«, fragte er. »Was waren die Bedingungen?«

»Wir haben sehr guten Met getrunken«, sagte sie entschuldigend. »Deshalb ist es nicht sehr komplex. Er hat ein Geheimnis – und man muss ihm nur sagen, was dieses Geheimnis ist.«

»Ich werde mein Bestes tun, um dafür zu sorgen, dass dein Freund zurückkehrt«, sagte ich zu ihr.

Sie sah mich an, dann seufzte sie. »Dein Bestes. Dabei hattest du mir schon Hoffnungen gemacht. Wie dumm von mir. Okay, fahre fort. Tu dein Bestes.« Sie sah Aiden an. »Das Essen und Trinken war sehr gut. Wenn sie tot ist«, sie zeigte auf mich, »hoffe ich, dass du dich daran erinnerst, wer deine Freunde sind. Ich werde sehr einsam sein, wenn ich weder dich noch den Rauchweber habe, mit dem ich mich unterhalten kann.«

Sie sah mich an. »Es tut mir leid«, sagte sie zu mir. »Ich vergaß, mit wem ich es zu tun habe. Ich hoffe, du stirbst bald. Dann bekomme ich wenigstens Aiden zurück.«

»Nein«, sagte Aiden. »Ich werde immer dein Freund sein, Annie. Aber ich werde nie wieder in Annwnn leben.«

»Nie wieder«, sagte sie, »bedeutet niemals. Aber niemals ist eine lange Zeit. Ich denke nicht, dass es niemals sein wird.«

Er verbeugte sich, sagte jedoch nichts.

Sie schmollte. »Du bist nicht sehr nett. Ich glaube, ich gehe jetzt und töte etwas.«

Sie ging und schlug die Tür hinter sich zu.

»Das hätte besser laufen können«, sagte Aiden zu mir. »Es tut mir leid.«

Ich schüttelte den Kopf. »Ich denke, es war hilfreich.«

Ich war froh, allein in der Werkstatt zu sein, so hatte ich viel Zeit zum Nachdenken. Vor allem dachte ich an Adam. Aber ich zerpflückte auch alles, was Annie gesagt hatte, alles, was Beauclaire gesagt hatte, und alles, was ich je über Tauschgeschäfte gelesen hatte. Ich suchte nach einem Weg, der mich nicht zwingen würde, selbst einen Handel einzugehen, der mich mein Erstgeborenes kosten würde.

Warren saß im Büro und las. Er war ein unersättlicher Leser – er hatte mir einmal erzählt, dass er gelernt hatte, Bücher zu lieben, als er monatelang für den Viehtrieb unterwegs gewesen war. Warren war im neunzehnten Jahrhundert Cowboy gewesen, und das war ebenso sehr Teil von ihm, wie es der Wolf war.

Er hatte drei Bücher mitgebracht, und ich war mir ziemlich sicher, dass noch einige im Truck lagerten, für den Fall, dass ihm der Sinn nach etwas anderem stand. Er las grundsätzlich immer sechs bis acht Bücher gleichzeitig.

Schon das dritte Jahr arbeitete er sich durch *Krieg und Frieden*. In einem Anfall von Frustration hatte er mir einmal erzählt: »Ich glaube, man muss Russe sein, um dieses Buch zu lesen. Vor allem, wenn man sich erinnern will, wer wer ist.«

Um dem Tolstoi-Frust etwas entgegenzusetzen, hatte er eine alte Ausgabe von George MacDonalds *Die Prinzessin und der Kobold* mitgebracht. Sie war völlig zerlesen, und manchmal zitierte er daraus. »Sehen heißt nicht glauben – es bedeutet nur sehen.« Oder: »So funktioniert Angst: Sie schlägt sich immer auf die Seite der Dinge, vor denen wir Angst haben.«

Das dritte Buch, das er mitgebracht hatte und das er heute tatsächlich las, war Stephen E. Ambroses *Band of Brothers*. Mir kam der Gedanke, dass es eine ziemlich interessante

Lektüre für einen Werwolf war. Was war ein Rudel schon anderes als eine militärische Einheit, die versuchte, ihre Mitglieder am Leben zu halten und die Welt zu einem besseren, sichereren Ort zu machen?

Er hatte angeboten, mir zu helfen – und er war kein schlechter Mechaniker –, doch ich musste allein sein, damit ich Dinge reparieren und Grübeln konnte.

Wir aßen in einem kleinen Laden in der Nähe der Werkstatt, wo es Suppen und Sandwiches gab. Er las *Krieg und Frieden* (weil er gerne unterbrochen wurde, während er es las), und ich recherchierte auf dem Handy im Internet nach weiteren Geschichten von Tauschgeschäften mit Feen. *Der Rattenfänger von Hameln* war vielversprechend, schließlich waren alle Kinder und der Rattenfänger am Ende verschwunden. Aber nichts anderes passte darauf.

Ich war mir ziemlich sicher, dass ich die Geschichte, aus der unser Rauchweber stammte, kannte – und dass diese Geschichte mir sein Geheimnis verriet. Von Beauclaire hatte ich bereits einen ziemlich großen Teil davon bekommen. Doch ich war mir auch fast sicher, dass ich den Rauchweber nicht einfach loswerden würde, indem ich ihm sein Geheimnis zurief – vor allem, wenn ich gleichzeitig Stefan und Ben retten wollte.

Als wir zurückkamen, setzte ich mich an den Computer im Büro. Seit unserer ersten Begegnung mit dem Rauchweber hatte ich Ariana mehrmals versucht anzurufen. Jetzt fasste ich in einer E-Mail alles zusammen, was ich über die Kreatur wusste und zu welchen Schlussfolgerungen mich das geführt hatte. Und ich fragte sie nach Tauschgeschäften mit den Fae – nicht die der Grauen Lords, der mächtigsten der Fae, sondern die von weniger mächtigen Fae. Und diese Mail schickte ich dann zu Ariana und ihrem Gefährten

Samuel, der Brans erstgeborener Sohn war, und hoffte, dass sie in Afrika, oder wo immer sie auch waren, E-Mails empfangen konnten.

Als ich aufstand, um mich wieder an die Arbeit zu machen, fiel mir ein Stück Papier auf, das auf dem Boden vor dem Drucker lag. Ich hob es auf und blickte auf eine Rechnung für eine Lichtmaschine.

Ich zögerte, dann rief ich die Nummer an, die Mr. John Leeman uns hinterlassen hatte.

»Hallo?«, sagte eine misstrauische Stimme – eine, die ich kannte.

»James Palsic«, sagte ich. »Hier ist Mercy Hauptman. Ist Fiona da?«

»Nein«, sagte er. »Was wollen Sie, Mrs. Hauptman?«

»Ich habe Informationen, von denen Sie wissen sollten …« Dann erzählte ich ihm, was Bran mir gesagt hatte. Erzählte ihm, was er über Chen, die Palsics, Schwabe und Harolford gesagt hatte. Und erzählte ihm, was Bran über Fiona gesagt hatte.

»Sie ist keine Abtrünnige, die Aufträge von jedem annimmt«, sagte er ohne Überzeugung. »Sie hat eine Menge Leute getötet – im Auftrag Brans, wenn ich das erwähnen darf. Aber sie verkauft sich nicht an den Höchstbietenden.«

»Bran lügt nicht«, sagte ich zu ihm. »Und seine Wahrheiten sind in der Regel auch nicht die Art von Halbwahrheiten, mit denen die Fae arbeiten. Sehen Sie. Sie tun, was Sie tun wollen. Ich verstehe das. Aber ich denke, Sie sollten Bran anrufen« – ich gab ihm Brans Nummer, und ich hörte, wie ein Stift über Papier kratzte, als er sie sich notierte – »und mit ihm reden. Stellen Sie ihm Ihre Fragen, und erzählen Sie ihm, welche Begründung Fiona Ihnen gegeben hat, sich nicht an Bran um Hilfe zu wenden.«

»Ist das alles?«, fragte er.

»Ja«, sagte ich zu ihm und trennte die Verbindung.

Warren beobachtete mich. »Möglicherweise setzt du damit den Fuchs ins Hühnerhaus.«

»Wenn er Bran anruft«, sagte ich. »Wenn nicht ... verdammt. Ich hätte ihn vom Telefon des Ladens aus anrufen sollen. Jetzt habe ich ihnen eine Handynummer gegeben, die sie orten können. Vermutlich hätte ich das erst mit Adam besprechen sollen.«

»Die Handynummer steht auf deiner Karte.« Warren klopfte mit dem Finger auf den Tresen, direkt vor dem Kartenhalter mit meinen Visitenkarten. »Aber wenn du Palsics Nummer hattest, warum hast du ihn dann nicht früher angerufen?«

»Ich wurde abgelenkt und habe dann nicht mehr dran gedacht«, sagte ich zu ihm und redete einfach weiter, in der Hoffnung, dass er nicht fragen würde, was mich abgelenkt hatte. Ich würde niemandem aus dem Rudel von Adams Monster erzählen, bis ich mir sicher war, dass es richtig war, es zu tun.

»Ich habe die Rechnung letzte Nacht herausgesucht, in der Hoffnung, darauf nützliche Informationen zu finden, aber dann haben Adam und ich uns unterhalten ...«

Das war keine Lüge, und wenn Warren es falsch interpretierte – und das tat er, seinem Grinsen nach zu schließen –, war das nicht meine Schuld. Es war auch nicht meine Schuld, dass das ganze Rudel viel zu interessiert an Adams und meinem Sexleben zu sein schien. Ich hatte kein schlechtes Gewissen, das gegen Warren zu verwenden.

»Und als ich gerade die Rechnung aufhob, fiel mir ein, wie entsetzt Palsic gewesen war, dass man Lincoln geschickt hatte, um Kellys Haus anzugreifen, wo Kinder wohnten.

Bran scheint Palsic für einen der Guten zu halten – warum sollte ich ihm nicht die Informationen geben, die er braucht, um sich selbst zu retten?«

Warren nickte. »Klingt logisch.«

»Vielleicht ändert es auch nichts«, sagte ich zu ihm, während ich Adam eine Nachricht schickte und ihm mitteilte, was ich gerade getan hatte.

»Ich sehe nicht, wie uns das schaden könnte«, sagte Warren.

Adam bat mich, ihm die Nummer zu schicken, also tat ich es. Ich werde versuchen, mit der Nummer sein Handy zu orten, damit wir seinen Bewegungen folgen können, schrieb Adam. Es wird etwas dauern. Ich denke, möglicherweise trägt das, was du getan hast, mehr Früchte.

Gegen sechs hatte ich alles abgearbeitet, und der letzte Wagen fuhr mit seinem Besitzer nach Hause – der sich so hartnäckig wegen der Rechnung beklagt hatte, dass ich schon besorgte Blicke zu Warren warf, der vorgab, sein Buch zu lesen. Schließlich bezahlte er jedoch, damit ich ihm seine Schlüssel gab, und stürmte aus dem Laden, wobei er schwor, nicht wiederzukommen. Das tat er immer. Deshalb war er einer meiner besonderen Kunden, dessen Auto ich reparieren musste, statt ihn einfach woanders hinzuschicken. Jemand anderes würde vielleicht überreagieren oder seine Gefühle verletzen – oder ihn abzocken.

»Jemand hat ihm mal gesagt, dass er nur lange genug Theater machen muss, damit ihm die Leute einen Rabatt geben«, sagte ich zu Warren. »Und dann hat es funktioniert. Und nun macht er es immer.« Ich sah zu, wie er seelenruhig wegfuhr. »Ich glaube, hier holt er sich ein Stück weit menschlichen Kontakt. Ich bin nicht so unterhaltsam wie Tad. Tad kann das Spielchen manchmal auf zwanzig Minuten ausdehnen.«

»Wenn er dir auch nur einen Zentimeter näher gekommen wäre, dann würde er dich jetzt nie wieder belästigen«, sagte Warren und schloss sein Buch mit einem Knall.

Ganz genau. Ich war zu Recht besorgt gewesen.

»Der Tag, an dem ich vor Pat Henderson Schutz brauche, ist der Tag, an dem du beschließt, dass Rosa eine echte Farbe ist.«

Er schnaubte. »Ich habe schon Rosa getragen.«

»Weil du Kyle liebst«, sagte ich. Ich musterte ihn eingehender. »Du siehst besser aus.«

Er schnaubte erneut. »Wir hatten einen Fall, der eine böse Wende genommen hat. Fühlt sich nicht gut an, wenn man weiß, dass etwas passieren wird, ohne dass man etwas dagegen tun kann.«

Ich musterte ihn, beobachtete, wie seine Augen golden aufleuchteten.

»Oh?«, fragte ich leise.

»Nun, ich habe etwas deswegen unternommen«, sagte er. »Kyle wird vielleicht in ein paar Tagen wieder mit mir sprechen. Ich habe nichts getan, was er nicht auch getan hätte, wenn er dazu in der Lage gewesen wäre – und ich vermute, dass ihn das nur noch wütender macht.«

»Die Guten müssen gewinnen?«, fragte ich.

»Und die Bösen verlieren«, stimmte er mir zu, und wir stießen die Fäuste gegeneinander.

Adam kam spät nach Hause, aber ich wartete bereits auf ihn.

»Bett«, sagte ich streng.

Er hob die Augenbrauen, und ich konnte alle im Haus

Anwesenden die Ohren spitzen hören – selbst die menschlichen.

»Oh?«, sagte er langsam und versuchte dabei zu entscheiden, ob er sich an meinem Ton stören sollte.

»Oh«, sagte ich. »Ja. Du. Ich. *Bett*. Jetzt.« Das mit dem Augenbrauenheben konnte ich auch ganz gut. »Ist das klar genug? Oder willst du, dass ich es dir als Gedicht aufsage? Ich könnte ein Haiku hinkriegen, wenn du drauf bestehst.«

»Ich bin für einen Limerick«, rief George aus dem Keller nach oben. »Einst gab es eine junge Dame namens Mercy …«

»Du hast hier nichts zu melden«, rief ich zurück.

Aus den verschiedensten Teilen des Hauses kam freundliches und neugieriges Gelächter.

»Scheint, als wäre ich gerufen worden«, sagte Adam und gab – wie ich mir erhofft hatte – dem Druck der Erwartungen des Hauses nach.

Er lächelte, doch er blickte besorgt drein.

»Aber so was von«, sagte ich zu ihm und führte ihn hinauf ins Schlafzimmer, wo ich bereits das Öl angewärmt hatte. Denn jede gute Tat verdiente eine Gegenleistung.

In dieser Nacht träumte ich von Stefan. Es waren Träume, bei denen ich immer irgendwann in kalten Schweiß gebadet aufrecht im Bett saß. Adam schlief so tief, dass ich ihn nicht aufweckte. Meiner Schätzung nach hatte er seit Wochen nicht mehr als durchschnittlich zwei bis drei Stunden pro Nacht geschlafen, deshalb überraschte es mich nur wenig, dass er schlief wie ein Toter.

Trotzdem …

Ich berührte seine gut geölte Schulter, und er grummelte und wühlte sich nach unten, bis sein Gesicht an meiner

Hüfte lag. Kurz berührte seine Hand mein Knie. Anscheinend beruhigt, erschlaffte er wieder.

Ich ließ die Hand auf seiner Schulter und glitt hinein in meine Andersheit, damit ich mir die Linien ansehen konnte, die mich mit meinen Leuten verbanden. Dieses Mal nahm ich überraschenderweise das Schlafzimmer *und* Adam mit. Adam … war hell erleuchtet von winzigen Lichtfäden, die sich wieder und wieder auf seiner Haut kreuzten, ehe sie sich in alle Richtungen fortsetzten. Unsere Gefährtenverbindung war jetzt dicker, aber sie hatte noch immer die Textur und Farbe der Haut des Monsters. Sie fühlte sich … gesättigt an. Und ich hoffte, das war ein gutes Zeichen.

Doch das war es nicht, wonach ich heute suchte. Ich entdeckte die Verbindung zu Stefan. Dieses Mal war sie ein Strang, der an Spitze erinnerte und die Farbe von Kaffeesatz aufwies. Er war so spröde, dass ein kleines Stück abbrach, als ich ihn berührte.

Ich öffnete den Mund und holte einen Löwenzahn in voller Blüte heraus, flaumig golden und fröhlich. Einen Moment lang starrte ich ihn an, weil ich eigentlich erwartet hatte, ein Juwel hervorzuholen – obwohl in der Geschichte von Perrault der guten Tochter auch Blumen aus dem Mund fielen.

Hätte ich vorher darüber nachgedacht, dann hätte ich mir Rosen oder Orchideen vorgestellt, aber vielleicht brauchte Stefan gerade kein empfindliches Treibhauspflänzchen, sondern etwas Widerstandfähigeres. Das erschien mir richtig – weil er jetzt widerstandsfähig sein musste.

Ich hob die Blume an die Lippen und sagte: »Hier ist etwas Hoffnung für dich. Bleib stark, mein Freund.« Ich hätte noch mehr sagen können, doch es fühlte sich an, als wären das alle Worte, die die kleine Blume aufnehmen konnte.

Ich hielt die Blume über das Band und zögerte. Ich konnte diesen Strang nicht öffnen, weil er bereits so fragil war, dass er unter meiner Berührung bröckelte.

Ich dachte kurz nach, dann zerdrückte ich die Blume zwischen den Fingern und ließ die kleinen goldenen und grünen Stückchen auf das Spitzengewebe fallen. Als ich die ganze Blume zerkleinert und gestreut hatte, verschmolz sie mit der Verbindung – und ein kleiner Funke stob auf und glitt von der Stelle, wo die Blumenteile gefallen waren, zu Stefan. Der nun auf dem Rücken liegend am Boden aufgetaucht war, obwohl Adam und ich bis eben noch allein in meiner Andersheit gewesen waren.

Ich glitt vom Bett und war mir dabei sicher, dass Adam hier nicht aufwachen würde. Zwar war ich noch immer nackt, aber mein Morgenmantel wartete am Fuß des Bettes auf mich. Ich zog ihn an und verschnürte ihn fest, ehe ich zu Stefan ging.

Es brauchte eine Menge mehr Schritte, als es sollte, bis ich die Distanz zu ihm überbrückt hatte. Und jeder Schritt war bedeutsam, als würde ich mehr als nur die drei Meter zwischen Stefan und meinem Bett zurücklegen. Wie Träume war die Andersheit oft voller Symbolik und manchmal schlichtweg seltsam. Der Trick war herauszufinden, mit welcher Art von Seltsam ich es zu tun hatte.

Als ich mich Stefan näherte, verschwand von einem Schritt zum nächsten der Teppich, und der Boden wurde zu dem polierten Beton meiner Werkstatt, mitsamt der Kratzer von Adams Monsterkrallen. Mein Morgenmantel verwandelte sich in Jeans und ein rotes T-Shirt, auf dem in schwarzen Lettern *Scooby Snacks Forever* stand. Kleine schwarze Fledermäuse lösten sich aus dem letzten »r« von *Forever* und verdichteten sich über meiner linken Schulter, sodass die Schulter des Shirts und der linke Ärmel schwarz waren.

Ich besaß kein solches T-Shirt. Warum mein Unterbewusstsein meinte, ich solle etwas tragen, das so sehr zu Stefan passte, wusste ich nicht.

Stefan selbst war ganz in Schwarz gekleidet, wie ein Bühnenarbeiter beim Theater. Er hatte die Augen geschlossen und sein Gesicht in Richtung der Türen zur Arbeitsbucht gerichtet, die jedoch nicht vorhanden waren, da war nur tiefe Schwärze – wie in dem Moment, als ich Adams Monster das erste Mal begegnet war. Aus der Ferne war ein Grollen zu hören, und ich zwang mich, nicht mehr an das Monster zu denken.

Stattdessen kniete ich mich neben Stefan und legte ihm die Hand auf die Schulter. Das Resultat war explosiv.

Innerhalb eines Wimpernschlags ging er von reglos zu voller Bewegung über. In einem offenbar eingeübten Kampfkunstmanöver rollte er sich von mir weg und kam direkt auf die Beine. Aber sobald er stand, schwankte er und presste die Hände vor das Gesicht, um sich die Augen zu bedecken.

»Stefan?«, fragte ich vorsichtig. Denn plötzlich machte ich mir Sorgen, dass es vielleicht gar nicht Stefan war. Der Rauchweber konnte seine Gestalt annehmen.

Aber sobald mich diese Sorge beschlich, wusste ich auch schon, dass er vielleicht in der wirklichen Welt alle möglichen Gestalten annehmen konnte, doch hier in meiner Andersheit würde er weiterhin der Rauchweber sein. Und solange ich den Rauchweber nicht hierherrief, konnte er mich auch nicht hier besuchen.

Stefan ließ die Hände an die Seiten fallen und sah mich

aus wilden Augen an. »Geh«, sagte er. »Du solltest nicht hier sein.«

»Nein«, entgegnete ich geduldig, ohne mich vom Fleck zu bewegen, »es ist okay. Das hier ist mein Reich. Du kannst hierherkommen, weil du eingeladen bist.« Ich wies auf das kaffeefarbene Gewebe, das um meinen rechten Fußknöchel befestigt war und sich zu seinem linken Fußknöchel zog.

Er fiel zu Boden, als hätten seine Knie aufgehört zu funktionieren. Wenn er ein Mensch in der wirklichen Welt gewesen und so auf diesen Betonboden gefallen wäre, dann hätte er schreckliche Schmerzen gehabt. Aber es schien Stefan nichts ausgemacht zu haben – vielleicht weil ich nicht gewollt hatte, dass Stefan Schmerzen hatte.

Einen Moment lang saßen wir da, in einem Meter Abstand.

Schließlich sagte er, die Stimme voller Staunen: »Es ist so ruhig hier.«

»Ja«, bestätigte ich.

Seine Finger spielten mit einer Stelle am Boden, wo Adams Klauen einen unregelmäßigen Bogen hinterlassen hatten. »Tut mir leid«, sagte er und schien sich zu fassen und eine Maske aufzusetzen, die sich für soziale Interaktionen eignete. »Es ist lange her, seit es das letzte Mal still in meinem Kopf war.«

»Du musst mir zuhören.«

Er blickte auf – und da war eine solche … Verzweiflung in seinen Augen. »Ich habe Menschen getötet, Mercy«, sagte er zu mir. »Unschuldige, die zur falschen Zeit am falschen Ort waren. Ich habe das zuvor schon gemacht.« Er breitete die Arme aus, um mich daran zu erinnern, was er war. »Aber ich hatte geschworen, es nie wieder zu tun. Und bis *das* passiert ist, habe ich meinen Schwur gehalten.«

Ich krabbelte zu ihm hinüber und legte ihm die Hand ans Kinn. »Halt durch, Stefan. Ich verspreche dir, dass Hilfe kommt, wenn du nur durchhältst.«

Traurig entgegnete er: »Ich bin kein Held, nur weil ich noch eine Minute länger durchhalte.«

Ich erinnerte mich an das Zitat, auf das er anspielte, konnte mich aber nicht erinnern, von wem es stammte.

»Das sehe ich anders«, sagte ich zu ihm. »Halte einfach durch, Stefan. Hilfe ist unterwegs.«

Er schüttelte den Kopf. »Marsilia wird mich nicht durch seine Hand sterben lassen. Aber er lässt nicht zu, dass ich mich nähre. Ich werde von Minute zu Minute schwächer, und bald wird nichts mehr von mir übrig sein.«

Ich dachte kurz darüber nach. Dann hielt ich ihm wortlos meinen Arm hin.

Stefan biss in mein Handgelenk – und ich ließ ihn, wie ich es auch schon zuvor getan hatte. Das Blutaussagen war nicht real, Träume dagegen waren real, es lag keine Macht darin, doch es lag Macht in Träumen. Er trank kein Blut aus meinen Adern, er trank Stärke, Überzeugung und Hoffnung.

Und als er fertig war, küsste er mein Handgelenk und rieb mit den Daumen darüber, bis die kleinen Wunden verschwanden. Er blickte auf. »Ich weiß nicht, ob ich dir danken oder dich verfluchen soll.«

»Ist mir egal«, sagte ich. »Solange du nur durchhältst.«

Wie ein Schauspieler in einem hochkünstlerischen Einakter legte er sich wieder auf den Boden und verschmolz mit der Dunkelheit, die mich jetzt umgab.

Mit dem Finger glitt ich über dieselbe Furche im Boden, die Stefan berührt hatte, spürte sie rau an meiner Haut. Ich sah mich um, und wie die Stelle, an der ich saß, war das Bett wie von einem Scheinwerfer erhellt. Ich konnte meinen Gefährten schlafen sehen, das Gesicht abgewandt. Blass sah ich auch das riesige Monster, das dort an ihn geschmiegt lag wie ein Liebhaber.

Ich stand auf und ging durch die Dunkelheit zum Bett. Als ich schließlich dort ankam, kletterte ich hinein und schmiegte mich an Adam, als ob ich ihn vor sich selbst beschützen könnte.

»Hoffnung«, sagte ich laut, weil ich keine weitere Perle für ihn hatte. »Hoffnung, mein Liebster.« Und dann schloss ich die Augen und schlief.

Als ich am nächsten Morgen aufwachte, schlief Adam immer noch neben mir. Er regte sich nicht, als ich aufstand und mich hastig und so leise ich konnte anzog – mein Morgenmantel war spurlos verschwunden.

Ich war bereits an der Tür, als Adam mit fauler Befriedigung sagte: »Du solltest duschen, Mercy. Du riechst nach Sex.«

»Ich wollte dich nicht aufwecken«, sagte ich und kam zurück zum Bett.

Er lächelte, ohne die Augen zu öffnen. »Geh duschen. Ich schlafe, bis du rauskommst.« Und als ich ins Badezimmer ging, sagte er: »Ich danke dir.«

»Nein«, sagte ich. »*Ich* danke *dir*.«

Ich brachte Ben, der noch immer in seiner Wolfsgestalt war, sein Frühstück: Eier, Speck und French Toast.

Luke, der wieder Wachdienst hatte, schüttelte den Kopf, als ich an ihm vorbeikam. »Seit gestern Morgen hat er nichts mehr gegessen.«

Ich runzelte die Stirn und näherte mich dem Käfig. Ich

wollte Ben sagen, dass er bei Kräften bleiben musste – und erinnerte mich an Stefan und was er gesagt hatte. Ich erinnerte mich, dass Ben mich das letzte Mal, als ich hier heruntergekommen war, ignoriert hatte. Zuvor – als ich mir sicher gewesen war, dass es Ben war, der mit uns sprach – hatte er mich nicht in seiner Nähe haben wollen.

Ben würde mir sagen, dass ich gehen sollte.

Statt Ben anzusprechen, sagte ich im Plauderton: »Es dauert ziemlich lange, einen Werwolf verhungern zu lassen. Je hungriger sie werden, desto mehr übernimmt der Wolf. Ich frage mich, ob du mit der wilden Bestie umgehen kannst, die du weckst.« Ich schob den Teller durch den langen, breiten Schlitz, der genau für diesen Zweck gedacht war, und ließ Bens Frühstück vor ihm stehen. »Wenn du es kannst, wirst du sehr viel Magie dafür brauchen. Du kannst ja nicht mal mich halten.«

Bens Wolf bedachte mich mit einem finsteren Blick. Aber er stand auf und aß. Er aß auch den zweiten Teller, den ich ihm brachte. Und dann rollte er sich mit dem Rücken zum Raum zusammen, und spontan erinnerte ich mich daran, dass Adams Wolf die gleiche Position eingenommen hatte, als ich ihm den Amethyst gegeben hatte. Seitdem hatte ich den Wolf nicht mehr gesehen.

»Hoffnung«, sagte ich zu Ben. Und zu mir selbst.

Ich machte die Wäsche – die Laken und Bettdecken hatten Ölflecken abbekommen. Ich zuckte nicht unter den wissenden Blicken zusammen, die ich von allen, von Kelly bis Medea, erntete. Bei der Katze mochte ich es mir nur eingebildet haben, aber sie saß schnurrend auf dem warmen, sauberen Bettzeug. Sie hörte nicht einmal auf, als ich sie herunterhob, damit ich das Bett machen konnte.

Adam verbrachte den größten Teil des Morgens im Büro,

aber er kam herauf in den Wäscheraum, als ich gerade das letzte der Laken faltete.

»Haben sie dich auch alle so angesehen?«, klagte ich.

Er lachte und nahm mir die gefalteten Laken ab. »Wenn du deine Einladung nicht so ausgesprochen hättest, dass das ganze Haus sie hören konnte, dann hättest du es zumindest teilweise vermeiden können.«

Ich war mir ziemlich sicher, dass er meine Einladung nicht angenommen hätte, hätte ich sie nicht vor dem ganzen Haus ausgesprochen. Ich schnappte mir die Bettdecke, rollte sie zusammen, bis ich ein handliches Bündel daraus gemacht hatte, und sagte: »Na klar.«

Er lachte erneut und folgte mir, als ich die Decke zurück in unser Schlafzimmer brachte. »Wie wäre es, wenn ich dich für eine Stunde aus alldem hier heraushole. Hast du Lust, Essen zu gehen?«

Raus aus einem Haus voller Werwölfe mit scharfen Ohren und Nasen – und einem Werwolf im Käfig. Ich mochte die Betriebsamkeit und das organisierte Chaos. Aber den befriedigten und wissenden Blicken entkommen?

»Das wäre wunderbar«, sagte ich zu ihm.

12

Das Essen in dem Restaurant, für das wir uns entschieden hatten, war gut, aber es war der Ausblick über den Fluss, der die Leute anzog. Wir setzten uns an einen Tisch draußen auf der Terrasse, die über das Wasser hinausging, und wir waren nicht die Einzigen, die für Sonne und frische Luft der Gefahr von Insekten trotzten.

Die Temperaturen waren gesunken, wie sie es oft im Spätsommer taten. Vor einigen Tagen noch hatten wir an die vierzig Grad gehabt, doch an diesem Nachmittag waren es nur noch knappe dreißig, und vom Wasser her wehte ein leichter Wind. Ich sah einige Leute in dünnen Jacken und Pullis – eigentlich ziemlich albern. Aber der plötzliche Temperatursturz machte einigen Leuten mehr aus als anderen.

Weder Adam noch ich trugen Pullis – mir war etwas kühl, Werwölfe fühlten Kälte allerdings nicht so stark. Ich hatte sie mitten im Winter in Montana nackt herumlaufen sehen, ohne dass sie auch nur gezittert hätten. Heißes Wetter machte ihnen etwas aus, kaltes nicht.

Hier draußen in der Spätsommersonne, in einem Hemd, das ich ihm gekauft hatte, wirkte Adam entspannter, als ich ihn seit Langem gesehen hatte. Er wirkte aber auch ausgezehrt. Im Laufe der letzten Woche hatte er fünf bis acht Kilo verloren. Werwölfe benötigten Energie, um die Gestalt zu wechseln. Ich nahm an, dass das Monster noch mehr Energie verlangte. Adam aß, doch er verbrannte alles.

»Hey, Mercy«, sagte jemand, den ich nicht kannte, der auf dem Weg nach draußen an unserem Tisch vorbeikam. »Ich habe von dem Autounfall gelesen. Es tut mir so leid. Ich habe mir die Nase auch schon einige Male gebrochen. Ist wirklich scheiße.«

Eines der Probleme, die eine lokale Berühmtheit zu sein mit sich brachte, war, dass Zeitungen und Fernsehnachrichten über alles Aufregende berichteten. Ich gab ihnen die Gelegenheit, den Leuten so richtig Angst, aber auch PR zu machen. So wie es klang, war das Schicksal des Jetta für Letzteres verwendet worden.

»Ich mochte den Wagen«, sagte ich mit einem freundlichen Lächeln. »Ich komme schon wieder in Ordnung, aber Mittwoch halten wir eine private Trauerfeier für das Auto ab.«

Das Letzte war als Witz gedacht. Wir hatten eine Trauerfeier für meinen alten VW Golf abgehalten, doch der Jetta würde einfach nur ohne Zeremonie auf meinem Autofriedhof landen, wo ich ihn für Ersatzteile ausschlachten würde. Aber vielleicht würde ich ein paar feierliche Worte sprechen.

»Das freut mich zu hören«, sagte er.

Dann stieß seine Partnerin ihn mit einem Nicken in unsere Richtung an. »Lass sie ihn Ruhe essen, Schatz.«

Als sie gingen, sagte ich: »Ich wusste gar nicht, dass die Lokalnachrichten meinen Stunt mit dem Auto mitbekommen haben.«

Adam schnaubte. »Jemand hat die Polizisten interviewt

und die offizielle Version bekommen. Sie haben uns angerufen, und das Büro schickte eine Pressemitteilung an alle Nachrichtenagenturen. Wir haben die Verletzungen heruntergespielt, sodass das Ableben deines Autos die größte Nachricht war. So landete es nicht auf der ersten Seite der Zeitung und nur in den letzten fünf Minuten der Fernsehnachrichten.«

»Hm«, sagte ich.

»Willst du, dass ich dir Bescheid sage, wenn du es in die Nachrichten schaffst?«, fragte er. »Einer der Leute im Büro hat ein Auge darauf – alle Reporter haben seinen Namen und seine Kontaktdaten.«

»Wie der Manager eines Filmstars«, sagte ich und klimperte mit den Wimpern. »Assistent von Mr. Hauptman.«

Er lachte. »Ich werde ihm erzählen, dass du das gesagt hast. Sein Job ist es vor allem, groß und Furcht einflößend zu sein, damit unsere Kunden glauben, dass wir sie beschützen können. Es scheint ihm zu gefallen, der Presse Honig ums Maul zu schmieren – da kann er eine andere Seite von sich zeigen. Er sagte, er warte nur darauf, dass ihn einer von ihnen zu Gesicht bekommt.«

»Butch?«, fragte ich ungläubig. »Butch ist dein PR-Mensch?«

Butch war zwei Meter zehn groß und wog hundertfünfzig Kilo. Er war ein ehemaliger Football-Spieler und Ex-Marine. Kombiniert mit einigen Narben im Gesicht machte er Darryl Konkurrenz, wenn es um ein Furcht einflößendes Auftreten ging.

»Ja.«

»Du musst ihn auf Sendung bringen«, sagte ich. »Niemand wird noch auf ein paar Werwölfe achten, wenn sie Butch folgen können.«

»Willst du, dass ich ihm sage, er soll dich auf dem Laufenden halten?«

»Ja«, antwortete ich. »Ich weiß, ich sollte selbst dranbleiben, aber …« Ich zuckte die Achseln. »Wenn ich auf dem Laufenden gehalten werde, dann reagiere ich wenigstens nicht wie ein Goldfisch, wenn die Leute mich ansprechen.« Ich riss die Augen auf und bewegte meine Lippen, als würden Blasen herauskommen, um meinen Worten Nachdruck zu verleihen. »Macht keinen guten Eindruck.«

»Das stimmt«, erwiderte er mit einem verständnisvollen Grinsen. »Vor allem nicht mit dem Tape auf der Nase.«

Irgendwo zwischen dem Badezimmerspiegel und der Eingangstür des Restaurants hatte ich das Tape vergessen. Und dass das Veilchen an meinem linken Auge dunkler und größer war als das an meinem rechten Auge. Es ließ mein Gesicht irgendwie schief aussehen.

Verlegen sah ich mich um. Die Menschen an den Tischen versuchten sehr angestrengt, *nicht* in unsere Richtung zu blicken: zu dem sehr attraktiven – aber etwas zu dünnen – Mann und der Frau mit dem schiefen Gesicht, die gerade einen Goldfisch imitiert hatte. Wenn sie Adam nicht kennen würden, würden sie vielleicht denken, dass er von Natur aus schlank war.

»Ich finde dich schön, egal wie viel Tape auf deiner Nase ist«, sagte er tröstend.

Er log nicht. Es gab einen Grund, warum ich ihn unendlich liebte – obwohl er unsere Verbindung stillgelegt hatte und sich jetzt in ein furchterregendes Monster statt in einen wunderschönen, furchterregenden Werwolf verwandelte und zudem manchmal schrecklich unvernünftig sein konnte.

»Ich kenne einen guten Optiker, der dir da vielleicht helfen kann«, sagte ich, und er lächelte.

»Also wissen alle von dem Autounfall«, sagte ich, weil ich nicht sagen konnte: *Lass uns zu Bran gehen, damit er dich wieder in Ordnung bringen kann.* Ich war mir nicht sicher, ob Bran ihn wieder in Ordnung bringen konnte – und ich wusste, dass er nicht gehen würde, solange der Rauchweber und Fionas Wölfe noch frei herumliefen.

»Das ist besser, als wenn sie denken würden, dass ich dich verprügelt habe«, sagte er.

»Stimmt.« Ich nickte.

Die Bedienung kam und nahm unsere Bestellung auf. Sie machte nicht einmal große Augen angesichts der Mengen, die Adam bestellte – wir waren nicht das erste Mal hier.

Nachdem sie gegangen war, sagte ich: »Ich weiß nicht, warum es so anders ist, hier zu essen, als am Flussufer bei unserem Haus.«

»Wir könnten den Bereich am Fluss räumen und Picknicktische aufstellen«, schlug Adam vor. »Aber ich mag es so lieber.«

»Mit Unkraut, Steinen und Matsch, in dem sich das ganze Tierreich des Flusses tummelt«, sagte ich.

»Und«, meinte Adam und hob sein Wasserglas, »hier haben wir die Gelegenheit, ein intimes Essen zu zweit zu genießen, ohne dass uns das Rudel viermal pro Stunde unterbricht.«

»Mit dem zusätzlichen Vorteil, dass keiner von uns kochen muss«, sagte ich munter. Wie konnte es ein intimes Essen sein, wenn Adam unsere Gefährtenverbindung noch immer strenger unter Verschluss hielt als ein Geizhals sein Sparschwein?

Ich wusste von dem Monster, das er verborgen hatte, und er ließ mich nach wie vor nicht an sich heran.

Da wir uns der neugierigen Augen und Ohren um uns

herum bewusst waren, vermieden wir es, über den Rauchweber, die Eindringlinge oder Wulfe zu sprechen. Stattdessen redeten wir über Jesses Collegepläne und ob sie sich
eine Wohnung nahe dem Campus in Richland suchen sollte, die ihr etwas Freiheit geben und tägliches langes Pendeln
ersparen würde.

»Larrys Leute«, sagte Adam und meinte damit die Goblins, »könnten vermutlich ein Auge auf sie haben und uns
Bescheid geben, wenn es Probleme gibt – solange wir sie
bezahlen.«

»Einige unserer Werwölfe leben in Richland, nahe dem
College«, sagte ich. »Wenn es also Ärger gibt, könnte jemand ganz schnell bei ihr sein. Die Frage ist: Würde Jesse
das wollen?«

»Lass es uns herausfinden«, sagte Adam und schrieb ihr
eine Textnachricht. Seine Mundwinkel hoben sich, denn
er wusste, wie auch immer die Entscheidung ausfiele, Jesse
würde sich freuen, es in Erwägung zu ziehen.

Er mochte es, Jesse glücklich zu machen. Ich wollte, dass
er auch glücklich war.

»Hast du darüber nachgedacht, mit Bran und Charles
über das zu sprechen, was Elizaveta getan hat?«, fragte ich
sehr leise, damit niemand sonst es hören konnte.

Das hier war weder die Zeit noch der Ort für diese Frage, aber ich machte mir solche Sorgen um ihn. Er hörte auf,
die Nachricht zu tippen, und das leichte Lächeln erstarb auf
seinen Lippen. Er mied meinen Blick. »Ich habe Charles
gestern angerufen. Ich wollte dir gestern noch davon erzählen, aber ...«

Er lächelte reumütig, den Blick angestrengt auf einen
Kormoran am Fluss gerichtet. Wenn er gute Nachrichten
gehabt hätte, hätte er mich angesehen.

»Charles sagte mir«, fuhr Adam fort, »dass die Zauber von Hexen normalerweise verschwinden, wenn die Hexe stirbt. Das wissen wir bereits. Todesflüche sind eine sehr viel schwierigere Sache. Er wird darüber recherchieren und meldet sich dann wieder.«

»Okay«, sagte ich. Ich hatte die Hoffnung gehabt, dass Charles wissen würde, was zu tun war. Heute Abend würde ich Bran anrufen – vorausgesetzt, er nahm meine Anrufe wieder entgegen – und die Karten auf den Tisch legen, um zu sehen, was er dazu sagte. Wenn er erst einmal wusste, worum es ging, hatte er vielleicht einen nützlicheren Ratschlag als *Jag die Gefährtenverbindung in die Luft!*

Ich war mir noch nicht sicher, ob ich Adam vorher über meinen Anruf informieren würde. In diesem Fall war es vielleicht besser, um Verzeihung als um Erlaubnis zu bitten. Ich fühlte mich bereits im Voraus schuldig, weil Adam so komisch auf meinen letzten Anruf bei Bran reagiert hatte – und das war an sich schon interessant.

Adam tippte seine Nachricht weiter, deshalb sah er meinen forschenden Blick nicht. Vielleicht hatte ich nur deshalb das Gefühl, dass das eine private Sache war, über die man nicht sprechen sollte, weil Adam so damit umging. Als ob es einem peinlich sein müsste, wenn einen eine furchterregende und mächtige Hexe verfluchte. Eigentlich wusste er es besser. Es musste etwas mit dem zu tun haben, was der Fluch mit ihm machte.

Mein Handy kündigte mir eine neue E-Mail an. Ich sah nach – sie war von Ariana. Kurz und knapp las ich:

Ich stimme deinen Schlussfolgerungen zu. Tauschhandel werden von Regeln bestimmt, vor allem bei den weniger mächtigen Fae, wobei es am wichtigsten ist, das Gleichgewicht zu wahren. Ordentlich geschlossene Tauschhandel sind eine komplizierte Angelegenheit. Mehr als alles andere ist ein guter Tauschhandel ausgewogen. Jede Partei bekommt etwas, das sie will und das den gleichen Wert hat wie das, was sie gibt. Ich rette dir das Leben, du gibst mir dein Erstgeborenes. Das ist ausgewogen. Du gibst mir deinen Kaugummi, ich gebe dir meinen Ballon. Das ist ebenfalls ausgewogen. Unausgewogene Tauschhandel besitzen keine Macht – und man will einen Tauschhandel, dem Macht innewohnt. Viel Glück, liebe Freundin!

Adam schrieb seine Nachricht an Jesse zu Ende, sah sich dann wie beiläufig um und sagte: »Lass uns alle anderen wichtigen Dinge im Auto besprechen. Es gibt eine Menge Leute, die uns unauffällig beobachten.«

»Klingt nach einem guten Plan«, stimmte ich ihm zu und sah, wie die Anspannung aus seinen Schultern wich.

Keine Sorge, mein Schatz, ich werde nicht an deinem Schmerz rühren, bis ich nicht mit Bran gesprochen und herausgefunden habe, wie ich das am wirkungsvollsten tue, dachte ich. Aber es war besser, es so zu machen, als irgendwann zu entdecken, dass Adam seiner Verzweiflung nachgegeben hatte, als ich nicht in der Nähe war, um ihn aufzuhalten.

Elizaveta hatte etwas in ihm aufgebrochen, und ich war mir nicht sicher, dass er wieder in Ordnung kommen würde, wenn wir einfach nur den Zauber loswurden.

»Deine Verletzungen von dem Unfall heilen ziemlich schnell«, sagte er. Anscheinend kam es ihm wie ein guter Themenwechsel vor, jetzt in meinen Wunden herumzustochern.

Doch das war in Ordnung, schließlich waren meine nicht so tief, und sie heilten gerade.

»Nicht wahr?«, sagte ich. »Es tut immer noch hier und da weh – und meine Nase schmerzt. Aber es geht mir sehr viel besser, als ich es zu diesem Zeitpunkt erwartet hätte. Ich bin mir ziemlich sicher, das habe ich Hannah zu verdanken.«

Ich erzählte ihm von dem Bourbon von Hannahs Großmutter und was Annwnn darüber gesagt hatte. Gestern hatte ich ihm das Wichtigste von dem Gespräch mit Annwnn berichtet, doch den Bourbon hatte ich vergessen.

»Er bringt natürlich niemanden von den Toten zurück«, sagte ich, »aber er schlägt jede Schmerztablette.«

»Ich frage mich, ob es an dem Fae-Blut von Hannahs Großmutter liegt, dass Kelly und Hannah so viele Kinder haben«, überlegte Adam. »Obwohl das Fae-Blut eigentlich gegen sie arbeiten müsste, weil Fae noch größere Probleme haben, sich fortzupflanzen, als Werwölfe.«

»Vielleicht liegt es an der Geheimzutat von Hannahs Großmutter. Einen Schluck vor dem Schlafengehen, wenn eine Empfängnis gewünscht wird.«

Er antwortete mit einem Lachen.

Mein Handy klingelte. Ich fischte es aus der Tasche und sah nach, wer anrief. Palsic. Ich drehte das Gerät, sodass Adam es sehen konnte.

Das Lächeln erstarb auf seinen Lippen, und er nickte.

»Mercy hier«, meldete ich mich vorsichtig.

»Hier ist Nonnie Palsic.« Sie klang zutiefst verstört. »Könnten Sie uns helfen? Ich weiß nicht … Ich weiß nicht, was ich tun soll. Er ist … wie die Trolle in *Der Hobbit*.«

Ich dachte einen Moment nach – und dann begriff ich, was sie sagte. »Sie meinen, als Sie sich in Stein verwandelten?«

Adam hatte bereits seine Brieftasche herausgeholt und

zählte einige Scheine auf den Tisch, mit denen er für Essen bezahlte, das noch nicht gekommen war. Im SUV lagen noch Eiweißriegel. Ich würde ihn auf dem Weg füttern.

»In gewisser Weise«, sagte sie. »Aber irgendwie so. Können Sie helfen?«

»Wir kommen«, sagte ich zu ihr. »Wen hat der Rauchweber erwischt?«

»Rauchweber?«, sagte sie.

»Ein Fae«, sagte ich zu ihr. »Er beißt Menschen und bringt sie dazu, andere zu töten. Und er kann Dinge verwandeln – wie die alten Alchemisten versucht haben, Blei zu Gold zu verwandeln. So etwas.«

»Gott steh uns bei«, sagte sie und nahm einen zittrigen Atemzug. Als sie erneut sprach, war ihre Stimme fester. »Dieser Rauchweber hat meinen Gefährten in Stein verwandelt.«

»Wo sind Sie?«, fragte ich sie, während wir durch das Restaurant zum Parkplatz eilten. Adam blieb kurz stehen, um mit unserer Bedienung zu sprechen, und holte auf, als Nonnie die Adresse herunterratterte.

Adam nahm sein Handy heraus und gab den Ort ein. Sobald wir draußen waren, verfielen wir in einen Laufschritt. Ich war mir allerdings nicht sicher, ob es überhaupt einen Grund gab, sich zu beeilen. James Palsic war zu Stein verwandelt worden. Selbst Tolkiens Trolle hatten sich davon nicht mehr erholt.

»Ist Fiona bei Ihnen?«, fragte ich und schnallte mich an.

»Nein, ich … warten Sie.« Sie atmete noch einmal tief durch. Und erneut schien es ihr zu helfen. Als sie wieder zu sprechen begann, war sie ruhiger. »Es gibt da etwas, das Sie wissen müssen. Fiona und Sven sind auf dem Weg, Warren Smiths Partner zu töten, den, der Sven angeschossen hat.«

Ich blickte zu Adam hinüber.

»Kyle ist auf der Arbeit«, sagte er. »Sowohl Warren als auch Zack haben Wachdienst an seinem Arbeitsplatz.«

»Fiona erschießt gerne Leute«, erklärte Nonnie mit müder Stimme. »Sie trifft, worauf sie zielt.« Beinahe wirkte es, als spräche sie mit sich selbst, als sie fortfuhr: »Ich habe James gesagt, dass sie Ärger bedeutet, aber wie er ganz richtig sagte, uns blieb keine große Wahl.«

»Wer ist noch bei Ihnen?«, fragte ich, während Adam sein Handy herausholte und Warren anrief.

»Li Qiang und Kent«, sagte sie. »James meinte, Sie hätten ihm gestern geraten, Bran anzurufen.« Sie zögerte. »Wir hatten versucht, möglichst unbemerkt von Bran zu bleiben. Fiona meinte, unsere Abspaltung vom Galveston-Rudel wäre ein Kapitalverbrechen – dass er Charles schicken würde, um uns zu jagen. Dass er uns alle töten würde. Fiona meinte, dass wir in Sicherheit wären, sobald Harolford hier Alpha ist, weil euer Rudel nicht dem Marrok untersteht und wir deshalb sicher vor Vergeltung wären.«

»Wir sind nur deshalb unabhängig, weil Bran es erlaubt«, erwiderte ich trocken. »Bran hat uns die Freiheit gegeben, eigenständig zu handeln, aber er hätte nicht einfach so akzeptiert, dass Harolford das Rudel übernimmt. Hat James gestern Bran angerufen?«

»Ja«, sagte sie, »und anscheinend hat er eine Weile mit ihm gesprochen. Aber er hat nichts gesagt, bis Fiona und Sven weg waren, um Jagd auf ihr Ziel zu machen, während wir uns auf den Weg zu unserem machen sollten. Das spielt allerdings keine Rolle. Wir sind nicht gegangen. Sobald wir vier allein waren, erzählte uns James, dass Fiona die ganze

Zeit gelogen hatte. Wir hätten Bran um Hilfe bitten können – aber über Fiona schwebt ein Todesurteil. *Sie* brauchte *uns*.«

»Bran hätte sie getötet, selbst wenn sie und Harolford hier erfolgreich gewesen wären«, sagte ich zu ihr.

»Das meinte James auch«, stimmte sie mir zu.

»Also, wie wurde James zu Stein verwandelt?«, fragte ich.

»Bran hat uns nach Montana eingeladen. Sobald Sven und Fiona weg waren, haben wir angefangen zu packen«, erzählte sie. »James war als Erster fertig und ging los, um den Wagen zu holen. Er kam nie zurück. Wir sind los, um nach ihm zu suchen – und Li sagte … Li sagte: ›Hey, Nonnie, kannst du dich erinnern, ob der Stein schon immer hier war?‹ Und es war James.«

Da war Entsetzen in ihrer Stimme. Ich wollte sie nicht völlig aus der Fassung bringen, bevor sie uns alle wichtigen Informationen gegeben hatte, also fragte ich nicht mehr weiter nach James. Ich würde ihn früh genug mit eigenen Augen sehen.

»Wann erwartet ihr Fiona zurück?«, fragte ich. »Wir helfen, wenn wir können, aber ich muss wissen, worauf meine Leute sich einstellen müssen.«

»Sven und Fiona wollten um fünf zurückkommen«, sagte sie. »Aber Fiona kostet ihre Morde gerne aus – und selbst wenn ihr es schafft, sie von ihrem Ziel fernzuhalten … sie gibt nicht auf.«

Ich sah zu Adam hinüber, der gerade sein Handy gesenkt hatte. Ich hatte nicht versucht, seiner Unterhaltung zu folgen.

»Die drei werden im Gebäude bleiben und sich von den Fenstern fernhalten, bis wir ihnen Bescheid geben, dass die Luft rein ist. Warren und Zack sind bewaffnet. Kyle schickt alle seine Mitarbeiter nach Hause. Wir haben alle Zeit der Welt, Fiona und Harolford zu schnappen.«

»Haben Sie das gehört?«, fragte ich.

»Nein«, sagte sie. »Tut mir leid, ich habe nicht aufgepasst.«

»Kyle Brooks ist in Sicherheit, und das wird auch sehr wahrscheinlich so bleiben. Wir haben Zeit. Ich werde jetzt auflegen und mich mit Adam besprechen. Erwarten Sie uns in etwa einer halben Stunde.«

»Okay«, sagte sie bekümmert, »wir warten.«

Ich legte auf.

»Wir können Ben nicht helfen«, sagte Adam. »Und er wurde nicht mal in Stein verwandelt.«

»Ich habe ein paar Strategien entwickelt, wie wir mit dem Rauchweber verfahren.« Ich griff nach dem Rucksack, den wir auf dem Boden der Rückbank aufbewahrten, und holte ein paar Eiweißriegel heraus. »Ich hätte gerne mehr Zeit, um mir ganz sicher sein zu können, dass ich richtigliege. Aber ich weiß, wer unser Bösewicht ist – und ich glaube, ich weiß, was wir tun müssen.«

»Erzähl es mir.«

»Ich kann dir seinen Namen nicht sagen, weil das möglicherweise auf die falsche Weise seine Aufmerksamkeit erregt.«

»Aber du hast ihn herausgefunden?«, fragte er.

Ich nickte. »Vielleicht. Vermutlich. Für einen Fae ist er nicht besonders mächtig.«

Adam warf mir einen bezeichnenden Blick zu.

»Ernsthaft. Wenn man von der Fähigkeit, die Annwnn ihm gegeben hat, absieht, ist er einer der niedrigeren Fae.«

»Woher weißt du das?«

»Fae sind Kreaturen, deren Leben an Regeln gebunden

sind. Die Grundregel, der sie alle folgen müssen, ist, dass sie nicht lügen dürfen.« Ich reichte ihm einen Eiweißriegel. »Hier, iss das.«

»So habe ich sie nie gesehen«, sagte Adam, nahm den Eiweißriegel und machte sich darüber her. Beinahe sofort war ich etwas ruhiger.

»Das liegt daran, dass du es normalerweise mit den mächtigeren Fae zu tun hast«, sagte ich zu ihm. »Die Grauen Lords, Zee, Baba Yaga und so weiter. Die mächtigeren Fae unterliegen viel weniger Regeln, und die Regeln lassen sich verbiegen.«

»Okay«, sagte er. »Ja, das ist mir auch schon aufgefallen.«

»Eine andere wichtige Sache, die man zu den Regeln wissen sollte, ist, dass sie alle Fae einschränken. Aber eben nur die Fae.« Ich runzelte die Stirn. »Mist. Ich denke, die Regel bezüglich des Lügens muss eine Ausnahme sein, denn wir wissen, dass Fae tatsächlich lügen können. Sie erwartet nur ein schreckliches Schicksal, wenn sie es tun.«

»Vielleicht ist das die Regel«, schlug Adam vor. »Wenn ein Fae lügt, erwartet ihn ein schreckliches Schicksal.«

»Okay«, sagte ich und fühlte mich besser, »das passt. Also, die Fae können nicht lügen, ohne dass sie ein schreckliches Schicksal erwartet. Aber wir können die Fae anlügen.«

»Nur, wenn wir lebensmüde sind«, meinte Adam. »Aber ich weiß, was du meinst. Ich könnte Zee erzählen, dass du Orangensaft magst. Er weiß, dass das nicht wahr ist. Aber ich könnte die Worte aussprechen, und mich würde kein schreckliches Schicksal erwarten.«

»Genau das«, sagte ich.

»Und je schwächer die Fae, desto mehr Regeln?«, fragte

Adam und brachte die Unterhaltung damit zurück zu ihrem Ausgangspunkt.

»Ja.« Ich blickte auf, und mir wurde klar, dass er die direkte Route zu der Adresse nahm, die man uns gegeben hatte. »Könnten wir noch kurz zu Hause vorbeifahren, bevor wir uns ansehen, was der Rauchweber James Palsic angetan hat?«

Er hob die Augenbrauen, passte jedoch unsere Route leicht an, sodass wir zuerst zu Hause vorbeikommen würden. Ich packte einen weiteren Eiweißriegel aus und reichte ihn an ihn weiter. Seine Mundwinkel hoben sich, aber er nahm den Riegel.

Ich sah zu, wie er aß, und dachte darüber nach, wie ich die Informationen, die ich gesammelt hatte, präsentieren wollte. Es war wichtig, dass er mir glaubte, damit er dem Plan zustimmte, auf den ich gestern während der Reparaturarbeiten eine Menge Zeit verwendet hatte. Denn dieser Plan erforderte, dass ich ein gewisses Risiko einging – etwas, womit Adam Probleme hatte. Doch ich war die einzige Person, die es tun konnte.

»Nehmen wir zum Beispiel mal Brownies«, sagte ich. »Die niedrigste Kaste der Brownies hat sehr spezifische Regeln. Sie müssen gute Menschen finden. Wenn sie das einmal getan haben, halten sie ihr Haus sauber und erledigen Arbeiten für sie – und das macht die Brownies glücklich. Aber sie können diese Dinge nur tun, solange die Menschen, für die sie arbeiten, sie niemals sehen und nie etwas über sie sagen. Man muss ihnen Milch und Brot geben, darf ihnen aber nicht laut danken. Wenn sie gesehen werden, ihnen gedankt wird oder sie keine Nahrung bekommen, müssen Brownies weiterziehen und jemand anderen finden, dem sie dienen können. Sie haben keine Wahl.«

»Und welchen Regeln unterliegt der Rauchweber?«, fragte Adam.

»Er muss einen Tauschhandel schließen«, sagte ich. »Wenn ihm ein ordentlicher Tauschhandel angeboten wird, muss er annehmen. So hat Annwnn ihn überhaupt erst erwischt. Und es gibt eine Regel bezüglich seines Namens. Menschen, die ihn kennen, dürfen ihn niemandem sagen. Bevor Annwnn ihn gefangen hat, hatte er nur eine besondere Fähigkeit, nämlich eine Sache in eine andere zu verwandeln. Das ist eine eindrucksvolle Fähigkeit, aber sie ist auch sehr begrenzt.«

»Erzähl das mal James Palsic«, sagte Adam.

»Ja, nun.« Ich winkte ab. Für meinen Plan sollte das keine Rolle spielen. Hoffte ich zumindest. »Annie erzählte mir, dass sie ihm dieses Upgrade verpasst hat, weil sie wollte, dass er leichter die Gestalt einer bestimmten Person annehmen konnte. Das brachte mich auf den Gedanken, dass er damit vielleicht Probleme hatte, bevor sie ihn veränderte. Vielleicht konnte er sich selbst ja gar nicht wirklich wie eine Person aussehen lassen.«

Gestern hatte ich den größten Teil des Tages damit verbracht, darüber nachzudenken, was die einzelnen Elemente von Annies Geschichte mir sagen konnten.

»Man schlägt ihn, indem man die Regeln benutzt, denen er folgen muss«, erklärte ich. Baba Yaga hatte so etwas gesagt.

»Ich weiß jetzt schon«, entgegnete Adam, »dass mir das nicht gefallen wird.«

»Hier, iss noch einen Riegel.«

Ich nahm Jesses Wagen und fuhr zu der Adresse, die Nonnie Palsic mir gegeben hatte. Adam würde alles, was ich brauchte, zu Hause zusammensuchen und dann nachkommen. Hoffentlich brauchte er nicht zu lange.

Es war nicht weit von unserem Haus entfernt. Vielleicht zehn Minuten in eine Richtung, in die ich nur selten fuhr. Es war eine dieser abgelegenen Gegenden, die nicht auf der direkten Strecke zwischen unserem Haus und Orten, an die ich häufiger musste, lag. Es war irgendwo draußen im Hügelland zwischen den Tri-Cities und Oregon, wo es kein Wasser für die Bewässerung gab und nicht genug Häuser, dass die Stadt Wasser hinauspumpen würde. So spät im Sommer wiesen die Hügel ein erdiges, blasses Braun auf, das mit ein paar spärlichen Resten Gras gesprenkelt war.

Ich bog ab und folgte für einen halben Kilometer einem gut instand gehaltenen Kiesweg, der sich mit der Beschaffenheit des Geländes wand, ohne auch nur ein einziges Haus zu sehen. Nach einer letzten Kurve ging es steil nach oben einen Hügel hinauf, wo der Weg in einer kreisförmigen Auffahrt vor einem riesigen Haus endete. Das Haus war sorgfältig so platziert worden, dass man es vom Highway unten nicht sehen konnte, ohne gleichzeitig auf einen schönen Ausblick zu verzichten. Das Haus war von einem schmalen Ring leuchtend grünen Grases umgeben, und hier und da gab es erhöhte Blumenbeete, die nicht bepflanzt waren.

Ich parkte den Wagen nahe der Vordertür, so weit weg wie nur möglich von den drei Leuten auf der anderen Seite der Auffahrt. Ich musste noch gute zwanzig Meter gehen, aber ich wollte nicht, dass Jesses Wagen dasselbe Schicksal ereilte wie meine letzten beiden Autos, also wollte ich es in sicherem Abstand zum Ort des Geschehens wissen. Ich konnte ohnehin nichts tun, bis Adam hier war.

Ich sagte nichts, als ich bei den drei Werwölfen ankam, weil ich zu sehr damit beschäftigt war, mir den hohen pfeilerähnlichen Stein anzusehen, um den sie sich versammelt hatten. Ich hatte eine detaillierte Steinskulptur erwartet – vielleicht wegen Nonnies Vergleich mit dem *Hobbit* oder weil die Betonversion des Sattelschlepperreifens am Tunnel der Lewis Street so detailliert gewesen war. Aber das hier sah aus wie eine dieser Basaltsäulen, die sich einige Hausbesitzer als Blickfang aufstellten – nur dass es nicht die gleiche kantige hexagonale Struktur hatte.

Ich trat auf die Seite, vor der die anderen standen, und mir war klar, dass ich es mir eher wie den in Carbonit eingefrorenen Han Solo als wie Peter Jacksons Steintrolle hätte vorstellen sollen. Diese Seite des Steins hatte Augen und eine Öffnung, durch die man einen leisen Luftstrom hören konnte.

Nonnie sah mich mit tränenüberströmtem Gesicht an und sagte: »Er hat mittlerweile Probleme zu atmen.«

Es klang tatsächlich flach und unregelmäßig.

»Adam bringt alles mit, was ich brauche«, sagte ich zu ihr.

»Was für ein Ort ist das hier?«, fragte Kent, der traumatisiert klang.

»Ein Ort, an dem Märchen leben«, sagte Chen Li Qiang mit träumerischer Stimme, »und Monster lauern.«

Ich warf ihm einen besorgten Blick zu, aber er hatte einfach nur die Arme um sich geschlungen.

»Wir sind die Monster«, teilte er mir ernst mit. »Und wir sind verdammt.«

Ich runzelte die Stirn und fragte die anderen: »Ist er vor Kurzem gebissen worden? Von irgendetwas, einem Hasen vielleicht?«

»Nein, er fängt nur an, schlecht zu dichten, wenn er traurig ist. Es …«

Ken Schwabe unterbrach sich, als Adams schwarzer SUV in Sicht kam und direkt zu uns heranfuhr.

Li Qiang sah einen Moment lang zu, dann sagte er: »Stimmt da was mit der Aufhängung nicht? Er scheint mehr als nötig zu ...«

Eines der hinteren Fenster explodierte in einem Regen aus Glas.

»Nein, mit dem SUV passt alles«, sagte ich und wandte meine Aufmerksamkeit wieder James zu. Seine in Stein eingeschlossenen Augen waren rot und trocken. Er konnte nicht blinzeln, weil er keine Augenlider hatte. Ich fragte mich, ob der Rauchweber das absichtlich getan hatte oder ob es nur ein grausamer Unfall gewesen war. Dennoch bewegten sie sich nicht. Ich wusste nicht, ob es daran lag, dass er es nicht konnte oder weil er es schlicht nicht tat.

Wenn da nicht der unregelmäßige Atem gewesen wäre, hätte ich niemals angenommen, dass er noch lebte.

»O mein Gott«, sagte Jesse neben mir.

»Was tust du hier?«, fragte ich entsetzt.

»Es war keiner da, der fahren konnte«, sagte sie.

»Oh«, sagte Aiden leise. »Das. Es wird ein, zwei Tage dauern, bis er ganz stirbt.«

»Das wird nicht passieren«, sagte ich mit mehr Gelassenheit, als ich empfand.

Ich sah mich um und sagte: »Li Qiang? Ich beauftrage Sie damit, auf Jesse und Aiden achtzugeben. Jesse« – ich tippte ihr auf die Schulter – »ist unsere menschliche Tochter. Das hier ist unser Sohn Aiden.« Ich tippte auch ihn an. Dann begegnete ich Li Qiangs Blick. »Ich vertraue Ihnen, weil jeder andere, dem ich vertraue, zu tun haben wird – und weil Carlos für Sie gebürgt hat. Ich vertraue auf Carlos' Urteil.«

Li Qiang antwortete mit einer seltsam förmlichen Verbeugung, die besser auf einen anderen Kontinent gepasst hätte. »Können Sie meinem Freund helfen?«

»Das hoffe ich«, sagte ich zu ihm.

»Dann werde ich heute auf sie achtgeben, solange ich noch einen Atemzug im Körper habe.«

Ich wandte mich Jesse und Aiden zu und wollte etwas sagen, doch Aiden kam mir zuvor. »Dein Sohn.«

Ich hob die Augenbrauen. »Andersherum wäre es etwas seltsam, meinst du nicht?«

Er lächelte zaghaft und nickte. »Okay – ihr beide und Li Qiang, ich will, dass ihr …«

Ich sah mich nach einem sicheren Ort um, aber den gab es nicht, nicht bevor ich mit meinem Schachzug begonnen hatte.

»… zusammenbleibt und nicht im Weg seid«, sagte Jesse.

»Ich helfe, auf sie aufzupassen«, sagte Kent zu mir. Er musste seine Stimme etwas erheben, damit man ihn über den Lärm hören konnte, der von dem SUV kam. »Wenn Sie das sind, was ich gehört habe, dann wissen Sie, ob ich die Wahrheit sage.«

Das tat er. Aber er war auch derjenige, bei dem Bran sich nicht sicher war. Ich zögerte – doch Aidens Feuer hatte sich weitgehend von dem erholt, was Wulfe damit gemacht hatte, deshalb war er in der Lage, sich selbst zu beschützen.

»Danke«, sagte ich und nickte in Richtung Qi Liang, damit er wusste, dass das auch ihn einschloss. Ich bevorzugte es, wenn die unbeteiligten Zuschauer unbeteiligt zusahen, statt verletzt zu werden.

Ich sah zu dem SUV hinüber und sagte: »Hey, Jesse. Du

und Aiden, ihr seid hier. Und es sieht aus, als wären Kelly, Luke und dein Vater im Wagen. Wer hält die Stellung?«

»Joel ist da«, antwortete sie. »Darryl und Auriele sind auf dem Weg. Sie brauchen noch etwa zwanzig Minuten. Dad wollte Kelly zurücklassen, aber …« – noch eines der hinteren Fenster des wippenden SUVs explodierte – »sie hatten mehr Probleme, als sie erwartet hatten. Sie brauchten drei Mann, um ihn in den SUV zu bekommen, und drei, um ihn dort zu halten. Am Ende meinte Dad, solange Fiona und Harol-irgendwas erfolglos Jagd auf Kyle machen, sollte das Haus zwanzig Minuten sicher sein.«

Ben konnte das hören, und das bedeutete, dass der Rauchweber es auch wusste. Also sollte ich mich beeilen und anfangen. Wenn ich erst einmal begonnen hatte, war er hoffentlich zu beschäftigt für einen Gegenangriff.

Aiden berührte mich am Arm. »Joel kann gut auf die anderen aufpassen«, sagte er. »Gar nicht so leicht, eine Tibicena zu beißen.« Und das war sehr wahr. Ich war etwas weniger besorgt. »Ich dachte mir, ich könnte hier nützlich sein, wegen meiner Erfahrungen. Aber vielleicht hätte ich auch zu Hause bleiben sollen?«

»Ich weiß nicht«, sagte ich ehrlich. »Schwer zu sagen. So oder so bin ich froh, dich hierzuhaben. Wenn du mitbekommst, dass ich im Begriff bin, etwas Dummes zu tun, könntest du mich warnen.«

Er nickte. »Solange du mich nicht so weit wegschickst, dass ich nicht mehr helfen kann.«

Nonnie berührte den Stein und sagte dann zu mir: »Ich werde helfen, Ihre Kinder zu bewachen. Werde Li und Kent helfen. Ich werde sie so sehr beschützen, wie es in meiner Macht steht.«

»Ich werde mein Bestes tun, James zu helfen«, sagte

ich und nickte. »Ich habe auch einige Leute, die vor dem Rauchweber gerettet werden müssen. Ich werde versuchen, ihnen allen auf einmal zu helfen.«

Sie nickte stumm. Dann runzelte sie die Stirn und sagte: »Sie sind nicht die Alpha. Sie sind nicht mal eine Werwölfin. Fiona sagt, Ihre einzige Gabe sei es, sich in einen Kojoten zu verwandeln. Warum haben Sie hier das Sagen?«

»Weil Fiona sich irrt«, erklärte ich ihr.

Ich sagte nicht mehr, weil ich keine Ahnung hatte, wer oder was sonst noch zuhörte. Und weil wir nicht zum gleichen Rudel gehörten und sie meine Geheimnisse nichts angingen.

Li Qiang führte die Gruppe den kurzen Weg zu dem Laternenmast, den ich ihm gezeigt hatte, und Nonnie folgte ihnen. Adam, Luke und Kelly gelang es etwa zur selben Zeit, Ben – gefesselt, in Ketten und in Wolfsgestalt – hinten aus dem SUV zu holen, der nun aussah, als hätte ich eine gute Chance auf einen zweiten Versuch, Adam eine andere Farbe als Schwarz schmackhaft zu machen.

»Hier drüben«, sagte ich.

Halb trugen, halb schleiften sie Ben zu der Stelle, wo ich stand. Alle drei Männer waren blutig – alle vier, wenn man Ben mitzählte. Seine Hinterbeine sahen nach der Begegnung mit den hinteren Fenstern aus wie Hackfleisch. Allein war Ben keinem von ihnen gewachsen, und erst recht nicht allen dreien. Aber sie hatten ihn nicht verletzen wollen, während der Rauchweber keinen Grund hatte, sich Gedanken zu machen, ob er einen von ihnen verletzte – einschließlich Ben.

»Ben«, sagte ich, »halt durch!«

»Komm nicht näher!«, knurrte Adam.

Er hatte recht. Meine Wunden heilten nicht wie die eines Werwolfs, und ich war nicht annähernd so stark. Also trat ich zurück und berührte ihn nicht, wie ich es hatte tun wollen.

»Ich sehe dich«, sagte ich. »Und ich habe ein Tauschgeschäft für dich.«

Ben hörte auf, um sich zu schlagen.

»Lasst ihn runter!«, murmelte Adam.

Die anderen beiden warfen ihm skeptische Blicke zu. Aber er war ihr Alpha, und sie waren es gewohnt zu tun, was er sagte.

»Ein Tauschgeschäft muss etwas beinhalten, das ich will, und etwas, das du willst«, sagte ich zu ihm.

Und da wurde mir klar, dass ich ein Problem hatte. »Ben muss in der Lage sein zu sprechen«, sagte ich zu Adam.

Er sagte mir nicht, das wäre unmöglich, obwohl er jeden Grund dazu gehabt hätte. Ich vermutete auch, dass es unmöglich war. Der Atem des armen James klang auch nicht, als hätte er noch viel Zeit zu warten. Aber das hier würde nicht funktionieren, wenn Bens Körper nicht sprechen konnte.

Normalerweise war es kein großes Problem, dass Werwölfe in ihrer Wolfsgestalt nicht sprechen konnten. Sie waren gut darin, mit Körpersprache zu kommunizieren, und wenn irgendetwas sehr wichtig war, konnten sie Buchstaben in eine Oberfläche kratzen. Wenn etwas wirklich wichtig war, dann ermöglichten es auch manchmal die Rudelbande, mit Adam zu kommunizieren.

Nichts davon würde für den Rauchweber funktionieren – was ich tun musste, verlangte eine Stimme.

Adam schickte Jesse zum SUV, um einen Schlüsselbund zu holen, der im Handschuhfach lag. Sie musste etwas herumwühlen, bis sie ihn fand. Sie warf mir die Schlüssel zu, bevor sie zurück zu der Stelle ging, wo ich sie gebeten hatte zu warten.

Adam löste alle Ketten, mit denen Ben gefesselt war. Nahm ihm den silbernen Maulkorb und den Riemen um die Brust ab. Lediglich das schwere silberne Halsband mit der daran befestigten massiven Kette, die Adam in der Hand hielt, blieb. An den Stellen, wo die Fesseln ihn berührt hatten, war Bens Fell verbrannt.

Wenn es einen anderen Weg gegeben hätte, einen außer Kontrolle geratenen Werwolf festzuhalten, dann hätte Adam ihn gewählt. Doch der Wolf hatte nur wenige Schwächen, und Stahlfesseln allein reichten nicht aus, um die Stärksten von ihnen zu halten. Und, wie Bran mir einmal gesagt hatte, sollte man niemals davon ausgehen, einen Werwolf vor sich zu haben, für den man kein Silber benötigte. Wenn man sich irrte, dann war es möglicherweise das letzte Mal, dass man die Gelegenheit dazu bekam.

Ben rührte sich die ganze Zeit über nicht.

Adam sah zu mir – und das war der Moment, in dem der Rauchweber sich auf ihn stürzte. Ich wusste, dass es nicht Ben war. Ich musste ihm nicht in die Augen blicken, um zu wissen, dass Ben niemals Adam angreifen würde.

Adam hatte den Wolf so schnell am Boden, dass ich gar nicht sah, wie er sich bewegte. Er legte den Kopf neben das riesige Maul, das schnappte und knurrte.

»*Verwandle dich zurück!*«, sagte Adam.

Ich spürte das Reißen an der Rudelbindung, als er von uns allen Macht sammelte. Kelly taumelte, und Luke streckte den Arm aus, um ihn zu stützen.

Adam beugte sich näher und leckte über eine Stelle in Bens Gesicht, wo sich Blut von einer kleinen Wunde sammelte. »*Verwandle dich zurück!*«

»Haltet ihn am Boden«, sagte Adam angespannt.

Luke und Kelly warfen sich auf ihn. Die Verwandlung eines Werwolfs war ein schrecklicher, schmerzhafter und langsamer Prozess. Die dominanteren Wölfe konnten sich relativ schnell verwandeln – in zehn oder fünfzehn Minuten, etwas schneller, wenn sie die Rudelverbindung zu Hilfe nahmen. Wölfe wie Ben, die weiter unten in der Hackordnung standen, brauchten länger – außer wenn ihr Alpha sie zu einem Gestaltwechsel zwang.

Aber der Teil mit dem »schmerzhaft« war wirklich wichtig. Ich vermied es möglichst, einen Werwolf, der kürzlich die Gestalt gewechselt hatte, zu berühren, weil ihre Haut für einige Minuten extrem empfindlich war – und ihre Muskeln und Knochen schmerzten, nachdem sie umgeformt und verschoben worden waren. Ben, der sich mit Adam, Luke und Kelly auf sich in einen Menschen verwandelte, musste unerträgliche Schmerzen haben.

Ich hoffte, der Rauchweber konnte auch etwas davon spüren.

Ich wandte die Augen von Ben ab, und mein Blick blieb an dem Stein hängen, der James Palsic war (oder in dem er eingeschlossen war), und ich stellte mir die Frage, warum er zu Stein verwandelt statt zu einer Marionette gemacht worden war.

Meinen Berechnungen zufolge konnte der Rauchweber lediglich eine bestimmte Anzahl von Personen kontrollieren, und die Tatsache, dass er mich nicht übernehmen konnte, hatte laut Ben dazu geführt, dass er besessen von mir war. Er hatte sich Ben, der zum Rudel gehörte, und Stefan geschnappt. Woher wusste er über Stefan Bescheid? Vielleicht war Stefan zu unserem Haus gekommen, als ich seinen Anruf nicht beantwortet hatte? Die Anhalterin zählte nicht, das war früher passiert. Es war auch möglich, dass Lincoln um unser Haus herumgeschlichen war und so gebissen wurde, aber der Weber hatte ihn gesteuert, während er gleichzeitig Ben und Stefan kontrollierte – das bedeutete, er sollte in der Lage sein, drei Personen gleichzeitig festzuhalten.

Es lag nahe, dass der Rauchweber sich ein neues Opfer unter diesen Wölfen hier gesucht hatte, nachdem Lincoln, über den er von ihnen erfahren hatte, gestorben war. Aber warum hatte er James zu Stein verwandelt? Warum hatte er ihn nicht gebissen, wo er doch eine weitere Person kontrollieren konnte?

Und ich dachte an Fionas Reaktion auf Lincoln. Sie machte Geschäfte mit Hexen, warum nicht auch mit Fae? Das setzte natürlich voraus, dass ihr nichts an Lincoln lag – was nicht unwahrscheinlich war, immerhin sprachen wir hier von Fiona. Was, wenn sie einen Handel mit dem Fae geschlossen hatte, statt sich gegen ihn zu stellen? Schließlich hatten sie ein ähnliches Ziel. Der Rauchweber hatte es, wie Fiona, auf mein Rudel abgesehen. Obwohl ich nicht recht wusste, warum.

James nahm Fiona das Rudel weg, und der Weber hatte sich gegen ihn gestellt. Das ergab Sinn. Aber noch einmal: Warum hatte er ihn in Stein verwandelt, wenn er doch gebissen viel nützlicher wäre? Seine Gefährtin würde merken, dass er gebissen worden war, dachte ich. Und dann kam mir ein schrecklicher Gedanke. Was, wenn er nicht James gebissen hatte – weil er jemand anderen gebissen hatte?

Oh. Oh nein.

Er hatte jemand anderen gebissen. Nicht Li Qiang, nicht Kent oder Nonnie. Ich würde es wissen, wenn es einer von ihnen wäre. Ich war mir ziemlich sicher, dass ich die Zeichen erkennen konnte. Also hatte er entweder Fiona oder ihren Gefährten gebissen. Und ich setzte mein Geld auf ihren Gefährten. Und das bedeutete ...

»Er kann jetzt reden«, erklärte Adam. Er klang müde.

Ein Feind nach dem anderen, sagte ich mir bestimmt und unterdrückte die Panik, so gut ich konnte. Das hier war eine Chance, vielleicht die einzige Gelegenheit, die ich bekam, unseren unwillkommenen Gast nach Annwnn zurückzuschicken.

Kelly und Luke zogen Ben auf die Knie, sodass er mich ansah. Adam hielt die Kette fest.

»Mercy«, krächzte Ben. In seinen Augen lag blankes Entsetzen, weil er schon die ganze Zeit gewusst hatte, was mir gerade erst bewusst geworden war. Es war nicht der Rauchweber gewesen, der in Adams SUV randaliert hatte. Es war Ben gewesen, der verzweifelt versucht hatte, uns die Informationen zu übermitteln, die wir alle so dringend brauchten.

»Ich weiß«, sagte ich. »Es ist mir soeben klar geworden.«

Adam runzelte die Stirn, aber ich schüttelte den Kopf. Es spielte keine Rolle, weil wir ohnehin nichts tun konnten, bis das hier vorbei war.

»Wir sind nun hier, Ben. Jetzt müssen wir es auf diese Weise tun, oder es endet in einer noch schlimmeren Katastrophe.«

»Okay«, sagte er. »Mach schnell.«

»Rauchweber«, sagte ich, »ich habe einen Tauschhandel.«

Ordentlich geschlossene Tauschhandel, stand in Arianas E-Mail, *sind eine komplizierte Angelegenheit.*

»Tauschhandel müssen angenommen werden«, sagte er. Seine Stimme war Bens, doch es war nicht Ben.

»Wenn zu mir kommst, in deinen eigenen …«

»Blut und Knochen«, ergänzte Aiden.

»Blut und Knochen«, sagte ich, weil ich ihm vertraute. »Dann darfst du mich einmal beißen, um deine Macht gegen meine auf die Probe zu stellen. In deiner mächtigsten Gestalt.«

Ich vermutete, dass das ein Faktor sein könnte. Was Stefan gebissen hatte, war viel größer gewesen als der Hase, der Ben gebissen hatte. Wenn der Hase ausgereicht hatte, warum würde der Weber einige Nummern größer werden, um Stefan beinahe zur gleichen Zeit am gleichen Ort zu beißen? Stefan war ein sehr alter Vampir, und selbst unter seinesgleichen sehr mächtig. Ben mochte ein geschätztes Mitglied des Rudels sein, aber in den Machtstrukturen des Rudels stand er ziemlich weit unten. Stefan war eine viel härtere Beute als Ben.

»Und wenn ich gewinne?«

»Dann gehöre ich dir«, sagte ich zu ihm.

Er stieß ein amüsiertes Schnauben aus. »Wo ist da der Anreiz? Ich könnte dich einfach überfallen, wenn du es am wenigsten erwartest, und hätte das Gleiche erreicht.«

Konnte er das wirklich? Warum hatte er es dann nicht getan? Aber wenn man es mit unsterblichen Kreaturen zu tun hatte, war es besonders wichtig, sich von ihnen nicht von seinem Ziel ablenken zu lassen.

»Da ich deiner Magie bereits einmal widerstanden habe«, sagte ich, »ist es nur gerecht, dass ich dir einen Vorteil gewähre, wenn du einem Tauschhandel zustimmst, bei dem deine Chancen schlechter stehen.«

Mehr als alles andere ist ein guter Tauschhandel ausgewogen. Ich hoffte, dass ich das richtig einschätzte.

»Das ist es«, sagte er.

»Was möchtest du?«, fragte ich.

»Dass du mir drei Fragen beantwortest.«

Ich gab vor, darüber nachzudenken.

»Ich werde dir eine Frage beantworten, weil du hierher zu mir kommst«, sagte ich ihm. »Ich werde dir eine wahre Sache sagen, weil ich deinem Biss bereits einmal widerstanden habe.«

Er starrte mich an. »Warum willst du einen Tauschhandel?«

»Berechtigte Frage«, sagte Aiden.

»Es ist mir wichtig zu wissen, ob dein Biss am Gipfel deiner Macht Wirkung auf mich zeigt – sonst werde ich mir ewig Sorgen machen, dass du dich im Dunkeln von hinten anschleichst.« Die Wahrheit – aber nicht die Antwort auf seine Frage.

Er lächelte geschmeichelt. Es war Bens Gesicht, doch es war nicht Bens Lächeln. »Ich komme«, sagte er.

Und dann erschlaffte Ben in Kellys und Lukes Armen, und er begann abgehackt zu fluchen. Er sah kurz zu mir auf, und ich schüttelte den Kopf. Es würde zu lange dauern, es zu erklären – und an diesem Punkt würde es nichts bringen, es den anderen zu sagen. Der Weber wusste, dass wir unsere Verwundbarsten mit nur einem Beschützer zu Hause gelassen hatten – weil Ben es wusste. Und was Ben wusste, wusste auch der Weber, und was der Weber wusste, wussten auch Fiona und ihr Gefährte.

Joel war zu Hause. Das musste reichen.

13

Ich holte Kleidung zum Wechseln, eine Rettungsdecke und eine richtige Decke aus dem hinteren Teil des SUV. Ein paar Minuten brauchte ich, denn wenn das Äußere des Fahrzeugs schon schlimm aussah, das Innere war schlimmer.

Die Lederpolster waren aufgeschlitzt, und die Füllung war in Brocken von Baseball- bis Erbsengröße überall verteilt. Eine der Innenverkleidungen der Türen war entzweigebrochen. Die ganzen letzten zwei Drittel des Wagens waren großzügig mit Blut besprizt, genau wie die beiden Shirts, die ich fand.

Ich brachte das Ergebnis meiner Suche zu Ben. Er hatte sich auf dem Boden zusammengerollt und wurde von einem Zittern geschüttelt. Kelly hatte seinen großen Körper um Bens geschlungen, um zu helfen, ihn warm zu halten. Luke war in die Hocke gegangen, hatte eine Hand auf Bens Schulter gelegt und sprach leise mit ihm. Es spielte keine Rolle, was er sagte, es war die vertraute Stimme, die beruhigend wirkte.

Auf jemanden, der nicht wusste, dass sie Werwölfe waren, hätte die Szene vermutlich etwas seltsam gewirkt.

In einiger Entfernung stand Adam und hielt die Ket te,

die an dem Band um Bens Hals befestigt war. Adam musste weit genug weg stehen, um in der Lage zu sein, die Situation zu kontrollieren, sollte der Rauchweber in Bens Körper zurückkehren. Aber ich konnte Adam vom Gesicht ablesen, dass er lieber an Kellys oder Lukes Stelle gewesen wäre.

Die Laternenpfosten-Gruppe war etwas näher gekommen. Aiden und Jesse waren an dem James-Palsic-Stein stehen geblieben. Jesse stand direkt neben dem Ding … dem Mann. Verstohlen sah sie nach oben, um in Augen zu schauen, die nicht anders konnten, als den Blick zu erwidern. Aiden berührte ihn, ließ die Hände sanft über den Stein gleiten, als streichelte er einen Hund.

Ich konnte ihn murmeln hören: »Erinnere dich, wer du bist. Erinnere dich.« Wieder und wieder, als wäre es ein Zauberspruch, doch ich nahm keine Magie wahr.

Li Qiang und Kent behielten sie im Auge, aber Nonnie kam auf Adam zu, während Luke und Kelly mir Kleidung und Decken abnahmen und Ben darin einwickelten.

»Er hat nicht noch einmal gesprochen«, sagte Luke leise. »Wir glauben, er steht unter Schock.«

»Kein Wunder«, sagte ich. »Das ist meine Schuld. Wenn ich besser nachgedacht hätte, hätte ich euch sagen können, dass ich ihn in Menschengestalt brauche. Das wäre weniger traumatisch für ihn gewesen, weil er sich nicht so schnell hätte verwandeln müssen.«

»Werwölfe sind hart im Nehmen«, sagte Luke. »Stress dich nicht zu sehr, Mercy.«

»Also stehen wir hier einfach rum und warten?«, fragte Nonnie angespannt. »Wie lange?«

Adam sah sie nachdenklich an. Nach einem kurzen Moment begann sie sich zu winden.

»Wir warten darauf, dass meine Frau ihr Leben riskiert, um deinen Gefährten zu retten«, sagte er leise.

Er sah zu Ben hinüber, der jetzt einen Jogginganzug trug, der ihm unten zu weit war und oben genau passte. Luke wickelte ihn zunächst in die weichere Decke und dann in die dünne Metallfolie.

Dann sah er Nonnie an, die den Blick gesenkt hatte und aussah, als würde sie es ernsthaft bereuen, etwas gesagt zu haben. Adam schüttelte den Kopf über sich selbst. Ich kannte diesen Gesichtsausdruck.

Sehr viel freundlicher sagte er: »Mercy riskiert ihr Leben für Ben und jeden anderen, der den Weg dieser Kreatur kreuzen könnte, weil Mercy die Einzige ist, die diesen Tauschhandel machen kann.«

»Warum?«, fragte Nonnie.

Dann hob sie die Hand. »Tut mir leid. Geht mich nichts an. Tut mir leid.« Sie blickte zu dem Stein und dann zurück zu Adam. »Was ich eigentlich sagten sollte, ist: danke. Nach allem, was wir getan haben, hattet ihr keinen Grund, uns zu Hilfe zu kommen.«

»Verzweifelte Menschen tun verzweifelte Dinge«, antwortete Adam. »Wir verstehen das.«

Kent stieß einen leisen warnenden Pfiff aus und sagte dann: »Es wird dunkler.«

Er hatte recht. Die Sonne stand noch immer hoch am tiefblauen Himmel, aber über den Bereich, wo wir waren, legten sich Schatten. Ich atmete ein, und dank des Zaubertranks von Hannahs Großmutter konnte ich die Magie, die, soweit ich wusste, einzigartig für den Rauchweber war und jetzt die Luft erfüllte, riechen.

»Meine Damen und Herren, das Warten hat ein Ende«, sagte ich ruhig. Ich küsste Adam, und es war ein guter Kuss, obwohl ich es in einem umständlichen Winkel tun musste, um ihn nicht in seiner Fähigkeit, Ben zu kontrollieren, zu beeinträchtigen. Dann trat ich in die Mitte der Auffahrt, mittig zwischen Adams und Jesses Auto. Weg von allen anderen. Ich war mir ziemlich sicher, dass der Rauchweber mit mir handeln und den Tausch abschließen musste, bevor er loszog, um jemand anderen zu beißen. Aber ziemlich sicher war nicht sicher, und ich wollte ihn nicht näher als nötig bei irgendjemand anderem haben.

Ein Kreis konzentrierte sich mehr oder weniger um meine Position in der Mitte der Auffahrt und wurde immer dunkler, als ob jemand ihn mit Schatten zeichnete.

Kelly und Luke hatten Ben die Decken wieder abgenommen. Und dann küsste Adam ihn auf den Scheitel und hielt ihn am Boden fest, sodass er sich nicht bewegen konnte. Kelly stand auf einer Seite, Luke auf der anderen, bereit, zu Hilfe zu eilen, sollte Ben sich losreißen.

Wie bei einer Schneekugel hatte sich eine unsichtbare Kuppel über uns gelegt, die uns vom Rest der Welt abschnitt. Ich spürte den resultierenden Druckverlust, als der Kreis sich schloss. Kreise wie dieser waren etwas, das ich mit Hexenmagie verband. Aber das hier roch nicht nach Hexenmagie – es roch wie der Rauchweber.

Die dunklen Kanten des Kreises begannen sich mit Rauch zu füllen, der den Boden bedeckte, sich in Schichten übereinanderlegte und dichter und runder wurde, bis er mich an den zusammengerollten Teig für Zimtschnecken erinnerte, kurz bevor man ihn in Scheiben schnitt … oder an die Windungen einer Schlange.

Der Rauch hatte einen kleinen Bereich um Adams Gruppe und einen weiteren um James' Stein freigelassen. Mir gefiel nicht, sie getrennt zu sehen.

»Kinder«, rief ich, »geht näher zu Adam!«

Jesse und Aiden versuchten es, doch der Rauch zwischen ihnen wurde dichter und wuchs höher empor. Einen Moment, ehe ich sie im Rauch aus den Augen verlor, sah ich, wie Luke einen Hechtsprung über die obersten Rauchwirbel hinweg machte. Hoffentlich schaffte er es zu Jesse und Aiden. Ich glaubte Kent und Li Qiang, wenn sie sagten, dass sie auf meine Familie aufpassen würden, aber ich war unbesorgter, wenn jemand aus dem Rudel bei ihnen war.

Mir blieb jetzt noch ein kleiner Bereich zum Stehen, rundherum etwa drei Meter, doch hier war die Luft bis hinauf zur Kuppel mehr oder weniger klar – obwohl selbst die Oberfläche der Kuppel dunkler wurde. In der Zwischenzeit wurden die Schichten um Schichten aus Rauchwirbeln greifbarer und körperlicher. Riesige silberne Schuppen schimmerten in dem fahlen Licht, das sich einen Weg durch den Rauch bahnte.

»Rauchdrache«, sagte ich.

Beauclaire hatte ihn so genannt. Die Bezeichnung war definitiv in gewisser Weise zutreffend, obwohl ich »Lindwurm« oder »Schlange« passender gefunden hätte. Der einzige Drache, den ich je zu Gesicht bekommen hatte, hatte vier Beine und Flügel gehabt.

Vermutlich gab es mehr als eine Art Drache, aber diese Kreatur hatte nicht das Ausmaß an Magie, das man Drachen nachsagte. Obwohl ich keine Gliedmaßen sah, war es möglich, dass irgendwo in dem Nebel aus Rauch, der alles um den Rauchweber herum erfüllte, Flügel waren.

Die Wirbel zuckten, als ob der Rauchweber den Namen gehört hätte, mit dem ich ihn angesprochen hatte. Einer der Wirbel neben mir bewegte sich, und ein riesiger Reptilienkopf glitt über die Windungen seines Körpers hinweg, um mich aus Augen anzusehen, die an faustgroße Juwelen erinnerten.

Der Kopf war so groß wie ich, doch im Vergleich zum Rest seines Körpers kam er mir noch immer klein vor. Er sah nicht unbedingt wie der Kopf einer Schlange aus, aber er kam dem näher als dem Kopf eines Drachen. Die Schnauze des Webers war lang und beinahe zierlich.

Er schnaubte und überzog mich mit einem salzigen, wässrigen Gel.

Ungeduldig wischte ich mir das Gesicht ab. Kojoten-Gefährtinnen von Alphawerwölfen scherten sich nicht darum, wenn ein Rauchdrache sie in Rotz badete. Wir würden definitiv niemals kreischen.

Stattdessen fragte ich ihn in einem Ton, den ich als einigermaßen ruhig empfand: »Wofür die Show?«

In deiner Welt gibt es nicht genug Magie, die es mir erlauben würde, meine wahre Form anzunehmen, sagte der Rauchweber, obwohl er nicht wirklich sprach. Es war etwas zu hören, da war eine Stimme, aber sie kam nicht aus dem Mund der Schlange. *Ich muss einen Ort schaffen, an dem ich genug davon ansammeln kann. Das dauert.*

»Das ist eine akzeptable Unannehmlichkeit«, sagte ich zu ihm, auch wenn es nicht ganz stimmte. Ich scherte mich nicht um die Kreise, doch mir machte die Zeit Sorgen. Joel, erinnerte ich mich, gegen zwei Werwölfe. Wenn Fiona, die »genauso gefährlich« wie Charles war, nicht einer davon gewesen wäre, dann hätte ich mir nicht einmal Gedanken gemacht.

Ich bin hier, sagte der Rauchweber zu mir, *in Blut und Knochen.*

Er schien auf etwas zu warten, also sagte ich: »Ja, des Tauschhandels erster Teil ist damit erfüllt.«

Ich hatte keine Ahnung, warum ich in diesem Moment diese altmodische Formulierung wählte, sie erschien mir einfach passend – und wenn ich keine Ahnung hatte, dann folgte ich in der Regel meinen Instinkten.

Ich grübelte noch immer über die Formulierung nach, als er mich biss. Er schlug ohne Vorwarnung zu. Meine Reflexe waren gut, aber ich hatte nicht einmal die Zeit zusammenzuzucken. Er schlug die Zähne in meine linke Schulter und den oberen Teil meiner Brust.

Ich gab einen unfreiwilligen Laut von mir, der zu gleichen Teilen überrascht und schmerzerfüllt war – und es tat definitiv weh. Es fühlte sich an, als hätte mich jemand mit etwas Heißem durchbohrt. Der Schmerz brannte, und als er den Kopf zurückzog, kamen Rauchfahnen aus den Löchern in meiner Haut, wo seine Zähne gerade noch gewesen waren.

»Mercy«, sagte Adam.

»Er hat mich überrascht«, sagte ich. »Mir geht es gut.« Aber das hätte ich mir auch sparen können.

Als ob es dem Rauchweber schwergefallen wäre, seine riesige Gestalt aufrechtzuerhalten, lösten die Wirbel sich in gräulichen Rauch auf, der die Kuppel bewölkte, sodass wir nicht hinaus und auch niemand hineinsehen konnte. Dann klärte sich auch der innere Teil des Kreises auf, und zwischen mir und den anderen war nichts mehr, außer einigen Metern Asphalt.

Adam konnte selbst sehen, dass es mir gut ging – zumindest noch.

Ich blickte nach oben und sah ein Stück Rauch fallen, das auf seinem Weg nach unten immer dunkler wurde. Es prallte mit einem hörbaren Aufschlag vor mir auf den Boden. Der Rauch verflog, und übrig blieb ein Mann, der gerade mal einen guten Meter zwanzig groß war. Oder besser gesagt: jemand, der ungefähr so aussah wie ein Mann.

Er war haarig und sehr hässlich, als ob jemand einen Stein genommen und ihn mit einem Brecheisen bearbeitet hätte, bis er eine halbwegs menschliche Form aufwies, um ihn dann zum Leben zu erwecken. Und als er schließlich erkannte, dass es ihm nicht so ganz gelungen war, ihn wie einen Menschen aussehen zu lassen, verpasste er ihm einen riesigen Bart, der bis zum Boden reichte. Das Haar auf seinem Kopf hatte die Farbe von Zimt und war säuberlich zu Zöpfen geflochten, die ebenfalls bis zum Boden reichten. Doch da waren auch Haare in seinen Ohren, und seine Augenbrauen waren ungewöhnlich dicht. Für Augen und Nase blieb in diesem Gesicht nicht mehr viel Platz, und der Mund war hinter einem gewaltigen Schnurrbart verborgen.

Wir starrten uns gegenseitig an. Noch immer stiegen Rauchfahnen aus meinen brennenden Wunden, aber weder der Rauch noch die Schmerzen oder das Brennen wurden stärker.

Nichts passierte.

Ich erinnerte mich daran, wie der Rauch mir bei seinem ersten Biss den Atem geraubt hatte. Das hatte mir Sorgen bereitet. Er hatte bereits bewiesen, dass er mich einfach töten konnte. Doch in der Nacht, als er Ben übernommen hatte, hatte Ben mir verraten, was der Weber sich am meisten wünschte. Er wollte mich dringend töten, aber nicht so dringend, wie er herausfinden wollte, warum er Annies Gabe nicht benutzen konnte, um mich zu kontrollieren.

So oder so: Bis jetzt strömte die Luft mühelos durch meine Lungen.

»Du siehst nicht besonders eindrucksvoll aus«, sagte der Weber schließlich, und seine Stimme war kratzig und rau.

»Du auch nicht«, antwortete ich. »Zumindest nicht in dieser Gestalt. Worauf wartest du?«

»Darauf, dass der Rauch sein Werk tut«, sagte er zu mir, und ich sah, dass seine kleinen Knopfaugen, die zum größten Teil unter den buschigen Augenbrauen verschwanden, genauso aussahen wie die himmelblauen Juwelenaugen seiner Schlangengestalt.

Ich blickte hinunter auf meine Wunden und sah, dass der Rauch, der aus den Löchern in meiner Haut kam, dichter war, als hätte ich Rauch statt Blut in den Adern. Der Rauch hatte etwas Zähflüssiges an sich, das mir gar nicht gefiel. Der Biss brannte weiterhin schmerzhaft.

»Worauf wartest du?«, fragte Adam – fragte mich, obwohl er die Worte wiederholte, die ich an den Rauchweber gerichtet hatte. Jetzt war der Moment, in dem ich geplant hatte, die Macht des Rudels anzurufen.

Betrug ist ein ehrenwerter Teil jedes Fae-Tauschhandels – man darf dabei nur nicht sein Wort brechen. *Um deine Macht gegen meine auf die Probe zu stellen*, hatte ich gesagt. Mir wurde klar, dass ich zögerte, weil ich Angst hatte, mein Wort zu brechen.

Das Rudel war Teil meiner Macht. Ich hielt den Gedanken in meinem Kopf fest und glaubte ihn. Wenn man es mit einem Fae-Tauschhandel zu tun hatte, kam es mir wie eine gute Idee vor, sich in seinem Kopf vollkommen klar darüber zu sein, warum die eigene Methode zu betrügen, keinen Wortbruch darstellte.

Und es stimmte, dass jedes Mitglied des Rudels auch die Stärke des Ganzen genoss – und ich gehörte zum Rudel. Mit diesem Gedanken im Kopf rief ich die Verbindungen an, die mich an das Rudel banden. Irgendein Instinkt drängte mich jedoch, noch darüber hinauszugehen, und ich rief meine Gefährtenverbindung und das Band zu Stefan an, obwohl ich wusste, dass sie beide beeinträchtigt waren. Aber auch beschädigte Verbindungen gehörten noch mir.

Da war auch noch etwas anderes, das sich regte, doch es war nicht feindlich gesinnt, also ließ ich es gewähren. Ich hatte andere Dinge, um die ich mir Sorgen machen musste.

Ich zog keine Magie oder Stärke aus meiner Verbindung mit dem Rudel: Ich zog Willen daraus. Wir, das Columbia-Basin-Rudel, erkannten niemanden als unseren Meister an. Wir lebten und starben nach dem Willen unseres Alphas und niemandes sonst.

Und wie es mir manchmal passierte, wenn ich viel Zeit in der Andersheit verbracht hatte, fand ich mich unbeabsichtigt dort wieder. Sobald ich an diesem Ort war, loderte der Biss des Rauchwebers von einem erträglichen Brennen zu glühenden Kohlen auf, und ich konnte nicht anders, der Schmerz ließ mich laut aufschreien.

Schweißperlen bildeten sich auf meiner Stirn, und ich musste mich anstrengen, um auf den Beinen zu bleiben, hielt mich aufrecht, indem ich an den Girlanden zog, die ich in der Faust meiner rechten Hand hielt – die Rudelverbindungen.

Und in diesem Moment, als meine Balance fragil und der Schmerz unerträglich wurde, fühlte ich, wie der Wille eines anderen mit erstickender Macht auf mich eindrang. Unerwarteter Macht.

Als ich Stefan hierhergebracht hatte, war der Weber nicht in der Lage gewesen, ihm zu folgen. Einer meiner Notfallpläne, sollte es mir nicht gelingen, dem Biss des Rauchwebers mithilfe des Rudels zu widerstehen, war es gewesen, hierherzukommen und zu sehen, ob ich andere Optionen hatte, gegen ihn zu kämpfen.

Die schiere Macht und das Unerwartete des Angriffs ließen mich zur Seite stolpern, und ich wusste mit absoluter
Sicherheit, dass wenn ich jetzt fiel, es schlimmere Konsequenzen hätte als ein aufgeschrammtes Knie. In meinem
geistigen Ort konnten Dinge wie ein Fall symbolische Konsequenzen haben, die nichts mit Naturkräften wie Gravitation zu tun hatten. Manchmal war das gut – aber mein Instinkt sagte mir, dass es eine sehr, sehr schlechte Idee wäre zu
fallen, während mein Körper sich mit Rauch füllte.

Zu wissen, dass das Unheil nahte, und es zu verhindern
waren zwei verschiedene Dinge.

Zum Glück war ich nicht allein. Etwas schloss sich um
meine Taille, und Stärke zuckte mein Rückgrat hinauf. Ich
blickte hinunter und sah meine Gefährtenverbindung. Sie
war immer noch rot und rau und verschlossen, aber sie war
dicker als das letzte Mal, als ich sie gesehen hatte. Um meinen rechten Knöchel lag eine Manschette aus cremefarbe-
ner Spitze. Stefans Verbindung, die meinem rechten Fuß
half, die Balance zurückzugewinnen, als mein linker Fuß ab-
zugleiten drohte, obwohl mein Band zu Adam mich stabi-
lisierte.

Als ich wieder fest auf beiden Beinen stand, fühlte sich
der Druck dieses anderen Geists nicht mehr so überwältigend an. Ich atmete tief durch und erkannte, dass die Andersheit, in der ich stand, sich von der, die ich gewohnt war,
unterschied.

Es war nicht so, dass meine Andersheit immer gleich
aussah, aber normalerweise befand sie sich in einem Wald.
Manchmal war dieser Wald ziemlich seltsam, dann gab es
weinende mit Diamanten besetzte Bäume oder Gras aus
Stricknadeln.

Doch dieses Mal stand ich in einer riesigen Höhle – eine

Höhle, die sich mit Rauch füllte –, und dieser Rauch fühlte sich sehr falsch an. Er gehörte nicht hierher – und er dampfte aus den Wunden in meiner Brust.

Was ist das hier für ein Ort?, fragte ich den Rauch, der unbeschwert wirbelte. *Ich mag das hier. So viele Möglichkeiten.*

Der Druck in meinem Kopf ließ nach, das Brennen meiner Wunden verklang, während der Rauch aus mir herausströmte und mein geistiges Zuhause füllte. Mich beschlich das Gefühl, dass das nicht wirklich eine Verbesserung war, obwohl ich froh war, dass die Schmerzen nachließen.

Der Rauch glitt die glitzernden Girlanden meiner Rudelbande entlang. Als er sie berührte, wurden die Verbindungen von fremdartiger Magie belebt, die alle Wölfe auf der anderen Seite enthüllte. Sie standen reglos da, wie Glasfiguren in Lebensgröße. Mir war nur zu bewusst, dass diese Figuren innen hohl waren – wie geblasenes Glas. So zerbrechlich.

Lange Stränge einer eleganten roten Girlande wanden sich exakt um Auriele und Darryl und banden sie aneinander. Diese rote Girlande erstreckte sich ineinander verflochten von ihnen bis zu mir.

Ben stand mit gesenktem Kopf da, nach vorne gebeugt, als ob er sich gegen etwas stemmte, das ich nicht sehen konnte. Sein Glas war nicht klar, stattdessen hatte es das leuchtende Blau der Schlangenaugen des Webers. Aber seine weiße Girlande, seine Rudelverbindung war stabil.

Honey stand stark und entschlossen da. Sie hatte die rechte Hand erhoben und nach vorne ausgestreckt, als Verlängerung der grün-silbernen Girlande, die sich zu mir erstreckte.

Ihren linken Arm hielt sie ein Stück hinter sich, und in dieser Hand befanden sich ein paar Stränge angelaufenen

Lamettas, die sich träge in dem leichten Luftzug in der Höhle bewegten.

Jedes Mitglied unseres Rudels war an einem bestimmten Zeitpunkt seines Lebens eingefangen worden. Einige von ihnen, wie Mary Jo und George, hatten ihre Wolfsgestalt angenommen. Joel war, überraschenderweise, sein menschliches Selbst, und ein Teil von mir wusste, dass ich mir Sorgen um ihn gemacht hatte, aber in diesem Moment konnte ich mich nicht erinnern, warum.

Alle diese Stränge endeten in der rechten Hand meines Gefährten. Und sie tauchten in seiner linken Hand wieder auf, die nach mir ausgestreckt war. Er hatte mir den Kopf zugewandt. Die Hälfte seines Körpers, die dem Rudel zugewandt war, war seine eigene, stark und wahrhaftig. Die andere Hälfte, die mir zugewandt war, war der Körper des Monsters. Sein Kopf war menschlich – er war mitten in einem Schrei erstarrt. Das durchsichtige Glas, das seine Hülle war, war von einem spinnwebenartigen Netz aus Sprüngen durchzogen.

Der Rauch füllte die Höhle schnell, zuerst bedeckte er den Boden, dann reichte er mir schon bis zur Taille. Er wand sich um Adam wie eine Katze, die Sahne geleckt hatte.

Oooo, sagte ich, *hübsch. Und kaputt.*

In diesem Augenblick wurde mir klar, dass der Rauch nicht dem Weber gehörte. Er war mir allerdings vertraut. Annwnn. Ich hatte Stefan in meine Andersheit eingeladen, und er war allein gekommen. Doch als ich hierhergekommen war, angefüllt von der Macht des Bisses des Webers, Macht, die eine Gabe von Annwnn war, war diese Macht mit mir gekommen und hatte den Weber zurückgelassen.

Während ich zusah, begann sie durch die Risse im veränderten Körper meines Gefährten einzudringen.

Ich musste das stoppen – aber die Bande, die mir erlaubten, auf den Beinen zu bleiben und dem Rauch zu widerstehen, hielten mich auf der Stelle fest. Ich stemmte mich hilflos dagegen, doch ich konnte Adam nicht erreichen.

Und es war dieser Moment, als die nagende Präsenz, die ich spürte – die Präsenz, die nicht das Rudel, nicht Stefan, aber trotzdem mit einem dünnen Spinnfaden, der nach Fae-Magie roch, mit mir verbunden war –, in mein Ohr flüsterte.

Lass mich sein. *Ich kann dir helfen, wenn du mich nur* sein *lässt.*

Ich beschloss, nicht zu antworten, weil es sich gefährlich anfühlte, diesen neuen Handel anzunehmen. Stattdessen wandte ich mich an den Eindringling.

»Geh nach Hause, Annie. Du bist hier nicht willkommen«, sagte ich entschlossen.

Annies Stimme war viel lauter als dieses andere, heimliche Flüstern. Der Klang echote in der leeren Höhle, als sie fragte: *Wie kann ich nicht willkommen sein, wo du mich doch selbst hergebracht hast?*

»Nicht wissentlich oder freiwillig«, sagte ich mit fester Stimme. »Geh nach Hause.«

Du kannst mich nicht wegschicken, konterte sie, und der Rauch bei Adam wurde beinahe greifbar und formte Annwns menschliche Gestalt. Hier war ihr Haar nicht schmutzig und ihre Kleider nicht zerfetzt. Sie wandte sich Adams Gestalt zu, bückte sich und hob einen Stein vom Höhlenboden auf.

Ich streckte die linke Hand aus, die leer war, als ob ich von Anfang an gewusst hätte, dass ich sie für etwas anderes brauchen würde, als die Verbindungen zu meinen Liebsten zu halten. Und mir wurde klar, wer und was diese kleine, verstohlene Stimme war und warum das, was ich vorhatte, gefährlich war. Vielleicht hätte ich vorher darüber nachdenken sollen, aber Annwnn hatte einen Stein, und mein Gefährte war bereits beschädigt.

Ich sagte: *Komm.*

Und in meiner Hand spürte ich ein vertrautes Gewicht, so leicht angesichts der Macht, die es repräsentierte, an diesem Ort, wo Liebe und Hass mehr bedeuteten als weltliche Kräfte wie Gravitation oder Magie. Mit Lughs Wanderstab zeigte ich auf den Rauch, der auf Adams beschädigte Gestalt eindrang. Licht wanderte durch die Runen in dem alten grauen Holz und verweilte in dem Silber an den stumpfen Enden des Wanderstabs.

Geh nach Hause, sagte der Wanderstab zu Annwnn, während ein Blitz sie mitten in die Brust traf. Seine Stimme war noch immer ein Flüstern, aber irgendwie schallte sie mit einer Endgültigkeit und Macht durch die Luft, die dem vorhergehenden Blitz in nichts nachstand.

Für einen Augenblick entspannten sich Annies Züge, als hätte die leichte Brise sie verändert, doch dann bildeten sie eine Grimasse des Zorns. Doch als ich auf sie zutrat, endlich in der Lage, mich zu bewegen, und den Wanderstab auf sie richtete, als wäre ich eine Statistin mit einem übergroßen Zauberstab in einem *Harry Potter*-Film, verwandelte sich ihr Körper zu Rauch. Dann zog sich der Rauch zurück, indem er sich zunächst in sich selbst verdichtete und schließlich ganz verschwand.

Mit dem Rauch verschwanden auch die Glasfiguren. Die Höhle füllte sich mit frischer Luft. Von einem Moment auf den anderen stand ich im dunklen Herz eines kleinen Eichenhains. Ich konnte die Verbindung zu den anderen noch spüren, doch in diesem Augenblick konnte ich sie nicht sehen. Ich war allein mit dem Wanderstab, der ziemlich zufrieden mit sich selbst war.

»Mercy.« Adams Stimme rief mich in die reale Welt zurück.

Ich atmete heftig, und Schweiß rann mir den Körper hinab. Meine Hände waren leer, und als ich nach den Wunden in meiner Schulter sah, entdeckte ich, dass sie nicht mehr bluteten. Ich blinzelte noch einige Male, bevor ich mich orientieren konnte.

Ich stand wieder auf dem Asphalt der Auffahrt. Adam stand zwischen mir und dem erzürnten hässlichen kleinen Mann, der mit einer Stimme schrie, die von Magie beeinflusst sein musste, um so spitz und verstörend zu klingen.

»Ich bin hier«, sagte ich, weil Adam mir den Rücken zugewandt hatte. Erst hinterher wurde mir klar, dass es vermutlich falsch gewesen war, das zu sagen. Denn für jeden, der zusah, war ich niemals weg gewesen.

»Mir geht es gut. Ich bin immer noch ich.«

Ich bewegte die Finger, an denen ich nach wie vor den Wanderstab spürte – aber sie waren leer.

»Sie hat es gestohlen! Gestohlen!«, schrie der Weber.

Einen Moment lang dachte ich, er würde über den Wanderstab sprechen – dann wurde mir klar, dass er die Macht meinte, die mir an diesen anderen Ort gefolgt und nicht zu ihm zurückgekehrt war. Mir fiel auf, dass der ganze Hof rauchfrei war, obwohl der Kreis mit seiner schneekugelähnlichen, verdunkelten Kuppel noch immer vorhanden war.

Ben, Luke und Kelly waren auf den Beinen. Kelly hielt die Kette an Bens Halsband, doch sie alle starrten den kleinen Mann mit seinem sehr lautstarken Wutanfall an.

Es gab keinen Stein mehr. Nur noch eine Ansammlung

von Personen, die um einen sehr reglosen Körper knieten. Das war etwas, um das ich mir später Sorgen machen würde.

Und der kleine Mann tobte weiter.

»*Ruhe!*«, donnerte mein Gefährte mit der Macht eines Alpha-Werwolfs in der Stimme.

Und offenbar hatte sie auf sehr wütende kleine Männer die gleiche Wirkung wie auf ruhelose Werwölfe. Der Weber unterbrach seinen Wutanfall, obwohl sein ganzer Körper unter der Anstrengung erzitterte und seine Haut, dort wo sie sichtbar war, einige Nuancen röter als sein Haar wurde.

»Ich habe den zweiten Teil unseres Handels erfüllt«, sagte ich in die plötzliche Stille hinein.

»Du hast nie gesagt, du würdest es *stehlen*«, entgegnete der Weber verzweifelt. »Es gehörte mir. Rechtmäßig mir. Ich habe einen Handel geschlossen. Du kannst es nicht einfach nehmen.«

»Annwnn ist, was sie ist«, sagte ich zu ihm. »Sie ist keine Person, obwohl sie gerne so tut. Jede Magie, jede Macht, die ihr gehört, bleibt ihre, selbst wenn sie sie jemandem leiht. Du hast alles davon in mich geleitet, und als es in mir war und du nichts mehr davon hattest, wurde es wieder ihres. Es ist wieder dort, woher es kam.«

Adam, der mittlerweile entschieden hatte, dass der Weber keine körperliche Gefahr mehr für mich darstellte, trat zur Seite. Wir sahen uns an, der Weber und ich.

»Ich habe den zweiten Teil unseres Handels erfüllt«, sagte ich noch einmal. »Du bist mit deinem eigenen Blut und Knochen hier erschienen. Du hast mich gebissen, und einmal mehr ist es dir nicht gelungen, mich zu fassen. Und nun werde ich wie vereinbart eine Frage beantworten und dir eine Wahrheit schenken. Stell mir deine Frage, Rauchweber.«

»Warum du?«, fragte er. »Warum warst du in der Lage, meiner Macht zu widerstehen? Und warum warst du die zweite Person, die ich nach meiner Flucht gebissen habe? Warum meinte es das Schicksal so schlecht mit mir?«

Das war im Grunde mehr als eine Frage, aber es fühlte sich an, als gehörten sie zusammen, etwas, das die Wahrheit, die ich ihm nach meiner Antwort geben würde, ausglich. Zum ersten Mal fühlte ich wirklich die Macht eines Fae-Tauschhandels. Denn mir wurden bestimmte Dinge klar, die mir vor seiner Frage nicht klar gewesen waren. Ich gewann kein neues Wissen, doch all die kleinen Puzzlestücke schienen plötzlich zusammenzupassen. Bis zur Frage des Webers war mir nicht bewusst gewesen, wie viel ich tatsächlich wusste.

»Eigentlich war ich die erste Person, die du beißen solltest«, sagte ich zu ihm.

Annwnn hatte mich aus meinem eigenen Haus getrieben, nicht wahr? Direkt nachdem der Weber entkommen war. Sie konnte ihren Handel mit dem Weber nicht brechen, aber sie konnte betrügen.

»Deine Macht kam von Annwnn – war ein Teil von Annwnn«, sagte ich zu ihm. »Und ihr sind die gleichen Grenzen gesetzt, die auch Annwnn gesetzt sind. Wäre ich in Annwnns Reich gewesen, als du mich gebissen hast, dann stünde ich jetzt vielleicht unter deinem Einfluss. Aber das hier ist nicht das Herz von Annwnns Macht.« Doch der Ort, an den ich ihre Magie unwissentlich mitgenommen hatte, war das Herz meiner Macht.

»Warum du?«, wiederholte der Weber.

»Weil ich Kojotes Tochter bin«, sagte ich zu ihm, obwohl ihm das nichts sagen würde, da er in Annwnn eingeschlossen gewesen war. Also erklärte ich es ihm so, dass er es verstehen konnte. »Mein Vater ist eine Urmacht, und er hat die Hoheit über gewisse Arten von Geistmagie. Er ist ein Vertreter des Chaos. Annwns Magie in den Händen eines anderen konnte sich dagegen nicht durchsetzen.« Nicht in meiner Andersheit.

»Wenn der Vampir nicht gewesen wäre, dann hätte ich dich getötet«, grollte der Weber bitter. »So mächtig bist du nicht.«

Ich nickte. »Ja, für mich genommen nicht. Aber mein Gefährte, mein Rudel, meine Freunde und Verbündeten sind alle Teil meiner Macht. Dieser Vampir hat mich aufgrund meiner vorhergehenden Handlungen gerettet. Er war etwas, das ich rechtmäßig zu Hilfe rufen konnte.«

»Akzeptiert«, sagte der Weber traurig. »Deine Antwort ist die volle und ganze Wahrheit. Dann gib mir jetzt deine Wahrheit, um die ich nicht gebeten habe und um die ich nicht bitten würde.«

Er weiß es, dachte ich.

»Es gibt eine vollständigere Antwort auf deine Frage als die, die ich dir gegeben habe«, sagte ich zu ihm. Er hatte recht, ich schuldete ihm nichts mehr. Doch ich hatte das Gefühl, dass ich sie ihm geben musste, um das Gleichgewicht unseres Tauschhandels zu wahren. »Annwn hat dich absichtlich freigelassen – du bist ihr nicht gegen ihren Willen entkommen. Sie wappnet sich für einen Krieg, deshalb sammelt sie alle Teile von sich ein, die sie benutzt hat, um bessere Spielzeuge für sich zu kreieren.«

Die Fae verhalten sich nicht nett, hatte Annie zu Aiden gesagt, als sie die Tür in unseren Garten gesetzt hatte.

Der Weber sah mich an.

»Sie hatte geplant, dass der Tauschhandel mit dir ein kleiner wird. Das hat sie mir gesagt. Sie hat etwas gefunden, das du wolltest – menschlich erscheinen zu können, damit du dich einfacher unter die Menschen mischen kannst.«

»Für bessere Tauschgeschäfte«, stimmte der Weber zu. »Tauschgeschäfte brauche ich mehr als Suppe oder Brot. Lieber verhungere ich, als niemanden zum Handeln zu haben.«

»Sie hat einen Fehler gemacht. Die Macht, die sie dir verliehen hat, war nicht klein.«

Ich erinnerte mich daran, wie ich den Rauch in meiner Andersheit wahrgenommen hatte, wie riesig und schwer er sich angefühlt hatte. Es war so viel von Annwnn darin gewesen, dass sie in der Lage gewesen war, sich im Herzen meines Geists zu manifestieren.

Zu dem Weber sagte ich: »Ihr war nicht klar, wie viel Macht sie aufgeben musste, um es dir zu ermöglichen, den Willen eines anderen zu überwältigen. Und sie hat das Gefühl, dass sie gerade jetzt Macht braucht. Sie hat mich benutzt, um dich um das zu betrügen, was dir zusteht. Aber sie hat es getan, ohne die Bedingungen eures Handels zu brechen. Du hast die Gabe verloren, die sie dir gegeben hat. Sie hat sie dir nicht weggenommen.«

Das war auch der Grund für die Gier, die sie verspürte, wenn sie Aiden ansah. Wenn der Weber einen merklichen Anteil ihrer Magie aufgebraucht hatte, wie viel mehr von ihrer Magie steckte dann in Aiden?

Der Weber nickte langsam. »Ich verstehe. Und nun deine Wahrheit?«

Er wirkte klein und machtlos – bemitleidenswert.

Ich drehte den Kopf und sah, wie Nonnie Palsic James in eine sitzende Position zog. Sah, wie er den Kopf drehte, hörte seine Stimme, als er leise und rau sagte: »Nonnie.«

Ich dachte an Anna und Dennis, an Ben, der schon vor

dem Biss des Webers genug Trauma erlitten hatte, dass es für ein ganzes Leben reichte, an Stefan, hilflos, gefesselt und gefoltert. An eine junge Anhalterin und Lincoln, einen Wolf, den ich nicht kannte, aber um den James Palsic getrauert hatte.

»Dein Name«, sagte ich, »ist Rumpelstilzchen.« Und dann, weil ich das Gefühl hatte, dass es das war, was ich in diesem Moment tun musste, sagte ich es zwei weitere Male und achtete darauf, es jedes Mal sehr genau auszusprechen. »Rumpelstilzchen, Rumpelstilzchen.«

In der Geschichte tanzte der kleine Mann vor Wut herum, bis die Erde sich unter seinen Füßen auftat und ihn verschluckte, sodass man nie wieder von ihm hörte. Heute war die Wut des kleinen Webers aufgebraucht, aber die Erde tat sich trotzdem auf und verschluckte ihn mit einem Beben, das mich nach vorne taumeln ließ. Hätten Adams starke Hände sich nicht um mein Handgelenk geschlossen, wäre ich vielleicht auch hineingefallen.

Das war das zweite Mal, dass er mich davor bewahrte, in mein Verderben zu fallen. Oder zumindest zu Schaden zu kommen. Adam war gut darin, Menschen zu retten, die nicht er selbst waren.

Mit einem letzten Knacken schloss sich die Erde wieder, und lediglich ein dünner Riss blieb im Asphalt der Auffahrt zurück.

Eine Stimme neben meinem Ellenbogen sagte: »Das hat Spaß gemacht.«

Ich blickte wenig erfreut auf Annie hinab. Ich schluckte die ersten drei Dinge, die ich zu ihr sagen wollte, hinunter, weil keines davon klug gewesen wäre. Sie mochte doppelzüngig, hinterhältig und furchtbar sein, doch sie war auch unglaublich mächtig und alt, und wir mussten uns weiterhin an unseren Handel halten, einen anderen Handel, der besagte, dass wir ihr Zugang zu Aiden gewähren mussten.

Adam sah mich an, ließ mir in dieser Sache den Vortritt, weil ich gerade gezeigt hatte, dass ich etwas mehr Informationen hatte als er.

»Ich wünschte, du hättest ihm auf seine Frage nicht ganz so ausführlich geantwortet, wie du es getan hast«, fuhr sie fort, als ich nichts sagte. »Er wird kein so lustiger Spielgefährte wie sonst sein, zumindest nicht für eine Weile. Er weiß, wie man einen Groll hegt.«

»Wie ist es möglich, dass du hier bist?«, fragte ich, weil es mich beunruhigte. Sie konnte sich nur eine begrenzte Distanz von einer ihrer Portale entfernen – das hatte man mich zumindest glauben lassen. »Hier gibt es keine Tür zu deinem Reich.«

»Nein«, bestätigte sie traurig. »Aber er hat den Kreis, in dem wir stehen, mit Macht gezogen, die von mir stammte.« Sie runzelte die Stirn. »Ich hatte nicht geplant, dass du das herausfindest.«

»Das kann ich mir vorstellen«, sagte ich zu ihr.

»Mercedes Thompson Hauptman«, schnurrte sie in einem ihrer plötzlichen Stimmungswechsel. »Du bist noch interessanter, als ich dachte.«

Und dann zerbrach der Kreis. Die Sonne brachte Licht, ein leichter Wind blies den letzten Rest des Rauchs davon – und Annie verschwand mit einem Knacken, das klang, als ob ein großer Felsen entzweibräche.

Ben sagte: »Nehmt mir das verdammte Halsband ab. Und gebt mir ein Handy. Ich muss zu Hause anrufen. Er war in meinem Kopf, ihr … ihr Idioten. Und er hatte Harolford, wie er mich hatte. Harolford und Fiona wussten, dass wir das Haus verlassen haben, dass wir die Kinder, die

Menschen allein mit Joel zurückgelassen haben. Sie wussten *es.* Und ich konnte euch nicht dazu bringen, mir zuzuhören.« Als ob er nach dem relativ zahmen »verdammte« und »Idioten« etwas nachholen müsste, brach er in eine ganze Litanei von Schimpfwörtern aus.

Ich bekam nicht mehr mit, was er sagte, weil ich zu Jesses Auto rannte, wo ich mein Handy gelassen hatte.

Ich hatte zwölf verpasste Anrufe. Ich rief Lucia an, da sie wissen würde, was passiert war, und niemand sonst sie zuerst anrufen würde. Sie nahm beim zweiten Klingeln ab.

»Sie sind gekommen«, sagte sie, ohne darauf zu warten, dass ich etwas sagte. »Eine Frau und ein Mann. Sie haben auf Joel geschossen – es geht ihm gut. Die eine Sache, für die dieser Tibicena-Geist gut ist, ist, dass es mehr als eine Kugel braucht, um meinem Joel etwas anzuhaben. Libby hat sich eines der Gewehre aus dem Waffentresor geschnappt und vom oberen Fenster aus den Mann mit der Pistole erschossen. Die Frau trug ihn zurück zu ihrem Wagen, und sie sind weggefahren.«

Erleichtert atmete ich tief durch und begegnete über die zwanzig Meter Auffahrt hinweg Adams Blick. Während ich zu meinem Auto gelaufen war, war er zum SUV gerannt. Auch er hatte ein Handy am Ohr. Ich zeigte ihm einen hochgereckten Daumen.

Er nickte und widmete sich wieder seinem Telefonat.

James würde überleben. Adam bot ihnen allen einen Platz im Rudel an, wenn sie ihn wollten.

James schüttelte den Kopf. »Es ist nicht so, dass ich nicht dankbar bin«, keuchte er. »Aber ich hatte einige Stunden, die sich wie ein Jahr anfühlten, Zeit, darüber nachzudenken, wie es für euch alle sein muss, hier in dieser Hölle zu leben. Bran hat uns nach Montana eingeladen. Sagte, wir könnten dort etwas Zeit verbringen und wieder zu Atem kommen. Vielleicht finden wir in einigen Monaten ein anderes gutes Rudel.«

»Oder Jahren«, sagte Nonnie.

James nickte und zeigte mit dem Finger auf sie.

Kent kam auf die Beine. »Fi und Sven werden nicht besonders glücklich mit uns sein. Wenn wir gehen wollen, dann sollten wir es jetzt tun. Gepackt haben wir schon. Ich hole den Wagen, und Li Qiang und ich laden alles ein.«

»Vorsicht«, sagte James. »Das habe ich vorhin versucht, und dann ›Puff!‹, war ich ein Stein.«

Ich rief Bran an, um ihm zu sagen, dass sie kommen würden, und beobachtete dabei aus dem Augenwinkel Adams Miene. Auf seiner Wange hatte sich eine weiße Linie gebildet, weil er die Zähne so fest zusammenbiss.

Ich legte auf. »Er meinte, dass euch jemand in Spokane treffen wird, um euch den Rest des Weges zu begleiten. So müsst ihr nicht versuchen, die Feldwege in den Bergen Montanas mitten in der Nacht zu fahren.«

Ich gab Nonnie Brans Nummer – James' Handy hatte seine Zeit als Stein nicht überlebt. Und ich gab ihr die Nummer des Rudelmitglieds, das sie in Spokane treffen würden.

Wir verabschiedeten sie. Sie fuhren einen Accord mit einem V6-Motor. Ich wusste nicht, was aus dem Käfer geworden war, den ich für James repariert hatte.

Als sie weg waren, klopften wir uns den Staub ab und besahen uns unsere Fahrzeug-Optionen für die Heimfahrt.

»Meinem Auto geht es gut«, sagte Jesse fröhlich. »Dad, du und Mercy, ihr müsst besser auf eure Sachen aufpassen. Glaubt ihr etwa, das Geld wächst auf den Bäumen?«

Joel brauchte einige Stunden, um von seiner Tibicena-Gestalt zurück zu dem Presa Canario zu wechseln. Aber der etwas sterblichere Hund zeigte keine Anzeichen, dass auf ihn geschossen worden war. Einige Stunden später war Joel – ohne die Hilfe von Aiden – in der Lage, für den Rest des Abends in sein menschliches Selbst zu wechseln. Obwohl Adam der Ansicht war, dass Joel deshalb so ungewöhnlich lange in seiner menschlichen Form verweilen konnte, weil er eine Weile in der Tibicena-Gestalt verbracht hatte, boten ihm etliche Mitglieder des Rudels an, noch einmal auf ihn zu schießen – oder Libby zu holen, die Scharfschützen-Heldin der Stunde, damit sie das erledigte.

Ich rief Beauclaire an und erzählte ihm den Großteil dessen, was mit Rumpelstilzchen geschehen war. Und ich warnte ihn, dass Annwnn etwas plante, für das sie Macht ansammelte.

»Ja«, sagte er, »das ist uns bereits aufgefallen.«

Beinahe hätte ich gesagt: *Danke für die Warnung*, aber es sich zur Regel zu machen, den Fae niemals zu danken, war eine gute Maxime, an die sich jeder Mensch halten sollte, der ein glückliches und freies Leben führen wollte. Und dasselbe galt vermutlich auch für Sarkasmus.

Stattdessen sagte ich vorsichtig: »Die Hinweise, die Sie mir bei unserem Gespräch gegeben haben, waren entscheidend dafür, dass es mir gelungen ist, Rumpelstilzchen zu identifizieren.«

»Es freut mich, dass ich helfen konnte«, sagte er.

»Darf ich eine Frage stellen?«

»Natürlich.«

»Warum fühlte sich Rumpelstilzchens Magie für mich nicht wie Fae-Magie an?«

»Er stammt aus einer der älteren Linien des Stammbaums.

Die meisten von ihnen waren nicht mehr da, als ich auf die Erde kam – und das ist sehr lange her. Der Grund, warum er noch lebt, ist vermutlich die Freundschaft mit Annwnn.«

»Freundschaft?«, fragte ich.

»Nicht alle Beziehungen sehen gleich aus«, sagte er.

»Das stimmt«, bestätigte ich. »Sind wir Freunde?« Vermutlich hätte ich eine Nacht schlafen sollen, bevor ich ihn anrief, dachte ich. Das war keine ungefährliche Frage.

Er lachte. »Vielleicht so etwas wie unverbindliche Verbündete? Definitionen sind nicht immer sinnvoll, oder? Mercedes, vielen Dank, dass Sie sich um den Rauchweber gekümmert haben. Bei Dämmerung öffnen wir unsere Tore und erlauben unseren Leuten wieder, ihren Alltag zu leben.«

Er hatte mir gedankt. Ich war mir nicht sicher, was das bedeutete.

»Gut«, sagte ich.

Als Nächstes rief ich Marsilia an, aber sie nahm nicht ab. Fünf Minuten später rief sie Adam an.

Er erzählte ihr im Grunde die gleiche Geschichte, die ich gerade Beauclaire übermittelt hatte – mit kleinen Auslassungen für ein allgemeines Publikum.

»Ah, das erklärt, warum es Stefan plötzlich besser geht«, sagte sie zu ihm. »In der letzten Nacht fürchteten wir um sein Leben, aber er hat durchgehalten.«

Ich erinnerte mich, in was für einem schlechten Zustand er gewesen war, als ich ihn in meiner Andersheit gesehen hatte. »Können wir ihn besuchen?«

Sie hörte mich. »Nein. Er würde nicht wollen, dass du ihn in diesem Zustand siehst. Er wird dich anrufen, sobald es ihm besser geht – oder es ihm wieder schlechter gehen sollte.«

Und damit musste ich mich zufriedengeben.

Wie Stefan konnte auch Ben nicht einfach zurück zu dem, der er gewesen war, bevor der Weber ihn in seiner Gewalt hatte. Unter der Kontrolle eines anderen zu stehen war im Prinzip sein schlimmster Albtraum. Er hatte auf der Arbeit vier Wochen Urlaub angesammelt, die er jetzt nahm, und blieb in der Zeit bei uns.

Die Goblins fanden Harolfords Leiche in einem flachen Grab nahe dem Fluss. Er war an einer von einer Silberkugel verursachten Wunde gestorben, vermutlich Libbys. Ich fragte herum, aber alle Zeugen waren sich ziemlich sicher, dass Fiona nicht wissen konnte, wer genau auf ihn geschossen hatte.

Die Goblins brachten uns die Leiche nicht. Sie schickten Adam Fotos davon auf sein Handy. Als Adam fragte, was sie damit getan hatten, lachte Larry, der Goblinkönig, und sagte: »Wer's findet, dem gehört's«, bevor er auflegte.

Fiona war immer noch ein Problem.

Wir behielten die hohe Alarmstufe bei, und die ersten drei Tage nach der Verbannung des Rauchwebers ging niemand irgendwo alleine hin. Doch als Charles sich meldete und berichtete, dass man Fiona in Wichita gesichtet hatte, wies Adam alle an, zur Normalität zurückzukehren.

»Man kann immer nur für eine gewisse Zeit wachsam bleiben«, sagte er zu mir. »Und sie ist nur ein einziger Werwolf.«

»Charles ist auch nur ein einziger Werwolf«, sagte ich, und er lachte.

Adam ging es … »besser« war das falsche Wort. Gefestigter traf es vermutlich besser. Das Monster war nicht noch einmal in Erscheinung getreten, und als die Mondjagd kam, wechselte Adam in seine Wolfsgestalt, wie er es immer tat.

Aber ich hatte seinen Wolf verblassen sehen, und ich

machte mir Sorgen. Das Rudel war verunsichert, obwohl es keine Gewaltausbrüche gab. Adam wollte unsere Verbindung noch immer nicht öffnen. Doch er nahm etwas von dem Gewicht, das er verloren hatte, wieder zu, und es schien ihm nicht schlechter zu gehen, also wartete ich ab. Ich hatte mir im Kalender ein Datum rot angestrichen – wenn sich bis dahin nichts änderte, würde ich noch einmal mit Bran sprechen.

Ein Monat verging. Jesse startete am College, und ich machte mich auf die Suche nach einer Wohnung für sie. Auch Aiden ging erstmals zur Schule.

Wir meldeten ihn für die sechste Klasse an, was ein Kompromiss war. Er würde jünger aussehen als die meisten seiner Klassenkameraden, aber nicht so viel jünger, dass er ein Außenseiter wäre. Jesse und das Rudel hatten ihm Nachhilfe in Mathe gegeben, sodass er jetzt auf Highschool-Niveau war, doch seine Fähigkeiten im Lesen waren unter denen eines Sechstklässlers. Der Übersetzungszauber half ihm nicht dabei, Englisch zu lesen oder zu schreiben.

Wir hatten keine Papiere für ihn, aber Adam und ich setzten uns mit dem Superintendent des Schuldistrikts zusammen und erzählten ihm die ganze Geschichte, beziehungsweise eine stark abgeänderte Version der ganzen Geschichte. Wir erzählten nichts von dem Feuer, lediglich, dass wir Aiden in Annwn gefunden hatten, wo er sehr lange eingeschlossen gewesen war. Wir erzählten ihm nicht, dass Aiden die Schule niederbrennen konnte, wenn er nur wollte. Natürlich konnten die meisten Sechstklässler eine Schule niederbrennen, wenn sie es wollten, sie müssten nur etwas mehr dafür arbeiten als Aiden.

Der Superintendent stimmte zu, dass die Umstände ungewöhnlich waren, und gab uns nützliche Hinweise, wie wir dem bürokratischen Weg folgen konnten, um Aiden in die Schule gehen zu lassen. Wir schafften es (dank Kyle, der sich mit Familienrecht auskannte und es nach seiner Pfeife tanzen lassen konnte), und Aiden konnte am ersten Schultag anfangen.

Es gab einige Schwierigkeiten während des ersten Monats, aber Aiden fand schließlich eine Gruppe Gamer, mit denen er sich gut verstand. Es gab immer noch Momente, die mich daran erinnerten, dass er Jahrhunderte älter war, als er aussah, doch er wirkte überwiegend glücklich.

Ich besuchte Stefan nicht, aber er rief mich zweimal an, und beim zweiten Mal klang er beinahe wieder wie er selbst. Er sagte, dass die Hoffnung, die ich ihm gegeben hatte, ihm nach wie vor half, alles zu bewältigen. Ich wusste nicht, was ich darauf sagen sollte.

»Ich wollte dich nicht verlieren«, sagte ich schließlich.

»Danke«, sagte er. Und kurz darauf legte er auf.

Das Rudel tötete zwei Ghule, die versucht hatten, sich nahe dem Lourdes Medical Center in Pasco einzunisten. Anscheinend waren Krankenhäuser der Lieblingsjagdgrund von Ghulen. Wir halfen Marsilia, eine Gruppe umherziehender Vampire aufzustöbern, die versucht hatten, in West Richland ihre Zelte aufzuschlagen. Renny begann Mary Jo zum Sonntagsfrühstück zu begleiten und schloss eine unerwartete Freundschaft zu Ben, unserem Kandidaten für den Wolf, der am ehesten im Gefängnis landen würde. Annas Geist winkte mir zu, wann immer ich an meinem alten Haus vorbeikam. Ich winkte nicht zurück.

Das Leben ging weiter. Und wir vergaßen, uns Sorgen wegen Fiona zu machen.

14

Ich konnte nicht schlafen.

Ein schwerer Arm legte sich um meine Schultern.
»Bist du unruhig?« Bei dem Knurren in Adams Stimme rollten sich meine Zehen auf – sie wussten, was diese raue Stimme bedeutete, und es gefiel ihnen.

Mir auch.

»Ja«, sagte ich, meine eigene Stimme ein Schnurren.

»Dem kann ich Abhilfe schaffen«, versprach er. Und meine Güte, das tat er dann auch.

Er legte sich derartig ins Zeug, dass ich später in der Nacht, als sein Handy klingelte, nur lange genug aufwachte, um einen Gesprächsfetzen zu hören.

»… vermutlich falscher Alarm, Sir, die Kameras …«

Adams Mitarbeiter klang nicht aufgeregt, und es schien auch nicht besonders dringlich zu sein, also schlief ich wieder ein.

Ich wachte auf, als Adam meinen Po tätschelte. Misstrauisch öffnete ich ein Auge, und er lachte.

»Ich wecke dich nicht deshalb – nicht, dass es keinen Spaß gemacht hätte. Aber wir haben Probleme mit dem Equipment. Der Alarm in der Werkstatt geht ständig los, obwohl auf den Kameras nichts zu sehen ist.«

In den letzten Wochen hatte das Security-System in meiner Werkstatt einige seltsame Eigenheiten entwickelt. Seine IT-Leute fanden keine genauere Erklärung als eine »periodisch auftretende Störung«. Adam hatte schließlich ein komplett neues System bestellt, doch das würde erst in einigen Wochen kommen.

»Ich werde gehen und mir das ansehen, und dann fahre ich zur Arbeit und statte meinen Leuten einen Überraschungsbesuch ab.« Das tat er, damit seine Mitarbeiter wachsam blieben. Und um sie wissen zu lassen, dass er nichts von ihnen verlangte, das er nicht auch tun würde. Denn bei seinen Überraschungsbesuchen suchte er sich immer zwei zufällige Wachleute aus und lief ihre Patrouille mit ihnen. Und natürlich fuhr er fort: »Ich werde heute den größten Teil des Tages weg sein. Es gibt ein paar neue Leute, die ich quälen muss.«

Ich schnaubte.

»Warum schläfst du heute nicht aus?«, schlug er vor.

»Wie kannst du nur so munter sein?«, fragte ich in einem klagenden Tonfall. »Du hattest auch nicht mehr Schlaf als ich.«

»Ich bin ein Mann«, sagte er und wackelte mit den Augenbrauen wie der Bösewicht in einem zweitklassigen Horrorfilm. »Sex ist besser als Schlaf.«

»Geh weg«, stöhnte ich und rollte mich herum, um das Gesicht in meinem Kissen zu vergraben.

Er lachte und wollte meinen Worten Folge leisten.

»Aber küss mich vorher noch.«

Ich rollte mich noch einmal herum, und er tat auch das.

Als der Wecker eine Stunde später klingelte, war ich wirklich versucht auszuschlafen. Dann erinnerte ich mich, dass es Samstag war und ich die Einzige auf der Arbeit sein würde.

Jesse und ihre Freunde besuchten ein Konzert in Seattle. Adam hatte ein bisschen Theater wegen der Sicherheit gemacht, also hatte Jesse Tad eingeladen und ihn als ihren »Bodyguard« mitgenommen. Das war schön und gut, aber bedeutete auch, dass ich im Laden allein sein würde. Ich hätte Zee fragen können, doch er war gerade mit irgendeinem Projekt beschäftigt und hatte mich gebeten, ihn ein paar Wochen lang nicht zu behelligen.

Offiziell öffnete ich samstags nicht vor Mittag, aber ich hatte einige Autos, die fertig gemacht werden mussten, und dazu einen Berg Papierkram. Seit der Steuerprüfung vor Kurzem nahm ich es sehr genau mit meinem Papierkram. Am Ende schuldete ich ihnen 452 Dollar, die sie netterweise von 452,34 abgerundet hatten. Doch zwischenzeitlich, bevor ich die Schachtel mit Belegen fand, die ich benutzt hatte, um ein Getriebe zu stützen, hatten sie behauptet, ich schulde ihnen etwas über 6000 Dollar. Meine Buchhalterin (Lucia) hatte gemeint, wenn ich auch noch die andere fehlende Schachtel gefunden hätte, dann hätte der Staat mir vermutlich Geld geschuldet.

Also ab zur Arbeit, ich musste los.

Nach einer Dusche und einer Schmerztablette, um die leidigen Nachwirkungen wiederholter nächtlicher Eskapaden zu dämpfen, fühlte ich mich schon besser. Ich hielt kurz inne, als ich mir die Zähne putzte. Bisher hatte ich noch nie eine Schmerztablette gebraucht. Wurde ich langsam alt? Oder hatte Adam begonnen, Sex zu benutzen, um mich über die Tatsache hinwegzutrösten, dass er unsere Gefährtenverbindung noch immer geschlossen hielt?

Hm.

Als ich zur Werkstatt kam, war es noch früh genug, dass die Lichter auf dem Parkplatz an waren. Ich winkte der Kamera zu und stellte mir vor, wie Carlos oder Butch – oder Adam – zurückwinkten. Als ich ins Büro kam, roch es dort extrem nach Benzin.

Ich zog eine Grimasse. Treibstoffgerüche gehörten einfach dazu, wenn man eine Autowerkstatt betrieb – aber wenigstens war Benzin flüchtig, sodass es schnell verfliegen würde, sobald ich die Tür zu den Arbeitsbuchten öffnete.

Letzte Nacht hatte ich ein Mercedes Cabriolet von 1962 zur Sicherheit in der Werkstatt geparkt, und ich vermutete stark, dass der Benzingeruch von dort kam. Es gehörte einem Autosammler aus der Gegend, war das Schmuckstück seiner Sammlung, und es war Zeit für seine jährliche Inspektion. Es war wenig überraschend, dass es ein Problem mit den Benzinleitungen entwickelt hatte. Selbst die besten Autokonstrukteure der Welt planten nicht mit mehr als einem halben Jahrhundert Benutzung.

Es war ein wenig seltsam, dass Adam mich nicht deswegen angerufen hatte, als er früher am Morgen hier gewesen war, um die Sicherheitsanlage zu überprüfen. Doch er wusste, dass ich plante, früh zu kommen, und dass er mich ohnehin schon um eine Menge Schlaf gebracht hatte.

Ich lächelte, als ich meine Tasche in den Safe steckte und ihn verschloss. Der Safe war am Boden unter dem Tresen, und es ziepte im Rücken, als ich mich aufrichtete. Ich streckte mich, berührte meine Zehen, und der Schmerz verflog. Meine verspannten Muskeln blieben allerdings. Zuerst würde ich dem Problem mit der Treibstoffleitung auf den Grund gehen, und das würde mir eine Menge Gelegenheit verschaffen, jede noch verbliebene Steifheit zu lockern, bevor ich mich dem Papierkram widmete.

Ich stellte die Stereoanlage an und fand einen Radiosender, der Soft Rock spielte. Ich summte *Spirit in the Sky* mit, einen Song, der beinahe so alt wie der Mercedes war, und öffnete die Tür zu den Arbeitsbuchten.

»Hallo, Mercedes Thompson«, sagte Fiona. »Wir haben noch offene Geschäfte.«

Sie hatte auf der anderen Seite der Werkstatt auf mich gewartet, von wo sie eine direkte Schusslinie auf mich hatte. Und sie stand in der klassischen Haltung eines Schützen und hatte – wenn ich mich nicht irrte – Adams Waffe in der Hand.

Ich brauchte einen Moment, um die Situation zu erfassen.

Ein Benzinkanister war bei der Tür ausgekippt worden, sodass sich eine Pfütze gebildet hatte, die dazu diente, dass ich Eindringlinge nicht riechen konnte. Auch um Adam nicht merken zu lassen, dass er nicht allein war. In der Ecke, wo sich die echte Steuerung des Sicherheitssystems befand, lag Adam reglos am Boden.

Er war nicht tot, versicherte ich meiner panischen Seele. Ich wüsste es, wenn er tot wäre.

»Wenn du kooperierst, werde ich heute keinen von euch töten«, sagte sie. »Dort ist ein Stuhl, setz dich.«

Vor einigen Wochen hatte ich einen der stabilen Metallstühle aus dem Büro in die Arbeitsbuchten gezogen, auch wenn ich mich jetzt spontan nicht mehr erinnern konnte, warum. Sie hatte ihn vor die Hebevorrichtung in Arbeitsbucht eins gezogen. Und auf dem Boden darum herum lagen Handschellen und Ketten, die sehr professionell aussahen.

Mein Blick wanderte erneut zu Adam – er atmete.

»Keine Sorge, dein Gefährte ist noch am Leben. Und das bleibt er auch, wenn du meinen Anweisungen Folge leistest.« Sie log nicht.

»Was hast du ihm angetan?«, fragte ich.

»Ketamin und Silber. Ein kleiner Trick, den ich irgendwann mal gelernt habe.«

»Gerry Wallace muss sich für eine ganze Menge verantworten«, sagte ich. Gerry war der Erste gewesen, der ein Betäubungsmittel entwickelt hatte, das auch bei Werwölfen wirkte. Aber ich fühlte mich etwas besser. Das Beruhigungsmittel konnte tödlich sein, wenn der Silberanteil zu hoch war. Doch Adam war ein Alpha-Werwolf. Es brauchte schon mehr als ein Beruhigungsmittel, um ihn zu töten.

»Setz dich auf den Stuhl, Mercy.«

Wenn ich das tat, dann waren alle meine Handlungsoptionen dahin.

»Der ständige Fehlalarm, das warst du«, sagte ich, um sie in eine Unterhaltung zu verwickeln.

»Es gibt einen Grund, warum die Fabel von dem Hirtenjungen, der fälschlicherweise vor einem Wolf warnt, ein Klassiker ist«, erklärte sie. »Ich kann ganz gut mit elektrischen Geräten umgehen.« Sie nickte in Richtung der Ecke, wo sich Adam und das Herz des Sicherheitssystems befanden. »Die Videoanlage spielt derzeit eine Dauerschleife ab, nachdem sie ein Segment gezeigt hat, auf dem Adam hereinkommt und wieder geht, das ein paar Tage alt ist. Seine Leute werden nicht wissen, dass etwas nicht stimmt, bis sie dich nicht mittags kommen sehen.«

»Aber du musstest mehr tun, als nur das Sicherheitssystem zu überlisten«, sagte ich. »Du ergreifst hier nicht einfach bloß eine Gelegenheit. Du musst uns überwacht haben, unsere Gewohnheiten studiert haben – ohne dass es jemandem aus dem Rudel aufgefallen wäre.« Ich legte etwas Bewunderung in meinen Tonfall.

Es gab nicht viel, was arrogante Leute mehr liebten als

ein bewunderndes Publikum. Im Augenblick scherte ich mich nicht wirklich um Gründe oder Methoden, ich versuchte nur, Zeit zu gewinnen. Ich wusste noch nicht, was ich damit tun würde – das hing von ihr ab und davon, welche Gelegenheiten sie mir gab.

»Das war schon etwas kniffliger«, gab sie zu. »Und deutlich langweiliger. Euer Haus soll doch das Zuhause eines Werwolfrudels sein, warum also bringt ihr Kindern das Lesen bei? Wenn ich noch einmal *P wie Pferd* hören muss, dann erschieße ich jemanden. Wusstest du, dass ihr einen Baby-Vampir habt, der das Haus beobachtet?«

»Ja«, sagte ich zu ihr.

Ich hatte mir bereits gedacht, dass sie uns beobachtet hatte, aber sie hatte etwas noch Besseres getan: Sie hatte unser Haus verwanzt. Der Unterricht mit Aiden fand in der Küche statt, wo sich das meiste abspielte. Aber ich glaubte nicht, dass es ihr gelungen war, im ganzen Haus Wanzen anzubringen. Wir sprachen nicht viel über Wulfe, weil wir das Rudel nicht beunruhigen wollten, doch er stellte sicher, dass er nicht unbemerkt blieb. Ich erinnerte mich, dass Adam und ich uns vor zwei Tagen im Schlafzimmer über Wulfe unterhalten hatten. Wenn sie uns abgehört hätte – oder ihm direkt begegnet wäre –, dann hätte sie ihn niemals als »Baby-Vampir« bezeichnet.

Ich dachte gut über meine nächsten Worte nach, ehe ich sagte: »In den letzten Monaten hat die Regierung regelmäßig versucht, unser Haus mit Wanzen zu versehen. Adam führt eine tägliche Durchsuchung durch. Wie hast du das geschafft?«

Ich erwähnte die Tatsache, dass zu jeder Tageszeit Werwölfe im und ums Haus waren, nicht. Sie konnte es nicht ohne Magie geschafft haben – und ich erinnerte mich nicht daran, gehört zu haben, dass sie Magie wirken konnte. Bran hätte das definitiv erwähnt, als ich mit ihm über sie sprach. Und Magie … Magie machte mir Sorgen. Ich erinnerte mich, wie sie mich an dem Nachmittag vor Kellys Haus angesprochen hatte: mit dem Namen, den ich nach der Hochzeit von Adam übernommen hatte. Sie hatte mich mit meinem Mädchennamen gekannt. Wenn sie und ihre Gruppe ein Rudel suchten, das sie übernehmen konnten, dann war ich nicht wichtig, außer vielleicht als Schwäche, die man ausnutzen konnte. Aber rückblickend wurde mir klar, dass sie mich wie jemanden betrachtet hatte, der ein Ziel war.

»Nicht alle Abhörinstrumente sind elektronischer Natur«, sagte sie zu mir. »Ich kenne eine Hexe, die auf Überwachung spezialisiert ist.«

Plötzlich bereitete mir die Frage, warum Fiona noch immer hier war, wesentlich mehr Kopfschmerzen als noch vor einigen Sekunden. Ich überdachte noch einmal unsere Interaktionen mit Fiona, fügte Hexen hinzu, und plötzlich waren da Muster, die Sinn ergaben. Ein Wolf, der versuchte, ein Werwolfrudel zu übernehmen, würde niemals eine Allianz mit einem Fae eingehen – was der Grund war, warum niemand vom Rest ihrer Gruppe über den Rauchweber Bescheid gewusst hatte. Hexenmagie dagegen erklärte, warum die Goblins Fiona und ihre Leute nicht aufgespürt hatten. Bran hatte erwähnt, dass Fiona ihre Dienste an den Meistbietenden verkaufte – und die Hexen hatten definitiv einen Grund, auf Rache aus zu sein. Oder schlimmer. Die Tatsache, dass Adam und ich nicht tot waren, beunruhigte mich plötzlich.

Fiona lächelte mich an; ihr Ausdruck hätte freundlich wirken können, hätte ich ihre Augen nicht gesehen. »Nun, da du fertig damit bist, mir zu schmeicheln, setz dich in den

Stuhl, oder ich schieße Adam in den Kopf. In diesem Fall müsste ich dich auch sofort töten, sonst riskiere ich, von eurem Rudel erwischt zu werden. Wenn du kooperierst, werde ich ihn nicht töten. Ich weiß, du kannst hören, dass ich die Wahrheit sage. Du hast drei Sekunden. Eins …«

Ich setzte mich auf den Stuhl. Aber nicht, weil sie begonnen hatte zu zählen. Adam kam wieder zu sich – ich spürte das Ziehen an den Rudelbanden, als er begann, gegen den Effekt des Betäubungsmittels anzukämpfen.

Ich zog den Stuhl etwas zur Seite, damit ich einen besseren Blick auf Adam hatte. Hoffentlich dachte sie, das wäre der einzige Grund, warum ich es getan hatte. Doch das bedeutete, dass sie ihm die meiste Zeit den Rücken zuwenden würde, solange sie mit mir beschäftigt war. Ich wollte ihre Aufmerksamkeit auf mir, obwohl ich nicht glaubte, dass sie ihn ganz aus den Augen lassen würde. Wenn er sich bewegte, würde sie reagieren. Die Chancen standen allerdings gut, dass sie sich ganz auf die Droge verlassen würde. Dieses spezielle Betäubungsmittel war ziemlich fies – Adam hatte allerdings Erfahrung damit.

»Lustig«, sagte sie. »Aber mir ist es egal, in welche Richtung du schaust.«

Ich hob die Augenbrauen und drehte den Stuhl, sodass ich einen direkten Blick auf Adam hatte.

»Leg die Fußketten an«, sagte sie.

Die Manschetten waren aus Nylon und sahen ziemlich standardmäßig aus. Wenn ich sie erst mal anhatte, würde ich mich mit der Grazie einer Meerjungfrau an Land bewegen. Ich stellte mich absichtlich ungeschickt an, um Adam mehr Zeit zu verschaffen. Er zog so viel Macht an sich, dass mir schwindelig wurde. Allein dieses Ziehen würde das Rudel alarmieren, dass etwas nicht stimmte. Kaum hatte ich das gedacht, begann Adams Handy zu klingeln. Fionas Zeit war gerade zusammengeschrumpft. Alles, was ich jetzt noch tun musste, war, sie zu beschäftigen, bis jemand herausfand, wo wir waren.

»Und nun die Handschellen.«

Sie hatte zwei altmodische Handschellen an gegenüberliegenden Stuhlbeinen angebracht. Eine Querstrebe an den Stuhlbeinen würde verhindern, dass sie einfach herunterglitten, wenn ich den Stuhl umkippte.

Sie wusste, dass ich kein Werwolf war. Nylonmanschetten konnten keinen Werwolf halten. Die Metallhandschellen würden länger widerstehen – und den Werwolf, der sie zerstörte, so richtig wütend machen, weil es wehtun würde, sie zu zerstören. Sie wusste, dass ich mich in einen Kojoten verwandeln konnte. Sie hatte mich »Brans kleine Kojotin« genannt. Aber sie wusste nicht, *was* ich war, denn sonst hätte sie gewusst, dass die Handschellen, jede Art von für Menschen gefertigte Handschellen, vollkommen nutzlos waren.

Vielleicht dachte sie, dass ich Zeit brauchte, um mich zu verwandeln – genau wie Werwölfe Zeit dazu brauchten.

Sobald ich die Handschellen geschlossen hatte, kam sie zu mir herüber. Sie beugte sich nach unten, um meine Fußfesseln straffzuziehen. Dann holte sie lächelnd ein Halsband heraus und legte es um meinen Hals. Es lag eng genug an, dass es definitiv unbequem war. Ich hörte eine Kette rasseln, als sie es mit dem hinteren Teil des Stuhls verband. Anders als die Handschellen würde das Halsband mich festhalten können, egal ob als Kojote oder nicht, also hatte sie mich vielleicht nicht so sehr unterschätzt, wie ich dachte.

»Du bist Kojotes Tochter. Das hat Kent mir erzählt«, sagte sie. »Das erklärt vieles – zum Beispiel, warum Bran aus der Güte seines Herzens heraus zuließ, dass Bryan dich adoptierte. Ich frage mich, was Kojote für Bran, den Marrok getan hat, dass er sich auf so einen Deal einließ.«

Ich war mir ziemlich sicher, dass es meine Mutter gewesen war, die Bran dazu gebracht hatte, die Verantwortung für mich zu übernehmen. Aber Fiona kannte meine Mutter nicht, deshalb konnte ich nachvollziehen, warum sie in eine andere Richtung dachte. Bran war nicht gerade für sein weiches Herz bekannt.

»Kent?«, fragte ich.

»Er gehört zu mir«, sagte sie. »Hexengebunden, er muss mir dienen, wie Sven es getan hat.« Sie bedachte mich mit einem nachdenklichen Blick, den ich schon zuvor in den Gesichtern anderer Leute gesehen hatte. Daher hatte ich meine Bauchmuskeln bereits angespannt, als sie mich in die Magengrube boxte.

Es tat trotzdem weh. Aber sie war ein Werwolf; wenn sie gewollt hätte, hätte sie mich mit dem Hieb umbringen können.

»Sind die Hardestys diejenigen, die dich bezahlen?«, fragte ich, als ich wieder atmen konnte. Ich wollte nicht, dass sie es waren, vor allem weil Fiona Interesse daran zu haben schien, mich am Leben zu lassen. Ich hatte aus nächster Nähe gesehen, welche Dinge schwarze Hexen ihren lebenden Opfern antaten, und ich kannte keine Hexen, die schwärzer waren als die Hardestys.

Fiona lächelte. »Ich habe gehört, dass du kürzlich mit ihnen zusammengestoßen bist. Sie sind ziemlich schlecht auf dich zu sprechen. Möglicherweise hat man mir eine Belohnung angeboten, solltest du sterben, und eine noch höhere Belohnung, wenn ich dich lebend fange. Sie wissen nicht, was du bist, Mercy – das habe ich ihnen noch nicht gesagt. Aber sie wissen, dass du die Schlüsselfigur warst, die mit dem Tod ihrer Leute zu tun hatte – und sie denken, du könntest dafür verantwortlich sein, dass ein Schatz zerstört wurde, den aufzubauen Generationen gedauert hat.«

Zombies.

»Charles wird dich jagen und töten«, sagte ich zu ihr, und sie zuckte zurück. Sie hatte Angst vor Charles.

Sie hätte Angst vor Adam haben sollen. Er hatte aufgehört, Macht anzusammeln.

»Die Hexen zahlen genug, dass ich mich notfalls einige Generationen lang verstecken kann – zudem haben sie mir Schutz versprochen.« Sie bedachte mich mit einem bösartigen Lächeln. »Aber du und ich, wir beide wissen, wie weit man dem Wort einer schwarzen Hexe Glauben schenken kann. Ich habe auch einen Wert für sie; sie spielen gern mit Werwölfen herum. Zu gern, als dass ich ihnen Macht über mich geben wollte.«

Wenn sie zugelassen hatte, dass Leute an sie hexengebunden wurden, dann hatten sie schon Macht über sie. Ich wusste zwar nicht genau, was sie mit dem Begriff meinte, aber ich kannte mich mit Hexen aus.

»Kent hat dir also erzählt, was mit dem Rauchweber passiert ist?«, fragte ich sie. Es kümmerte mich nicht, doch ich musste ihre Aufmerksamkeit auf mich gerichtet lassen. »Bastard. Ich habe ihm vertraut.« Das war nahe genug an der Wahrheit, dass sie keine Lüge darin erkennen konnte. Aber der erboste Tonfall meiner Stimme war gespielt – sie sollte nicht herausfinden, dass ich auf Zeit spielte.

Leise erhob sich etwas von der Stelle, wo Adam gelegen hatte. Etwas, das zu groß war.

Oh Liebster, was hast du getan?

Doch ich wusste es. Er hatte alles heranziehen müssen, was er hatte, um das Silber und das Ketamin aus seinem

Blutkreislauf zu bekommen. Vermutlich war er nicht in der Lage gewesen, noch mehr Macht zu sammeln, um die Wandlung erfolgreich zu beschleunigen. Außerdem hätte sie es bemerkt, wenn er in seine Wolfsgestalt gewechselt wäre – das war keine subtile Angelegenheit. Und ein unbewaffneter Mensch gegen einen Werwolf, der seine Waffe hielt – die Chancen hätten schlecht für ihn gestanden … Er hätte es riskiert, aber ihm hatte eine andere Option zur Verfügung gestanden.

Ich vermutete, dass es ihn keine zehn Sekunden gekostet hatte, sich vom Menschen in ein Monster zu verwandeln.

»Verdammtes Rumpelstilzchen«, sagte Fiona. »Was ist nur los mit der Welt, wenn man jetzt schon Deals mit Fae eingehen muss, die sich dann als Rumpelstilzchen herausstellen?«

»Rumpelstilzchen« war das letzte Wort, das jemals über Fionas Lippen kam. Ein riesiges, albtraumhaftes Monster sprang aus fünfzehn Metern Entfernung auf sie und grub noch in der Bewegung die Zähne in ihren Hals. Ein Schuss löste sich, weil sie den Finger noch auf dem Abzug der Pistole hatte. Da war sie bereits tot, aber die Waffe war auf mich gerichtet gewesen, und die Kugel traf mich in den Arm.

Das Monster, das einmal Adam gewesen war, schleifte Fionas Körper zurück in die Ecke mit all der nutzlosen Überwachungselektronik und begann zu fressen. Es knurrte abwehrend, als ob ich versuchen könnte, ihm seine Beute zu nehmen.

Ich musste ihm nicht in die Augen sehen, um zu wissen, dass Adam geistig nicht anwesend war. Adrenalin ist der Feind für die Kontrolle eines Werwolfs, und Adam hatte selbst mit der Hilfe des Rudels Adrenalin aufbauen müssen, um das Betäubungsmittel zu überwinden. Er hatte sich verwandelt, ohne einen Moment Zeit zu haben, um seine Gedanken zu sammeln, seine Mitte zu finden. Wenn er sich in seinen Wolf verwandelt hätte, hätte es mich überrascht, wenn es Adam gelungen wäre, unter diesen Umständen die Kontrolle zu behalten. Doch das wäre in Ordnung gewesen. Ich war die Gefährtin Adams und seines Wolfs; keiner von ihnen würde mir je wehtun.

Ich glaubte nicht, dass ich die gleiche Verbindung zu dem Monster hatte.

Ich wechselte in meine Kojoten-Gestalt und wurde so Arm- und Fußfesseln los, aber mein Hals war in jeder Gestalt so ziemlich gleich dick. Ich verwandelte mich zurück und stellte fest, dass das Monster mich anstarrte. Das Geräusch der am Boden aufprallenden Handschellen musste seine Aufmerksamkeit erregt haben.

Es atmete tief ein, seine Nasenflügel blähten sich. Ich wusste nicht, ob es bei dem Benzingeruch in der Luft mein Blut wittern konnte. Ich begegnete kurz seinem Blick – silbern und hell wie der Mond –, dann schaute ich schnell weg und nach unten.

Es machte kein Geräusch, aber ich spürte es zu mir kommen. Seine Nase berührte mich auf dem Kopf und glitt meinen Hals hinunter. Ich hob das Kinn und legte den Kopf schräg, gab ihm freien Zugang zu meinem Puls, der dort heftig pochte. Ich atmete flach ein, atmete schwer mit offenem Mund, weil ich solche Angst hatte.

Ich konnte Adam an ihm riechen – den Wolf jedoch nicht. Nur einen sauren Moschusduft, der nach Wut, Hass und Hexenmagie roch. Seit unserer letzten Begegnung war es stärker geworden. Es war ein Fehler gewesen, Bran nicht früher anzurufen.

Etwas Warmes, Nasses tropfte auf meine Schulter. Speichel.

Es biss in meinen Hals. Hätte ich das Halsband nicht getragen, wäre ich tot gewesen. Vermutlich hatte es einen Silberanteil, denn das Monster jaulte und brüllte mich dann an. Ich hatte die Augen geschlossen, weil ich nicht wollte, dass das, was ich in meinen letzten Sekunden sah, diese aus Hexenmagie und Selbsthass geborene Kreatur war. Aber dann zog es sich wieder zu seinem Mahl zurück.

Es war so präzise in seinen Bewegungen, dass der Stuhl nicht einmal auf dem Boden verrutscht war. Es hatte das Halsband verbogen, sodass ich jetzt nur noch schwer Luft bekam. Ich tastete nach dem Verschluss und fand ihn – und das Schloss.

Wenn ich zwei gesunde Hände und einen Dietrich gehabt hätte, dann hätte ich das Ding in wenigen Sekunden aufgehabt. Wenn das Wörtchen wenn nicht wär …

Ich konnte spüren, wie die Rudelbande sich regten, wie alle alarmierter wurden. Sie würden schon bald hier sein, und es würde ihnen auch gelingen, dieses Monster zu überwältigen – wenn sie zusammenarbeiteten. Wenn sie nicht zögerten, weil es Adam war. Aber einige würden dabei sterben.

Und ich wäre tot, bevor sie da waren, denn obwohl es wieder am Fressen war, hatte es mir das Gesicht zugewandt, den Blick auf meinem entblößten Bauch.

Jag die Gefährtenverbindung in die Luft!, hatte Bran zu mir gesagt. Und sich dann geweigert zu erklären, was er damit meinte. Und er hatte mir diesen Ratschlag gegeben, ohne das ganze Ausmaß des Problems zu kennen.

Aber es war nicht gerade so, als hätte ich viele Wahlmöglichkeiten.

Ich schloss noch einmal die Augen, weil ich das hier nicht tun konnte, während das Monster mich anstarrte. Anschließend versetzte ich mich an den Ort, wo ich die Verbindungen sehen konnte.

Die Rudelbande brachen in ohrenbetäubenden Lärm aus, es war, als hätte ich ein Feuerwehrhaus bei einem Stufe-3-Brand betreten. Ich sagte zu ihnen: »Nicht jetzt, leise!« Und in der Andersheit wurde es still.

Ich stand bis zu den Knöcheln in einem Bach, der so kalt war, dass mir die Füße schmerzten. Mein Band zu Stefan war immer noch um meinen Knöchel gewunden, und ich spürte seine Aufmerksamkeit auf mir, obwohl es Tag war und er gerade tot sein sollte. Ich hätte ihn zu mir rufen können, dachte ich. Stefan würde nicht zögern, wenn er dem Monster gegenüberstand, zu dem mein Gefährte geworden war.

»Nein«, sagte ich zu ihm, »nicht jetzt.«

Das Band um meine Taille war grotesk und abstoßend, die rote Haut war an einigen Stellen aufgeplatzt, und grüner Schlamm trat heraus.

Ich öffnete den Mund und holte einen Diamanten in der Größe eines Baseballs heraus. Er wies einen Prinzess-Schliff auf und war klar, makellos – und kalt.

Ich presste die Lippen dagegen, um ihn aufzuwärmen. Und dann sagte ich ihm dasselbe, was ich dem Wolf gesagt hatte, als ich ihm den Amethysten gab.

»Ich liebe dich«, gestand ich ihm.

Das hier war ein Ort, an dem Worte mächtig waren und Gefühle erst recht. Ich tränkte diesen Diamanten mit mehr als nur den Worten, die ich aussprach – es war ein riesiger Berg an Emotionen, die diese Worte in mir auslösten: all die Erinnerungen, das Lachen, die Freude.

Als ich den Mund wieder von dem Juwel löste und es noch einmal ansah, leuchtete es in jeder nur erdenklichen Farbe. Ich nahm es in beide Hände und sagte bestimmt zu ihm: »Ich werde dich jetzt in meine Gefährtenverbindung geben – und du wirst sie für mich aufsprengen.«

Die Perle war etwas Weiches gewesen; der Diamant war eine angemessenere Waffe. Ich benutzte die Spitze – die schärfer war als jeder achtbare Diamantschleifer es zugelassen hätte –, um eine der beschädigten Stelle in unserer Gefährtenverbindung zu vertiefen. Als das Loch groß genug war, stieß ich das Juwel hinein. Der glitschige grüne Schleim fungierte dabei als Gleitmittel und machte es mir einfacher. Als das Juwel komplett bedeckt war, rieb ich entschuldigend über die arme Verbindung, während der grüne Schleim sich verfestigte und die Wunde verschloss.

»Nicht deine Schuld«, sagte ich zu ihm. »Wir bringen das in Ordnung.«

Ich wartete lange Zeit und sah zu, wie der Knubbel, der der Diamant war, auf Adams Seite zuwanderte. Als ich das Gefühl hatte, dass der richtige Zeitpunkt gekommen war, sagte ich: »Jetzt.«

Und die Welt wurde weiß.

Ich erwartete, zurück in der Werkstatt aufzuwachen, aber das war nicht, was passierte.

Als ich aufwachte, lag ich auf einem Steintisch in einem kleinen … was genau war der richtige Begriff für ein Haus, das einen Boden und eine Decke, aber keine Wände hatte, sondern nur Torbögen, die das Dach stützten? Es sah aus wie ein Tempel, obwohl es sich nicht wie ein Ort des Betens anfühlte.

Der Boden und die Torbögen waren wie der Tisch, auf

dem ich lag, aus gelbbraunem Standstein in der Farbe eines Löwenpelzes gehauen. Das ganze Gebäude glitzerte etwas in der Nachmittagssonne.

Ich setzte mich auf. Ich trug etwas, das sehr nach der Toga aussah, wie ich sie möglicherweise zu einer Toga-Party in meinem Wohnheim im ersten Collegejahr getragen hatte. Sie hatte dieselbe Farbe wie der Sandstein bis hin zu dem leichten Glitzern.

Ich stellte fest, dass meine Hände und Arme mit Juwelen geschmückt waren. Und auch die Sandalen, die ich trug, waren mit Edelsteinen besetzt. Ich stand auf und ging zum Rand des Gebäudes, und ein wunderschön geschnitztes taillenhohes Geländer erschien vor mir, als wäre es immer dort gewesen und ich hätte es einfach nur nicht bemerkt.

Die Luft roch süß, und die Temperaturen waren genau richtig. In einer Ecke des Raumes auf einem kleinen Tisch gab es Essen und Trinken. Musik begann zu spielen, irgendein Ohrwurm aus der Big-Band-Ära, der Adam im Geheimen immer noch sehr zugetan war.

»Das ist albern, Adam«, sagte ich.

Denn ich war hier in Adams Andersheit – auf der anderen Seite unserer Verbindung. Ich konnte mir nicht sicher sein – ich hatte nicht gedacht, dass sonst noch jemand diesen seltsamen Ort haben könnte. Aber meine Instinkte hatten mich nie getrogen, und in der Andersheit waren Instinkte stark genug, dass sie sich anfühlten wie ein Reiseführer durch all die Seltsamkeiten. Ich war in Adams Reich, und selbst hier versuchte er, mich zu beschützen.

Von unter dem Hügel, auf dem ich stand, konnte ich das Lärmen von Granatwerfern hören. Ich war nie auf einem Schlachtfeld gewesen, keinem offiziellen jedenfalls, doch ich hatte Filme gesehen. Ich wusste, wie sich das anhörte.

Ich streifte meine Schuhe ab, schob die Hüfte über die Absperrung und landete auf dem Hügel dahinter. Die Big-Band-Musik begleitete mich, während ich knappe zwei Kilometer auf dem Pfad lief, der versuchte, mich wieder hinauf auf den Berg zu bringen.

Schließlich blieb ich stehen, stemmte die Hände in die Hüften und sagte: »Adam, das reicht.«

Dann verließ ich den Pfad und begann durch das dichte Laubwerk zu wandern. Kaum dass ich vier Schritte tief in den Wald eingedrungen war, wurde die Musik leiser, und ein Pfad bildete sich unter meinen nackten Sohlen. Dieser Pfad führte mich hinunter in ein Tal voller Leichen.

Ich bahnte mir einen Weg durch sie hindurch. Einige von ihnen kannte ich. Paul. Mac. Peter. Von anderen hatte ich Bilder gesehen. Menschen aus Adams Vergangenheit beim Militär. Menschen, die für ihn gearbeitet hatten. Es gab einen ganzen Bereich mit Menschen, die US-amerikanische Uniformen der Vietnam-Ära trugen; einigen von ihnen fehlten Körperteile – und bei einigen waren die fehlenden Körperteile an den Füßen gestapelt. Ein weiterer Bereich war voller Leute, von denen ich mir sicher war, dass es Vietnamesen waren – obwohl das keine Ethnie war, mit der ich mich besonders gut auskannte. Einige von ihnen trugen Uniform, einige nicht. Jedes Gesicht war individuell. Ich hatte absolut keinen Zweifel daran, dass jede Leiche zu einer Person gehörte, die Adam getötet hatte – oder für deren Tod er sich auf irgendeine Weise verantwortlich fühlte. Adam ordnete seine Schuld in säuberliche Reihen.

Und dann war da ein Feld mit Kindern – vielleicht insgesamt zwanzig. Einige von ihnen hatten Gesichter, andere trugen keine Züge, als ob eine Decke aus Haut verbarg, wer sie waren.

»Das liegt daran, dass ich nicht alle ihre Gesichter gesehen habe«, sagte Adam zu mir. »Der Vietcong setzte Kinder ein – genau wie die Südvietnamesen übrigens. Die Erwachsenen, deren Gesichter ich nie gesehen habe, behalte ich nicht, aber die Kinder waren etwas anderes.« Er wies auf eine gesichtslose Leiche. »Dieser hier saß in einem Baum, sodass wir zwei Tage lang feststeckten. Ich habe ihn erschossen, aber Christiansen war derjenige, der die Leiche fand und mir erzählte, dass unser Scharfschütze ein Kind gewesen war. Ich habe seine Leiche nie gesehen, doch ich hätte selbst zu ihm gehen sollen. Schließlich war ich derjenige, der ihn getötet hatte.« Er blickte über die Reihen seiner Toten hinweg. »Ich schuldete es dem Jungen, mir anzusehen, was ich getan hatte, aber ich beschloss, es nicht zu tun.«

Ich streckte die Hand nach Adams Hand aus, doch er wich mir aus. Als ich mich ihm zuwandte, war ich plötzlich wieder oben auf dem Berg in dem Gebäude ohne Wände, allerdings schien dieses Mal nicht die Sonne. Ein Regensturm donnerte um mich herum, und ich war nicht allein.

Elizaveta Arkadyevna Vyshnevetskaya stand dort mit einer Hand auf dem Steingeländer, in der anderen hielt sie einen Apfel aus dem Teller auf dem kleinen Tisch. Sie trug eine Toga wie ich, aber ihre war burgunderrot. Den Großteil der Zeit, die ich sie gekannt hatte, war sie eine alte Frau gewesen. Hier war sie wie am Tag ihres Todes: jung und schön.

»Er bewahrt mich nicht im Garten seiner Fehler auf«, sagte sie zu mir. »Ich frage mich warum.«

»Weil er deinen Tod nicht bereut«, erwiderte ich, doch schon, als ich es aussprach, wusste ich, dass es nicht ganz stimmte.

»Nein«, widersprach sie, »weil du ihm die Absolution für meinen Tod erteilt hast.«

»Du denkst, dass ich perfekt bin«, hörte ich Adams Stimme hinter mir. »Schön gar. Ich muss vollkommen für dich sein.«

»Sonst liebt sie dich nicht«, sagte Elizaveta, und hier in der Andersheit hatte ihre Stimme eine Macht, die versuchte, mir in die Knochen zu kriechen. »Sie braucht dich als ihren Helden, Adam. Du musst so schön und perfekt sein wie dein Gesicht. Du willst sie doch nicht mit deiner Dunkelheit verletzen, Adam? Und da ist so viel hässliche Dunkelheit in dir, nicht wahr?«

»Junge«, sagte ich und wandte Elizaveta den Rücken zu, um Adam anzusehen, obwohl mir unwohl dabei war, sie hinter mir zu wissen. »Wenn du denkst, dass ich dich für perfekt halte, dann hast du den Schuss nicht gehört.«

Er stand auf der anderen Seite des Raums, und mir fiel auf, dass eine Ecke des Gebäudes zerfiel. Das Dach war nicht einmal mehr ausreichend, um ihn vor dem Regen zu schützen.

Das Monster vor dem Regen zu schützen.

Er war – wie ich zuvor – an einen Metallstuhl gefesselt, größer als der in meiner Werkstatt, um seiner Größe gerecht zu werden. Und die Fesseln waren keine Handschellen oder Nylonbänder, es waren dornige Ranken, die nach schwarzer Magie rochen.

»Lass mich nicht frei«, sagte Adam dringlich. »Ich werde dich zerstören. Ich zerstöre alles, was ich anfasse.« Er schaute weg von mir. Leise sagte er: »Ich will nicht, dass du mich so siehst.«

Elizaveta trat hinter ihn und beugte sich hinab, um ihm etwas ins Ohr zu flüstern. Ich konnte nicht hören, was sie sagte, aber Adam sah mich an und sprach: »Du bist so perfekt, so stark, meine Mercy. Ich verdiene dich nicht.«

»Perfekt?«, fragte ich. Ich blickte an mir herunter und stellte fest, dass da das ein oder andere fehlte.

»Ähm«, sagte ich, weder an Adam noch an Elizaveta gerichtet, sondern an die Andersheit, die dieses Aufeinandertreffen überhaupt erst möglich machte, »ich habe die Wunden überlebt, die auf mir Narben hinterlassen haben. Ich hätte sie gerne zurück, danke.«

Es fühlte sich an wie ein Finger, der meine Haut mit einem funkelnden Schmerz berührte, der schnell verging, aber die Spuren meines Lebens hinterließ. Als er fertig war – und ich beschloss, den entfernten lachenden Ruf zu ignorieren, der möglicherweise von einem Kojoten stammte –, streifte ich meine Toga ab und präsentierte Adam mein nicht perfektes Ich.

»Ich stürze mich in Dinge, ohne darüber nachzudenken, welche Auswirkungen es auf mich oder andere hat«, sagte ich zu ihm. »Ich bin reizbar und überreagiere, wenn du versuchst, mich zu beschützen, weil ich niemandem vertrauen will. Ich kann deine Ex-Frau nicht leiden und versuche auch nicht mehr, besser mit ihr auszukommen – egal, um wie viel einfacher das unser aller Leben machen würde.« Ich atmete tief durch. »Ich habe dich verletzt, weil ich manchmal einfach allein rausgehen muss.« Ich runzelte die Stirn. »Und ich werde mich nicht ändern – obwohl es dein Leben besser machen würde.«

»Und du machst mich gerne wütend«, flüsterte Adam. »Obwohl du weißt, dass ich gefährlich bin, wenn ich wütend bin.«

Ich lächelte und nickte. »Ja, das ist allerdings deine Schuld. Ich würde es nicht tun, wenn du nicht so sexy wärst, wenn du sauer bist. Und ich liebe es, mir sicher sein zu können, dass du mir nie etwas antun würdest, ganz egal, wie wütend du bist.«

Elizaveta beugte sich nach unten, um ihm erneut etwas ins Ohr zu flüstern, aber ich nahm den Wanderstab in die Hand. Mir fiel auf, dass er sich zu einem Speer verwandelt hatte, wie er es manchmal tat, wenn ich eine spitze Waffe brauchte. Ich stieß ihn in Elizaveta und zwang sie so, sich von Adam zu entfernen. Der Speer sank tief in sie ein, und Blut in der Farbe ihrer Toga sprudelte aus der Wunde. Ich stieß sie gegen das Geländer.

»Du bist tot«, sagte ich zu ihr. »Geh weg.«

Sie versuchte etwas zu sagen, und eine Viper fiel aus ihrem Mund, gefolgt von zwei Nattern, und dann verschwand sie langsam. Mit dem Speer war es kein Problem, die Schlangen zu töten. Ich mochte Schlangen. Wenn diese hier nicht aus Elizaveta gekommen wären, hätte ich sie in Ruhe gelassen. Doch ich wollte nichts, was von Elizaveta stammte, frei in Adams Andersheit wissen.

Ich wandte mich wieder Adam zu – und die Ranken und der Stuhl waren verschwunden, der Geruch nach schwarzer Magie ersetzt durch Tannenduft und etwas Minze. Aber Adam trug immer noch die Gestalt des Monsters, und aus den Wunden, die Elizavetas Dornen gerissen hatten, trat Schleim aus.

»Innendrin bin ich hässlich«, sagte er zu mir.

»Ich auch«, entgegnete ich. »Und außen bin ich auch nicht so schön wie du.«

»Ich bin eifersüchtig und gehässig«, sagte er. »Ich mag es nicht, wenn Männer dich anrufen. Wenn Bran dich anruft – oder Beauclaire.«

Ich nickte. »Ich bin auch eifersüchtig. Und ich glaube, wenn es um Gehässigkeit geht, bin ich dir ein gutes Stück voraus. Ich hasse, dass Christy mal deine Frau war und dass sie Jesses Mutter ist.« Ich sah mich um, dann ergriff ich seine schreckliche Hand und zerrte ihn zu dem Geländer, das noch immer mit Elizavetas Blut befleckt war.

Ich kletterte hinauf, und das Blut verschwand, bevor meine schmutzigen nackten Füße es berühren konnten. Auf dem Stein balancierend, mit seiner großen Hand als Sicherheit, dass ich nicht fallen würde, beugte ich mich über ihn und küsste ihn.

»Ich wähle dich«, sagte ich – und die Welt um mich herum verschwand.

Ich saß im Fluss meiner Andersheit. Das Wasser war sehr, sehr kalt.

Ein großer, grauer Wolf, dessen Füße und Schnauze deutlich dunkler als das silberne Fell auf seinem Rücken waren, watete neben mich. Er legte die Schnauze auf meine Schulter.

Ich wollte dir nur sagen, dass ich dich auch liebe, sagte er.

Ich blinzelte in das Licht der Werkstatt, das plötzlich über meinem Kopf aufgetaucht war.

»Dein Arm ist gebrochen«, sagte Adam grimmig. »Ich habe ihn abgebunden, um die Blutung zu stoppen, aber sobald Carlos hier ist, bringen wir dich ins Krankenhaus.«

»Fiona hat mit den Hexen zusammengearbeitet«, sagte ich. Sein Gesicht füllte meine ganze Welt aus, und mir wurde bewusst, dass er sich in seiner eigenen menschlichen Haut befand.

»Das weiß ich. Ich habe es gehört.«

»Wir müssen Bran sagen, dass Kent hexengebunden war, was immer das auch bedeutet.«

»Das werde ich tun«, erklärte er. »Sei jetzt still, du musst deine Kräfte schonen.«

»Ich liebe dich, obwohl du nicht perfekt bist«, sagte ich.

Er begegnete meinem Blick. »Das weiß ich.«

»Ich bin auch nicht perfekt«, sagte ich.

»Auch das weiß ich«, erwiderte er mit einem Knurren in der Stimme.

»Ich muss Kleidung finden, die ich anziehen kann, und außerdem glaube ich, ich stehe unter Schock.« Und dann verlor ich das Bewusstsein, bevor er mir sagen konnte, dass er auch das wusste.

Etwa eine Woche später saß ich am Küchentisch, und Adam setzte sich neben mich und küsste meine Schulter, die mit dem Arm, der nicht gebrochen war.

»Hm«, sagte ich, während ich die Nummer eines Ersatzteils aus einem Katalog notierte, aus dem ich gerade bestellte.

Der Typ, der dieses eine Ersatzteillager betrieb, hielt nichts vom Internet, aber er hatte Teile, die niemand sonst führte. Die Bestellung wurde zusätzlich dadurch erschwert, dass ich alles mit der linken Hand schreiben musste.

Aber ich hörte vor allem deshalb nicht auf zu schreiben, weil ich Adams Belustigung durch unsere Gefährtenverbindung spürte. Er würde gleich etwas sagen oder tun, von dem er dachte, dass es richtig witzig war.

»Okay«, sagte ich und blickte auf.

Sein Gesicht wurde von einem Lachen erhellt – und es stand ihm gut.

»Zunächst«, sagte er, »soll ich dir sagen, dass es Izzys Mutter sehr leidtut. Ihr war nicht bewusst, dass die Kundin,

mit der sie gesprochen hat, Reporterin bei einem Klatsch-
blatt war.«

Izzys Mutter verkaufte ätherische Öle. Ich konnte mir
nicht vorstellen, was sie …

»Butch tut es leid«, fuhr Adam fort, »dass er nicht an die
Klatschblätter gedacht hat, als ich ihm sagte, dass er die Zei-
tungen und Nachrichtensendungen im Auge behalten soll.
Es ist ihm erst aufgefallen, als er einen von unserem neuen
Wachpersonal dabei gesehen hat, dass er eines davon las.«

Adam legte einen Stapel Klatschblätter auf den Tisch vor
mir. Es mussten zehn oder zwölf sein. Die Schlagzeile auf
der obersten lautete: *Menschliche(?) Ehefrau sagt, Alpha Werwolf sei sexbesessen, sucht Hilfe bei Freundin.*

Und das war bei Weitem nicht die Schlimmste.

Ich lachte, bis ich weinen musste. Dann hob Adam mich
hoch, vorsichtig, um meinen gebrochenen Arm nicht zu er-
schüttern, und knurrte: »Stups.«

»Hilfe«, rief ich, als er mich die Treppe hinauftrug.
»Mein Gefährte ist ein Lustmolch. Hilfe!«

Niemand half mir.

Später in dieser Nacht wurde Adam zu seiner Arbeit gerufen, deshalb war ich allein, als der Klang einer Gitarre und
einer Geige durch mein geschlossenes Fenster drang. Ich
stand auf und stieß das Fenster auf – was ohne den blöden
gebrochenen Arm deutlich leichter geklappt hätte.

Auf der Motorhaube meines alten VW saß Wulfe und
spielte Geige. Vor ihm auf dem Boden aber, mit einem Fuß
auf der Stoßstange, stand Stefan und spielte Gitarre. Ihnen
gelang eine ziemlich gute Version von *The Sound of Silence.*
Hier und da stockte es leicht, also vermutete ich, dass sie es
nicht geprobt hatten.

Als sie fertig waren, glitt Wulfe von dem Wagen und verbeugte sich mit einer ausladenden Geste, die eines shakespeareschen Schauspielers würdig gewesen wäre. Doch es war Stefans Grinsen und nicht Wulfes Verbeugung oder der Vortrag, das mich lächeln ließ, als ich das Fenster wieder schloss.

Auf meiner Kommode, ganz als wäre er immer dort gewesen, lag der Wanderstab an seinem angestammten Platz.

Danksagung

Danke an alle, die geholfen haben, dieses Buch besser zu machen: Collin Briggs, Linda Campbell, Dave und Katharine Carson, Ann Peters und Kaye Roberson. Sie haben das hier in weitaus ungeschliffenerer Form und oft in kurzer Zeit gelesen. Danke auch meiner leidgeprüften Lektorin Anne Sowards, an Amy J. Schneider, Michelle Kasper, Alexis Nixon, Jessica Plummer, Miranda Hill und dem ganzen Team bei Penguin Random House, ohne deren kompetente Anleitung dieses Buch nicht so gut gelungen wäre. Danke an Susann und Michael Bock, die einmal mehr Zee und Tad mit ihrem Deutsch versehen haben (vor allem Zee ist sehr glücklich, dass er sich nicht mit meinem zufriedengeben muss). Ich bin sehr dankbar für meinen Freund Michael Enzweiler, der die wunderbaren und nützlichen Karten für meine Bücher zeichnet. Und schließlich vielen Dank an euch, die Leser, die Freude an den Abenteuern meiner imaginären Freunde haben. Wie immer sind alle Fehler die meinen.